L'amazone du Sussex

Aux Éditions J'ai lu

Jim, le gentleman
N° 13453

MIMI

MATTHEWS

LES BELLES DE LONDRES – 1

L'amazone du Sussex

Traduit de l'anglais (États-Unis)
par Léonie Speer

J'AI LU

POUR elle

Si vous souhaitez être informée en avant-première
de nos parutions et tout savoir sur vos auteures préférées,
retrouvez-nous ici :

www.jailu.com

Abonnez-vous à notre newsletter
et rejoignez-nous sur Facebook !

Titre original
THE SIREN OF SUSSEX

Éditeur original
A Jove Book
Published by Berkley,
an imprint of Penguin Random House LLC

À Centelleo

Qui monte le plus beau cheval sur Rotten Row ? Qui mène les poneys les plus fougueux ? Qui est celle dont toutes les jeunes filles copient les toilettes, et le maintien, et l'équipage si elles en ont les moyens ? Et aussi – mais oui ! – le langage ?

Eh bien… l'une de nos « Belles Écuyères ».

The Times, Londres,
29 janvier 1861

1

Londres, Angleterre, mars 1862

Evelyne Malravers entra dans la boutique faiblement éclairée de Conduit Street. Une enseigne modeste, au-dessus de la porte, annonçait les noms et profession des propriétaires : *MM. Doyle & Heppenstall, tailleurs.* L'intérieur de la boutique était tout aussi modeste. À la lueur diffuse des appliques au gaz, elle vit deux profonds fauteuils de cuir, un miroir à trois faces et un haut comptoir d'acajou. Derrière celui-ci, s'alignaient des étagères chargées de rouleaux d'étoffes de qualité, dans de sobres tons de noir, marron et bleu.

Il était 18 h 45. Quasiment l'heure de la fermeture. Venant de l'arrière-salle, le murmure d'une profonde voix masculine filtrait à travers l'ouverture, fermée d'un rideau, qui séparait les deux pièces.

Le pouls d'Evelyne s'accéléra. La boutique d'un tailleur était un domaine masculin, où la présence d'une femme était aussi rare qu'inopportune. Mais ce n'était pas ce qui l'arrêterait. La tête haute, elle s'approcha du comptoir et agita la clochette.

La voix se tut dans l'arrière-salle. Quelques secondes plus tard, un mince gentleman aux cheveux blancs écarta le rideau. Il avait les yeux chassieux et le dos courbé, comme s'il avait passé sa vie entière penché sur une table de travail.

— Puis-je vous renseigner, madame ? demanda-t-il d'une voix aussi fluette que sa silhouette.

— Je vous remercie. J'aimerais parler à M. Doyle, s'il vous plaît.

— Je suis M. Doyle.

La déception d'Evelyn fut grande. Elle s'était attendue à rencontrer un prince de la mode, un visionnaire, un homme aux doigts d'or. Mais le vieux monsieur qui se trouvait devant elle ne paraissait ni à la mode ni particulièrement habile de ses dix doigts. Qu'il avait au demeurant noueux, et agités de tremblements.

Puis une pensée lui redonna espoir.

— Et M. Heppenstall ? Est-il présent ?

— M. Heppenstall est décédé l'automne dernier.

— Oh…

Nouvelle déception. La voix profonde derrière le rideau devait appartenir à un employé.

— Puis-je vous aider d'une manière ou d'une autre ? reprit M. Doyle avec une pointe d'impatience.

Evelyne se rappela que les apparences pouvaient être trompeuses. Un fait qui s'appliquait à elle en premier lieu. Qui sait, ce tailleur âgé était peut-être capable d'accomplir des prodiges avec une aiguille et du fil.

— Je l'espère sincèrement. Voyez-vous…

Elle assura plus fermement ses lunettes cerclées d'argent sur son nez, avant de continuer.

— Vous m'avez été recommandé par… une amie.

Ce n'était pas entièrement la vérité, mais pas non plus un mensonge au sens strict.

Il haussa ses épais sourcils blancs.

— Une de mes clientes ?

— Effectivement. J'aimerais commander une tenue d'équitation.

Quand il posa un regard dubitatif sur ses lunettes, puis sur sa mise discrète, Evelyne éprouva une gêne inattendue.

Peut-être aurait-elle dû se faire confectionner une nouvelle robe avant de venir ? Une toilette d'une couturière à la mode, qui lui aurait donné une certaine prestance ? Au lieu de cela, elle portait une jupe et une jaquette très simples. Un ensemble raisonnable, coupé et cousu par la couturière du village de Combe Regis. Quoi d'étonnant à ce que son allure soit jugée tout à fait campagnarde ?

Mais il était trop tard pour cultiver des doutes.

Campagnarde, elle ne le resterait pas longtemps.

— Quiconque possède la plus petite prétention à l'élégance sait que ce sont les tailleurs qui confectionnent les plus belles tenues d'équitation, poursuivit-elle avec détermination. Et j'ai l'intention d'avoir ce qui se fait de mieux.

— Bien sûr. Mais si vous voulez bien me pardonner... Nous ne réalisons pas de costume pour les bas-bleus.

Evelyne ne put réprimer un tressaillement. Elle n'était pas vraiment surprise par l'accusation. On l'avait déjà traitée de bas-bleu. De « laissée-pour-compte » également, et d'autres qualificatifs peu originaux pour désigner les jeunes femmes qui ne se conformaient pas aux règles. Il n'empêche que les paroles de M. Doyle lui firent l'effet d'une giclée d'eau froide.

— Vous vous méprenez, monsieur.

— Je ne crois pas, madame. Puis-je vous conseiller de vous rendre chez M. Inglethorpe, dans Oxford Street ? Il réalise couramment des tenues de cavalières.

Sur ce, M. Doyle s'inclina et commença à se détourner.

— Je vous souhaite une bonne soirée.

Evelyne ouvrit la bouche pour protester, mais il disparut derrière le rideau avant qu'elle puisse prononcer un mot. Elle se retrouva dans la boutique vide, serrant avec force ses mains gantées l'une contre l'autre.

Ce ne fut qu'au prix d'un effort sur elle-même qu'elle empêcha les paroles du vieux tailleur de transpercer son armure. Elle ne savait que trop bien ce que les gens voyaient lorsqu'ils la regardaient – à supposer qu'ils la remarquent. C'était précisément la raison pour laquelle

elle avait conçu un plan. Et ce n'était pas maintenant qu'elle laisserait quelqu'un se mettre en travers de celui-ci. Ni M. Doyle ni personne d'autre.

Elle envisagea d'agiter de nouveau la clochette. Elle n'était pas venue d'aussi loin pour reculer face à une simple rebuffade. Mais à quoi lui servirait de rappeler M. Doyle ? Elle pouvait difficilement obliger l'homme à accepter de traiter avec elle. À moins que…

Et si elle lui offrait un bon prix ?

Selon ses sources, Mlle Walters avait payé sa dernière tenue treize livres. Evelyne pouvait certainement se procurer quelques shillings supplémentaires, non ?

Elle resta indécise durant de longues secondes, qu'égrenait le tic-tac sonore d'une horloge murale. Dans quelques minutes, il lui faudrait regagner la maison de son oncle, dans Bloomsbury.

Non ! décida-t-elle enfin. Elle ne soudoierait pas M. Doyle. Une question de principe, ou de fierté personnelle. S'il ne la jugeait pas digne de l'une de ses créations, elle chercherait simplement un autre tailleur. Quelqu'un possédant une habileté et un génie comparables.

Si une telle personne existait…

Ayant repris possession d'elle-même, elle pivota vers la porte. C'est alors qu'une voix profonde se fit entendre derrière elle.

— Nous fermons à 19 heures.

— Je le sais. Justement, je…

Elle jeta un coup d'œil par-dessus son épaule, et les mots moururent sur ses lèvres.

Un homme se tenait derrière le comptoir. Un homme grand, de puissante stature, à la peau cuivrée et aux cheveux aussi noirs que le charbon. L'éclairage au gaz soulignait d'ombres les traits de son visage, lui donnant un air presque sinistre.

Evelyne sentit sa gorge s'assécher.

Ainsi, c'était la sienne, la voix qu'elle avait entendue derrière le rideau. La voix qui avait fait s'accélérer les battements de son cœur. Qui, de nouveau, les précipitait.

— Je partais, déclara-t-elle après s'être humecté les lèvres.

Mais elle ne bougea pas.

Elle était comme statufiée par le regard insolent de l'homme. Glissant sur elle, il semblait faire l'inventaire de toute sa personne, du sommet de son chapeau de feutre trois fois remanié à l'ourlet de sa jupe de popeline marron.

Le souffle lui manqua. Jamais un homme ne l'avait regardée ainsi, avec l'attention aiguë d'un connaisseur. Elle eut l'impression troublante qu'il pouvait voir à travers l'étoffe de ses vêtements, jusqu'à la peau que ceux-ci recouvraient.

Elle se sentit rougir.

— Êtes-vous l'employé de M. Doyle ?

Les yeux de l'homme croisèrent ceux d'Evelyne. Ils étaient aussi sombres que ses cheveux. Noirs et lumineux comme des obsidiennes. Un reflet trompeur de la lumière, certainement.

— En quelque sorte, répondit-il avec un soupçon d'ironie, presque d'amusement.

L'embarras d'Evelyne se mua en irritation. C'était une chose d'être offensée et congédiée par M. Doyle ; c'en était une autre, très différente, qu'un de ses subalternes se permette de se moquer d'elle. Elle le foudroya de son regard le plus hautain.

— Permettez-moi de vous dire, monsieur, que le service dans cette boutique est exécrable.

— Vous avez un motif particulier de vous plaindre ?

— Parfaitement.

Evelyne retourna vers le comptoir, drapée dans sa dignité outragée.

— Vous pouvez dire à votre employeur que ce n'est pas parce qu'une femme porte des lunettes, ni parce qu'elle vient d'arriver à Londres et ne s'est pas encore adressée à une couturière, qu'elle est un bas-bleu pour autant.

Il y eut un silence tendu, avant qu'il réplique :

— Avec tout le respect que je vous dois, madame, une maison doit veiller à sa réputation.

Evelyne se pencha par-dessus le comptoir.

— Et moi, je dois asseoir la mienne ! Je ne suis pas un bas-bleu. Je ne fréquente pas les salons intellectuels ni n'assiste à des conférences. Je n'écris pas en secret des romans ou des éditoriaux pour les journaux. Et croyez-moi, je ne me livre pas à de quelconques expériences scientifiques. Je n'ai que deux passions dans la vie : les chevaux et la mode. Je suis tout à fait à même d'avoir fière allure sur les premiers. Mais pour la seconde, j'ai besoin de l'aide de M. Doyle.

— Même si ce que vous dites est vrai, M. Doyle serait néanmoins obligé de refuser. Ses clientes évoluent dans des sphères différentes…

— Il habille les Belles Écuyères, coupa Evelyne. Oui, je sais. C'est précisément pour cette raison que je me suis adressée à lui.

Le regard de l'homme se fit encore plus intense.

— Ces « Belles Écuyères », comme vous les appelez, ne sont pas des femmes ordinaires.

— Je sais ce qu'elles sont, rétorqua Evelyne en levant le menton.

Ces femmes étaient des courtisanes. Des courtisanes réputées non seulement pour leur beauté, mais également pour être les cavalières les plus élégantes et les plus accomplies à caracoler sur Rotten Row, l'allée de Hyde Park.

— Et je suis déterminée à les surpasser toutes.

— Vous ?

Il ne lui rit pas au nez, heureusement. Il se contenta de l'observer comme s'il avait sous les yeux une créature étrange.

— Avez-vous vu Mlle Walters et ses semblables ?

— Presque chaque après-midi depuis mon arrivée à Londres. Elles montent bien à cheval, certes, mais pas tant que cela. Certainement pas aussi bien que moi.

Elle carra les épaules avant d'ajouter :

— Il est vrai qu'elles me surpassent, et de loin, en ce qui concerne la toilette. Mais j'entends y remédier.

— Avec l'aide de M. Doyle…

— Avec l'aide de quelqu'un. M. Doyle n'est pas le seul tailleur de Londres.

Il l'observa d'un air songeur.

— Pourquoi lui ?

La réponse n'était-elle pas évidente ?

— Parce que ses tenues d'équitation sont magnifiques. Et parce qu'elles rendent magnifiques les femmes qui les portent. Être capable de créer des vêtements qui font de quelqu'un une personne extraordinaire, pour moi, cela relève de la magie.

C'était ce qu'elle désirait pour elle-même. Bénéficier d'un peu de la magie de M. Doyle pour s'attirer les faveurs du destin.

— Mais comme je l'ai dit, il n'est pas le seul tailleur en ville. Je suis sûre que je peux…

— Où montez-vous ? interrogea-t-il abruptement.

— Je vous demande pardon ?

— Vous prétendez être une excellente cavalière – meilleure même que Mlle Walters. Où faites-vous la démonstration de votre immense talent ?

Evelyne pinça les lèvres.

— Je ne qualifierais pas cela de « démonstration ».

— Où ? insista-t-il.

— Je n'ai pas encore monté à Londres. Mon cheval n'est arrivé que ce matin. J'avais l'intention d'attendre de pouvoir porter ma nouvelle tenue. Ainsi…

Elle s'interrompit, consciente d'apparaître très calculatrice.

— Vous voulez faire une forte impression ?

— En quelque sorte, riposta-t-elle en reprenant ses propres termes.

Il ne parut pas s'en émouvoir.

— Demain matin, au lever du soleil, je prendrai l'air du côté de Rotten Row. L'endroit est peu fréquenté à cette heure-là.

Evelyne ouvrit de grands yeux.

— Vous voulez me voir monter à cheval ?

Il se contenta de la regarder en silence.

Peu à peu, la lumière se fit dans l'esprit d'Evelyne. L'assurance de cet homme, la façon professionnelle dont il avait observé sa silhouette... Et sa manière de parler, non pas avec l'obséquiosité déplaisante d'un employé ou d'un domestique, mais avec de l'autorité dans la voix.

— Qui êtes-vous ? demanda-t-elle.

— Ahmad Malik. C'est moi qui confectionne les tenues d'équitation.

— Vous ? s'exclama Evelyne, de nouveau pleine d'espoir. Mais on m'a dit que M. Doyle...

— Pour le moment, « Doyle » est un nom plus acceptable que le mien.

Elle fronça les sourcils. Malik était un nom indien, lui semblait-il. Pourtant, M. Malik ne paraissait pas être indien. Du moins, pas totalement. En vérité, il aurait pu venir de n'importe où – d'Inde, de Perse, d'Italie ou d'Espagne. Il aurait même pu être d'origine roumaine, comme ces voyageurs qui traversaient parfois son village dans le Sussex. Difficile à dire. Il n'avait pas d'accent particulier. Tout ce que l'on pouvait remarquer, c'était qu'il était grand, ténébreux, et d'une beauté troublante.

— Mais c'est vous qui les dessinez ? reprit-elle. Vous les coupez et vous les cousez vous-même ?

Il inclina la tête en silence.

— Et vous pourriez envisager d'en faire une pour moi ? Si vous jugez suffisante ma maîtrise à cheval ?

— Je ne peux rien promettre.

Pour la première fois depuis qu'elle était entrée dans la boutique, Evelyne songea que tout irait bien.

Quand il la verrait monter, quand il poserait le
sur Hephaestus, il constaterait qu'elle était digi
son intérêt. Plus que digne.

— À demain, en ce cas ? À l'aube ? dit-elle en lui tei
dant la main. Vous ne serez pas déçu, monsieur Malik.

Une expression curieuse passa sur son visage. Comme si elle l'avait pris au dépourvu. Était-il surpris ? Offensé ?

— Je ne connais pas votre nom.

— Oh… Evelyne Malravers, dit-elle.

— Enchanté, mademoiselle Malravers.

Sa main, large et forte, enveloppa la sienne.

Une étrange sensation la parcourut, comme une chaude palpitation qui résonnait profondément en elle, à la fois alarmante et exaltante.

Quand elle leva les yeux vers lui, elle comprit qu'il l'avait ressentie lui aussi, cette secousse qui préfigurait une chose nouvelle. Importante.

— C'est « mademoiselle », n'est-ce pas ?

Evelyne acquiesça d'un signe de tête. Son cœur battait la chamade.

Il lui lança un regard pénétrant. Puis relâcha sa main.

— Demain, à l'aube, dit-il. Ne soyez pas en retard.

Ahmad monta l'escalier aux marches grinçantes qui conduisait à son logis de célibataire. Il le louait au marchand de thé dont l'échoppe se trouvait dans King William Street. Avec ses entrepôts et ses entreprises commerciales, le quartier était loin de posséder l'élégance et la distinction de Mayfair. C'était un endroit où un homme pouvait passer inaperçu au milieu de la foule bruyante des vendeurs ambulants et des prostituées.

Sa porte se trouvait à l'extrémité d'un étroit couloir. En voyant le rai de lumière qui filtrait au niveau du plancher, il poussa un soupir. Il avait espéré avoir un

de ce soir pour travailler sur la robe de
Heatherton.
mière de ce qu'il espérait être de nom-
ındes pour la saison mondaine. La
voir ses créations portées non par les cour-
sanes de Rotten Row, mais par un membre de la
haute société londonienne.

— C'est toi, Ahmad ? fit la voix assourdie de Mira.

— Qui d'autre ?

Après avoir ouvert la porte avec sa clé, il entra dans le salon. Sa cousine était assise à la table de bois ronde installée dans l'angle. Elle cousait à la main une dentelle sur le corsage destiné à la robe du soir bleu pâle, encore inachevée, de lady Heatherton.

— Que fais-tu ici ? demanda-t-il, les sourcils froncés.

Mira leva les yeux de son ouvrage. Elle avait vingt-quatre ans, soit six ans de moins que lui. Comme Ahmad, elle avait les cheveux noirs. Mais s'il avait les yeux également noirs, ceux de sa cousine possédaient une stupéfiante couleur vert olive. La conséquence d'une ascendance où se mêlaient Anglais et Pachtouns.

La mère de Mira, Mumtaz, résidait à l'extérieur de Delhi. Après la mort de la mère d'Ahmad, Mumtaz l'avait recueilli et élevé comme son propre fils. C'était une femme affectueuse, gentille, qui avait succombé à une fièvre au cours de l'été 1846. Sur son lit de mort, elle avait fait promettre au père naturel de Mira, un soldat britannique, d'emmener la petite fille avec lui lorsqu'il retournerait en Angleterre. Ahmad les avait accompagnés en se promettant de veiller sur sa cousine.

C'était effectivement ce qu'il avait fait.

Le père de Mira était mort d'alcoolisme peu après leur arrivée à Londres, laissant la petite fille seule et sans le sou dans les rues de l'East End. Elle était devenue entièrement dépendante d'Ahmad pour sa survie. Il avait fait tout ce qu'il pouvait pour elle bien que, à quinze ans, lui-même ne fût encore qu'un enfant.

Ensemble, ils avaient affronté quelques-unes des pires choses qu'une métropole peut offrir. Mais ces derniers temps, la chance avait fini par tourner, en grande partie grâce à la bonté des employeurs de Mira, l'avocat Tom Finchley et Jenny, sa femme. Mira était employée par cette dernière comme demoiselle de compagnie. Ahmad avait travaillé également pour les Finchley jusqu'à l'année précédente, quand il avait enfin pu s'établir à son compte.

— Mme Finchley n'avait pas besoin de moi aujourd'hui, expliqua Mira. J'étais tout à fait libre de te rendre visite cet après-midi.

— Il y a longtemps que tu es là ?

— Je suis arrivée vers 17 heures.

Il aurait dû le deviner. Le feu était allumé et le charbon rougeoyait dans l'âtre. Mira avait également mis de l'ordre dans la pièce, retapé les coussins sur le vieux canapé et redressé les piles branlantes de livres et de croquis.

Elle souleva, pour le lui montrer, le corsage de la robe de soirée orné de dentelle.

— J'ai pratiquement terminé cette partie.

Ahmad s'approcha de la table pour examiner son travail.

— Très bien.

— C'est ce que je pense aussi, répliqua Mira avec un sourire suffisant.

Il lui tapota la joue. Durant les longues années qu'ils avaient passées ensemble, il lui avait enseigné à peu près tout ce qu'il savait de la couture.

Au début, il en savait très peu.

En Inde, il avait été apprenti chez un tailleur. En travaillant dans le Chandni Chowk Bazaar à Delhi, il avait appris comment couper et assembler les chemises, vestes et pantalons de style européen. Ce n'étaient pas toutefois les vêtements des gentlemen britanniques qui l'inspiraient, mais les robes de leurs femmes, avec l'élégance de leurs corsages ajustés et la sensualité mouvante de leurs jupes volumineuses.

— Tu ne devrais pas être là, Mira.

— Pourquoi pas ? répliqua-t-elle en reprenant son travail. Tu préférerais passer la soirée tout seul ?

Après avoir brièvement croisé le regard d'Ahmad, elle conclut :

— Tu avais l'intention de rester seul, n'est-ce pas ?

— Cela ne te regarde pas, *bahan*.

Il enleva sa veste tout en traversant la pièce, avant de la jeter sur le dossier d'une chaise. Puis il s'étira. Sa nuque et son dos finissaient par se ressentir des heures passées à coudre. Et il avait beaucoup trop cousu ces derniers temps pour parvenir à concilier les commandes de robes du soir et d'amazones.

Cela faisait toutefois partie de son plan. Ce sacrifice était nécessaire pour le rapprocher de l'ouverture de sa propre maison de couture.

Il étouffa un bâillement.

— As-tu passé toute la journée chez le tailleur ? s'enquit Mira.

— La plus grande partie. Doyle avait deux commandes de tenues d'équitation à honorer.

— Et c'est toi qui as dû les terminer, je suppose ? dit Mira avec une désapprobation manifeste. Il pense que tu travailles pour lui.

Ce n'était pas ainsi qu'Ahmad voyait les choses. Le vieux tailleur et lui avaient simplement conclu un accord informel, auquel tous deux se conformaient depuis l'automne dernier.

À la mort de Heppenstall, Doyle n'avait pas eu envie de continuer seul. Mais il n'avait pas envie non plus d'avoir un Indien pour associé.

Avec l'aide de Finchley, ils s'étaient entendus sur un compromis.

Ahmad travaillerait dans la boutique et appliquerait ses talents à la réalisation de vêtements. En retour,

Doyle avait accepté de prendre sa retraite un an plus tard, et de permettre à Ahmad de racheter son bail.

Six mois s'étaient écoulés depuis cet accord. Ce qui signifiait que dans six mois, la maison Doyle & Heppenstall serait à lui. Ahmad possédait déjà le capital nécessaire. Il ne lui manquait plus que la clientèle.

— Et le reste de la journée ? demanda Mira.

— J'ai passé la matinée à Grosvenor Square, pour un essayage.

Mira fronça les sourcils.

— Chez lady Heatherton ? Je ne l'aime pas.

— Tu n'es pas obligée de l'aimer.

La vicomtesse Heatherton lui avait laissé entendre qu'elle pourrait devenir sa protectrice. Elle lui avait d'ores et déjà commandé trois robes du soir pour l'ouverture de la saison. Une fois que les autres femmes de la haute société auraient vu le travail d'Ahmad, elles se bousculeraient pour lui réclamer des robes à leur tour.

— Cette manière qu'elle a de te regarder..., reprit Mira. Comme si elle voulait te manger.

Ahmad fit la grimace.

— Moins on en dit sur le sujet, mieux c'est.

Mais sa cousine ne désarma pas.

— Je suppose qu'elle t'a prié de prendre de nouveau ses mesures.

Effectivement, lady Heatherton le lui avait demandé. Et dans l'intimité de son boudoir, cette fois. Comme toujours, Ahmad avait ignoré ses remarques équivoques et la manière familière dont elle le touchait. Quelle alternative avait-il ? Il avait besoin d'une protectrice. D'une femme qui mettrait en valeur ses créations et les ferait connaître au grand monde.

Mira fit claquer sa langue.

— Entre cette femme et tes cocottes, rien d'étonnant à ce que tu sois tout le temps fatigué.

— Mes cocottes ? s'esclaffa-t-il.

— Ce n'est pas ce qu'elles sont ? Ces créatures qui portent tes tenues d'équitation ?

— Que sais-tu d'elles ? demanda-t-il tout en desserrant sa cravate.

— Je lis les journaux. Je vois ce que les gens disent sur cette demoiselle Walters. Ils l'appellent « Incognita » ou « Anonyma », mais tout le monde sait ce qu'ils veulent dire.

— Je le suppose, rétorqua-t-il, ironique.

Catherine Walters était la courtisane la plus célèbre d'Angleterre. Écuyère émérite, elle avait pris la société d'assaut, aussi bien sur les pistes cavalières que sur le parquet des salles de bal. Sa mince silhouette, mise en valeur par des toilettes ajustées, faisait l'admiration de tous ceux qui fréquentaient Hyde Park. Chaque jour, à l'heure jugée élégante pour se pavaner, les gens se pressaient le long de Rotten Row uniquement pour la regarder passer.

Après avoir vu Mme Finchley dans une des amazones dessinées par Ahmad lors de la saison précédente, Mlle Walters en avait commandé une pour elle. À peine celle-ci terminée, elle avait passé commande de cinq ensembles supplémentaires. Ahmad n'aurait pu rêver meilleure publicité, vu l'attention qu'on portait aux faits et gestes de la jeune femme.

Ensuite, d'autres courtisanes lui avaient commandé leurs tenues d'équitation. Les journaux les avaient surnommées les Belles Écuyères. Leur style était admiré par des femmes de toutes les conditions.

— Tu peux te tranquilliser, dit-il. Mlle Walters ferme boutique. Elle va bientôt quitter Londres.

Mira haussa les sourcils.

— Elle a trouvé un nouveau protecteur ?

— Je présume que oui. Avec un peu de chance, il réglera sa note avant de l'enlever.

— Ne me dis pas qu'elle ne t'a pas encore payé ?

— Pas pour les commandes de cette saison.

En vérité, Mlle Walters venait juste d'apurer son compte de l'année précédente. Comme la plupart des mondaines, elle ne voyait rien de gênant à laisser impayées ses factures pendant des mois.

— Combien te doit-elle ? demanda Mira.

— Une somme substantielle.

— Substantielle à quel point ?

— Cent livres, admit Ahmad, un peu embarrassé.

C'était un montant important, surtout pour un homme dans sa position. Quand Mlle Walters avait tardé à payer les anciennes factures, il avait été obligé de piocher dans ses économies pour couvrir ses dépenses. C'est-à-dire dans l'argent qu'il avait épargné pour ouvrir sa maison de couture.

— Cent livres ! s'exclama Mira, scandalisée.

Elle-même ne recevait que trente livres par an en tant que demoiselle de compagnie, et c'était considéré comme des gages généreux.

— Je savais que tu n'aurais pas dû accepter de commandes de cette femme. Elle a la réputation de laisser des dettes dans son sillage. Pas plus tard qu'hier, je lisais que...

— Est-ce que Mme Finchley est au courant de ton penchant pour les feuilles à scandale ?

— Ne change pas de sujet.

Ahmad lui pressa l'épaule en passant à côté d'elle, pour s'approcher du placard où il gardait son cognac.

— Tu as mangé ?

Elle hocha la tête.

— Oui. Et toi ?

— Pas encore. Je bois un verre, puis je te mets dans un fiacre. Je dois commencer tôt, demain.

— Encore lady Heatherton ?

— Peut-être une nouvelle cliente.

Son verre à la main, il s'assit en face de Mira et lui décrivit la jeune femme particulière qui était entrée aujourd'hui chez Doyle & Heppenstall.

— Une autre cocotte ? demanda Mira lorsqu'il eut fini son récit.

Ahmad fit une moue dubitative.

— Je ne sais pas. Elle s'exprime et se comporte en demoiselle convenable, mais…

— Mais ?

— Elle n'était pas accompagnée d'une femme de chambre. Et aucune voiture ne l'attendait. Je la soupçonne d'avoir marché jusqu'au magasin depuis l'arrêt de l'omnibus.

— Est-elle très jolie ?

Ahmad garda les yeux fixés sur son verre.

— C'est possible.

Difficile à dire, cependant. Les charmes de Mlle Malravers, si elle en possédait quelques-uns, avaient été bien cachés.

Des indices incitaient toutefois Ahmad à croire à une beauté potentielle.

Derrière les verres de ses lunettes, les grands yeux de la jeune femme, d'une couleur noisette veloutée et frangés de longs cils noirs, faisaient penser à ceux d'une biche. Les boucles de cheveux que laissait apercevoir son chapeau informe étaient mêlées de rouge et d'or, et elles avaient étincelé à la lueur des lampes à gaz. Une chevelure auburn… Ahmad la devinait épaisse et luxuriante, bien que nouée en un chignon peu flatteur sur sa nuque.

Quant à sa silhouette, même si sa veste et sa jupe ne la soulignaient pas, elle lui était apparue bien proportionnée. Mlle Malravers devait mesurer près d'un mètre soixante-dix – une taille plus que respectable pour une femme – et paraissait dotée d'une poitrine généreuse.

Le reste, il ne pouvait que le supputer. Il n'aurait de certitude que lorsqu'il la verrait sans ses vêtements.

À cette pensée, une vague de chaleur incongrue lui monta au visage.

Les yeux de Mira pétillèrent.

— Tu ne peux pas le dire, vraiment ? Tu as dû la juger quand même assez jolie, puisque tu as accepté de lui confectionner une amazone.

— Je n'ai rien accepté du tout. Je suis simplement curieux.

— Elle n'est probablement rien d'autre qu'une de ces femmes qui essayent de copier le style des courtisanes.

Peut-être était-ce le cas. Elles étaient assez nombreuses à le faire. N'empêche que jusqu'à présent, aucune de ces jeunes femmes n'avait eu l'audace de se rendre chez Doyle & Heppenstall.

Mlle Malravers avait reconnu que les modèles d'Ahmad sortaient de l'ordinaire. « De la magie », avait-elle dit. Il avait été ridiculement flatté.

— Ou peut-être, reprit Mira, qu'elle cherche elle-même à entrer dans les affaires.

— Comme courtisane ?

Cela lui semblait improbable. Et pourtant...

Le simple contact de sa main gantée avait déclenché en lui un désir aussi brusque que choquant. Il en avait eu un instant le souffle coupé, et son sang avait commencé à bouillonner.

Il s'était alors demandé quel genre de créature étrange était cette femme plutôt mal fagotée, qui avait le pouvoir d'ensorceler un homme aussi puissamment qu'une sirène.

De l'ensorceler, *lui*.

Bonté divine !

Il avait passé ses années de formation à travailler comme portier dans la maison de plaisir de Mme Pritchard, à Whitechapel. C'était le premier travail qu'il avait trouvé en Angleterre, le seul qui lui avait permis de garder Mira avec lui. Là, il avait été entouré par des femmes séduisantes – de véritables professionnelles – et aucune ne l'avait jamais troublé aussi profondément que Mlle Malravers. Et certainement pas au simple contact d'une main.

S'il s'agissait d'un avant-goût des capacités érotiques de la jeune femme, elle serait bientôt aussi demandée que Catherine Walters en personne.

À cette pensée, il lui vint un goût amer dans la bouche. Il but une autre gorgée de son cognac.

— Quoi d'autre ? demanda Mira.

Par-dessus le bord de son verre, il lui jeta un regard interrogateur.

— Si ce n'est pas une demoiselle de la haute société ni une courtisane, alors qu'est-elle ?

— Je l'ignore, répondit-il. Mais j'ai l'intention de le découvrir.

2

Evelyne franchit subrepticement la porte de service de la demeure de son oncle, située Russell Square. Oncle Harris donnait à son personnel une demi-journée de congé le mercredi et le dimanche. C'est la raison pour laquelle elle avait réussi, ce soir, à se glisser à l'extérieur sans se faire remarquer. Mais mieux valait se montrer prudente, au cas où une servante ou un valet aurait choisi de ne pas sortir.

Après avoir traversé la cuisine vide, elle gravit l'escalier de service sur la pointe des pieds, puis gagna le palier du second étage où se trouvait sa chambre. Elle se glissa en silence à l'intérieur, referma la porte derrière elle et, enfin, put se laisser aller contre le panneau de bois avec un soupir de soulagement.

Il y avait plus d'une demi-heure qu'elle avait quitté la maison Doyle & Heppenstall. Pourtant, elle ressentait toujours au creux de l'estomac de violentes palpitations. Un peu comme quand, adolescente, elle et son cheval se trouvaient face à une barrière particulièrement difficile à franchir durant la chasse annuelle à Babbington Heath. Elle ressentait dans la poitrine le battement sourd de la peur mêlée à l'ivresse d'un plaisir anticipé.

Après avoir allumé une lampe, elle ôta sa jupe et sa jaquette défraîchies. Ayant raté l'omnibus dans Bond Street, elle avait été obligée de marcher une grande partie du trajet. Plus de deux kilomètres, ce n'était pas une grande distance pour quelqu'un habitué à arpenter la campagne du Sussex. Toutefois, Londres était bien plus salissant que Combe Regis. La fumée et la suie qui obscurcissaient le ciel et effaçaient les étoiles noircissaient aussi les vêtements, notamment les ourlets et les poignets.

Une fois qu'elle se fut lavé le visage et les mains, elle enfila une robe d'intérieur d'un bleu passé. Il lui fallut un peu plus de temps pour mettre de l'ordre dans ses cheveux indisciplinés. Enfin, elle drapa un vieux châle en cachemire autour de ses épaules, sortit de sa chambre et descendit l'escalier.

Pour que sa première saison soit un succès, il allait lui falloir davantage qu'une ou deux élégantes tenues d'équitation. Elle aurait besoin d'une garde-robe entière. Fini les chapeaux et les jupes refaçonnés, ainsi que les robes en drap de laine terne et bon marché. Evelyne voulait ce qu'il y avait de mieux. Et ce qu'il y avait de mieux nécessitait de l'argent.

Il était grand temps qu'elle aborde le sujet avec oncle Harris.

Le bureau de celui-ci, contigu à la bibliothèque, était son domaine exclusif. La porte restait toujours fermée et la lumière y brillait à toute heure du jour et de la nuit. Il en émergeait rarement. Et lorsque cela lui arrivait, il faisait irrésistiblement penser à une taupe pointant le museau hors de sa galerie souterraine et clignant des yeux au soleil.

« Souvenez-vous que mon frère est un savant et un érudit, lui avait dit tante Nora avant qu'Evelyne quitte Combe Regis. Rien n'existe pour lui hormis ses travaux. Vous devrez prendre la peine de lui rappeler votre présence tous les jours, sinon il oubliera que vous êtes là. »

Evelyne avait promis de le faire. Mais depuis son arrivée à Londres, la semaine précédente, elle avait trouvé bien plus facile de laisser son oncle tranquille.

Elle préférait conserver son indépendance. Cette même indépendance dont elle jouissait chez elle.

Malheureusement, certaines choses demandaient la participation d'oncle Harris.

Elle frappa légèrement à la porte du bureau.

— Qui est-ce ?

— C'est moi, mon oncle... Evelyne, dit-elle en entrebâillant la porte.

Harris Fielding était assis derrière un énorme bureau d'acajou sculpté, dont la surface était couverte d'une telle montagne de livres et de papiers que c'est à peine si on le voyait. Seul le sommet de son bonnet à gland était visible.

— Evelyne ? répéta-t-il comme s'il n'avait jamais entendu ce prénom. Ah oui ! La petite de Diana. Entrez, entrez donc.

Evelyne entra et se plaça devant le bureau.

Sa mère, Diana, avait été la plus jeune sœur de Harris. Evelyne était âgée de quinze ans lorsqu'elle était morte. D'épuisement, avait dit la sage-femme du village. Trop d'enfants, dont certains n'avaient pas vécu, en trop peu de temps. Le dernier accouchement lui avait été fatal. Isobel, la nouveau-née, avait survécu, mais leur mère s'était éteinte. Elle avait fermé les yeux comme pour se reposer un instant, et ne s'était jamais réveillée.

À la suite de son décès, les problèmes s'étaient multipliés.

Diana avait été leur guide et leur ancrage. Sage, pragmatique, c'était elle qui tenait les rênes de la famille et indiquait à chacun de ses membres la course la plus raisonnable. Sans elle, les choses étaient rapidement parties à vau-l'eau.

Évidemment, leur père n'avait été d'aucun secours. Rongé par la culpabilité, il s'était consolé en voyageant, et il ne restait jamais plus de quelques jours d'affilée à la maison. Evelyne et ses sœurs avaient été laissées aux bons soins de tante Nora, la sœur aînée de Diana et d'oncle Harris, restée vieille fille. C'était une femme douce et bonne, mais pas la plus intelligente de la famille.

— Désolé, je crois bien que j'ai encore manqué le dîner, déclara Harris. C'est à cause de ce maudit article pour la Société archéologique. Il ne s'écrira pas tout seul, vous comprenez.

— Vous n'avez pas besoin de vous déranger à cause de moi, répliqua Evelyne. Je me débrouille très bien toute seule.

En vérité, elle n'avait vu son oncle à la table du dîner que deux fois depuis son arrivée. Et même alors, il s'était levé avant le dernier plat et était sorti de la salle à manger, l'air absent, pour regagner son antre.

Il regarda Evelyne par-dessus le fouillis de son bureau. La lumière de la lampe à huile se refléta sur les verres en demi-lune de ses lunettes.

— Vous êtes bien installée, j'espère ? Votre chambre... ce genre de choses ?

— Oui, je vous remercie. Tout va bien.

— Vous n'aviez pas un cheval ?

— Si. Il est bien installé, lui aussi. Mon palefrenier s'occupe de lui.

— Bien, bien... Nora m'avait dit que vous aviez quelqu'un. Palefrenier, valet, un genre d'homme à tout faire... Il s'appelle comment, ce garçon ?

— Lewis.

Lewis avait été au service de son père avant de devenir le palefrenier d'Evelyne. C'était lui qui avait accompagné Hephaestus en Angleterre depuis l'Espagne, où son père était mort quatre ans auparavant.

— Et vous avez vu avec Mme Quick pour avoir une... comment dites-vous, déjà ?

— Une femme de chambre ? Oui. Elle m'a dit que je pouvais avoir Agnès durant mon séjour.

— Euh... ?

— Agnès. L'une de vos servantes.

Evelyne s'était déjà plus ou moins arrangée avec la jeune femme. Ayant été auparavant employée à Mayfair,

Agnès pouvait se vanter de connaître de nombreux domestiques dans ce quartier. Y compris une servante travaillant dans la maison de Mme Catherine Walters, située Park Street. C'est de cette manière qu'Evelyne avait appris où la célèbre courtisane achetait ses tenues d'équitation.

— J'ai toujours eu du mal à suivre, avec le personnel, admit oncle Harris d'un ton absent. Je laisse cela à Mme Quick. C'est une intendante prodigieuse. Elle sait toujours ce qu'il faut faire...

Après un silence, il reprit :

— Est-ce tout ?

— Je crains que non. Il reste le petit problème du coût de mes toilettes. J'ai un peu d'argent de côté, mais tante Nora espérait que...

— Que je contribue aux frais de la saison ? Oui, oui, bien sûr ! Elle y fait allusion quelque part, poursuivit-il en farfouillant dans ses papiers. J'ai reçu justement une lettre d'elle ce matin, où elle me rappelait la chose.

— Tante Nora a écrit ? fit Evelyne en s'approchant davantage. Que dit-elle ?

— Un tas de choses, si je me souviens bien... Ah, la voilà !

Il leva la feuille d'un élégant papier à lettres pour la présenter à la lumière. Elle était couverte d'un bord à l'autre des pattes de mouche familières de tante Nora.

— Je dois veiller à ce que vous soyez convenablement vêtue, convenablement chaussée, etc. Je dois engager une femme de chambre pour vous, bla-bla-bla... Elle me le disait déjà dans sa dernière lettre. Nora est quelqu'un qui aime vraiment se répéter.

Avec un frère aussi distrait qu'oncle Harris, comment s'en étonner ?

— Est-ce qu'elle parle d'autre chose ?

— Elle me rappelle que je dois écrire à lady Arundell.

— Vous ne lui avez pas encore écrit ? s'enquit Evelyne, incapable de dissimuler une pointe d'exaspération.

Rosamond Deveril, comtesse d'Arundell, appartenait comme oncle Harris à la Société archéologique. C'était une riche veuve, impliquée dans toutes sortes d'œuvres de charité. Mais elle était surtout connue pour le bal prestigieux qu'elle donnait chaque printemps. Oncle Harris ne manquait jamais d'y faire allusion dans les lettres qu'il écrivait à tante Nora. Selon lui, le bal Arundell constituait le point culminant de la saison mondaine.

Evelyne était persuadée qu'il avait déjà parlé d'elle à son amie. En fait, elle s'attendait même à recevoir la visite de lady Arundell d'un jour à l'autre.

— Je ne vois pas pourquoi je lui écrirais, rétorqua-t-il. À moins que… Ces derniers temps, elle ne parle que d'une école pour filles fondée à Wimbledon. Elle est toujours en quête d'enseignantes. Nora pense donc que vous souhaiteriez devenir institutrice ?

— Non, certainement pas. Je n'ai aucun désir de devenir institutrice ni, d'ailleurs, aucune compétence pour exercer ce métier.

— Alors, qu'avez-vous à voir avec elle ?

Evelyne s'exhorta à la patience. Ce qui n'était pas aisé quand son avenir, ainsi que celui de ses sœurs, dépendait entièrement de la bonne volonté de son oncle.

— Tante Nora espère que lady Arundell serait disposée à me prendre sous son aile pendant mon séjour en ville… qu'elle pourrait m'introduire dans la haute société.

Son oncle poussa un grognement songeur.

— Et moi, je suis censé la convaincre ?

— Vous êtes censé aborder le sujet avec elle.

— Je ne crois pas que vous verrez grand-chose de la saison cette année, avec ou sans le soutien de la comtesse, vu que le prince consort a passé l'arme à gauche. Ça va jeter un froid sur les festivités.

Evelyne ne pouvait le contredire sur ce point. La mort du prince Albert tombait mal, effectivement. Il était décédé en décembre, apparemment d'une fièvre typhoïde. Une tragédie pour la reine, et aussi pour le pays. Pendant quelque temps, les affaires avaient été suspendues et les divertissements publics annulés. Encore maintenant, trois mois plus tard, certaines boutiques de Londres continuaient de draper de noir leurs vitrines.

Mais la vie devait continuer.

Evelyne n'avait d'autre choix que de tirer le meilleur parti de la situation.

— Néanmoins...

— Vous avez besoin d'une protectrice.

— Il n'est pas nécessaire que ce soit très formel, fit-elle remarquer, car elle souhaitait conserver une relative indépendance durant son séjour. À tout le moins, tante Nora espère que vous pourrez me procurer une invitation pour le bal de lady Arundell le mois prochain.

— Je suppose que je le pourrai. Puisque Nora le souhaite...

Il avait gardé la lettre à la main. Comme il la fixait en silence, Evelyne demanda :

— Elle ne dit rien d'autre ?

Oncle Harris se racla la gorge.

— Elle me dit de veiller à ce que vous ne preniez pas le même chemin que votre sœur.

En entendant cette allusion au déshonneur de sa sœur aînée, Evelyne ne put s'empêcher de pincer les lèvres.

— Il n'y a aucun danger de ce côté, monsieur, assura-t-elle.

Il leva les yeux pour la regarder, et son expression se fit légèrement dédaigneuse.

— Je veux bien le croire.

Evelyne aurait dû sans doute se sentir offensée. Elle n'était pas aussi jolie que sa sœur aînée, et en avait parfaitement conscience.

Fenella avait été la beauté indiscutée de la famille, le réceptacle de tous les espoirs. Trois ans plus tôt, tante Nora avait dépensé le plus gros de ses économies pour offrir à Fenny une saison londonienne en bonne et due forme. Si Fenny avait contracté une union prestigieuse, elle aurait été en mesure d'assurer l'entrée dans le monde d'Evelyne, puis de leurs quatre sœurs plus jeunes.

Sauf qu'au lieu de se trouver un mari fortuné, Fenny avait choisi de s'enfuir avec Anthony Connaught, le fils débauché de leur voisin, sir William, dont il était l'héritier.

Babbington Heath, le domaine de sir William, n'était pas très éloigné de Combe Regis. La famille Malravers fréquentait depuis longtemps sir William et ses fils. Evelyne considérait le frère cadet d'Anthony, Stephen, comme un ami. Et même plus qu'un ami. Ensemble, ils se promenaient à cheval ou se rendaient aux réunions du village.

Mais tout cela était fini.

Le scandale avait rejailli de Londres jusqu'au Sussex. Avec pour résultat que tante Nora avait renoncé à toute entrée dans le monde pour Evelyne et ses sœurs cadettes. Plus grave, l'inclination tendre d'Evelyne pour Stephen avait été pulvérisée. Il lui avait jeté au visage sa conviction que non seulement Fenny avait pris son frère au piège, mais qu'Evelyne avait essayé de le prendre, lui, au même piège.

Le prendre au piège ! Comme si elle n'était qu'une intrigante à bout de ressources ! Son père ne possédait certes pas un haut rang ni une grande fortune, mais il avait été un gentleman, et elle était fille de gentleman. Quelle importance si elle n'avait pas de relations prestigieuses ? Si elle ne recevait pas de dot considérable ? Cela ne l'empêchait pas d'être digne de respect.

C'était du moins ce qu'elle pensait à présent.

Trois ans auparavant, âgée de seulement vingt ans, elle ne s'était pas montrée aussi raisonnable. Elle avait eu le cœur brisé. Elle éprouvait encore un pincement dans la poitrine chaque fois qu'elle y repensait.

Mais se morfondre ne servait à rien.

Fenny était partie, pour toujours peut-être. Selon certains, elle vivait en Europe en tant que maîtresse d'Anthony. Le sort des filles Malravers reposait désormais sur les épaules d'Evelyne. Et elle était déterminée à ne pas laisser tomber ses sœurs cadettes.

— Une sale affaire, reprit oncle Harris en repliant la lettre de tante Nora. Je remercie le ciel de n'y avoir pas trempé.

Durant sa saison, Fenny n'avait effectivement pas résidé chez lui, mais chez des amies – une femme de la haute société et sa fille. Tante Nora avait jugé cet arrangement plus souhaitable. « Qu'est-ce que mon frère connaît à l'entrée d'une jeune fille dans le monde ? avait-elle fait remarquer à ce moment-là. Absolument rien. »

Il était entendu que la saison d'Evelyne se déroulerait de manière différente. Non seulement elle logeait chez son oncle, dans la relative obscurité de Russell Square, mais elle devait tenir compte du scandale provoqué par sa sœur. En outre, elle avait beaucoup moins d'argent à sa disposition que Fenny n'en avait eu. La somme était tout juste suffisante pour la mener jusqu'au mois d'août, à condition qu'elle se montre frugale. Et si elle n'avait pas reçu de demande en mariage à ce moment-là, il lui faudrait retourner à Combe Regis pour avouer sa défaite.

Jamais !

Elle n'échouerait pas, car elle allait jeter toutes ses forces dans la bataille.

— Je suppose que vous n'avez jamais eu de nouvelles d'elle ? s'enquit oncle Harris.

— Aucune. Pas depuis qu'elle a quitté Londres.

— Dommage. Elle aurait pu vous conseiller sur la mode… Mais l'apparence ne fait pas tout. Beaucoup de gentlemen préfèrent une femme simple qui a la tête sur les épaules.

— Même les femmes simples ayant la tête sur les épaules doivent être élégamment vêtues pendant la saison, fit remarquer Evelyne. On pourrait souligner que c'est impératif, puisqu'elles possèdent peu d'atouts dans leur jeu.

Oncle Harris acquiesça d'un signe de tête.

— Ce n'est pas faux. Nora disait bien que vous étiez une fille sensée.

— Vraiment ? Ça fait plaisir !

Devant son air interloqué, Evelyne se mordit la langue. Ce n'était pas le moment de se hérisser. Elle s'appliqua à afficher une expression convenablement soumise.

— On m'a souvent dit qu'en cela, je ressemblais à ma mère.

— Un beau compliment, c'est certain, fit oncle Harris, rasséréné. Vous pouvez prendre à la banque ce dont vous avez besoin. Dans des limites raisonnables, bien sûr.

— Je vous remercie, mon oncle. Vous n'oublierez pas de parler du bal à lady Arundell ?

— Je vais lui envoyer un billet.

— Vous l'écrivez maintenant ? suggéra-t-elle.

S'il ne le rédigeait pas sur-le-champ, elle doutait que le billet parte un jour.

Oncle Harris resta silencieux un moment.

— Autant en finir, se résigna-t-il en grommelant. Sinon, je n'aurai jamais la paix.

Un peu plus tard ce soir-là, assise devant le petit bureau de sa chambre, Evelyne terminait la dernière lettre à sa famille. Elle en avait écrit une à tante Nora et une à chacune de ses sœurs : Augusta, Caroline, Elizabeth et Isobel, affectueusement surnommées Gussie, Caro, Bette et Izzy. Leur âge s'échelonnait de huit à dix-huit ans, et chacune d'elles possédait une personnalité unique et précieuse.

Gussie excellait dans l'art de l'aquarelle et de la broderie ; Caro adorait les histoires de revenants et les romans gothiques ; Bette était un garçon manqué, qui refusait de monter en amazone et émettait déjà des avis sur le vote des femmes. Quant à Izzy, la benjamine, c'était une aventurière-née, comme leur père.

— Je suivrai ton voyage sur la carte, avait annoncé la petite fille le jour où Evelyne avait quitté Combe Regis.

— Et je te chercherai dans le carnet mondain, avait ajouté Gussie en serrant Evelyne dans ses bras avec force.

Ses sœurs avaient été presque aussi excitées qu'Evelyne elle-même à la perspective de sa saison londonienne. Et c'est ce qu'elle s'était appliquée à coucher sur le papier : son excitation face à la magnificence de la ville, au plaisir de prendre un omnibus et à la perspective d'assister à un bal.

« Tout se passera bien. » Même si elle ne les avait pas écrits noir sur blanc, ces mots étaient sous-entendus à chaque ligne. « Vous n'avez pas de souci à vous faire. Vous êtes aimées. Je m'occupe de tout. »

Alors qu'elle appliquait le buvard sur sa dernière lettre, on frappa à la porte de la chambre.

— C'est moi, mademoiselle, dit Agnès en entrant. Aurez-vous besoin de quelque chose avant que je me retire ?

Evelyne leva les yeux. Sa femme de chambre portait une robe en drap de laine noire, et ses cheveux d'un châtain terne étaient tirés en un chignon sévère.

— Non, merci. Je vais moi-même bientôt me coucher, répondit-elle. Comment s'est passée la visite à votre cousine ?

— Oh, bien. Elle est juste un peu fatiguée, avec le bébé et tout le reste. Elle était contente de me voir.

Tout en parlant, Agnès ramassa la jupe et la jaquette qu'Evelyne avait déposées sur le sofa, à l'extrémité de son grand lit. Les sourcils froncés, elle examina l'ourlet maculé de boue.

— Vous n'êtes pas allée dans cette boutique de tailleur ? demanda-t-elle.

Evelyne glissa sa lettre terminée dans une enveloppe.

— Si.

Agnès lui jeta un coup d'œil perçant.

— Toute seule ?

— Je fais souvent mes courses seule. Comme beaucoup de jeunes femmes.

— Pas les jeunes femmes convenables, rétorqua Agnès.

— C'est possible. Mais ce n'est pas comme si quelqu'un m'avait vue. Il n'y avait pas de clients chez Doyle & Heppenstall, et personne dans la rue ne m'a prêté attention.

— Il n'empêche que Mme Quick m'a bien expliqué que je devais vous accompagner…

— Pas quand vous profitez de votre après-midi libre. D'autant que je vous le répète, je ne craignais rien. Mais, continua Evelyne tout en cachetant son enveloppe, j'aurai beaucoup d'autres courses à faire dans les jours à venir. Vous pourrez m'accompagner.

Agnès parut satisfaite. Elle plia la jupe et la jaquette sur son bras.

— Avez-vous passé commande à M. Doyle ?

— À M. Malik.

— Qui ?

— C'est lui qui conçoit les tenues d'équitation, et non M. Doyle.

Tout en rangeant son nécessaire à écrire, Evelyne fit le récit de sa visite à la boutique et raconta à la femme de chambre tout ce qui s'y était passé.

Enfin, presque tout.

Elle ne fit pas allusion au physique séduisant de M. Malik. Ni à ce qu'elle avait ressenti lorsqu'il l'avait regardée ou qu'il lui avait touché la main.

— Vous lui avez vraiment déclaré que vous n'étiez pas un bas-bleu ? dit Agnès en se retenant visiblement de sourire.

Une réaction pas très flatteuse. Aussi, un peu piquée, Evelyne rétorqua-t-elle :

— Et pourquoi devrais-je accepter d'être étiquetée ? D'abord, c'est « laissée-pour-compte », ensuite « bas-bleu », et enfin « vieille fille ». Je ne veux pas être rangée dans une petite catégorie bien propre, et tenue pour quantité négligeable par la société comme si j'étais dénuée de toute complexité. Moi-même, je ne connais pas encore l'étendue et la profondeur de ce que je suis – ou de ce dont je suis capable. Alors comment un homme, ou n'importe qui, le pourrait-il ?

Agnès garda le silence, l'air dubitatif.

— Oui, je sais, soupira Evelyne. C'est exactement ce genre de remarque qui me place dans la case des bas-bleus.

Mais cela ne regardait personne, hormis elle.

Elle n'était plus à Combe Regis. Elle vivait à Londres, un endroit où on ne la connaissait ni d'Ève ni d'Adam. Si elle devait être mise dans une case, c'est elle qui la choisirait. Et ce ne serait ni « laissée-pour-compte » ni « bas-bleu », mais « cavalière ».

Sa mère lui avait inspiré cette idée. Elle disait toujours que face à un problème, il fallait être en position de force.

Sitôt qu'elle eut pris sa décision d'aller à Londres, Evelyne avait longuement retourné cet avis dans sa tête. Il était peu probable qu'elle trouve un mari fortuné dans un salon ou une salle de bal. À la différence de Fenny, elle n'était pas très douée pour la danse, la musique ou la conversation. En conséquence, elle mènerait campagne sur Rotten Row.

— Et alors, qu'a dit M. Malik ? demanda Agnès. Il va vous faire le même genre de tenue que celle de Mlle Walters ?

— Je ne le sais pas encore, répondit Evelyne en se levant. Je ne le saurai que demain, lorsqu'il m'aura vue à cheval.

— Ça ne me plaît pas beaucoup. Qu'il vous fasse passer comme un examen… Pour qui se prend-il ?

— C'est un artiste. Nous excuserons donc son impertinence pour le moment. Mais il ne tardera pas à comprendre…, conclut Evelyne avec un léger sourire.

3

Le lendemain matin, Evelyne entra sur Rotten Row au trot, suivie de son palefrenier. Elle sentait sous elle les muscles bandés d'Hephaestus. Il caracolait, faisait des écarts, prêt à bondir dans les airs à la plus infime sollicitation.

Il n'était jamais venu à Londres, et encore moins à Hyde Park. Le temps n'était pas pour le calmer. Entre la brume et le crachin, le soleil lançait parfois à travers les feuillages de brusques éclats qui éblouissaient Evelyne. Elle était heureuse de ne pas porter ses lunettes, car la réverbération aurait été insupportable.

Lewis amena son paisible alezan à son niveau. Âgé d'un peu plus de cinquante ans, c'était un homme trapu qui, sous son expression placide, connaissait bien les chevaux.

— Il a l'air sur le point de s'emballer, fit-il remarquer.

— Ça va aller. Il est un peu énervé, mais je garde la main. Tout ce qu'il veut, c'est un bon galop pour se rafraîchir les idées.

Ils en auraient le temps car, apparemment, M. Malik n'était pas encore arrivé. Evelyne suivit des yeux la barrière qui bordait la piste. En général, les gens se plaçaient derrière celle-ci pour assister à la parade des chevaux et des cavaliers. Mais l'endroit était aussi vide que le reste du parc.

Hephaestus releva la tête et, les naseaux dilatés, souffla violemment un nuage de buée. Elle le flatta du plat de la main pour l'apaiser.

— Vous pensez pouvoir l'arrêter, une fois qu'il sera au galop ? demanda Lewis.

La question aurait été posée par n'importe qui d'autre, Evelyne aurait été vexée que l'on doute de ses capacités. Mais Lewis la connaissait depuis son enfance.

— Oui, bien sûr.

Elle déplaça très légèrement son poids sur la selle et, serrant plus fortement les rênes, elle exerça une pression subtile de son assise et de sa jambe. Hephaestus se cabra légèrement, avant de jaillir comme un boulet de canon et de détaler au petit galop.

Evelyne s'assura d'un coup d'œil qu'il n'y avait toujours pas de témoins. Personne ne protesterait si elle lui lâchait la bride.

Le voile en résille accroché à son chapeau se plaqua contre son visage, et la longue jupe de sa vieille amazone noire battit les flancs puissants d'Hephaestus.

— Du calme, murmura-t-elle. Du calme.

Hephaestus était un andalou, une race connue pour sa sensibilité et la régularité de son allure. Le père d'Evelyne avait dit un jour qu'on pourrait tenir une tasse de thé sur le dos d'un andalou au petit galop sans en renverser une goutte. C'était une exagération, bien sûr, mais plus proche de la réalité que pure invention.

De ses mains gantées, Evelyne tenait les rênes avec juste assez de fermeté pour maintenir le contact. Selon elle, il ne servait à rien de malmener la bouche d'un cheval. Le contrôle devait s'effectuer par l'assiette. La selle d'amazone rendait la chose plus difficile, mais pas impossible. Surtout avec un cheval aussi attentif et réactif qu'Hephaestus. Au bout d'un moment, elle lui fit progressivement ralentir l'allure, d'abord au trot, puis au pas, et le récompensa de son obéissance en lui flattant l'encolure.

— C'est bien, lui dit-elle.

Seulement alors, elle s'aperçut qu'ils n'étaient pas seuls.

Une autre cavalière sortait d'un bosquet d'arbres. Une jeune femme mince, aux cheveux aile de corbeau, montée sur un cheval de chasse noir d'une taille exceptionnelle. Elle tenait ses rênes assez lâches pour lui permettre d'allonger le cou et de lever la tête, comme s'il voulait se rafraîchir après un exercice intense. Un palefrenier les suivait à quelques pas.

— Bonjour ! lança la femme.

Evelyne leva la main pour la saluer, mais à contrecœur. Elle avait espéré éviter toute rencontre, ce matin. Sa première véritable apparition dans le parc devait être quelque chose de particulier. Non un galop désordonné à l'aube, vêtue d'une vieille amazone en drap de laine. Elle pria pour que la cavalière passe son chemin.

Hélas, la jeune femme ne répondit pas à son vœu. Au contraire. Elle fit ralentir sa monture jusqu'à l'arrêter, et enveloppa Hephaestus d'un regard admiratif.

— Quel bel étalon ! Il est espagnol ? Il ressemble beaucoup à un andalou. Mais je n'en ai jamais vu que des gris.

— Les bais sont rares dans cette race, répondit Evelyne.

Cette rareté leur donnait une valeur supérieure. Une des raisons pour lesquelles son père avait acheté Hephaestus, dépensant bien plus d'argent qu'il ne pouvait se le permettre.

— Et vous ne l'équipez que d'un bridon ? C'est extraordinaire ! Je me considère comme une bonne cavalière, pourtant, je ne monterais jamais Cossack autrement qu'avec un Pelham.

Evelyne sourit à ce compliment détourné.

— Hephaestus a la bouche tendre. Je le monte fréquemment avec une seule rêne.

— Mais c'est un étalon !

— Un gentil étalon.

— Lady Anne monte un étalon, elle aussi, continua la jeune femme. Mais Mlle Hobhouse préfère une jument. En ce moment, elle a un pur-sang croisé. Une belle créature, presque entièrement blanche. Nous montons souvent ensemble, le matin. C'est mieux que l'après-midi, quand tout le monde afflue dans le parc.

Un pli léger se creusa sur son front.

— Je ne vous ai jamais vue auparavant…

— C'est ma première sortie. Mon palefrenier n'est arrivé qu'hier en ville avec mon cheval.

Evelyne fit décrire un demi-cercle à Hephaestus. Elle le sentait encore plein d'une énergie démesurée, qui ne demandait qu'à se dépenser.

— Pardonnez-moi, dit-elle, mais je dois repartir.

— Je vous en prie. Il ne faudrait pas qu'il prenne froid. Êtes-vous ici pour la saison ? continua la jeune femme en lui emboîtant le pas.

— Oui, admit Evelyne.

— Moi aussi… pour la troisième fois, précisa-t-elle, une lueur chagrine dans ses yeux bleus. Je m'appelle Julia Wychwood.

— Evelyne Malravers.

— Enchantée, mademoiselle Malravers, dit Mlle Wychwood avec un sourire. Je ne vous importunerai pas plus longtemps. Ma promenade est terminée, et la vôtre ne fait que commencer. Je pense que nous nous croiserons de nouveau. Je viens de bon matin très souvent.

— J'en serai ravie, assura Evelyne avec une chaleur sincère.

— Bonne journée ! lança Mlle Wychwood en dirigeant son cheval vers une allée latérale.

— Bonne journée !

Quelle drôle de fille. Volubile, assurément. Evelyne était néanmoins heureuse de l'avoir rencontrée. Elle n'avait aucune amie à Londres. Du moins, pas encore. Mlle Wychwood paraissait partager sa passion pour l'équitation.

Il était rare de rencontrer des cavaliers vraiment émérites. Beaucoup se contentaient de recourir aux mors, aux martingales et autres méthodes brutales pour s'assurer du contrôle de leur monture.

Evelyne mit de nouveau Hephaestus au trot, puis au petit galop. Elle le laissa à cette allure sur une longue distance, savourant le mouvement fluide et régulier de son ample foulée. Derrière elle, les sabots du cheval de Lewis frappaient la piste en écho.

Une nouvelle fois, elle glissa un coup d'œil vers la barrière. L'endroit était toujours aussi désert qu'à son arrivée. M. Malik n'était pas venu.

Au moment même où elle commençait à se résigner, un léger mouvement, droit devant elle, attira son attention.

Elle écarquilla les yeux.

Bonté divine, c'était lui !

Debout dans l'ombre d'un orme, il était à peine visible. Mais une fois qu'elle l'eut aperçu, elle n'eut plus aucun doute. Vêtu d'un pantalon et d'une redingote noirs impeccablement coupés, il paraissait à la fois beau et dangereux. Comme un ange déchu, venu à regret sur terre.

Une sensation de trouble s'insinua dans ses veines. Elle en ignorait la raison. À vingt-trois ans, elle n'était pourtant plus une gamine ! Et on ne pouvait pas dire qu'il s'était montré particulièrement aimable avec elle. Même à cet instant, cette manière qu'il avait de la regarder… L'air sombre, les sourcils froncés, comme s'il l'évaluait.

Elle se dirigea vers lui au petit galop, fit ralentir Hephaestus avant de l'arrêter devant les arbres. Il piaffa un instant, puis s'immobilisa.

— Bonjour, monsieur Malik, dit-elle d'une voix un peu essoufflée.

Il s'inclina.

— Bonjour, mademoiselle Malravers.

— Il y a longtemps que vous êtes ici ?

— Depuis que vous êtes entrée sur Rotten Row.

Evelyne faillit en rester bouche bée.

— Depuis tout ce temps ? Mais… je ne vous ai pas vu.

— Pourquoi m'auriez-vous vu ? Vous montiez à cheval.

— Et vous nous regardiez ?

— Oui.

La gorge d'Evelyne se serra sous l'effet de la frustration. Elle n'avait rien fait d'autre que de galoper en ligne droite, ce qui n'exigeait guère de talent de sa part, ni de celle d'Hephaestus. M. Malik avait dû s'attendre à une démonstration bien plus convaincante.

— Je peux monter un peu plus longtemps si vous voulez, proposa-t-elle. Lui faire prendre différentes allures. Il est bien dressé, et il connaît la plupart des figures de haute école. Je l'ai entraîné moi-même.

— J'en ai vu assez, déclara M. Malik.

Le cœur d'Evelyne tomba comme une pierre dans sa poitrine. Flûte ! Pourquoi ne la laissait-il pas faire la démonstration de ses capacités ? Ce n'était pas juste. Il est vrai que la vie s'était rarement montrée juste avec elle.

N'empêche, elle ne renoncerait pas à son plan. Elle ne laisserait pas le refus de cet homme ruiner tout espoir.

Mais s'agissait-il vraiment d'un refus ?

Après tout, il était toujours là.

— Alors ? demanda-t-elle, les muscles crispés par l'appréhension.

— Vous êtes une excellente cavalière.

— Ça, je le sais, répliqua-t-elle avec impatience. Ce que je veux dire, c'est… Avez-vous décidé que vous me feriez une tenue ?

— Eh bien, mademoiselle Malravers, je crois que oui.

Enfonçant les mains dans ses poches, Ahmad suivit des yeux Mlle Malravers qui s'éloignait. Elle paraissait différente sur un cheval. Élégante et sûre d'elle. Tout à fait à l'aise.

Pour dire la vérité, il n'avait jamais vu une cavalière comme elle.

Elle ne s'était pas vantée quand elle avait déclaré être meilleure que les Belles Écuyères. De ce qu'il avait vu ce matin, Mlle Malravers possédait des talents au-delà de toute comparaison. Lorsqu'elle galopait sur ce grand étalon espagnol – un cheval qui aurait intimidé la plupart des hommes –, elle ne faisait qu'un avec sa monture. Elle possédait une maîtrise totale et, en même temps, elle paraissait n'exercer aucune contrainte physique.

Une démonstration impressionnante. Mais il n'y avait pas que cela.

Elle chevauchait avec une grâce naturelle. La manière féminine, presque sensuelle, dont les lignes de son corps épousaient chaque mouvement du cheval avait fasciné Ahmad.

Alors qu'il la regardait avec une admiration et un respect grandissants, un nœud s'était formé dans sa poitrine. Bonté divine ! Avait-elle conscience de ses atouts considérables ? Il lui suffirait pour se mettre en valeur de rencontrer la bonne couturière, le bon coiffeur et la bonne corsetière.

Et le bon tailleur...

Mlle Walters avait réussi à s'attacher un marquis comme protecteur. Quelle était la cible de Mlle Malravers ? Un duc ? Un prince ?

Si elle jouait correctement ses cartes, Ahmad ne doutait pas qu'elle était capable de conquérir qui elle voulait.

Tournant le dos à la barrière, il reprit le chemin par lequel il était venu et gagna l'entrée principale du parc. Des gouttes de pluie tombaient par intermittence, mouillant les épaules de sa redingote et le bord de son chapeau. Il était trop absorbé pour y prendre garde. Déjà, la vision du tissu qu'il utiliserait pour elle, sa couleur, sa texture, sa coupe, envahissait tout son esprit.

Il n'y avait rien dans la boutique du tailleur ressemblant à ce qu'il voulait. Pour Mlle Malravers, il fallait quelque chose de nouveau. Quelque chose de spécial.

Revenu dans la rue principale, Ahmad fit signe à un fiacre.

— Chez Phillotson's, Holborn Hill, indiqua-t-il au cocher avant de s'installer.

Phillotson's était l'un des quatre grossistes qui vendaient les plus beaux draps de laine. Si Ahmad privilégiait cet entrepôt, c'était parce qu'il offrait le choix le plus large. Il y avait des trésors à dénicher pour qui disposait d'assez de temps.

À dire vrai, il n'avait pas de temps. Il était censé terminer la robe du soir de lady Heatherton. La vicomtesse l'attendait dans la matinée du lendemain pour un dernier essayage. Mais ce n'était pas lady Heatherton qu'il avait à l'esprit.

Toutes ses pensées allaient vers Evelyne Malravers.

Ce soir-là, quelques minutes avant que Doyle & Heppenstall ferme ses portes pour la nuit, Mlle Malravers entra dans la boutique, accompagnée d'une femme de chambre.

Ahmad était en bras de chemise, un mètre souple accroché autour du cou. C'est lui qui avait proposé à la jeune femme de venir à l'heure de la fermeture. Il procédait en général aux essayages après les heures de travail, lorsque les coupeurs avaient regagné leur chambre à l'étage et que Doyle n'était plus là pour se pencher par-dessus son épaule.

Mlle Malravers s'arrêta juste après avoir franchi le seuil. Son regard alla du visage d'Ahmad à son gilet et à sa chemise de lin blanc, puis revint à son visage. Vêtue d'une robe d'après-midi informe, elle n'avait plus rien de la vision éblouissante qu'elle offrait à cheval.

Ses yeux trahissaient la nervosité. Ses mains tremblaient.

Lui-même ne se sentait pas entièrement à son aise, ce qui le contraria et le rendit plus bourru qu'à l'ordinaire.

— Vous portez vos lunettes ? dit-il sans préambule.

Elle leva aussitôt la main vers son visage et repoussa un peu plus haut sur son nez l'accessoire en question.

— Je ne devrais pas ?

— Vous ne les aviez pas, ce matin.

— Je ne les porte jamais à cheval. Je n'en ai pas besoin pour voir au loin. Juste pour voir de près, comme lire ou parler aux gens. Sans elles, votre visage serait flou, de même que les étoffes que vous voudriez me montrer.

Il y eut à l'extérieur, devant la vitrine de Doyle & Heppenstall, un bruit de pas rapides. Les clients quittaient les boutiques qui fermaient pour rentrer chez eux. L'une des passantes attira l'attention de la domestique de Mlle Malravers.

— Oh, mademoiselle ! s'écria celle-ci. C'est Sally, de chez mon ancien employeur dans Green Street. Je peux aller lui parler ? Je ne serai pas longue.

— Bien sûr, répondit Mlle Malravers. Prenez autant de temps que vous voulez.

La femme de chambre se glissa à l'extérieur et referma la porte derrière elle.

— Vous venez de l'engager ? s'enquit Ahmad.

La jeune femme esquissa un sourire.

— Elle est servante dans la maison de mon oncle, et on me l'a attribuée comme femme de chambre.

Son oncle...

— Je ne suis pas autorisée à sortir seule durant mon séjour, poursuivit-elle. Du moins, en théorie. Encore que je préfère être indépendante. Chez moi, dans mon village, je fais ce que je veux.

Ahmad l'observa en silence quelques instants. Elle habitait donc chez un oncle, qui accueillait aussi son cheval et son palefrenier. Et voilà qu'elle avait également une femme de chambre. Les gages de respectabilité semblaient au complet.

— Je crois comprendre que vous n'avez pas l'intention d'embrasser la profession de Mlle Walters ?

Le visage déjà rouge de Mlle Malravers vira brièvement à l'écarlate.

— Non, effectivement. Était-ce ce que vous pensiez ?

— Vous ne seriez pas la première.

Tous les jours, de jolies jeunes femmes arrivaient de la campagne, espérant trouver à Londres de meilleures conditions de vie pour elles-mêmes et leur famille. Elles étaient toujours bien accueillies dans la plus vieille profession du monde. La plupart du temps trompées par des tenancières rusées, ou contraintes par des proxénètes brutaux.

Ahmad avait souvent croisé ce genre de filles lorsqu'il travaillait chez Mme Pritchard. Parmi elles, celles qui étaient capables d'acquérir le langage et les manières d'une grande dame étaient très demandées. Beaucoup d'hommes fortunés appréciaient que leurs maîtresses possèdent un vernis d'élégance. Et ces maîtresses en titre étaient largement récompensées par une maison en ville, des domestiques, un équipage, et une rente mensuelle plus importante que ce que la plupart des gens gagnaient en une année.

C'était à cette classe de femmes qu'appartenaient Mlle Walters et les autres Belles Écuyères.

Ahmad ne portait pas de jugement. Il avait vécu parmi ces femmes durant la plus grande partie de sa vie à Londres. Chacun faisait ce qu'il devait pour survivre. La vie était suffisamment difficile sans avoir à se sentir honteux de la manière dont on la gagnait. Néanmoins…

En découvrant que Mlle Malravers n'aspirait pas à devenir une célèbre « horizontale », il éprouva un soulagement non négligeable. Sans savoir pourquoi. Cela ne le regardait pas, après tout.

— Non, dit-elle de nouveau. Devenir courtisane ne m'intéresse pas. Mais je reconnais très volontiers le pouvoir que détiennent les Belles Écuyères. Leur allure particulière. C'est cela que je veux acquérir, pas leur mode de vie.

— Dans quel but ?

— Eh bien, n'est-ce pas évident ? Pour trouver un mari.

— Ah...

Le prosaïsme de sa quête était vaguement décevant. Mais à quoi s'attendait-il ? À quelque chose de plus noble ? De plus ambitieux ? Quelque chose qui mettrait le feu aux étoiles ?

— Vous désapprouvez..., constata-t-elle.

Il haussa les épaules et se détourna.

— Pourquoi le ferais-je ?

Derrière la vitrine, la femme de chambre de Mlle Malravers et son amie s'entretenaient avec animation.

— Nous n'avons pas besoin d'attendre Agnès, ditelle en suivant son regard. Elle n'est là que pour faire plaisir à mon oncle.

— Comme vous voudrez.

Ahmad tira la portière qui séparait la boutique de l'atelier et lui fit signe de le précéder.

— Après vous.

Elle s'avança et passa sous son bras tendu, laissant dans son sillage un très faible parfum de fleur d'oranger.

Sentant son pouls s'accélérer brusquement, il maudit sa stupidité.

Ce n'était qu'une femme. L'une des nombreuses femmes qui fréquentaient Rotten Row et essayaient d'imiter Mlle Walters et ses semblables. Riches et gâtées, sanglées dans leurs élégantes amazones, ces jeunes filles de bonne famille montaient des chevaux coûteux. Mais elles n'étaient que de pâles imitations des courtisanes.

Non, il se montrait injuste, tout simplement parce que Mlle Malravers suscitait un trouble chez lui. Il réagissait à sa vue, à son parfum, à la façon dont, la veille, elle lui avait tendu la main comme s'il était son égal. Elle s'était adressée à lui non pas comme à un homme à la peau foncée, indigne de son attention, ou à un domestique censé lui obéir, mais comme à un artiste. Une personne digne de respect.

« Être capable de créer des vêtements qui font de quelqu'un une personne extraordinaire, pour moi, cela relève de la magie », avait-elle déclaré.

— Il n'y a personne d'autre ici ? s'enquit-elle alors qu'il lui faisait traverser l'atelier vide.

— Non, pas ce soir.

Il l'invita à entrer dans le grand salon d'essayage, éclairé au gaz. Une psyché était disposée devant une plateforme, et des rouleaux d'étoffes s'entassaient sur une table étroite contre le mur. Dans un coin se dressait un cheval de bois, équipé d'une vieille selle d'amazone.

— Êtes-vous sûre de n'avoir pas besoin de votre femme de chambre pour vous aider ?

— Je peux me déshabiller seule, dit-elle en enlevant lentement son chapeau. Jusqu'où dois-je...

— Restez en chemise et culottes, dit-il d'un ton froid. Pour commencer, vous pouvez conserver votre corset.

Elle baissa les paupières et détourna les yeux avec ce qui semblait être de l'embarras.

— Appelez-moi quand vous serez prête, ajouta Ahmad avant de retourner dans l'atelier.

La plupart des tailleurs qui confectionnaient des tenues d'équitation employaient des ouvrières. Mais ce n'était pas ainsi que lui travaillait. Il prenait lui-même les mesures de ses clientes, et il se chargeait de l'épinglage lors des essayages. La familiarité particulière qu'il acquérait ainsi avec le modèle l'aidait à atteindre la vision qu'il en avait. Du moins, il le pensait.

Personne ne s'en était plaint jusqu'à présent.

Il est vrai qu'il n'avait eu affaire qu'à des courtisanes ou à des femmes mariées, comme lady Heatherton. C'était plus facile avec elles. Elles savaient de quoi il retournait et n'étaient pas susceptibles d'avoir des vapeurs dès qu'il enroulait son mètre autour de leur corps légèrement vêtu.

Pourvu que Mlle Malravers ne s'évanouisse pas !

Quand elle le rappela, quelques minutes plus tard, ce fut, hélas, l'inverse qui se produisit. Alors qu'elle se tenait devant lui dans ses sous-vêtements de coton blanc et son corset défraîchis, il fut pris d'un léger vertige.

Ainsi, c'est ce qu'avaient dissimulé ses vêtements disgracieux : Vénus en chair et en os. Avec sa poitrine et ses hanches pleines, sa taille étroite, ses jambes longues et déliées, elle incarnait la féminité dans toute sa splendeur. Elle alliait un buste aux courbes pulpeuses à une fermeté athlétique des membres.

Sa beauté était frappante. Pas seulement celle de sa silhouette, exposée aux yeux d'Ahmad pour la première fois. Mais aussi celle de son visage.

À la lueur des lampes, celui-ci paraissait différent. Doux, vulnérable, avec des sourcils bruns s'étirant gracieusement vers les tempes et des pommettes délicatement sculptées, qui jetaient une ombre sur la ligne élégante de sa mâchoire. Son nez était un peu grand, très légèrement aquilin, mais ceci était contrebalancé par le dessin de sa bouche. Et quelle bouche ! Large, généreuse, qui appelait le baiser.

Il déglutit avec peine.

— Je l'avoue, murmura-t-elle en croisant les bras sur ses seins, tout cela est assez étrange. Je n'ai jamais été mesurée par un homme. À Combe Regis, c'est la couturière du village qui confectionne mes vêtements.

— Vous n'avez aucune raison d'être embarrassée. J'ai déjà vu des dizaines de femmes en sous-vêtements.

— Mais moi, vous ne m'avez jamais vue, monsieur Malik.

— C'est vrai, reconnut-il avec un sourire. Si nous admettions que la situation est gênante, et que nous nous mettions d'accord pour passer outre ?

Elle hocha la tête, puis laissa retomber ses bras.

— Cela semble raisonnable. Et maintenant ?

— Commençons par le commencement, dit-il en lui tendant la main.

Elle la prit sans hésitation.

Il éprouva alors ce même choc que la veille, lorsqu'ils s'étaient serré la main. Sauf que cette fois, elle ne portait pas de gants.

Sa peau était chaude, d'une douceur de soie, et ses doigts possédaient une force surprenante.

— Tout va bien ? demanda-t-il après l'avoir aidée à monter sur la plateforme.

— Oui, merci.

Il recula pour observer sa silhouette de son œil exercé.

— Je suppose que vous n'êtes pas fixée sur une couleur ou une étoffe particulière ?

— Non, pas spécialement. Pourquoi ? Avez-vous une idée de ce qui pourrait m'aller ?

— Plusieurs idées.

— Différentes des autres tenues que vous faites ?

— Pour l'essentiel, non. Mais pour tout le reste, oui.

— Je ne comprends pas, répliqua-t-elle, les sourcils froncés.

Aux yeux d'Ahmad, c'était pourtant simple. Plus simple, même, à présent qu'il l'avait vue – vraiment vue.

— Vous vouliez une tenue d'équitation qui vous transformerait. Je pense pouvoir faire mieux. Quelque chose qui révélerait ce que vous êtes vraiment.

Elle resta silencieuse un moment. Puis elle sourit.

— J'hésite à demander ce que cela pourrait être. J'ai déjà été accusée d'être un bas-bleu.

— Il est vrai que vous cachez bien votre jeu. Je ne l'ai découvert qu'après vous avoir observée à cheval, ce matin.

— Découvert quoi ?

— Vous êtes une beauté singulière, mademoiselle Malravers. Un diamant de la plus belle eau, à mon avis. Ce qui vous manque, c'est l'écrin adéquat.

Ahmad s'approcha de la table et souleva le rouleau d'étoffe sombre qu'il avait acheté chez Phillotson's.

— Que pensez-vous de cette teinte ? demanda-t-il.

Elle le dévisagea, l'air interdit. Ce ne fut qu'au bout d'un instant qu'elle baissa son regard sur le tissu qu'il lui présentait. De nouveau, elle fronça les sourcils.

— Du noir ?

— Il n'est pas noir, dit-il en se plaçant dans le halo projeté par une applique. Regardez mieux.

Derrière ses lunettes, ses yeux se plissèrent. Puis elle s'exclama :

— Il est vert !

— Effectivement. D'une nuance si foncée qu'il paraît noir, sauf si on le voit au soleil.

Il inclina le rouleau de tissu à la lumière.

— Sapristi, murmura-t-elle. Il miroite !

— Une illusion. C'est la finesse de tissage de la laine qui lui donne ce lustre.

Un lustre profond, aussi riche qu'élégant. Ahmad drapa un métrage de l'étoffe sur l'épaule de la jeune femme.

— Vous permettez ? demanda-t-il en tendant la main vers ses lunettes.

Elle battit des paupières.

— Oh… oui. Bien sûr.

Il les lui retira doucement. Elle croisa son regard, un peu timidement, et ses yeux, en reflétant la couleur subtile du tissu, étincelèrent comme des pierres précieuses. Ahmad la fit pivoter vers le miroir.

— Regardez-vous.

Une rougeur délicate monta au visage de la jeune femme, donnant à ses joues la teinte des roses de Damas. Son souffle se fit plus rapide.

— Cette couleur est très flatteuse, murmura-t-elle.

Il aurait été difficile de le nier. Elle faisait flamboyer sa chevelure auburn et donnait à sa peau la blancheur crémeuse de l'albâtre.

— Très, très flatteuse, confirma-t-il. Et ce n'est que le début.

Elle toucha l'étoffe du bout des doigts.

— Il y a autre chose ? Vous commencez à m'effrayer.

— Vous préférez vous cacher ? répliqua-t-il en lui rendant ses lunettes.

— Je n'avais pas conscience de me cacher ! Ne vous ai-je pas commandé une tenue d'équitation ?

— Pour une bonne raison : vous vouliez bénéficier d'un peu de ma magie. Et vous pouvez l'avoir. Tout ce que je vous demande, c'est de vous en remettre entièrement à moi.

Mlle Malravers tourna la tête vers lui. Derrière ses lunettes qu'elle avait rechaussées, ses yeux noisette avaient une expression songeuse.

— Très bien, finit-elle par dire. C'est ce que je ferai.

4

Evelyne ne bougea pas plus qu'une statue quand M. Malik plaça le mètre de couturière autour de sa poitrine, puis de sa taille, puis de ses hanches. Toute gêne qu'elle aurait pu éprouver à ce contact intime était éclipsée par le souvenir de ses paroles. Les mots qu'il avait prononcés continuaient de danser la farandole dans son esprit engourdi.

« Une beauté singulière. Un diamant de la plus belle eau... »

Personne ne l'avait jamais traitée de beauté. Elle-même n'aurait pas pensé à se définir ainsi.

Non parce qu'elle se jugeait sévèrement ou se sous-estimait. Simplement parce qu'elle avait passé la plus grande partie de sa vie dans l'ombre de Fenny. Fenny était belle. C'était même la plus belle jeune femme du Sussex. Elle incarnait la féminité fragile et raffinée, avec une silhouette évanescente et un rire aussi délicat qu'une clochette d'argent.

Evelyne n'avait jamais été ainsi. Elle ne le voulait pas, et ce n'était pas nécessaire puisqu'il y avait Fenny. Elle était donc devenue autre chose, une athlète, une femme sportive, une cavalière capable de rivaliser avec n'importe quel homme du comté. Du moins, elle aimait à le penser.

Mais ce n'était pas pour autant qu'elle dédaignait la mode. Au contraire.

Elle n'avait pas menti à M. Malik en disant qu'il s'agissait de l'une de ses passions. Son esprit s'égayait toujours à la vue d'un ruban coloré, d'un jupon froufroutant ou de la nouvelle garniture d'un chapeau.

Toutefois, elle n'avait jamais aspiré à devenir une grande beauté ou à être reconnue comme telle.

Il s'accroupit devant elle pour mesurer la distance entre ses hanches et le sol.

Durant ce bref moment où il ne la regardait pas et, la tête penchée, fixait son attention sur son mètre, elle ne put s'empêcher de balbutier :

— Vous me trouvez vraiment belle ?

Il releva le visage, les sourcils froncés et l'air vaguement distrait.

Elle regretta aussitôt sa question. Bonté divine ! Il était si séduisant qu'elle en avait pratiquement le souffle coupé. Et elle en culotte de coton, avec ses cheveux en désordre et ses lunettes qui lui glissaient sur le nez, qui demandait à être rassurée sur son apparence ! À être rassurée par cet homme qui était l'un des plus beaux gentlemen qu'elle ait jamais vus.

— Je ne cherche pas les compliments, précisa-t-elle en hâte. C'est simplement que… on ne m'a jamais dit que j'étais belle.

— Non ?

Il se releva d'un geste souple et retourna vers la table. Il y avait là un carnet dans lequel il inscrivait les mesures d'Evelyne avec le crayon qu'il gardait calé derrière son oreille. Il griffonna les derniers chiffres.

— Absolument jamais, dit-elle. C'était ma sœur aînée, la beauté de la famille. Pas moi. Elle ressemblait tout à fait aux illustrations des magazines féminins. L'incarnation de la véritable rose anglaise, disaient les gens.

— Vous confondez beauté et ressemblance.

— Je vous demande pardon ?

Il revint vers elle et l'enveloppa d'un regard scrutateur.

— La ressemblance, c'est facile, poursuivit-il. Les gens apprécient qu'une femme ressemble à un certain idéal de beauté, car cela les rassure. Mais ce n'est pas la véritable beauté, celle qui émeut jusqu'à l'âme parce qu'elle est unique.

Evelyne cilla. Était-il en train de dire qu'elle possédait ce genre de beauté ? Non, certainement pas. Elle ouvrit la bouche pour le lui demander. Et elle l'aurait fait si Agnès n'avait pas choisi ce moment précis pour entrer dans le salon d'essayage.

— Je vous demande pardon, mademoiselle, dit-elle en esquissant une révérence maladroite. Je ne me suis pas aperçue du temps qui passait...

Sa voix mourut quand elle remarqua l'absence d'employée de sexe féminin. Son expression contrite se mua en incrédulité.

— Ce n'est pas grave, assura Evelyne, qui se tourna vers M. Malik. Nous avons presque terminé, n'est-ce pas ?

— Presque.

De nouveau, il la regarda des pieds à la tête, sans paraître du tout affecté par l'arrivée de la femme de chambre. Son attitude restait la même depuis le début, celle d'un artiste examinant son modèle.

— Il vous faudra un nouveau corset.

Agnès émit un son scandalisé.

Evelyne n'y fit pas attention. Elle était déjà en sous-vêtements, et elle avait renoncé à rougir comme une écolière depuis un moment.

— Qu'est-ce qui ne va pas avec le mien ?

En deux enjambées, il la rejoignit. Il referma ses grandes mains autour de sa taille avec autant de familiarité que s'il avait été son médecin. Ou son amant.

Son cœur battit avec une telle force qu'elle eut du mal à respirer.

— Il est trop long ici, dit-il en faisant glisser ses mains sur ses hanches à l'endroit où le corset pinçait fortement sa chair. Il devrait être élastique sur les hanches, avec un busc plus court pour faciliter les mouvements. Et ici… continua-t-il en replaçant ses mains sur sa taille, les baleines ne servent à rien. Elles ne soutiennent pas votre buste ni ne soulignent votre silhouette.

— Je pourrais peut-être lacer plus serré, suggéra Evelyne. Mais pas trop non plus. Je ne peux pas me permettre de manquer de souffle. Pas si je dois faire preuve d'un minimum d'adresse à cheval.

— Je vous conseille de vous en débarrasser. Le problème n'est pas un laçage plus ou moins serré. Vous avez besoin d'un corset qui épouse votre silhouette. Il existe des modèles plus adaptés que celui-ci.

— Lequel recommandez-vous ?

— Pour la tenue que je conçois ? Vous aurez besoin d'un corset d'équitation.

Il retourna vers son carnet pour y griffonner quelque chose.

Evelyne le suivit des yeux. Elle avait l'impression d'avoir le corps en ébullition. Elle sentait encore la pression de ses mains, fortes et chaudes, autour de sa taille. Comment ses autres clientes supportaient-elles qu'il prenne leurs mesures sans en être affectées ? Chaque contact lui paraissait avoir laissé une marque intime, brûlante, sur sa peau, malgré les épaisseurs du corset et de la chemise qu'elle portait dessous.

— Et pour mes autres robes ? demanda-t-elle d'une voix un peu essoufflée.

— Cela dépend de la robe. Avez-vous pris rendez-vous avec une couturière ?

— Pas encore. J'avais l'intention de me rendre chez Mme Élise demain.

Selon Agnès, Mme Élise était en ce moment la couturière la plus recherchée de Londres.

M. Malik lui jeta un regard sombre par-dessus son épaule.

— Je vous déconseillerais Mme Élise.

Agnès se raidit. Un instant, elle parut sur le point de faire une remarque désagréable. Evelyne ne lui en laissa pas le temps.

— Pour quelle raison ?

— Il vaudrait mieux que vous alliez voir Mme Lorraine, Brutton Street. Elle n'est pas aussi renommée que Mme Élise, mais elle veillera à ce que vos toilettes soient conçues pour vous mettre particulièrement en valeur.

Il déchira la page du carnet sur laquelle il venait d'écrire et la lui tendit.

— Voici son adresse, ainsi que celle d'une bonne corsetière.

Evelyne parcourut des yeux le morceau de papier. Une troisième adresse était écrite en dessous des deux premières. Elle leva les yeux et croisa le regard de M. Malik.

— Qui est M. Philipe ?

— Un coiffeur.

Elle garda le silence, en proie à un profond doute. Il n'y avait donc rien chez elle qui vaille la peine d'être gardé ? Mais elle se reprit. Non, elle ne se jugerait pas offensée. Elle avait promis de s'en remettre à lui. Entièrement.

— Bien. Est-ce tout ? dit-elle après avoir plié le papier pour le donner à Agnès.

— Pour le moment. Vous pouvez vous rhabiller.

Il se dirigea vers la portière en emportant le rouleau de tissu vert foncé.

À peine avait-il quitté le salon d'essayage qu'Agnès se précipita pour aider Evelyne à descendre de l'estrade.

— Le toupet de cet homme ! maugréa-t-elle. Tout seul ici avec vous, sans même l'assistance d'une employée. Pour qui il se prend ? Franchement, il n'est même pas anglais !

Evelyne fronça les sourcils.

— Que voulez-vous dire ?

Agnès alla chercher les vêtements d'Evelyne posés sur un fauteuil, dans un coin du salon.

— On ne sait jamais, avec ces gens-là. Et vous, avec juste vos culottes !

Evelyne leva une jambe après l'autre pour enjamber crinoline et jupons.

— N'exagérez pas, Agnès, dit-elle tandis que la femme de chambre remontait le tout vers sa taille. M. Malik a l'habitude de voir des femmes en sous-vêtements. Il est tailleur, pour l'amour du ciel !

— Un tailleur indien, marmonna Agnès. Les hommes comme lui... On ne sait pas quelles libertés il aurait pu prendre.

— Il s'est conduit en parfait gentleman, répliqua Evelyne en nouant les cordons de sa jupe autour de sa taille. Et vous n'étiez sans doute pas aussi inquiète que cela, sinon vous n'auriez pas passé tout ce temps avec votre amie.

Agnès rougit.

— Vous ne le direz pas à Mme Quick, n'est-ce pas ?

Tout en glissant les bras dans les manches de son corsage, Evelyne la rassura.

— Bien sûr que non. Je veux seulement dire que votre intuition ne vous a pas trompée. M. Malik n'a pas pris de libertés. Il s'intéressait bien plus à ses mesures et à ses tissus qu'à ma pauvre personne.

Agnès attachait à présent les crochets fermant le devant de son corsage.

— Ce n'est pas ce que j'ai vu, répondit-elle avec un grognement ironique. Si vous aviez remarqué comme il vous fixait quand vous ne regardiez pas !

Evelyne ne put s'empêcher de rougir.

— Sottises !

M. Malik ne s'intéressait pas plus à elle qu'à n'importe quelle cliente.

— C'est un visionnaire, voilà tout. Son objectif est que je sois mise en valeur par l'amazone qu'il dessinera pour moi.

Pour toute réponse, un autre grognement.

— Sa réputation est là pour le prouver, insista Evelyne. Et s'il juge nécessaire de me recommander un nouveau corset, ainsi qu'une couturière et un coiffeur particuliers, je suis bien décidée à suivre ses conseils.

La mine revêche, la femme de chambre de lady Heatherton fit signe à Ahmad. À sa suite, il gravit l'escalier de service de la résidence de la vicomtesse, à Grosvenor Square. Jamais il n'avait été autorisé à pénétrer dans les lieux par la porte d'entrée. Il se présentait dans les cuisines, où l'on venait ensuite le chercher. Durant cette attente, il était soumis aux regards suspicieux de la fille de cuisine, de la cuisinière, et de chaque servante ou valet qui passait.

Ce n'est qu'en entrant dans la chambre luxueuse de lady Heatherton, au second étage, qu'il commençait à être traité autrement qu'en vulgaire commerçant.

— Monsieur Malik... Enfin !

Mildred Lacey, vicomtesse Heatherton, était une sylphide blonde à la trentaine bien entamée, adepte d'un laçage serré qui faisait ressortir ses modestes appas. Elle l'accueillit avec un sourire de chatte. Sous son peignoir rose pâle, elle ne portait qu'une chemise ornée de dentelle, un corset français et des bas. L'étoffe fine et transparente du peignoir modelait ses formes minces.

— Ce sera tout, Crebbs.

— Bien, madame.

Crebbs était une femme d'âge mûr, sèche et à la mine rusée, aux cheveux grisonnants et à la bouche encadrée de rides profondes. Elle prit congé de sa maîtresse avec une révérence, et jeta un regard d'avertissement en direction d'Ahmad avant de refermer la porte derrière elle.

Il ignorait si les soupçons de Crebbs à son encontre étaient attribuables à son sexe, à sa classe ou à la couleur de sa peau. Aux trois, probablement. Cette combinaison paraissait accablante aux yeux de certaines personnes.

Mais pas à ceux de lady Heatherton.

Elle goûtait beaucoup ce mélange qui était, pour son palais blasé, une liqueur exotique.

Elle s'approcha de lui avec ce même sourire languissant. Son attention était rivée au visage d'Ahmad, et elle ne prêta aucune attention à la grande boîte blanche qu'il transportait.

— Comme vous le voyez, je suis prête pour vous.

Ignorant ses avances, Ahmad déposa la boîte sur le sofa tendu de soie rose. Lady Heatherton était le genre de femme à adorer flirter. Ainsi le voulait sa classe, sans doute. Les dames de la haute société aimaient jouer avec le feu.

— La question, poursuivit-elle, est de savoir si vous êtes prêt pour moi ?

Tandis qu'elle s'approchait davantage, il ne put s'empêcher de comparer son attitude d'une inconvenance délibérée avec celle, franche et directe, d'Evelyne Malravers.

La comparaison n'était pas en faveur de lady Heatherton.

Mlle Malravers la battait sur tous les points, sauf un : lady Heatherton n'était pas une débutante tout juste arrivée de la campagne. La vicomtesse régnait sur la mode et la société. S'il voulait voir grandir sa réputation, Ahmad avait besoin de sa richesse et de sa protection.

Un jour, il aurait sa propre maison, dans laquelle il emploierait une douzaine de couturières. Alors il s'offrirait le luxe de ne créer des robes que pour les femmes qui l'inspiraient.

Des femmes comme Mlle Malravers.

— Votre robe n'est pas tout à fait terminée, dit-il. Mais toutes les modifications nécessaires ont été faites.

Ahmad sortit la robe de la boîte, puis il la maintint en hauteur afin que l'ample jupe, d'un bleu très pâle, se déploie sur l'épais tapis qui recouvrait le sol.

Lady Heatherton, momentanément distraite, tripota l'étoffe du bout des doigts.

— Elle est vraiment simple…

Ahmad dissimula une pointe d'irritation. Non, cette robe du soir n'était pas « simple ». La mousseline délicate était coupée et cousue pour suivre au plus près la ligne de la vicomtesse, et l'emplacement de chaque morceau de dentelle précieuse ne devait rien au hasard.

— Il faut que vous l'enfiliez, pour juger de l'effet.

— Si vous insistez…

D'un délicat haussement d'épaules, lady Heatherton fit glisser son peignoir. Il tomba à terre, formant une flaque écumeuse autour de ses chevilles.

— Combien de jupons dois-je porter dessous, avez-vous dit ? Et quel genre de crinoline ? Il vous faudra m'aider à les passer puisque j'ai renvoyé ma femme de chambre.

— Voulez-vous que je la rappelle ?

Un éclair d'agacement traversa les yeux bleus de lady Heatherton.

— Ne soyez pas absurde. C'est vous que je veux, pas cette vieille prude de Crebbs.

De la main, elle désigna une grande armoire laquée. Celle-ci se dressait sur le mur opposé à son lit, dont les quatre colonnes supportaient un baldaquin de soie.

— Mes affaires sont dedans. Allez les chercher.

Ahmad ne jugea pas utile de discuter. Cette situation s'était déjà produite. Elle relevait de ces luttes de pouvoir mesquines et dérisoires, que la vicomtesse remportait inévitablement.

Pourquoi pas ? Elle était sa cliente, pratiquement sa protectrice. Il n'aurait pas été judicieux de la part d'Ahmad de la contrarier.

Mais cela ne signifiait pas qu'il devait prendre plaisir à lui rendre ce genre de petits services. Il n'était pas son jouet. Ni son amant. Sinon, il se montrerait bien moins obligeant.

Il était devenu adulte dans une maison close, que diable ! Si lady Heatherton s'attendait à ce que ses avances le troublent, si elle espérait le voir rougir et bégayer, elle en serait pour ses frais.

Après avoir sorti crinoline et jupons de l'armoire, Ahmad l'aida à les passer avec une célérité qui trahissait davantage l'impatience que l'intimité.

— Puis-je suggérer qu'à l'avenir, vous les ayez déjà passés avant mon arrivée ?

— Pourquoi le ferais-je, puisque vous vous montrez si complaisant ?

Ahmad inclina la tête pour nouer les rubans de la crinoline autour de sa taille.

— Parce que cela nous ferait gagner beaucoup de temps.

Il se crispa en sentant la main de la vicomtesse glisser dans ses cheveux. La sensation n'avait rien d'agréable, et ce contact le laissait froid. Voire lui répugnait. Exactement comme quand Mme Pritchard tentait ce genre de geste envers le jeune garçon qu'il était alors.

Il détestait être tripoté.

— Comme ils sont épais, murmura-t-elle. Je mourais d'envie de passer mes doigts dedans.

Après s'être redressé, Ahmad s'écarta de manière à être hors de sa portée.

— Lady Heatherton…

— Vous ai-je choqué ? Par ma foi, je le crois bien. Rien d'étonnant à ce que cette robe que vous m'avez faite soit si simple et si convenable. Il semblerait que vous vous soyez mépris sur mon caractère.

Au contraire, Ahmad l'avait parfaitement cerné !

— Vous devriez peut-être l'essayer, suggéra-t-il.

— Telle est mon intention. Mais d'abord… venez donc ici, dit-elle en lui faisant signe d'approcher avec son index recourbé. Il faut resserrer mon corset.

— Il est suffisamment serré.

— J'insiste, dit-elle, avant de pivoter pour lui présenter son dos. Vous avez plus de force que Crebbs. Je serais sotte de ne pas profiter de votre présence.

La mâchoire crispée, Ahmad s'exécuta. Comment parvenait-il encore à être surpris par sa conduite ? Lady Heatherton prenait plaisir à braver les convenances. À « s'encanailler », comme disaient les dames de la haute société. Elle ne cessait de s'adresser à lui de manière excessivement familière, ou de l'effleurer d'une main légère quand il retouchait ses vêtements. Il y était habitué.

N'empêche qu'elle ne l'avait jamais touché de manière aussi délibérée qu'aujourd'hui. Son audace grandissait.

— Quelle force vous avez ! dit-elle, un peu haletante, quand il tira sur les lacets du corset. J'en ai fait la remarque très récemment à lady Godwin. Il lui arrive de se rendre chez un bottier dans le sud de Londres. Un garçon étonnamment séduisant, qui fait de charmantes bottines. Lui aussi a beaucoup de force. Vous le connaissez, sans aucun doute.

— Vraiment ?

— Il est indien. Je ne l'avais pas précisé ?

Ahmad donna un nouveau coup sec aux lacets, puis il les noua.

— L'Inde est un vaste pays, répliqua-t-il.

Lady Heatherton relâcha son souffle.

— Hmm..., fit-elle, l'air dubitatif. Je ne saurais le dire. Je ne me suis jamais rendue dans les colonies. Après la mutinerie, qui aurait voulu y aller ? Les gens là-bas semblent être d'abominables sauvages. Mais pas vous.

Elle lui lança un coup d'œil, les yeux mi-clos.

— Vous, vous êtes domestiqué, n'est-ce pas ?

Ces mots piquèrent Ahmad au vif. Sans doute était-ce l'intention de la vicomtesse. Un moyen parmi d'autres de lui faire sentir, sans beaucoup de subtilité, sa supériorité.

Cette fois, elle était allée un peu trop loin.

Les Indiens qui s'étaient rebellés cinq ans auparavant n'étaient pas d'abominables sauvages, mais appartenaient à un peuple opprimé. Ils avaient été assujettis sur leurs propres terres, par des colonisateurs qui n'avaient aucun respect pour l'histoire de l'Inde, pour ses traditions, pas même pour les croyances religieuses de ses habitants. D'ailleurs, le soulèvement avait pour origine une rumeur qui prétendait que les cartouches utilisées dans les mousquets britanniques contenaient de la graisse de porc et de bœuf.

Ahmad n'était qu'un jeune garçon quand il avait quitté l'Inde. Il n'avait pas vraiment de croyances religieuses, pas plus qu'il n'avait de coutumes héritées de ses origines. Cela ne l'empêchait pas de comprendre l'horreur d'une telle chose, l'offense faite à la fois aux hindous et aux musulmans.

Mais il n'attendait pas de lady Heatherton qu'elle comprenne.

— Votre robe, madame, dit-il d'un ton uni.

— Oui, oui. Apportez-la. Je n'ai jamais vu un homme aussi résolu. Je commence à croire que vous ne me portez aucune attention, ajouta-t-elle avec une moue. Vous ne pensez à rien d'autre qu'à vos robes.

— C'est la raison pour laquelle vous m'avez engagé.

— Je vous ai engagé parce que j'ai vu l'une de vos robes portée par Mme Finchley, au dîner de la Société de bienfaisance pour les orphelins. Cette femme d'avocat était bien plus élégante qu'elle n'aurait dû l'être.

Ahmad s'abstint à contrecœur de répliquer. Il devait beaucoup à Jenny Finchley. Lorsqu'il était domestique chez elle, il lui avait confectionné des tenues d'équitation ainsi que quelques robes. Des robes qu'elle avait portées à l'occasion de soirées ou de réunions de charité, comme celle à laquelle lady Heatherton avait assisté.

Malheureusement pour lui, Mme Finchley n'était pas une mondaine. En vérité, elle ne résidait à Londres que quelques mois de l'année. C'était vraiment une grande chance que lady Heatherton ait croisé son chemin.

— Il ne revient pas à une femme de sa classe de lancer la mode. L'épouse d'un avocat, franchement !

Lady Heatherton leva les bras au-dessus de sa tête afin qu'Ahmad puisse faire glisser la jupe de la robe de bal sur ses épaules, puis la tirer jusqu'à sa taille.

— Je n'ai jamais été aussi mécontente de Mme Élise. Quand on pense que jusqu'alors, je me satisfaisais de ses modèles.

— Je veux croire que vous serez satisfaite davantage des miens.

Après avoir ajusté le corsage, il ferma les délicats crochets dans le dos, puis il aligna le décolleté bordé de dentelle avec les courtes manches flottantes qui effleuraient le haut des bras.

C'était une robe exquise, conçue pour mettre en valeur la beauté d'une femme plutôt que de transformer cette dernière. Un peu comme un cadre met en valeur un portrait. L'un ne doit pas écraser l'autre.

Du moins, telle était la conviction d'Ahmad.

À peine eut-il fini de disposer le dernier morceau de dentelle que lady Heatherton repoussa ses mains et se précipita vers son miroir.

— Eh bien, elle est effectivement plutôt jolie... J'ai l'air assez jeune, non ? fit-elle remarquer en détaillant son image avec satisfaction. Et pourtant, ce décolleté est plus profond que celui de ma dernière robe du soir.

— La mode va se répandre.

— Sur ce point, vous ne m'entendrez pas émettre le moindre regret. Mais quand même, n'aurait-elle pas supporté davantage d'ornements ? Elle n'a pas un seul volant, ni même un seul nœud de ruban de satin. Elle ne ressemble pas du tout aux robes que mes amies ont commandées pour la saison.

— Les garnitures abondantes ont effectivement du succès en ce moment, concéda Ahmad.

Le coupable était Charles Worth.

Les robes luxueuses du célèbre couturier, vendues dans son élégant salon de la rue de la Paix à Paris, étaient ornées d'une débauche de dentelles coûteuses, de perles de verre, de nœuds de soie et de franges. C'était ce qui faisait la renommée de Worth. Des toilettes aussi onéreuses que convoitées. Ses modèles étaient copiés par les couturières depuis Londres jusqu'à New York.

— Mais les volants et les rubans en excès ne sont pas toujours flatteurs, expliqua Ahmad tout en tirant sur les fines coutures du corsage. Cette robe fait ressortir bien davantage votre silhouette qu'une robe du soir alourdie de falbalas.

— Hmm. Peut-être. Encore que je me demande si elle serait aussi flatteuse sur une femme laide ? Je ne crois pas. Voyez-vous…

Elle pivota vers la droite et se regarda par-dessus son épaule.

— … c'est ma propre beauté qui attire l'œil.

— Je suis sûr que vous avez raison.

La beauté de lady Heatherton était effectivement renommée. Plus intéressant encore, on citait fréquemment la vicomtesse dans les pages mondaines des journaux.

Ahmad espérait pour son propre bénéfice que la chose irait croissant. Si elle portait un nouveau modèle lors d'une soirée, les femmes soucieuses de mode le remarqueraient. Et elles seraient nombreuses à se précipiter pour suivre ses traces.

— Bien sûr que j'ai raison.

Lady Heatherton baissa alors les yeux sur sa jupe, et un pli désapprobateur se forma sur son front.

— Je vais marcher dessus.

— L'ourlet n'est pas encore fait, dit Ahmad, qui lui désigna le tabouret sur lequel elle se tenait en général pour les rectifications. Si vous voulez vous donner la peine, madame…

— Oui, mais faites vite. J'ai des rendez-vous cet après-midi, et je n'ai pas envie de perdre mon temps à rester perchée toute la matinée.

Elle lui tendit une main impérieuse. Ahmad la prit pour l'aider à monter sur le tabouret.

Et… il ne ressentit rien. Rien, hormis le profond désir d'en finir au plus vite.

Contrairement à ce qui s'était passé lorsqu'il avait saisi la main de Mlle Malravers, il n'y eut ni chaleur, ni étincelle, ni accélération des battements de son cœur. Il restait absolument indifférent.

N'était-ce pas étrange ? De toutes les femmes qu'il avait connues et habillées, qu'elles soient courtisanes ou pensionnaires de la maison de Mme Pritchard, c'était un bas-bleu qui avait réussi à le troubler. Un bas-bleu à lunettes, et originaire du Sussex !

Non, pas un bas-bleu. Une cavalière.

Souriant pour lui-même, Ahmad s'agenouilla afin d'épingler l'ourlet de lady Heatherton.

5

Evelyne tira sur ses gants sitôt qu'elle eut franchi le seuil de la maison de son oncle à Russell Square. Elle était suivie d'Agnès et de l'un des valets de pied, tous deux chargés de nombreux cartons – le résultat d'une matinée de courses dans Bond Street.

— Vous pouvez les porter dans ma chambre, leur dit-elle.

— Bien, mademoiselle, répondit Agnès, qui houspilla ensuite le valet. Faites attention ! Mlle Malravers n'a pas envie que vous écrasiez ses belles affaires avec vos grosses pattes.

Evelyne soupira. Elle avait passé toute la journée de la veille à se rendre aux adresses fournies par M. Malik. D'abord la couturière, à laquelle elle avait commandé quelques robes de jour ; ensuite la corsetière, à laquelle elle avait acheté deux nouveaux corsets, ainsi qu'un autre aux baleines plus courtes, adapté à la pratique de l'équitation.

La matinée avait été consacrée à la modiste et au coiffeur, sans compter l'achat de gants, d'ombrelles et de bas.

Après avoir retiré la longue épingle qui maintenait son nouveau chapeau en place, elle l'enleva avec précaution et le déposa sur la table du vestibule. Un miroir au cadre doré était suspendu au-dessus de celle-ci. Elle s'attarda un instant à contempler son reflet.

Comme M. Malik, M. Philipe s'était montré d'une parfaite efficacité. Le petit Français moustachu l'avait d'abord examinée attentivement, en la priant de tourner la tête dans tous les sens. Quand enfin il avait commencé à manier ses ciseaux, cela avait été sans la moindre hésitation.

Les cheveux d'Evelyne gardaient une certaine longueur, puisqu'ils descendaient encore bien en dessous de ses omoplates. Mais ce n'était plus un fouillis de boucles désordonnées. À présent, les quelques boucles qui encadraient de manière flatteuse son visage étaient brillantes et soigneusement enroulées.

Quant au reste de la coiffure... quel style !

Outre les anglaises sur les côtés, M. Philipe avait formé sur sa nuque un gros rouleau, rembourré à l'aide d'un coussinet. Une résille invisible ainsi qu'une bonne dizaine d'épingles maintenaient le tout. En outre, il avait vaporisé sur sa chevelure, pour la lisser et la faire briller, une lotion appelée bandoline.

Agnès avait observé toute l'opération avec une grande attention. Elle savait qu'on lui demanderait de reproduire cette coiffure dans les jours à venir.

Evelyne aplatit de la main une mèche rebelle. Elle n'arrivait pas à y croire. Avec sa nouvelle robe acquise chez Mme Lorraine, elle commençait à se sentir une tout autre personne.

— Mademoiselle Malravers...

Evelyne se détourna du miroir. L'intendante de son oncle descendait l'escalier.

Mme Quick était une femme d'un certain âge, mince, aux cheveux gris surmontés d'un bonnet immaculé, au caractère pragmatique.

— ... il est 13 h 30.

Evelyne jeta un coup d'œil à la grande horloge en chêne qui se dressait dans le vestibule.

— Vraiment ?

— M. Fielding m'a informée que vous recevriez de 13 à 15 heures.

— Bientôt. Quand je connaîtrai des gens.

En attendant, Evelyne n'avait pas jugé nécessaire de se rendre disponible aux heures de réception. Et surtout pas un samedi.

— Pourquoi ? s'enquit-elle néanmoins. Quelqu'un est venu ?

— Lady Arundell et sa fille.

Evelyne ne put dissimuler son étonnement.

— Elles sont venues me voir, *moi* ?

— Et M. Fielding. Sauf que, pour le moment, nous ne le trouvons pas.

— Il n'est pas dans son bureau ?

— Il n'est pas dans la maison.

— Peut-être s'est-il rendu au musée ?

Cela arrivait parfois à son oncle. Le British Museum était pratiquement à sa porte. Il lui était facile de s'y rendre à pied s'il avait une recherche à faire.

— C'est possible, acquiesça Mme Quick, sans paraître autrement inquiète.

Elle était accoutumée, sans aucun doute, au comportement fantaisiste d'oncle Harris.

— J'ai fait entrer vos visiteuses dans le salon et je viens d'y apporter le thé. Si vous voulez bien vous joindre à elles ?

— Bien sûr.

Evelyne lissa de la main les volants de sa nouvelle robe de soie. Elle avait été faite à l'origine pour une autre cliente, qui s'était ensuite ravisée et n'en avait plus voulu. Mme Lorraine l'avait reprise sur-le-champ pour la mettre à la taille d'Evelyne, en assurant que sa couleur d'un rose profond mettrait son teint en valeur.

Elle monta l'escalier derrière Mme Quick et franchit le seuil du salon. Comme le reste de la demeure d'oncle Harris, il contenait des meubles nombreux, quoique passés de mode. De lourdes tables d'acajou chargées de bric-à-brac voisinaient avec des canapés et des fauteuils recouverts de soie aux teintes passées. De sombres rideaux damassés encadraient les hautes fenêtres et des tapis, parfois très élimés, couvraient la plus grande partie du parquet.

Lady Arundell et sa fille étaient assises côte à côte sur un canapé, près de la cheminée. Les flammes qui brûlaient dans l'âtre donnaient un peu de chaleur à cette pièce qui, autrement, était froide et sentait le renfermé.

— Lady Arundell, Mlle Malravers, dit Mme Quick en manière de présentation.

Lady Arundell, vêtue de noir de la tête aux pieds, se leva dans un froufroutement d'étoffe coûteuse. C'était une femme brune, imposante, avec un léger double menton et une poitrine magnifique. Un camée monté en pendentif ornait sa gorge.

— Bonjour, lady Arundell, dit Evelyne avec une révérence.

Lady Arundell inclina la tête.

— Bonjour, mademoiselle Malravers, répondit-elle, puis elle désigna la jeune femme à côté d'elle. Ma fille, lady Anne.

Lady Anne se détacha brièvement de l'ombre de sa mère. Elle aussi portait du crêpe noir... et avait la même poitrine magnifique. Mais la ressemblance s'arrêtait là. Lady Anne avait une silhouette plutôt délicate et des cheveux d'un blond chaud, retenus en arrière par deux peignes de jais.

— Vous ne ressemblez pas du tout à votre oncle, déclara lady Arundell, lorsque Mme Quick se fut retirée. Je suppose qu'il n'est pas rentré ?

— Non, madame. Je suis désolée de ce désagrément.

— Il n'y a pas de quoi. C'est vous que je suis venue voir. Fielding m'a dit que mon aide était requise pour votre entrée dans le monde.

Elle tira de son réticule un face-à-main filigrané d'argent et le porta à ses yeux.

— Avancez, ma fille. Que je voie un peu le travail qui m'attend.

Evelyne pinça les lèvres. Elle n'aimait pas recevoir des ordres. Elle s'approcha néanmoins des deux femmes. Se montrer contrariante avec quelqu'un susceptible de favoriser son insertion dans la bonne société ne ferait que la desservir.

Mieux valait, pour le moment, faire preuve de docilité.

Parvenue devant la table basse sur laquelle était posé le plateau du thé, elle se soumit en silence à l'examen de lady Arundell.

Lady Anne se rassit, les mains sagement croisées sur les genoux.

Sa mère finit par abaisser son face-à-main.

— Vous vous êtes trop exposée au soleil, décréta-t-elle. Si vous n'y prenez garde, vous vous gâterez le teint.

— Je vous assure que je porte un chapeau chaque fois…

— Et ces lunettes ? poursuivit lady Arundell. Elles ne sont pas seyantes du tout. Elles ne font qu'accentuer la forme malencontreuse de votre nez, trop aquilin à mon goût. Ce n'est jamais une bonne chose chez une femme encore jeune.

Cette fois, Evelyne s'abstint de répliquer. Ce n'était pas la première fois qu'on critiquait son nez ou ses lunettes, et ce ne serait certainement pas la dernière.

— Procurez-vous cet article, continua lady Arundell en brandissant son face-à-main. Vous pouvez le porter accroché à un cordon de soie autour de votre poignet. Vous l'utilisez quand vous souhaitez voir clairement quelque chose, puis vous le glissez dans votre manche le reste du temps.

— Mais je souhaite toujours voir clairement les choses, madame, objecta Evelyne en s'asseyant à son tour. Quant à mon teint…

— Je vous donnerai une recette pour l'éclaircir. Anne y a elle-même recours la nuit. N'est-ce pas, Anne ?

— Oui, maman.

Evelyne perçut dans la voix de la jeune fille un aplomb qui paraissait en contradiction avec son attitude soumise.

Elle lui jeta un coup d'œil, intriguée. Bien que très déférente envers sa mère, lady Anne ne paraissait pas être une timide violette. Son maintien témoignait même d'une assurance manifeste. On avait l'impression que si elle restait dans l'ombre de sa mère, c'était un choix délibéré de sa part.

Et il est vrai que sa carnation était bel et bien sans défaut. D'une blancheur d'albâtre, perfection qu'Evelyne n'avait jamais cherché à atteindre.

— Vous userez également, tour à tour, d'eau de fraise, de jus de citron et de la lotion de Gowland, continua lady Arundell. C'est ce que je recommande.

— Je vous remercie pour ces conseils, dit Evelyne tout en versant le thé – encore chaud, Dieu merci. Prenez-vous du lait, madame ? Ou du citron ?

— Du citron, s'il vous plaît. Anne également.

Evelyne leur tendit à chacune une tasse de porcelaine peinte. Il y avait également sur le plateau une assiette garnie de biscuits nappés de glaçage. Lady Anne leur jeta un regard d'envie. Toutefois, quand Evelyne présenta l'assiette à lady Arundell, celle-ci refusa pour elle-même et pour sa fille.

— Nous nous méfions des sucreries, dit-elle. Elles sont mauvaises pour les dents et pour la silhouette. Une femme ne peut jamais faire trop attention.

Evelyne reposa l'assiette sur le plateau. Après une telle déclaration, il lui était difficile de prendre elle-même un biscuit... Elle se consola avec une gorgée de thé.

— Je n'y avais pas pensé.

— Vous n'avez pas de mère pour vous conseiller. Vous devez me permettre de tenir ce rôle pendant votre séjour en ville.

Malgré elle, les doigts d'Evelyne se crispèrent sur l'anse de sa tasse. Elle s'obligea à les desserrer.

— C'est très aimable de votre part.

— Pas du tout. Il y a longtemps que Fielding et moi sommes amis. C'est le moins que je puisse faire pour lui.

Lady Arundell but son thé, sans cesser d'observer Evelyne.

— Je n'ai pas eu l'opportunité de rencontrer votre sœur aînée lors de son entrée dans le monde. Nous étions absents de Londres à ce moment-là. Sinon, je l'aurais prise en main. Elle était d'une grande beauté, ai-je cru comprendre.

— C'est ce que les gens ont toujours dit.

— Et vous... vous ne ressemblez guère à votre sœur, si je ne m'abuse ?

— Pas sur ce point, madame, répondit Evelyne. Ni sur aucun autre, j'espère.

Lady Arundell plissa les yeux.

— Fielding m'a dit que vous étiez férue d'équitation. Que vous possédiez un étalon, ou une bête de ce genre que vous avez fait venir de la campagne ?

— Oui, madame. J'ai l'intention de beaucoup le monter durant mon séjour à Londres.

— Miséricorde ! Si votre but est de trouver un mari, vous seriez bien avisée de renoncer. Les hommes n'aiment pas les filles sportives, bien qu'ils puissent prétendre le contraire. Anne peut en témoigner.

Lady Anne ne souffla mot. Mais ses yeux, au-dessus de sa tasse, croisèrent brièvement ceux d'Evelyne. Celle-ci y vit passer une lueur de malice.

— Rien n'est perdu, poursuivit lady Arundell. Nous allons nous occuper de vous, et vous serez prête pour mon bal. Je consulterai Dmitri sur la meilleure façon de procéder.

— Qui est...

Evelyne n'eut pas le loisir de poser sa question. Il y eut un craquement de plancher dans le couloir, aussitôt suivi par la réapparition de Mme Quick.

— Je vous demande pardon, mademoiselle, dit-elle depuis le seuil du salon. M. Fielding est revenu. Il a dit qu'il vous rejoindrait dans un instant.

— S'est-il rendu dans son bureau, madame Quick ? demanda lady Arundell.

— Oui, madame.

Lady Arundell reposa sa tasse sur le plateau et se leva.

— En ce cas, je vais le voir.

Comme Evelyne esquissait un geste pour se lever à son tour, lady Arundell lui fit signe, ainsi qu'à sa fille, de rester assises.

— Finissez votre thé. Je reviens avec lui dans une minute.

Sur ce, lady Arundell traversa la pièce, l'allure majestueuse, et sortit, Mme Quick sur les talons.

Lady Anne reposa sa tasse sur sa soucoupe.

— Veuillez excuser ma mère. M. Fielding et elle partagent une même passion pour les antiquités. Elle lui rend visite si souvent qu'elle a pris l'habitude de se conduire ici comme chez elle.

— Cela ne me gêne pas, assura Evelyne.

De quel droit s'en serait-elle offusquée ? Il ne s'agissait pas de sa maison.

— Je lui suis simplement reconnaissante d'accepter de m'aider, ajouta-t-elle.

— Vous n'avez vraiment personne pour vous introduire dans le monde ?

— En vérité, non. Ma tante aurait pu le faire, mais elle est restée avec mes sœurs cadettes dans le Sussex. J'ai été contrainte de venir seule à Londres.

— C'est vraiment regrettable.

— Pas du tout, assura Evelyne, qui sourit. J'ai l'habitude de m'occuper de mes affaires.

Lady Anne jeta un coup d'œil vers la porte, avant de s'incliner pour prendre un biscuit.

— Voilà qui ne plaira guère à maman. Elle est plutôt autoritaire. Il n'y a personne sur terre capable de la faire changer d'avis, une fois qu'elle a décidé quelque chose. Elle n'accepte aucun conseil.

Evelyne prit elle-même un biscuit.

— Pourtant, elle a fait allusion à quelqu'un nommé Dmitri qu'elle voulait consulter.

— J'ai dit « personne sur terre », répliqua lady Anne, qui termina son biscuit avant de s'expliquer. Dmitri n'appartient pas à ce royaume. C'est l'esprit familier de maman.

L'esprit familier ? Evelyne adressa un regard interrogateur à la jeune fille.

Celle-ci sourit.

— Vous venez vraiment de la campagne, n'est-ce pas ? Il n'y a donc pas de spirites dans le Sussex ?

— Je n'en connais pas, en tout cas.

Elle avait entendu parler des spirites, bien sûr. Sa petite sœur Caro avait une passion juvénile pour tous les phénomènes de l'autre monde. Elle ne cessait de raconter tout ce qu'elle lisait dans les journaux sur les séances de spiritisme.

Evelyne avait hâte de lui écrire pour lui rapporter les événements du jour. Imaginez cela : rencontrer une spirite dans le salon d'oncle Harris !

— Ils sont très nombreux à Londres, reprit lady Anne. Maman a commencé à les fréquenter après la mort de mon père.

Evelyne comprit soudain la raison de tout ce noir porté par les deux femmes. Le comte d'Arundell avait dû mourir au cours de l'année précédente.

— Oh, je suis vraiment désolée que vous ayez perdu un être cher, dit-elle. Je vous présente toutes mes condoléances.

Lady Anne prit un autre biscuit.

— Quel être cher ?

— Eh bien... votre père. Vous êtes en grand deuil, si je ne me trompe pas.

— Pas du tout. En tout cas, pas pour mon père. Il y a des années qu'il est mort.

— Mais alors...

— C'est maman qui y tient. Pour le prince Albert.

— Votre mère connaissait le prince ?

— Non. Mais elle espère faire très bientôt sa connaissance.

Evelyne en resta coite. Lady Anne parlait-elle sérieusement ?

— Pardonnez-moi, mais je ne sais que dire…

L'expression de lady Anne se fit compatissante.

— Cela ne m'étonne pas. Mais mieux vaut vous y habituer. Ma mère n'est pas la seule spirite convaincue du quartier. Votre oncle l'est aussi. Vous devez vous en être aperçue.

Evelyne, qui s'apprêtait à porter sa tasse à ses lèvres, suspendit son geste.

— Mon oncle, un spirite ? dit-elle, frappée de stupeur. Mais… je croyais qu'il se passionnait pour les antiquités.

— Les antiquités, oui. Comme *Le Livre des morts égyptien* et ce genre de choses. Ma mère et M. Fielding s'acharnent à trouver dans les textes anciens des preuves de communication avec les esprits. Ou plutôt, ils s'acharnaient. Depuis la mort du prince Albert, c'est à lui qu'ils consacrent toute leur énergie. Des quantités de médiums, ici et aux États-Unis, essayent d'établir un contact.

— Vraiment ? Bonté divine…

Les yeux bruns de lady Anne pétillaient d'amusement.

— En toute sincérité, vous ne le saviez pas ?

— Je croyais que mon oncle était simplement distrait. J'ignorais complètement qu'il fréquentait des spirites.

Tante Nora n'y avait jamais fait la moindre allusion. Le savait-elle ? Elle avait toujours décrit oncle Harris comme un respectable savant, un érudit, un célibataire plus ou moins reclus qui s'intéressait davantage à ses livres et à ses parchemins qu'aux membres de sa famille.

— La différence entre votre oncle et ma mère, reprit lady Anne, c'est que si lui est parfois absent de nature, elle, elle est toujours très présente.

Elle but une gorgée de thé avant de poursuivre :

— En fait, il n'y a qu'une seule activité où elle n'est pas toujours derrière moi… Est-il vrai que vous aimez monter à cheval ?

— Plus que tout. C'est le plaisir le plus grand de…

Evelyne s'interrompit. Elle venait de se rappeler sa rencontre avec la jeune femme dans le parc.

— Pardonnez-moi, mais vous ne connaîtriez pas par hasard une certaine Mlle Wychwood ?

Le visage de lady Anne s'éclaira.

— Vous avez rencontré Julia ?

— Il y a trois jours. Tôt le matin, sur Rotten Row. Elle m'a dit qu'elle montait souvent en votre compagnie, ainsi qu'avec une autre amie. Mlle Hobhouse, je crois.

— Stella Hobhouse, confirma lady Anne. Nous nous retrouvons souvent toutes les trois pour la promenade mondaine de l'après-midi. Du moins, nous nous retrouvions. Julia préfère désormais monter à l'aube. Elle n'a jamais pu supporter les gloussements et chuchotements qui accompagnent l'ouverture de la saison.

— Quels gloussements et chuchotements ? demanda Evelyne, décontenancée.

— Il y a des jeunes gens en ville qui se piquent d'avoir de l'esprit et qui, en nous voyant passer toutes les trois au trot sur Rotten Row, nous traitent de noms ridicules. À voix basse, naturellement. Ils n'ont même pas le courage de nous taquiner en face.

En proie à un léger malaise, Evelyne hésita avant de demander :

— Quel genre de noms ?

— Les trois Parques… les trois Furies… les trois vieilles filles…

Lady Anne fit la grimace et expliqua :

— Aucune d'entre nous n'a eu beaucoup de succès à la foire au mariage.

— Qu'est-ce que cela a à voir ? s'étonna Evelyne.

— Rien du tout, à partir du moment où nous restons à notre place. Mais je n'ai jamais hésité à rabattre son caquet à un impertinent. Et Stella ne recule devant personne, surtout pas devant un jeune fat trop insistant. Quant à Julia… sa timidité est une arme en soi.

Evelyne se souvint de l'animation avec laquelle Mlle Wychwood avait bavardé avec elle.

— C'est curieux, elle ne m'a pas paru timide.

— C'est parce que vous étiez toutes les deux à cheval. Julia est beaucoup plus sûre d'elle sur le dos de sa monture. Comme nous toutes, d'ailleurs.

Lady Anne eut un sourire ironique, tout en piochant un autre biscuit.

— Dommage qu'on ne puisse pas caracoler dans une salle de bal.

6

La maison Doyle & Heppenstall était fermée le dimanche, ce dont Ahmad profitait largement. Assis à l'une des tables de travail désertée, il finissait de bâtir les différentes pièces de l'amazone de Mlle Malravers.

Il ne s'agissait pas de sa seule commande. Ni de la plus pressante. Il devait encore terminer les robes de lady Heatherton. Elle l'attendait mercredi matin pour la livraison de la première toilette, celle qu'elle avait l'intention de porter au bal inaugural de la saison – un événement aussi important pour Ahmad que pour la vicomtesse.

N'était-ce pas son rêve qui se réalisait ? Que ses modèles soient portés par les femmes du monde les plus en vue ?

Pourtant, il avait passé la plus grande partie de ces derniers jours à travailler non pas à la robe du soir bleu pâle de lady Heatherton, dont l'ourlet n'était pas encore fait, mais à la tenue d'équitation d'Evelyne Malravers.

Il avait coupé l'étoffe vendredi, suivant un patron qu'il avait lui-même dessiné. C'était une variante de la dernière tenue qu'il avait réalisée pour la célèbre Mlle Walters.

Non seulement il l'avait adaptée aux mesures de Mlle Malravers, mais il avait raccourci le spencer, élargi les manches et laissé une certaine ampleur, de même qu'à la jupe, pour reprendre les coutures et ajouter des pinces supplémentaires si nécessaire.

Il se démarquait ainsi de son style habituel. Il s'agissait de quelque chose de nouveau, aussi beau que fonctionnel. Un vêtement qui convenait tout à fait à une femme comme Mlle Malravers.

La veille, il l'avait informée par un billet qu'il était prêt pour un essayage. Il lui proposait de venir dimanche après-midi, si cela lui convenait. Elle avait répondu presque aussitôt par l'affirmative.

Sitôt qu'il eut arrêté le dernier point, son cœur se mit à battre plus vite à la pensée de la revoir. C'était ridicule ! Il avait trente ans, que diable, et n'était plus un gamin soupirant après son premier béguin.

En vérité, il s'agissait de l'amazone, rien de plus. Il était anxieux de la voir sur Mlle Malravers, de l'adapter à sa silhouette.

Mais il eut beau s'efforcer de s'en convaincre, se dire qu'il n'y avait rien de personnel dans son désir de la revoir, de la toucher et de parler avec elle, il fut obligé d'admettre la vérité.

Mlle Malravers ne l'avait pas simplement inspiré ; elle avait éveillé son intérêt.

Ahmad tenait la curiosité pour une chose dangereuse, et il s'enorgueillissait de n'en éprouver aucune. Moins on en savait, moins on était tenté de s'impliquer. Surtout lorsqu'il s'agissait des femmes anglaises, car on pouvait être certain que cela se terminerait mal. Les différences entre elles et lui étaient trop nombreuses, de même que les inégalités. Il avait appris au moins cela durant les années passées dans l'établissement de Mme Pritchard.

Cela n'empêcha pas son cœur de faire un bond lorsqu'on frappa à la devanture du magasin.

Après avoir écarté son ouvrage, il alla déverrouiller la porte. Mlle Malravers attendait de l'autre côté. Elle était seule.

— Ma femme de chambre a congé le dimanche après-midi, expliqua-t-elle en entrant.

Elle secoua sa cape de lainage terne pour en faire tomber les gouttes de pluie. Il bruinait depuis le lever du jour.

Ahmad referma la porte, puis il repoussa lentement le verrou.

— Vous pouviez venir un autre jour.

— Je ne voulais pas attendre une minute de plus.

Il baissa son regard sur son visage, qu'encadrait la large capuche.

— Votre tenue n'est pas encore terminée.

— Je le sais.

— Il y aura un dernier essayage après celui-ci.

— Je le sais également, dit-elle en souriant. Mais j'avais hâte de voir ce que cela donne.

Il lui fit signe de le précéder, et elle passa derrière la portière, puis se dirigea vers le salon d'essayage. Elle repoussa alors sa capuche, et le cœur d'Ahmad accéléra une fois de plus ses battements. Sa chevelure de cuivre sombre ne formait plus un nuage de bouclettes autour de son visage. Elle avait été élégamment lissée, roulée vers l'arrière et enfermée dans une résille ornée de perles.

— Vous avez vu M. Philipe, dit-il.

— Et Mme Lorraine.

Elle détacha l'agrafe de sa cape. Celle-ci glissa de ses épaules, révélant la toilette qu'elle portait dessous : une robe garnie d'une abondance de volants, et d'une couleur magenta si vive qu'Ahmad en fut presque ébloui.

Le visage de la jeune femme s'allongea devant son air effaré.

— Elle ne vous plaît pas ?

— Est-ce vous qui l'avez choisie ?

— Non. Une cliente avait passé commande de cette robe et d'une autre, puis elle s'est ravisée. Mme Lorraine m'a persuadée de les acheter afin que j'aie quelque chose à porter en attendant que ma propre commande soit prête. Elle m'a dit que cette couleur était flatteuse.

— « Aveuglante » serait plus juste. De quelle couleur est la deuxième robe ?

— Rose.

Il ne put retenir une grimace.

— De pire en pire.

Mlle Malravers jeta un regard attristé sur sa robe.

— Elle est vraiment si terrible ?

— Vous ne le voyez pas ?

— J'ai eu des doutes, je l'avoue...

Elle alla poser sa cape sur une chaise, dans un coin du salon d'essayage, avant de poursuivre :

— Ni l'une ni l'autre n'est vraiment à mon goût. Mais vous avez dit que Mme Lorraine valait mieux que Mme Élise, et que je...

— Mieux que Mme Élise sur de nombreux points, c'est vrai.

Mais pas sur le choix des couleurs, apparemment. Et pas non plus sur celui des ornements. Les volants et les ruchés ne mettaient pas du tout en valeur la silhouette de la jeune femme.

— Bref, c'est une catastrophe, conclut-elle. Que vais-je faire ?

Ahmad se frotta la joue.

— Avez-vous fait une commande importante ?

— Pas très importante. Juste quelques robes. Et je n'ai encore acheté aucune robe du soir ou robe de bal.

— Abstenez-vous.

— Mais où puis-je aller ? Il ne reste guère de temps avant mon entrée dans le monde.

— Vous n'avez pas besoin d'aller ailleurs. Mme Lorraine devrait pouvoir corriger votre commande, à condition qu'elle n'ait pas commencé à tailler dans les tissus.

Ahmad doutait que ce soit le cas. Durant la saison, une couturière londonienne traitait en priorité les commandes de ses clientes les plus éminentes. Mlle Malravers n'était *a priori* ni riche ni titrée.

— Je vais dresser une liste de couleurs souhaitables, et vous la lui remettrez.

— Je vous en suis très reconnaissante, dit-elle, manifestement soulagée.

— Ce n'est rien. Avez-vous besoin d'aide pour vous déshabiller ?

Ses joues se teintèrent d'une délicate rougeur.

— La fermeture dans le dos est un peu difficile à atteindre. Si cela ne vous ennuie pas ?

— Tournez-vous.

Elle s'exécuta aussitôt. Ce fut d'un ton d'excuse qu'elle murmura :

— Ce sont juste les cinq premiers crochets...

Ahmad se plaça plus près. Si près qu'il put sentir son parfum de fleur d'oranger, une fragrance douce et fraîche. Il défit le premier des petits crochets métalliques qui fermaient l'encolure du corsage. Ce geste, il l'avait effectué d'innombrables fois lorsqu'il procédait à des essayages. Il aidait ses clientes à s'habiller et à se déshabiller avec efficacité et indifférence. Cela faisait partie de son métier.

Mais cette fois...

Cette fois, il ne se sentait ni indifférent ni particulièrement efficace.

Il y avait quelque chose de troublant à se tenir aussi proche d'Evelyne Malravers. À cause de son parfum, de son attitude, de la courbe élégante de sa nuque... Crochet après crochet, son corsage s'ouvrait pour révéler un peu plus de peau nue, laiteuse, jusqu'à la dentelle qui bordait le décolleté de sa chemise. C'était un endroit doux, secret, qui appelait la caresse et le baiser.

Ahmad ne prit aucune liberté de ce genre, bien sûr. Il n'en avait jamais pris, même lorsqu'il rectifiait les robes des filles chez Mme Pritchard. C'était le fait d'y penser qui le tourmentait à cet instant. Aucune pensée de cet ordre ne lui était jamais venue à l'esprit lorsqu'il travaillait, quel qu'ait été le charme de sa cliente.

Mlle Malravers était-elle affectée, elle aussi ?

Si c'était le cas, elle n'en trahissait rien. Rien, hormis la rougeur habituelle que l'on peut attendre d'une jeune femme pudique et respectable déshabillée par un homme.

— Il y a quelque chose que j'aurais peut-être dû mentionner, dit-elle. Il est important pour moi d'être capable de me vêtir et me dévêtir toute seule. Ma tenue exigera-t-elle l'aide d'une femme de chambre ?

— Non.

Alors qu'il détachait le dernier crochet, les doigts d'Ahmad effleurèrent la masse soyeuse de ses cheveux. La sensation se répercuta dans tout son corps.

Enfer et damnation !

Quand il s'écarta un peu brusquement, elle lui jeta un regard hésitant par-dessus son épaule.

— Il y a un problème ?

— Aucun, répondit-il avant de s'éclaircir la gorge. Pouvez-vous atteindre les autres crochets ?

— Oui, je crois.

— Alors, je vous laisse un moment d'intimité.

Il pivota et gagna en hâte la sécurité de son atelier.

Après avoir ôté sa robe, Evelyne se débarrassa de sa crinoline et de ses jupons, pliant les unes et les autres au fur et à mesure pour les déposer sur une chaise. Peut-être aurait-il été plus raisonnable de venir plus tard avec une servante.

Mais elle n'avait pas une seconde à perdre en ce qui concernait les préparatifs de son entrée dans le monde. Une seule et unique saison, c'était tout ce qu'on lui accordait. Une période d'à peine cinq mois pour conclure un mariage brillant, avantageux, qui assurerait son avenir ainsi que celui de ses sœurs. Et cette saison ne pouvait commencer tant qu'elle n'aurait pas une garde-robe à la hauteur.

Elle avait déjà beaucoup de retard à rattraper. Et voilà que les robes qu'elle venait d'acheter n'étaient pas de la bonne couleur !

Dès que M. Malik réapparut, elle lui demanda :

— Je ne dois pas porter de rose ni de magenta ?

Lui-même était vêtu d'un pantalon de lainage noir et d'un gilet droit. Il avait enlevé sa redingote, et la blancheur éclatante de sa chemise formait un vif contraste avec sa peau d'une chaude couleur de bronze.

— Jamais.

— Oh…

Evelyne ne s'attendait pas à une réponse aussi catégorique de sa part.

— Alors, quelles couleurs…

Elle s'interrompit brusquement à la vue de sa nouvelle tenue, pliée sur le bras du tailleur.

— Mon Dieu… C'est elle ?

— Son ébauche, en tout cas.

Après avoir déposé son chargement sur la table, M. Malik revint vers Evelyne et lui présenta sa main.

Elle la prit et monta sur la plateforme, face au grand miroir.

Acheter des robes – choisir les modèles, les étoffes et les ornements – avait toujours été un plaisir. Mais rien de comparable à l'excitation qui s'emparait d'elle à la perspective d'une nouvelle tenue d'équitation. Surtout cette tenue-là, qui constituait la clé de voûte de son plan !

— Je suppose que le vert est acceptable ? reprit-elle.

— Pas tous les tons de vert. Pas avec votre teint et la couleur de vos cheveux.

M. Malik baissa alors les yeux sur le nouveau corset d'Evelyne.

Confectionné dans un fin coutil, il s'arrêtait au-dessus des hanches. L'absence de bretelles et le busc plus court permettaient de ne pas entraver ses mouvements. C'était exactement le modèle qu'il avait prescrit pour pratiquer l'équitation.

Elle sentit le regard lent, scrutateur, qu'il attachait au corset pénétrer jusqu'au plus profond d'elle, comme s'il la touchait. Son ventre se noua tandis qu'une vague de chaleur déferlait dans ses veines.

Elle humecta ses lèvres brusquement sèches.

— J'espère qu'il vous satisfait ?

— Parfaitement. Il ne saurait être mieux adapté à mon modèle. À condition que vous puissiez respirer ?

Non, pas à cet instant. Du moins, pas très bien. M. Malik tenait toujours sa main, avec autant de naturel que les fois précédentes. Et Evelyne ne la lui retirait pas. Elle permettait ce qui, normalement, aurait été une impertinence. Sa main logeait parfaitement dans la grande main de M. Malik, comme si c'était là sa place.

Ce n'était certainement pas le cas.

Evelyne dégagea doucement ses doigts.

Une rougeur diffuse apparut à la base de sa gorge, juste au-dessus de sa cravate noire, nota-t-elle.

— Je vous demande pardon, dit-il avec raideur.

— C'est ma faute. Je...

— Vous étiez distraite. Moi aussi. À cause de l'excitation, certainement.

De l'excitation ?

— Vous devez être aussi pressée de la voir sur vous que moi-même, crut-il bon de préciser.

— Oui. Très pressée.

— Pourtant, je dois vous prier d'être patiente. Pour les commandes futures, les choses iront plus vite. Mais aujourd'hui, il faut que je marque les quatre pièces.

Tout en parlant, il était retourné vers la table.

— Quatre pièces ?

Les tenues d'équitation confectionnées par la couturière de Combe Regis ne comportaient que trois pièces : une jupe, une redingote, et le pantalon ajusté que l'on portait dessous.

— J'ai ajouté un jupon de soie, de la même couleur que l'amazone.

— Pourquoi en soie ?

Il revenait avec son pantalon d'équitation. Confectionné dans une fine peau de chamois, il avait été teint du même vert foncé que l'étoffe.

— La soie ne remontera pas en boule sous la jupe, expliqua-t-il. Mon modèle demande un tombé régulier, et j'essaye d'éviter les volumes indésirables et disgracieux.

— Ah. Je n'avais pas pensé à ça.

Evelyne se contentait jusque-là de porter ses jupons de coton blanc habituels sous son amazone. Que la jupe fasse des bourrelets ne l'avait jamais préoccupée. Dans la campagne, quelle importance ?

Elle ne s'étonnait pas que les Belles Écuyères soient si éblouissantes dans leurs amazones de chez M. Malik. Il prêtait attention au moindre détail.

Il s'accroupit devant elle pour l'aider à enfiler le pantalon. Pour conserver l'équilibre, Evelyne fut obligée de poser une main sur son épaule.

Elle éprouva alors la dureté de ses épaules, non seulement larges, mais remarquablement musclées. Bonté divine, l'homme tout entier aurait pu être sculpté dans du granit !

Il fit remonter le pantalon de long de ses jambes, jusqu'à ses hanches.

— Il va bien, apparemment, constata-t-elle malgré son embarras.

— Très bien, acquiesça-t-il, l'air satisfait. Il faut juste le reprendre un peu.

S'ensuivirent quelques moments gênants, durant lesquels Evelyne constata que les retouches d'un pantalon par M. Malik procuraient des sensations très différentes que lorsqu'elles étaient effectuées par la couturière du village.

Il ne prenait aucune liberté. Il plantait ses épingles avec des gestes rapides et précis. Mais il marquait les corrections à apporter sur ses hanches, sur ses fesses, et même sur la face interne de ses cuisses.

Evelyne commença à se demander si une combustion spontanée était possible lorsqu'on se retenait de trop rougir. Quand il se releva, tous deux avaient dû présenter des excuses à l'autre au moins une demi-douzaine de fois.

Et ce n'était pas fini !

Le jupon de soie suivit, puis la jupe, dont une couture était restée partiellement ouverte.

Quand M. Malik eut placé avec soin cette ouverture sur la hanche d'Evelyne, leurs yeux se croisèrent. Il eut alors un brusque sourire, aussi fugitif que complice.

— Nous ne pouvons continuer à nous excuser.

Les lèvres d'Evelyn frémirent, mais elle réussit à esquisser un sourire.

— Non, c'est vrai.

— On ne peut pas éviter une certaine familiarité, dans ces circonstances. Je suis obligé de vous toucher.

— Bien sûr.

Evelyne chercha ce qu'elle pouvait dire d'autre. Quelque chose qui mettrait un terme à cette étrange intimité qui naissait entre eux.

— Euh... elle n'a pas beaucoup de forme à ce stade, n'est-ce pas ? La jupe, je veux dire.

— Elle en aura, assura-t-il.

Il piqua une épingle pour maintenir ensemble les deux bords de la couture de côté et fixer ainsi la jupe à sa taille.

— Ça va être un peu long. Si cela ne vous ennuie pas de rester parfaitement immobile ?

Evelyne hocha la tête. Combien de fois la couturière du village lui avait-elle demandé de ne pas bouger ? Ou tante Nora, lorsqu'elle retouchait sur elle une robe de seconde main ?

— Je ne bougerai pas, promit-elle.

Elle s'abstint effectivement du moindre geste durant les longues minutes silencieuses qui suivirent.

M. Malik, alternativement debout et à genoux, épinglait des pinces et des plis, et traçait des repères sur le tissu avec la craie de tailleur qu'il gardait dans la poche de son gilet.

— Vous m'avez interrogé sur les couleurs..., dit-il enfin.

Il était en train de travailler sur le dos de la jupe, hors de la vision d'Evelyne.

— Oui ?

— Le rose et le mauve sont des couleurs à éviter absolument avec des cheveux auburn.

— Et le vert aussi, avez-vous dit. Du moins, certaines nuances de vert.

— Les verts sombres, comme celui-ci, vous iront toujours. Les verts bouteille ou olive foncé également. Mais abstenez-vous des teintes plus vives, comme le vert pomme ou le vert mousse. Ils vous donneraient mauvaise mine.

Elle sentit qu'il formait un léger pli au-dessus de ses fesses et le maintenait avec une autre épingle.

— Quelles couleurs portez-vous chez vous ? reprit-il.

— Du bleu, principalement. Du bleu foncé et du gris.

Des teintes sourdes, neutres, qui convenaient à une jeune femme de sa condition… et à son porte-monnaie. Des couleurs qui supportaient des lavages réguliers. Evelyne se dit qu'il allait manifester son approbation. Mais rien ne vint. Aussi demanda-t-elle :

— Elles ne conviennent pas non plus ?

— Non.

Elle ne put retenir un léger rire.

— Que recommandez-vous, alors ? Je ne peux pas porter uniquement du vert sombre !

Il se releva et, s'écartant de quelques pas, il l'observa, les yeux légèrement plissés par la réflexion.

— Le noir vous ira bien, finit-il par dire. Très bien, même. Et aussi le bordeaux, le gris ardoise, les tons d'or et d'ambre. Et, bien sûr, le blanc. Mais faites attention : pas de blanc pur ni bleuté, mais un blanc crème.

— Un blanc crème… Vous voulez dire, ivoire ?

Il secoua la tête.

— C'est une teinte plus claire, plus légère, avec de la douceur et de l'onctuosité. Malheureusement, je n'ai pas d'échantillon à vous montrer. Mais une robe de bal dans cette couleur serait extraordinaire sur vous.

— Je croyais que seules les débutantes portaient du blanc ?

— Il s'agit de votre première saison, non ?

— De ma première et de ma dernière saison. J'ai vingt-trois ans, monsieur Malik. Je ne suis plus une toute jeune fille. Si le succès n'est pas au rendez-vous…

Il la regarda en silence un long moment. Un silence dérangeant, chargé d'une tension palpable, qu'Evelyne aurait voulu rompre. Que dire pour chasser cette attirance qu'elle éprouvait pour lui ?

Un tailleur, bonté divine !

Pas même un gentleman, et certainement pas quelqu'un capable de prendre en charge sa famille.

Au fond d'elle-même, ne valait-elle pas mieux que Fenny ? Serait-elle prête à jeter sa réputation aux orties pour un homme séduisant ?

— C'est ma sœur qui était censée vivre cela, balbutia-t-elle. Je veux dire, les toilettes, la saison, la… la chasse au mari. Elle l'a vécu, d'ailleurs, il y a trois ans. Mais elle n'a pas rempli son contrat.

Evelyne jeta un coup d'œil à son reflet dans le miroir.

— Elle était beaucoup plus jolie que moi.

— Vous l'avez déjà dit.

— C'est la vérité. Elle avait un petit nez délicatement retroussé. Et elle n'avait pas besoin de lunettes. En tout cas, elle ne l'a jamais admis.

— Elle est morte ?

Evelyne reporta brusquement son regard sur lui.

— Pardon ? Non ! Pourquoi cette question ?

— Vous parlez d'elle au passé, comme si elle n'était plus là.

Evelyne fit la grimace.

— Oui, c'est sans doute vrai.

D'une main nerveuse, elle lissa le devant de sa jupe, et évita de peu de se piquer à une épingle.

— Elle n'est pas morte, mais elle n'est plus là, effectivement. Si vous voulez tout savoir, elle s'est enfuie avec un homme durant sa première saison et a provoqué un terrible scandale.

— Je suis désolé de l'apprendre.

— Pas autant que moi. Si elle avait fait son devoir, je n'aurais jamais été contrainte de venir à Londres, ni de concevoir ce plan audacieux.

Quand M. Malik haussa les sourcils, Evelyne comprit, un peu tard, qu'elle en avait trop dit.

— Quel plan ?

Evelyne mordilla sa lèvre inférieure. Son plan n'était pas un secret. Pas vraiment. Et même s'il l'était, pourquoi ne pas lui en parler ? D'une certaine façon, il était son allié.

— Je veux faire mon entrée dans le monde sur Rotten Row.

— C'est ça, votre plan ? s'exclama-t-il.

— Eh bien... oui. Je peux difficilement faire impression sur les gens dans une salle de bal.

— Même si c'était vrai, ce dont je me permets de douter, une jeune femme ne se fait pas connaître de la bonne société à cheval.

— Certaines le font.

— Pas les demoiselles convenables.

— Ce n'est pas parce que ça n'a pas encore été fait que c'est impossible. Je suis une excellente cavalière.

— C'est vrai.

Une vague de chaleur inattendue se répandit en elle. Il avait reconnu le fait si vite, si spontanément ! Comme s'il n'existait aucun argument à y opposer.

— Ma mère me disait toujours que face à une situation difficile, il faut se placer dans une position de force, argua-t-elle.

— C'est un conseil avisé.

— Je l'ai toujours pensé. Et lorsque j'ai lu cette histoire dans le journal...

Evelyne s'interrompit un instant, puis elle expliqua :

— Ma tante reçoit le *Times*. À la fin de l'été dernier, ils ont fait paraître un article sur la rareté des maris potentiels à Londres. Le journaliste rapportait que les bons partis évitaient les salles de bal, les hordes de demoiselles bien nées et la foire au mariage, au bénéfice des Belles Écuyères.

— Et alors, vous avez pensé…

— J'ai pensé à un moyen qui me permettrait de trouver un mari.

— En vous appuyant sur votre point fort ?

— Exactement.

Il retourna vers la table pour prendre la redingote, qu'il tint ensuite derrière elle pendant qu'elle glissait ses bras dans les larges manches.

— Les Belles Écuyères n'ont pas pour objectif de se marier, reprit-il. Vous en avez conscience ?

— Oui, mais il n'y a pas que des courtisanes qui chevauchent sur Rotten Row. Beaucoup de jeunes filles convenables s'y promènent en s'efforçant de copier leur style. Les journaux ne manquent pas de rapporter, également, qu'aucune d'entre elles ne parvient à les égaler. Mais moi, j'en suis capable. Du moins, comme cavalière. Quant au reste, je savais que j'aurais besoin d'un peu d'aide.

— Et c'est la raison pour laquelle vous êtes venue me voir…

Evelyne sentit vaciller son assurance. Il était impossible de savoir ce qu'il pensait. Le visage impénétrable, il semblait accorder toute son attention aux épingles qu'il enfonçait dans l'étoffe de la redingote.

— En portant l'une de vos amazones, je suis certaine de faire grande impression.

— Assurément, dit-il en relevant le bras droit d'Evelyne.

Elle le maintint en l'air, et retint son souffle quand il marqua à la craie une pince sur le côté de son sein.

— Rotten Row ne sera pas le seul endroit où je ferai une apparition, dit-elle d'une voix un peu précipitée. J'ai reçu une invitation au bal de printemps de lady Arundell. Ce sera ma présentation officielle à la société.

M. Malik lui jeta un coup d'œil intéressé.

— La veuve du comte d'Arundell ?

— Elle est amie avec mon oncle, et a accepté de me patronner.

— Est-elle au courant de votre plan ?

— Certainement pas. Personne n'est au courant. À part vous.

Leurs yeux se croisèrent, et quelque chose brilla au fond des prunelles sombres de M. Malik.

— J'en suis honoré.

— Vous m'êtes indispensable.

C'était la vérité. Evelyne n'avait pas réellement cru à la réussite de son plan, jusqu'au moment où elle avait vu ses tenues d'équitation.

— Vous possédez un grand talent, ajouta-t-elle.

— Vous me flattez, dit-il, tout en ramenant doucement le bras d'Evelyne vers le bas. Alors, qu'en pensez-vous pour le moment ? Est-ce à votre goût ?

— C'est difficile à dire à ce stade. La couleur me va bien, évidemment. Et même très bien. Quant au reste…

Evelyne détailla sa silhouette dans le miroir. Plus elle se regardait, plus sa satisfaction grandissait.

Le vêtement n'étant pas terminé, le rendu final restait vague. Mais les épingles, les repères à la craie, l'absence de poignets et de boutons ne l'empêchaient pas de se forger une opinion.

Elle percevait les lignes qui se dessinaient, la manière dont l'étoffe semblait l'envelopper étroitement, mettant en valeur le creux de sa taille et la courbe de sa poitrine et de ses hanches. M. Malik ajustait l'habit sur elle, le modelait sur son corps comme il l'avait fait avec les amazones des Belles Écuyères.

Même si celle d'Evelyne ne ressemblait pas exactement aux leurs.

— La jupe n'a pas la même forme que celle que j'ai vue sur Mlle Walters, fit-elle remarquer. Elle semble moins ample.

— C'est le cas. Le modèle est différent.

Il déplaça quelques épingles, puis lissa d'une main légère l'étoffe sur le ventre et les hanches d'Evelyne.

— J'ai repoussé une partie de l'ampleur vers l'arrière, afin d'enlever du volume sur le devant et les côtés.

Evelyne tourna le buste pour voir derrière elle.

— Cela se rapproche dangereusement d'une traîne...

— Effectivement.

Elle lui jeta un regard interrogateur.

— C'est ce qui se fait maintenant ?

— C'est ce qui se fera, assura-t-il d'un ton ferme.

7

Quand Ahmad émergea de l'atelier, il était 18 h 30. Après avoir coiffé son chapeau de castor, il gagna Bond Street, où il héla un fiacre.

— Half Moon Street, indiqua-t-il avant de monter à l'intérieur.

Le cocher fit claquer ses rênes, et le solide alezan partit au petit trot en direction de Piccadilly. Half Moon Street se trouvait juste derrière l'artère principale. C'était une rue élégante, mais sans ostentation, à l'écart du tourbillon et de la foule de Mayfair.

Ahmad se cala contre la dure banquette du véhicule. La paille étalée sur le sol était humide à cause de la pluie, et il régnait dans l'habitacle une odeur de parfum bon marché. Si le temps avait été plus clément, il se serait rendu à pied chez les Finchley. Leur maison se trouvait à un kilomètre de chez Doyle & Heppenstall. Mais il avait déjà trop traîné. D'abord en prenant son temps avec Mlle Malravers ; ensuite, en prenant son temps pour retravailler sa tenue d'équitation.

Car elle l'avait inspiré, exactement comme lors de leurs précédentes entrevues. Ahmad ne comprenait pas vraiment cet étrange désir de l'aider à atteindre son objectif. Elle l'attirait, cela au moins était clair. Mais il y avait davantage qu'une simple attirance. Une espèce de complicité… Comme une reconnaissance mutuelle.

Parce qu'elle était bel et bien mutuelle.

Il ne connaissait pas encore bien Mlle Malravers, certes. Mais il en savait assez sur les femmes pour en déceler les signes. La manière dont la jeune femme tenait sa main, celle dont son souffle frémissait lorsqu'il la touchait et dont elle soutenait son regard alors même qu'elle rougissait...

Quel courage admirable était le sien ! Il lui avait fallu concevoir ce plan, voyager seule jusqu'à Londres... Et enfin, s'adresser à lui, uniquement parce qu'elle avait vu ses tenues d'équitation portées par les Belles Écuyères.

« Je suis déterminée à les surpasser toutes », avait-elle proclamé le jour où elle était entrée chez Doyle & Heppenstall.

À ce souvenir, Ahmad ne put s'empêcher de sourire.

Il souriait toujours lorsque le fiacre s'arrêta devant la maison des Finchley. Après avoir réglé la course, Ahmad passa devant l'entrée principale, puis il poussa la grille de fer forgé qui fermait l'escalier menant à l'entrée de service.

Il descendit les marches de pierre humides et frappa à la porte. Mme Jarrow, la cuisinière et intendante des Finchley, ouvrit presque aussitôt, le visage maussade à son habitude.

— Ah, c'est vous, grommela-t-elle, les yeux étrécis.

Ahmad enleva son chapeau avant d'entrer dans la cuisine. Une marmite chauffait sur le fourneau ; à l'extrémité de la pièce, une jeune fille de cuisine, un tablier blanc autour de la taille, chargeait des plats fumants dans le monte-plat.

— Ont-ils commencé à manger ? s'enquit-il.

— C'est tout comme. Ils sont au salon. Votre cousine est avec eux.

Mme Jarrow pivota pour retourner vers son fourneau tout en maugréant :

— Je savais pas que j'aurais une bouche supplémentaire à nourrir ce soir.

Ahmad, sans prêter attention à ses marmonnements, traversa la cuisine pour gagner l'escalier de service.

Il y avait des années que Mme Jarrow et son mari étaient employés par les Finchley. Tous deux d'âge moyen, le visage sévère, ils devaient leur salut à la charité de M. Finchley. Exactement comme Ahmad et Mira. La seule différence, c'est que les Jarrow étaient anglais. Alors que Mira et lui…

Ils n'étaient pas entièrement anglais. Mais pas non plus entièrement indiens.

Les Jarrow n'avaient jamais approuvé leur présence dans la maison.

Rien n'avait jamais été dit en face, puisqu'il en était ainsi chez les personnes civilisées. Mais il y avait les regards perçants et les remarques à double sens. Et aussi, le soupçon permanent. Comme si l'origine de Mira et d'Ahmad constituait le premier pas vers l'accomplissement d'un crime quelconque.

Ou alors, leur origine était un crime en elle-même. Les Jarrow n'auraient pas été les premiers à le penser.

Ahmad gravit l'escalier qui menait au petit salon des Finchley. C'était une pièce confortable, meublée d'un canapé et de fauteuils profonds recouverts de chintz, d'une ottomane ornée de franges, et de tables massives sur lesquelles des piles de livres voisinaient avec les bibelots variés ramenés de leurs voyages par les propriétaires des lieux.

Un feu brûlait joyeusement dans l'âtre. Sa cousine était assise devant la cheminée en compagnie de ses employeurs, Tom Finchley et sa femme, Jenny.

— Ahmad ! s'écria Mira en se levant.

Elle portait une robe en taffetas de soie grise, sobre mais loin d'être simple. C'était un modèle sophistiqué, dont les lignes pures flattaient la silhouette de la jeune fille. Une création d'Ahmad, dont le seul ornement était une broderie délicate le long de l'ourlet, exécutée par Mira. Celle-ci était très douée pour les travaux d'aiguille.

M. Finchley se leva également. En apparence, c'était un gentleman quelconque. De taille moyenne, mince, avec des cheveux châtains et des yeux bleus cachés derrière des lunettes. Un homme qui pouvait passer pour ordinaire. Mais il ne fallait pas se fier aux apparences.

En vérité, il n'y avait rien d'ordinaire chez Tom Finchley. La loi ne possédait aucun secret pour lui et, fut un temps, il avait été considéré comme l'avocat le plus remarquable de Londres.

— En voilà une surprise, dit-il. Tout va bien, j'espère ?

— Oui, rassurez-vous, répondit Ahmad en s'inclinant. Bonsoir, madame Finchley. Bonsoir, Mira.

Mme Finchley lui fit un signe de la main depuis le canapé sur lequel elle était assise. C'était une femme séduisante – et remarquable, elle aussi, dans son genre.

Ahmad avait fait sa connaissance deux ans auparavant. Elle n'était encore que Jenny Holloway, une vieille fille entêtée, déterminée à se rendre en Inde à la recherche du comte de Castleton, un lointain cousin supposé mort après la rébellion. Finchley avait engagé Ahmad et Mira pour accompagner Mlle Holloway dans sa quête.

Puis, à la dernière minute, il avait décidé de se joindre à eux.

Ensemble, ils avaient traversé la France, poursuivi leur voyage jusqu'en Égypte, puis en Inde. Ils étaient allés jusqu'à Darjeeling. C'est là qu'ils avaient trouvé lord Castleton, blessé, affaibli, mais tout à fait vivant.

Cette aventure avait établi entre eux une familiarité qui tenait plus de l'amitié que de la relation habituelle entre maîtres et domestiques.

— Asseyez-vous donc, Ahmad, dit Mme Finchley. Mon mari était justement en train de vanter les mérites de Londres durant la saison.

— Et ma femme me rappelait la beauté de l'été dans le Devon, déclara Finchley en se rasseyant.

— Sans compter que nous pourrions en profiter pour rendre visite à lady Helena et au capitaine Thornhill, ajouta Mme Finchley, qui sourit. Mais je n'en dirai pas plus sur le sujet. Nous avons tout le temps d'organiser notre voyage d'été.

Elle se tourna de nouveau vers Ahmad.

— J'espère que vous restez dîner avec nous ?

Ahmad s'était assis à côté de Mira. La simple allusion à lady Helena, sœur du comte de Castleton, suffit à lui rappeler sa situation difficile.

— Je ne voudrais pas vous déranger, répondit-il.

— Aucun dérangement, assura Finchley. Il y a bien trop longtemps que nous n'avons pas dîné tous ensemble.

— C'est vrai, renchérit sa femme. Ce sera comme au bon vieux temps.

Un instant plus tard, M. Jarrow parut sur le seuil du salon pour annoncer que le dîner était servi. Tous les quatre gagnèrent la salle à manger.

Cela faisait une éternité qu'Ahmad ne s'était pas assis à table pour un repas correct. Le temps lui manquait. Depuis qu'il s'était mis à son compte, il avalait quelque chose entre deux coups de ciseaux. Il lui arrivait parfois d'être si absorbé par son travail qu'il en oubliait complètement de manger.

Mais pas ce soir.

On leur servit un potage de printemps, des croquettes de poulet, un gigot d'agneau accompagné de légumes, et une tarte à la rhubarbe pour le dessert. Un repas anglais traditionnel, typique de Mme Jarrow. Ahmad n'en laissa pas une miette. Ce ne fut que lorsqu'ils eurent terminé que M. Finchley l'interrogea sur le motif de sa visite.

— J'ai besoin de Mira, répondit-il franchement.

Mira était en train de se tamponner les lèvres avec sa serviette. Elle la rabaissa lentement.

— De moi ? Pour quoi faire ?

— Pour m'aider la semaine prochaine. J'ai trop de commandes en ce moment. Trois robes du soir et plusieurs tenues d'équitation, presque toutes attendues dans les dix jours à venir. C'est plus que je ne peux terminer seul.

— Mais c'est prometteur, non ? Que vous soyez aussi occupé ? fit remarquer Mme Finchley, manifestement heureuse.

Ahmad ne demandait qu'à y croire. Hélas, il n'avait aucune garantie. Car il ne rentrerait dans ses fonds qu'une fois la commande exécutée. Et encore… Dans les classes supérieures, il n'était pas rare qu'un paiement n'intervienne qu'après plusieurs mois. En vérité, de nombreux membres de la haute société vivaient à crédit, menant un train de vie dispendieux alors même que les commerçants auxquels ils devaient de l'argent faisaient faillite.

— Ce n'est que le début, dit-il. Mais vous avez raison, c'est encourageant. À condition que rien ne vienne se mettre en travers.

Mira pinça les lèvres.

— La vicomtesse Heatherton ne l'a pas payé.

— Je ne lui ai pas encore livré les robes, précisa Ahmad. Personne ne règle une commande à l'avance.

— Et Mlle Walters ? insista Mira. Elle a payé ses factures ?

Ahmad se maudit intérieurement d'avoir livré cette information à sa cousine.

— Ce n'est pas pour parler de cela que je suis venu, dit-il en s'efforçant de dissimuler son impatience. Le fait est que j'ai des commandes, beaucoup de commandes. Et une fois que lady Heatherton aura porté l'un de mes modèles, je m'attends à en recevoir davantage. Entretemps, j'ai besoin d'aide pour finir ses robes, ainsi que les tenues d'équitation de Mlle Malravers.

— Je croyais qu'elle n'en avait commandé qu'une ? fit remarquer Mira, l'air perplexe.

— Elle en a demandé deux autres.

Ce en quoi Ahmad l'avait fortement encouragée. Si Mlle Malravers voulait faire sensation sur Rotten Row, elle aurait besoin de plus d'une amazone.

« J'ai l'intention de monter tous les jours, lui avait-elle dit. C'est la raison pour laquelle je suis venue à Londres. »

Pour trouver un mari fortuné. Conquérir un des nombreux hommes qui se rendaient à Hyde Park pour lorgner les Belles Écuyères.

Cette pensée suscitait en lui une vague irritation. C'était ridicule de sa part. La tenue qu'il avait dessinée était justement conçue pour mettre sa beauté en valeur. Chaque pince, chaque couture devait attirer l'attention sur ses charmes. C'était pour cette raison même qu'elle s'était adressée à lui.

— Qui est Mlle Malravers ? s'enquit Finchley en dévisageant Ahmad avec intérêt.

Il connaissait ce regard. Finchley tirait des déductions de faits qui n'existaient pas.

— Une jeune femme originaire du Sussex, répondit-il. Elle est là pour la saison. Ce sera son entrée dans le monde.

— Elle veut une tenue d'équitation comme celle qu'Ahmad a faite pour Mlle Walters, expliqua Mira.

Ahmad reposa sa serviette à côté de son assiette.

— Pas tout à fait la même, corrigea-t-il. Mais la chose importante, c'est que je ne veux pas qu'elle l'attende plus que nécessaire. C'est la raison pour laquelle j'ai besoin de Mira. Si vous pouvez vous passer d'elle quelques jours, cela va sans dire…

— Bien sûr, fit Mme Finchley. À condition qu'elle le souhaite.

— Oh oui ! déclara Mira, qui se pencha en avant. Quand dois-je commencer ?

— Demain, si c'est possible, répondit Ahmad. J'ai besoin de toi une semaine.

— Pas plus ?

Son expression perdit de son enthousiasme. Finchley échangea un regard avec sa femme. Ils semblèrent communiquer silencieusement et, d'un même geste, ils se levèrent.

— Maintenant que c'est réglé, déclara Mme Finchley en prenant le bras de son mari, nous allons vous laisser un peu d'intimité.

— Vous pouvez aller dans la bibliothèque, si vous préférez, proposa M. Finchley. Et je vous en prie, n'hésitez pas à vous servir en porto.

Ahmad se leva tandis que les Finchley quittaient la pièce. La porte se referma derrière eux, le laissant seul avec Mira. Elle resta curieusement silencieuse.

— Veux-tu un verre ? lui demanda-t-il.

— De porto ?

— Pourquoi pas ?

Il sortit la carafe et deux verres du cabinet en acajou. En règle générale, les femmes ne buvaient pas de porto. C'était une boisson masculine, savourée après le dîner, lorsque les gentlemen s'attardaient autour de la table pour discuter entre eux, libérés des contraintes qu'imposait une compagnie féminine.

— Parce que c'est infâme, répondit Mira.

— Tu n'as jamais goûté !

Ahmad versa le porto dans les verres. Un vieux millésime, à en juger par son velouté ambré. Puis il tendit à Mira un verre, qui ne contenait guère plus d'un doigt de vin.

— Tiens, goûte. Ça te facilitera peut-être les choses.

Mira porta le verre à ses narines et renifla d'un air méfiant.

— Quelles choses ?

— Celles que tu as à me dire.

Sa cousine releva brusquement la tête. Ses yeux verts scrutèrent le visage d'Ahmad, et sa bouche esquissa une moue attristée.

— Je te connais, *bahan,* ajouta-t-il.

Et si cela n'avait pas été le cas, l'attitude des Finchley l'aurait alerté. Leur brusque départ, leur hâte à les laisser en tête à tête n'avaient pas été précisément subtils.

Il s'assit à côté d'elle.

— Qu'est-ce qui ne va pas ?

Mira fixa les yeux sur son verre. Elle prit une petite gorgée, fit la grimace, s'étrangla, puis lâcha :

— Tu me manques.

Ce n'était pas ce qu'Ahmad s'attendait à entendre. Du moins, pas de cette manière abrupte, douloureuse. Son ventre se noua. Que répliquer ?

Il se doutait qu'il lui manquait, bien sûr. N'était-ce pas la raison pour laquelle elle lui rendait sans cesse visite, en une vaine tentative de recréer l'intimité qu'ils avaient partagée chez Mme Pritchard ? À cette époque, ils vivaient dans la même chambre sous les toits, dormant sur des paillasses jumelles séparées par un paravent chinois en lambeaux.

Des conditions de vie loin d'être idéales.

« Il ne faut pas qu'on la voie pendant les heures de travail, avait déclaré Mme Pritchard le jour de leur arrivée. Je ne veux pas qu'un monsieur se fasse des idées. »

Elle les avait ensuite poussés dans l'escalier branlant qui conduisait au grenier. « Et je ne veux pas entendre ce charabia que vous autres, vous aimez bien parler. Ça dérange les clients. Ici, on parle anglais ou on ne dit rien. »

Il avait alors quinze ans, et Mira guère plus de huit. Accrochée au paletot de laine élimé d'Ahmad, elle cachait son visage dans sa manche. Il se rappelait avoir passé un bras protecteur autour de ses épaules chétives.

Ce n'était pas son seul souvenir.

Il se rappelait aussi l'odeur de cet endroit, moite, aigre de sueur et de luxure. Et les doigts de Mme Pritchard qui s'enfonçaient dans ses cheveux quand il franchissait la porte.

Exactement comme lady Heatherton l'avait fait.

— Nous avons toujours été ensemble depuis notre arrivée en Angleterre, reprit Mira. Dans la même maison, dans la même chambre. Tu constituais tout mon monde. Et maintenant, tu es parti…

— Je ne suis pas parti, répliqua-t-il. King William Street n'est qu'à quatre kilomètres d'ici.

— Ça pourrait aussi bien être à cent.

— Nous continuons de nous voir. Tu me rends souvent visite.

— Évidemment. Je n'ai pas d'amies, rétorqua-t-elle avec amertume. Pas à Mayfair. Et je ne me sens pas en sécurité quand je vais dans l'East End pour voir celles que j'ai laissées chez Mme Pritchard.

— Quoi ? s'exclama Ahmad, qui manqua renverser son verre.

Chose rare, un éclair de défi brillait dans les yeux de Mira.

— Tu croyais peut-être que je pouvais oublier la vie que nous avons laissée derrière nous ?

— Oui, effectivement, répliqua-t-il en s'efforçant de contenir sa colère. Tu n'as aucune raison de retourner là-bas ! Tu es en sécurité ici, loin de cet endroit sordide.

Il considérait comme une bénédiction le fait que Mira vive dans cette maison avec les Finchley. Jamais il n'aurait pu lui offrir de meilleures conditions de vie. Ici, en tant que demoiselle de compagnie, elle bénéficiait d'une nourriture saine, d'un air frais et d'un lit chaud. C'était un sanctuaire, loin de la misère de l'East End et des personnages vulgaires qui fréquentaient l'établissement de Mme Pritchard.

— Tout n'était pas sordide, riposta Mira.

— Non, pas tout, admit-il. Pas toi et moi. Et pas certaines des filles. Mais Mme Pritchard et les autres…

Le cœur lui manqua à la pensée de sa cousine retournant là-bas.

— Sapristi, Mira ! Combien de fois…

— Ça n'a pas d'importance.

— Si. Rappelle-toi que nous n'avons pas quitté Mme Pritchard dans les meilleurs termes.

Il y avait eu une bagarre, avec un scandale pour conséquence. Et la menace d'un envoi au bagne pour Ahmad.

— Sans l'intervention de M. Finchley…

— Je sais, je sais, murmura Mira. Tu as raison. Je n'aurais pas dû y aller. De toute façon, elles n'ont jamais été mes amies. Je m'en rends compte, maintenant. Elles ne me toléraient que parce qu'elles t'aimaient bien.

L'expression arracha une grimace à Ahmad. Oui, Mme Pritchard l'aimait bien. Excessivement bien.

La gorgée de porto qu'il avala lui brûla la gorge.

— Tu ne sais pas de quoi tu parles, Mira.

— Je n'ai jamais eu de véritables relations ici. Je croyais que j'en avais, une en particulier. Mais la dernière de mes lettres est restée sans réponse. Il est temps que j'affronte la réalité.

— Des lettres à qui ?

— Ça n'a pas d'importance, prétendit-elle de nouveau.

— Ça en a certainement pour que tu sois bouleversée à ce point.

— Je suis bouleversée parce que je suis seule. Parce que j'ai l'impression de n'être à ma place nulle part.

Ahmad soupira.

— Tu es timide, voilà tout. Tu l'as toujours été.

Et aussi de santé fragile, à la suite d'une maladie contractée quand elle était petite – cette même fièvre qui avait emporté sa mère. La maladie avait fait d'elle une enfant pâle et faible, qui dépendait entièrement de lui.

— Je me sens perdue, ajouta-t-elle. Abandonnée.

Ahmad le prit comme une accusation.

— Que dois-je répondre à cela ? grommela-t-il.

— Rien. Il fallait simplement que tu le saches. C'est pour cela que je m'inquiète autant de l'état de tes finances.

— *Nos* finances, corrigea-t-il.

Une partie des sommes qui figuraient sur son compte appartenait de plein droit à Mira. C'était la récompense pour l'aide apportée à la recherche de lord Castleton, offerte par lady Helena reconnaissante. Cet argent devait servir à l'ouverture de la maison de couture.

Il ne manquait plus à Ahmad, pour réaliser leur rêve, que d'acquérir une réputation suffisante.

— Nos finances, si tu veux, concéda Mira. Encore que je n'aie rien fait pour gagner cet argent. C'est toi qui es allé partout pour questionner les gens. Pas moi.

— N'empêche que tu étais là, rétorqua-t-il.

Ce voyage avait été une épreuve physique pour Mira, et la chaleur régnant en Égypte et en Inde l'avait encore affaiblie. Elle n'était plus accoutumée à des températures extrêmes. Il lui avait fallu des mois pour reprendre des forces.

— Et tu n'as pas besoin de t'inquiéter, continua Ahmad. Nos finances sont parfaitement en ordre.

Elle but de nouveau une gorgée de porto.

— Tu as fait des retraits à la banque.

— Comment le... ?

— Je l'ai deviné. Ce n'est pas difficile. Entre Mlle Walters qui te doit cent livres et la vicomtesse qui exige tout ce qu'il y a de plus luxueux...

Mira garda le silence un instant, avant de demander :

— Combien as-tu retiré ?

— Juste de quoi couvrir les dépenses. Les tissus, les passementeries, etc.

— Et lady Heatherton a l'intention de payer pour tout ça ?

— Oui, quand les robes lui auront été livrées. Il n'est pas rare que ces dames prennent leur temps pour régler les factures de leurs fournisseurs, tu le sais. C'est un des mauvais côtés de la profession.

— Oui, mais...

Les doigts de Mira se crispèrent sur son verre.

— Je dépends de toi et de ta capacité à créer ta propre affaire. Pour travailler dans ton atelier, t'aider avec tes modèles, et même tenir ta maison.

Ahmad aurait ri si le sujet n'avait pas été aussi douloureux.

— Je n'ai même pas de maison ! rétorqua-t-il.

— Pas encore. Mais il ne s'écoulera plus beaucoup de temps avant que tu connaisses le succès. Il faut que tu réussisses, Ahmad. Mon bonheur tout entier en dépend.

Le nœud dans le ventre d'Ahmad se resserra un peu plus. Que Mira dépendait de lui, il ne le savait que trop bien. Il n'avait pas besoin de l'entendre, surtout en ces termes. La pression qui s'exerçait sur lui était déjà suffisante.

— Je croyais que tu voulais te marier ? Avoir un jour une maison à toi ? Tu en as souvent parlé.

Elle haussa les épaules.

— J'ai grandi.

— Mira...

— Je parle sérieusement. Quand M. Doyle partira en retraite à la fin de l'été, il faut que tu reprennes son bail et que tu ouvres ta boutique. Il faut que tu aies une place pour moi. Sinon...

— Je fais tout ce que je peux. Mais je ne peux rien promettre. La saison n'a même pas encore vraiment commencé.

— Ce sera un succès. Quand lady Heatherton aura été vue dans tes robes, tout le monde se rendra compte de ton talent, et alors...

— Ce n'est pas aussi simple. Ne comprends-tu pas, Mira ? dit-il en s'inclinant vers elle. Il n'est pas suffisant pour un homme comme moi de posséder un certain talent. Pas même d'être excellent. Pour avoir du succès, pour être accepté, il lui faut être extraordinaire. Meilleur que les meilleurs. Meilleur même que Charles Worth. Les critères sont différents.

— À cause de nos origines ?

— Pour faire court ? Oui.

Mira baissa la tête.

— Et quelles sont-elles, nos origines, exactement ? Nous n'avons personne. Pas de pays, pas de famille.

Ahmad fut saisi d'un élan de compassion. Lorsqu'il était plus jeune, il avait souvent éprouvé la même chose. Ce sentiment d'être à l'extérieur, coupé et même exclu de la société dans laquelle ils vivaient. La société anglaise.

La société indienne ne s'était pas montrée plus accueillante.

Quand il était retourné là-bas, deux ans plus tôt, Ahmad ne s'était pas senti à sa place. Il avait eu l'impression d'être aussi étranger que n'importe quel Anglais.

— Nous ne sommes pas les seuls dans cette situation, argua-t-il.

— Toi, tu as une vie à l'extérieur. Un objectif.

— C'est vrai. Cela ne veut pas dire que c'est facile.

L'ombre de la domination coloniale britannique était toujours présente dans son existence, ne serait-ce que par les étoffes qu'il travaillait ou le sucre qu'il mettait dans son thé. On pouvait se laisser facilement miner par l'injustice du système tout entier.

Mais Ahmad ne s'était jamais offert ce luxe, car Mira comptait sur lui.

Pour vivre et pour travailler parmi les Anglais, il avait conclu, longtemps auparavant, une paix malcommode avec lui-même. Il lui avait fallu trouver un moyen de s'approprier le butin du colonialisme – toutes ces soies chinoises et ces mousselines indiennes – en les transformant en quelque chose de beau. Quelque chose qui était à lui.

— Ce n'est quand même pas si difficile pour toi, répliqua Mira. Tu es un homme. Un jour ou l'autre, tu rencontreras quelqu'un. Tu tomberas amoureux, tu te marieras et…

— Amoureux ? s'exclama Ahmad, si surpris qu'il eut un rire sec. Comment en sommes-nous venus à ce sujet ? Tu sais très bien que cela ne m'intéresse pas. Tout ce que je veux, c'est ouvrir une maison de couture.

— Et qu'on te considère comme quelqu'un d'extraordinaire.

— Mes modèles sont extraordinaires. Il faut simplement que les gens les voient. Les gens importants.

— Le « beau monde ».

— Exactement.

Jusqu'à présent, les personnes ayant porté ses créations ne pouvaient se targuer d'appartenir aux plus hautes sphères de la société. Pas même lady Helena. Bien que sœur d'un comte, elle avait fait un mariage modeste. Elle menait à présent une vie retirée, avec son mari et son enfant, dans une abbaye sur la côte nord du Devon.

L'expression de Mira se fit songeuse.

— Tes espoirs reposent sur la vicomtesse Heatherton...

— Elle a la réputation de lancer les modes.

— Ce n'est pas la seule réputation qu'elle a, murmura Mira.

Ahmad ne le savait que trop bien. Mais comment sa cousine... ?

— Encore des ragots ? accusa-t-il en fronçant les sourcils. Est-ce ainsi que tu occupes ton temps ?

— En lisant ? Oui. C'est comme ça que j'apprends ce qui se passe dans le monde.

— Dans les feuilles à scandale ?

— Dans tous les journaux. Dans les livres. Et en écoutant ce que les gens disent lorsque je sors avec Mme Finchley. Tu peux me croire sur parole : la vicomtesse ne passe pas pour être une femme particulièrement gentille.

Cela aussi, Ahmad le savait. Il avala le reste de son porto d'une traite.

— Lady Heatherton ne sera pas un problème, fais-moi confiance.

8

Evelyne repoussa sa capuche en entrant dans l'écurie. Hephaestus laissait pendre sa grosse tête à l'extérieur de sa stalle. Son toupet de longs crins noirs retombait sur ses yeux comme un épais voile. Il l'accueillit en poussant un léger hennissement.

— Tu m'attendais ?

Elle s'avança vers lui et, prenant sa tête entre ses mains, embrassa ses naseaux veloutés.

— Ma beauté... Comment vas-tu ce soir ? Tu t'ennuies ? Tu te languis de la maison ?

Il posa son nez contre son visage et fit bouger ses lèvres sur sa peau. Ses vibrisses chatouillèrent la joue d'Evelyne. Son haleine était douce et chaude. Elle ne craignait pas d'être mordue. Il n'y avait pas de méchanceté chez Hephaestus, uniquement de l'affection.

— Moi aussi, la maison me manque, chuchota-t-elle, les doigts enfoncés dans son épaisse crinière. Terriblement.

— Vous êtes revenue, mademoiselle ? fit une voix masculine dans l'obscurité.

Evelyne sursauta violemment.

— Bonté divine, Lewis ! Vous m'avez fait une peur bleue. Je croyais que vous étiez rentré dîner ?

Lewis émergea de la pénombre, un chiffon graisseux dans une main, une pièce de harnais à moitié cirée dans l'autre.

— J'ai mangé un morceau au Seven Bells. Je ne raffole pas de la compagnie ici. Sans vouloir vous vexer.

— Pas du tout.

Elle-même n'en raffolait guère. Non pas de la compagnie, mais de son absence. Ce soir, elle avait de nouveau dîné seule, servie par une silencieuse Mme Quick et un valet de pied tout aussi silencieux. Oncle Harry passait la soirée à son club. Il avait quitté la maison tôt dans l'après-midi.

— Hephaestus s'habitue bien ? demanda-t-elle.

— Il ne boude pas sa nourriture.

— Cela ne m'étonne pas. Il faudrait davantage qu'un changement d'adresse pour lui couper l'appétit. Il a toujours eu l'estomac solide, dit-elle en grattant l'animal derrière les oreilles. Et pour le reste ?

— Il est nerveux. Il donne des coups de sabots dans la porte de la stalle.

Il était nerveux ? Elle aussi.

— Il regrette son enclos, murmura-t-elle.

Elle passa la main sur l'encolure soyeuse de l'étalon. À Combe Regis, il passait la plus grande partie de ses journées à s'ébattre dans le pré clôturé, à se rouler dans la boue ou à sommeiller à l'ombre de son arbre préféré. Pas un souci au monde !

Evelyne avait toujours supposé que lorsqu'elle épouserait Stephen Connaught, elle emmènerait Hephaestus avec elle dans son nouveau foyer. Pour le chevaucher et le dorloter durant les décennies à venir.

Mais pas seulement.

Hephaestus pourrait devenir reproducteur. C'était ce que son père avait prévu à l'origine en achetant l'étalon. Evelyne n'avait pas pu toutefois mettre ce plan en œuvre. Non parce qu'elle ignorait la manière de mener un cheval à la monte, mais parce que les femmes célibataires n'étaient pas censées savoir de quoi il s'agissait. Si elle avait passé outre, elle aurait été considérée comme dangereusement excentrique. Non seulement sa propre réputation aurait été entachée, mais aussi celle de ses sœurs.

Une raison supplémentaire pour espérer épouser Stephen.

Mais la disparition de Fenny avait tout changé. Il n'était plus question qu'Evelyn songe à épouser Stephen Connaught.

Elle avait dû se résoudre à envisager quelqu'un d'autre. Non parce qu'elle aspirait à avoir une belle maison et de beaux vêtements, ni même parce qu'elle désirait des enfants. Mais parce que l'entretien d'un cheval coûtait cher. Bien trop cher pour une famille dont les moyens diminuaient rapidement. La vente d'un étalon comme Hephaestus rapporterait une somme coquette.

Tante Nora n'avait rien dit. Pas encore. Mais elle ne manquerait pas d'aborder le sujet, et sans tarder, si Evelyne rentrait de Londres sans une demande en mariage.

— Je l'emmènerai de nouveau galoper demain, dit-elle au palefrenier. Vous pourrez le préparer pour le lever du soleil ?

Lewis acquiesça d'un signe de tête.

Le matin suivant, Evelyne quitta la maison à l'aube. Hephaestus rejeta la tête en arrière, les naseaux frémissants, lorsqu'ils pénétrèrent dans le parc. Elle lui lâcha la bride et il galopa jusqu'à avoir le cou et les flancs luisants de sueur.

Les lieux étaient presque déserts. Quelques personnes foulaient l'herbe emperlée de rosée. Des ouvriers qui se rendaient à leur travail, à en juger par leur mise. Evelyne eut beau chercher des yeux Julia Wychwood, elle ne la vit pas, pas plus que son imposante monture noire. Il n'y avait aucun autre cavalier sur Rotten Row.

Peut-être que la jeune femme avait recommencé à monter l'après-midi, à l'heure élégante, avec lady Anne et Mlle Hobhouse ?

« Les trois Furies », songea Evelyne avec un sourire.

À choisir, elle préférerait qu'on la traite de Furie plutôt que de laissée-pour-compte ou de bas-bleu. Les Furies de l'Antiquité étaient des sœurs redoutables. Des femmes de justice… et de vengeance. Ce qui n'était pas pour lui déplaire.

Sauf que cela démontrait qu'au fond de son cœur, un bas-bleu sommeillait.

Son sourire s'évanouit. Elle remit Hephaestus au trot pour sortir du parc, Lewis à quelques pas derrière elle.

Elle allait devoir s'employer à se rendre plus avenante. Notamment si elle voulait plaire aux beaux partis qu'elle rencontrerait durant la saison. Les hommes ne courtisaient pas les excentriques. Ils aimaient les femmes douces et suaves ; celles qui les écoutaient dans un silence frappé d'admiration, et n'ouvraient leur délicate petite bouche que pour approuver leurs idées, ou rire à leurs traits d'esprit.

Evelyne n'était pas comme ça. Elle ne l'avait jamais été.

« Tu n'as pas à changer, s'efforça-t-elle de se rassurer. Pas vraiment. Ce n'est qu'un jeu. Un jeu qui ne durera pas longtemps. »

Lorsqu'elle aurait rencontré un homme convenable, elle pourrait revenir à sa véritable personnalité. Elle le ferait par paliers, petit à petit. Qui sait ? L'homme en question en viendrait peut-être à l'aimer comme elle était réellement. Peut-être même qu'il tomberait amoureux d'elle… Non, c'était un rêve impossible, auquel elle ne devait pas s'attacher. De tels rêves ne conduisaient qu'à la déception.

Mieux valait être pragmatique et s'en tenir à son plan. Après tout, conclure un mariage, c'était comme conclure une affaire, ce que n'importe quel gentleman riche et titré confirmerait. Evelyne était résolue à l'envisager de cette manière. Quant au reste...

Mieux valait ne pas s'attarder sur les détails désagréables. L'intimité forcée qui concluait la cour et la demande en mariage, les baisers et les étreintes. La nuit de noces...

Tout cela avec un étranger. Quelqu'un qu'Evelyn aurait épousé non parce qu'elle l'aimait, mais parce qu'il était riche, puissant et capable d'aider sa famille.

Ce n'était pas anodin.

Une fois rentrée à Russell Square, elle se lava, se changea et se recoiffa. La journée s'étendait vide et morne devant elle, sans rendez-vous ni visites pour en rompre la monotonie. En attendant le moment où elle pourrait faire correctement son entrée dans le monde, elle préférait rester à l'intérieur.

Le dernier essayage avec M. Malik devait avoir lieu le lendemain matin. Elle avait donc un jour entier encore à patienter. Comme elle se sentait aussi nerveuse qu'Hephaestus, elle finit par convoquer Agnès pour lui demander de l'accompagner à la librairie Hatchards.

— Mon oncle a pris la voiture, dit-elle en enfilant chapeau, gants et manteau, mais nous pouvons y aller en omnibus. Ce n'est pas très loin.

Agnès ne parut guère enthousiasmée par cette perspective.

Le voyage de près de trois kilomètres, à être secouées et projetées contre des étrangers dans un omnibus bondé, ne fit rien pour améliorer l'humeur de la femme de chambre. Quand toutes les deux finirent par descendre dans Piccadilly Street, devant la célèbre librairie, Agnès regarda la vitrine d'un air franchement dégoûté.

— Vous n'êtes pas obligée d'entrer si vous n'en avez pas envie, lui dit Evelyne.

Il y avait des bancs le long de la devanture, occupés à cet instant par une jeune fille portant une robe noire et deux grands valets de pied en livrée. Les domestiques de clients de la librairie, certainement.

— Vous pouvez attendre ici, si vous voulez.

— Cela ne vous ennuie pas, mademoiselle ? dit Agnès, qui échangea un coup d'œil avec l'un des valets. Je n'ai jamais vraiment compris à quoi servaient les livres.

— Pas du tout. Je n'en ai pas pour longtemps.

Evelyne entra donc seule dans la boutique. Elle fut aussitôt assaillie par l'odeur d'encre fraîche, de papier et de reliures en cuir. Un parfum délicieux. Elle inhala profondément, à la fois excitée et emplie d'une paix étrange.

Pour une lectrice, une librairie ressemblait assez à une église. Tante Nora aurait trouvé sacrilège une telle comparaison, mais aux yeux d'Evelyne, elle paraissait pertinente.

Ses sœurs et elle adoraient lire. La lecture constituait l'un de leurs seuls moyens d'évasion. D'autant que chaque volume sec et poussiéreux resté dans la bibliothèque de leur père était un passeport pour un monde différent. Les étagères regorgeaient de livres sur l'Égypte ancienne, Rome et la Grèce, ainsi que d'essais philosophiques et de traités sur la flore et la faune de terres lointaines. Un témoignage de l'amour de leur père pour le voyage. Les filles Malravers les avaient tous lus à un moment ou à un autre.

Mais les livres étaient un luxe.

Il y avait une éternité qu'Evelyne n'avait pas acheté de roman. S'il n'y avait pas eu la petite bibliothèque de prêt de Combe Regis, elle aurait dû se passer complètement de ce plaisir. Mais elle n'avait pas pu lire le dernier ouvrage de M. Dickens, car il n'y avait pas d'exemplaire dans la modeste bibliothèque.

C'est la raison pour laquelle, en entrant chez Hatchards, elle demanda aussitôt s'ils avaient en rayon *Les grandes espérances*.

Derrière le comptoir, un employé très affairé lui indiqua une série d'étagères contre le mur. Là, les romans de M. Dickens, soigneusement alignés, voisinaient avec ceux d'autres auteurs. Evelyne passa les titres en revue. Jane Austen, Wilkie Collins, Anthony Trollope... Et aussi, un roman de George Eliot.

Elle fut tentée. Très tentée.

Non. Elle était venue chercher un livre précis. Elle le repéra, rangé sur une étagère bien au-dessus de sa tête. Se dressant sur la pointe des pieds, elle tendit la main pour l'atteindre. Mais ses doigts gantés ne firent qu'effleurer le dos orné de caractères dorés.

Flûte !

Elle allait devoir demander à l'employé, déjà très occupé, de l'attraper pour elle. Elle se préparait à s'adresser à lui lorsqu'un gentleman vint à son aide. Evelyne sentit sa présence avant de le voir. Une grande main gantée de noir passa au-dessus de sa tête pour saisir avec facilité le roman sur l'étagère.

— Permettez-moi...

Le cœur d'Evelyne se mit à battre à tout rompre. Deux mots seulement, mais elle aurait reconnu cette voix profonde n'importe où. Pivotant brusquement, elle se retrouva face à des yeux familiers, d'un noir d'obsidienne.

— Monsieur Malik !

Il était vêtu d'un costume parfaitement coupé. Ses épais cheveux noirs luisaient à la lumière du soleil, qui se déversait dans la boutique à travers les fenêtres à verre cathédrale.

— Bonjour, mademoiselle Malravers. Est-ce bien le livre que vous vouliez ? demanda-t-il en lui présentant le volume.

— Oui, merci.

Elle le prit et le serra contre sa poitrine.

— Que faites-vous ici ?

— La même chose que vous, je suppose.

— Pardonnez-moi. C'est juste que... cela semble tellement curieux de vous voir hors de votre salon d'essayage.

Evelyne ne put s'empêcher de se rappeler leur dernière rencontre. Elle était en culotte, et il touchait son corps avec autant de familiarité qu'un amant.

— Et réciproquement, dit-il avec un léger sourire, comme s'il savait précisément à quoi elle pensait.

Elle se sentit rougir. Bonté divine ! Il n'était qu'un simple tailleur, rien de plus. Pas un amant. Pas même un bon parti. Elle devait cesser de penser autrement à lui.

Mais la faute en revenait à M. Malik. Un tailleur n'avait pas à être aussi beau ! On ne pouvait pas s'empêcher de perdre tous ses moyens quand on le voyait.

Enfin, quand *elle* le voyait.

Après avoir humecté ses lèvres, Evelyne balbutia :

— Vous avez, euh… belle allure.

Oh non !

— Et vous…

Son regard se posa sur son simple manteau en lainage et sa robe tout aussi simple. Il plissa légèrement le front.

— Est-ce nouveau ? demanda-t-il.

— Non, vieux. Je me suis glissée hors de la maison de mon oncle juste pour acheter ce livre. Je suis à Londres encore incognito.

— Plus pour longtemps.

— Non, c'est vrai, acquiesça Evelyne, un peu rassérénée à la pensée de sa nouvelle amazone. Vous êtes venu chercher quelque chose à lire ?

— Pas pour moi. Pourquoi ? Vous avez des livres à me recommander ?

— Cela dépend à qui c'est destiné. Quel genre d'histoires aime-t-il ?

— Elle.

Elle…

Le sourire d'Evelyne vacilla. Elle prit soudainement conscience du peu qu'elle savait de lui.

Il devait avoir une amoureuse, évidemment. Pour l'amour du ciel, il était même probablement marié !

Le fait qu'il ne porte pas d'alliance ne signifiait pas qu'il n'avait pas d'épouse. Et quelques enfants. Cela ne la regardait pas.

Elle reporta son attention sur les étagères.

— En ce cas... pourquoi pas une histoire d'amour ?

— Pas d'histoire d'amour, dit-il d'une voix assombrie.

— Non ?

Appartenait-il à ce genre d'hommes collet monté qui désapprouvaient les romans d'amour ? Ils étaient nombreux dans ce cas. Evelyne était néanmoins déçue. Un homme qui dessinait des vêtements aussi beaux n'aurait-il pas dû être sensible aux sentiments ?

— En ce cas, que pensez-vous de celui-ci ? *Silas Marner*. Il est sorti l'année dernière.

M. Malik retira le volume de l'étagère. Il était relié en toile marron, et orné de lettres dorées sur le dos.

— De quoi parle-t-il ?

— D'un homme et de sa place dans la société. Le héros de l'histoire est un tisserand. C'est un homme qui n'a pas de famille et qui se tient à l'écart de sa communauté.

— Un peu trop proche de la réalité, dit-il en replaçant le livre sur l'étagère. Elle a besoin de quelque chose de gai. Quelque chose susceptible de lui remonter le moral.

Evelyne s'interrogea. Était-elle malade ? Encline à la mélancolie ? Avait-elle subi une déception ?

— En ce cas, dit-elle en tendant la main vers un roman de Jane Austen, je recommande ce récit.

M. Malik le prit et jeta au titre un regard dubitatif.

— *L'abbaye de Northanger*...

— C'est une parodie de roman gothique. Une lecture vraiment très divertissante. Cela devrait lui changer les idées.

M. Malik feuilleta le livre. Son expression restait sceptique.

— Je l'avoue, reprit Evelyne, il y a une histoire d'amour dans ce livre, mais elle est très drôle, pas mièvre du tout. Je ne peux pas imaginer qu'elle n'apprécie pas cette lecture.

— C'est quand même une histoire d'amour…

Quelqu'un toussa non loin d'eux. Puis des livres furent replacés assez bruyamment sur une étagère voisine. Evelyne se rappela soudain que M. Malik et elle n'étaient pas seuls, loin de là. Il semblait y avoir de plus en plus de monde dans la librairie.

Evelyne baissa la voix :

— Qu'a-t-elle contre les histoires d'amour ?

— Rien, répondit-il tout aussi bas. Simplement, je ne veux pas qu'elle se fasse des illusions.

— Des illusions sur quoi ?

— Sur les fins heureuses. Les « ils se marièrent et eurent beaucoup d'enfants »…

La jupe ample d'Evelyne effleura la jambe de son pantalon. Elle s'aperçut alors qu'elle s'était rapprochée de lui. Que leur conversation avait pris un tour intime.

— Vous n'aimez pas les fins heureuses ?

— Je ne crois pas aux contes de fées, répliqua-t-il.

— C'est ce qu'elles sont ? demanda Evelyne, amusée.

— Oui, selon mon expérience.

— Voilà qui est très éclairant.

— Ah bon ? dit-il en tournant une autre page du livre.

— Parfaitement. Vous êtes un cynique, monsieur Malik. Je n'aurais jamais pensé ça de vous.

— Je suis réaliste.

— Les fins heureuses existent bel et bien. Pour certaines personnes, en tout cas. Et même si elles n'existaient pas… un peu d'amour n'a jamais nui à quiconque.

Il leva les yeux. Evelyne ne sut pas déchiffrer leur expression.

— Vous le pensez vraiment ?

Elle eut des papillons dans le ventre. C'était la même sensation troublante, vertigineuse, que lorsqu'elle avait touché sa main la première fois. Comme si son corset était lacé trop serré.

— Oui.

Puis elle pensa à Fenny.

— Dans un roman, en tout cas.

Les lèvres de M. Malik se plissèrent en une ombre de sourire. Une fois de plus, elle eut l'impression déconcertante qu'il était capable de lire en elle. Elle s'écarta d'un pas.

— Je ne dois pas m'attarder. Ma femme de chambre m'attend.

Il referma le livre, qu'il garda à la main.

— Je vous remercie pour votre aide.

— Ce fut un plaisir. J'espère que votre...

Sa femme ? Son amie ? Sa fiancée ?

— ... j'espère que l'histoire lui plaira.

— Ma cousine.

Evelyne faillit trébucher en reculant d'un nouveau pas.

— Je vous demande pardon ?

— Ce livre est pour ma cousine.

Les mots pénétrèrent l'esprit d'Evelyne avant qu'elle puisse maîtriser les traits de son visage. Elle fut certaine qu'ils exprimèrent du soulagement.

Elle fut tout aussi certaine qu'il le remarqua.

Le ciel seul savait ce qu'il devait penser !

— Votre cousine. Eh bien, c'est... c'est splendide.

Splendide ? Evelyne ferma les yeux, au comble de l'embarras. Elle aurait voulu disparaître dans un trou de souris. Elle recula encore d'un pas.

— Transmettez-lui mes amitiés.

Le sourire de M. Malik s'élargit.

— Je n'y manquerai pas.

Elle n'osa plus ajouter un seul mot. Seigneur ! Elle l'amusait ! Et pas de manière positive. Elle ne doutait pas qu'un grand nombre de femmes se rendaient ridicules en sa présence.

Evelyne refusait d'être l'une d'elles.

Elle tourna les talons et se dirigea vers le comptoir, où elle paya son achat en hâte. Puis, rassemblant les derniers lambeaux de sa dignité, elle se précipita hors de la boutique.

9

— Je peux t'accompagner, proposa Mira.

Elle était assise devant la table du salon d'Ahmad. L'aiguille à la main, elle finissait d'assembler les pièces de la deuxième amazone de Mlle Malravers.

— Je n'ai pas besoin de toi là-bas, dit Ahmad tout en enfilant sa redingote. C'est ici que tu es utile. La tenue d'équitation dont l'essayage est prévu ce matin est presque terminée. Alors que celles-ci en sont loin.

Mira reprit son faufilage. C'était une couturière assidue, aux points nets et réguliers, capable de travailler plusieurs heures d'affilée. Être ainsi occupée paraissait avoir allégé son humeur, de même que le roman qu'Ahmad lui avait offert. Elle en lisait quelques pages lorsqu'elle s'accordait une pause.

— Et la robe du soir de lady Heatherton ? reprit-elle. Tu dois la lui livrer demain.

— Je la finirai à mon retour, dit-il en l'embrassant au passage sur la joue. Ferme bien la porte.

Il dévala l'escalier et, une fois dans la rue animée, il héla un fiacre pour l'emmener chez Doyle & Heppenstall.

Mlle Malravers devait venir à 10 heures pour son essayage final. Il aurait préféré la voir ce soir, une fois la boutique fermée. Ils auraient eu plus d'intimité. Un souhait qu'il n'avait jamais émis pour n'importe laquelle de ses autres clientes.

Mais le temps pressait.

En vérité, il avait accepté trop de travail. Même avec l'assistance de Mira, il peinait à ne pas se laisser dépasser. Mais il mettrait un point d'honneur à honorer ses commandes en temps et en heure.

Si les affaires continuaient ainsi, il pourrait peut-être engager une employée. Il n'avait pas besoin d'attendre pour cela d'avoir un endroit où l'installer, car la plupart des couturières travaillaient à domicile. Il connaissait déjà celle qui conviendrait. Becky Rawlins, auparavant pensionnaire chez Mme Pritchard, était douée pour la couture. Il le savait pertinemment puisque c'était lui qui l'avait formée.

— Vous venez juste de manquer M. Fillgrave, annonça Doyle lorsque Ahmad entra dans la boutique de Conduit Street. Il voulait vous voir. Vous expressément.

— Vraiment ?

Ahmad se dirigea vers l'atelier, suivi par M. Doyle. Deux jeunes gens travaillaient là, Beamish et Pennyfeather. Leur travail consistait à couper et à assembler les différentes parties des costumes masculins.

— Il a commandé une redingote et un pantalon. Il a insisté pour que ce soit vous qui les fassiez.

Ahmad prit la tenue de Mlle Malravers sur sa table de travail. Il avait travaillé très tard la nuit précédente pour y apporter les dernières modifications.

— Il les voudrait pour quand ? s'enquit-il.

— Pour la semaine prochaine. Plus tôt, si vous le pouvez.

Doyle abaissa son regard sur l'habit de Mlle Malravers, le front plissé. Ce n'était pas la première fois qu'Ahmad le surprenait à examiner son travail.

Le vieux tailleur rôdait souvent autour de sa table de travail, l'observant en train de coudre avec cette même expression de curiosité réticente. Un jour, Ahmad l'avait même surpris tenant un de ses modèles sous une lampe à huile et inspectant chaque point et chaque couture de ses yeux chassieux.

— Je ne peux pas, répliqua-t-il. J'ai plus de commandes que je ne peux assurer en ce moment.

Ahmad emporta la tenue dans le salon d'essayage et la disposa sur la table, en préparation du rendez-vous avec Mlle Malravers.

M. Doyle s'attarda sur le seuil de la pièce.

— Que vais-je lui dire ? J'ai déjà pris la commande.

— Dites-lui qu'il devra attendre.

Le vieux monsieur pinça les lèvres, puis il se retira dans l'atelier en marmonnant.

Ahmad n'y prêta pas attention. Doyle n'était pas son employeur, même s'il aimait à penser le contraire.

Mlle Malravers arriva à 10 heures précises, accompagnée de sa femme de chambre. Ahmad eut un instant de déception, qu'il se reprocha aussitôt.

Il était évident qu'elle viendrait avec sa domestique. Qu'avait-il donc pensé ? Qu'ils seraient de nouveau tous les deux seuls dans le salon d'essayage ? Pas à cette heure du jour. À moins de vouloir créer un scandale.

— Bonjour, monsieur, lança-t-elle. Vous aviez bien dit 10 heures ?

— Oui, répondit Ahmad avant de l'inviter à le précéder jusqu'au salon d'essayage. Votre tenue est là.

Elle se dirigea vivement vers la table et souleva chacune des pièces pour l'examiner.

— Je dois l'enfiler ?

— S'il vous plaît. Je reviens dans un moment.

Il retourna dans l'atelier où il fit les cent pas, attendant, non sans nervosité, qu'un laps de temps décent se soit écoulé.

Sans cesser de travailler, Beamish et Pennyfeather lui jetaient des regards en coin. Ahmad avait rarement affaire à eux, car il ne leur confiait pas ses modèles. Eux ne lui faisaient guère confiance non plus. Ils semblaient le considérer avec un mélange d'admiration et de mépris, incertains de sa véritable position dans la hiérarchie de la maison. Ahmad ne voyait pas la nécessité de la leur expliquer.

Après avoir regardé une nouvelle fois l'horloge, il retourna dans le salon d'essayage. Il trouva Mlle Malravers debout devant la psyché, ses lunettes à la main, les yeux fixés sur son reflet.

Elle était seule.

Le pouls d'Ahmad s'accéléra.

— Qu'est-il arrivé à votre femme de chambre ?

— Elle est allée chercher un paquet chez la modiste.

Elle n'avait pas détourné son regard du miroir, comme pétrifiée par son image.

Ahmad ne pouvait l'en blâmer. D'un coup d'œil, il avait embrassé sa silhouette revêtue de la tenue d'équitation vert foncé. Un sentiment de fierté l'envahit : son modèle mettait la jeune femme en valeur, exactement comme il l'avait souhaité.

Légèrement évasée sur les hanches, la jaquette se terminait à l'arrière par une courte basque, et se fermait par des boutons dorés. Des pinces judicieusement placées permettaient à son buste de s'épanouir tout en soulignant la finesse de sa taille. L'effet était encore renforcé par la jupe volumineuse dont l'ampleur, dans le dos, formait comme une légère traîne.

Associée à la beauté singulière de son visage et à l'éclat chatoyant de son épaisse chevelure auburn, la perfection de sa toilette renvoyait l'image d'une femme à l'élégance sensuelle. Une femme distinguée, indubitablement. Mais aussi splendide, mystérieuse, au charme indicible.

Mlle Malravers pivota légèrement vers la droite. Il remarqua alors une brillance singulière dans ses grands yeux. Des larmes !

Brusquement inquiet, Ahmad esquissa un geste vers elle, puis il s'immobilisa, incertain de la conduite à tenir.

— Vous êtes déçue ?

— Non, pas du tout, dit-elle en essuyant sa joue. Ce serait même plutôt le contraire.

Elle esquissa un sourire contraint avant de poursuivre :

— Vous comprenez, le jour où nous nous sommes rencontrés, je ne mentais pas en disant que j'adorais la mode. Le problème, c'est qu'elle ne semblait pas m'aimer en retour. Jusqu'à cet instant.

Oui, il comprenait. Et son cœur se gonfla d'une telle affection pour la jeune femme qu'il en eut la gorge serrée.

— Elle vous plaît donc ?

— Elle est parfaite, dit-elle en ramenant son regard sur son reflet. Elle est... elle est belle.

Ahmad vint se placer derrière elle.

— C'est vous qui êtes belle.

Une légère rougeur monta aux joues de la jeune femme.

— Si j'apparais comme telle, c'est uniquement grâce à vous.

— Je ne suis pas magicien.

— Bien sûr que si. Vous devez être capable de transformer le plomb en or.

— Il n'y a là aucune espèce d'alchimie. Vous m'avez fourni tout ce dont j'avais besoin pour travailler.

Elle le regarda dans le miroir, les yeux brillants.

— Je vous remercie, monsieur Malik. Je savais que vous m'impressionneriez.

La poitrine d'Ahmad se contracta. Il fut saisi du désir abrupt de la toucher. Non pas comme un tailleur, mais comme un homme. De prendre son visage entre ses mains et d'embrasser sa bouche voluptueuse.

Un flot de chaleur l'enveloppa.

— Venez, dit-il, avant de me faire rougir.

La prenant par le bras, il la conduisit près du cheval de bois qui se dressait dans un angle de la pièce.

— Vous permettez ?

Elle inclina la tête, et le rose sur ses joues s'intensifia. Personne d'autre ne l'aurait remarqué, certainement. Mais Ahmad, si. Il avait une conscience aiguë, douloureuse, de sa présence, et il percevait les variations subtiles de son humeur et de son souffle avec l'acuité d'un diapason.

Il devait se reprendre. C'était une chose d'être attiré physiquement par une cliente ; c'en était une autre d'éprouver un sentiment grandissant, qui s'apparentait à de la tendresse.

Il ne pouvait pas s'autoriser le moindre faux pas. Pas maintenant, alors que son avenir tout entier se trouvait dans la balance.

L'avenir de Mira également, puisqu'il reposait sur le succès de son entreprise. Or celui-ci ne serait pas au rendez-vous s'il se laissait engluer dans une relation avec un bas-bleu, une jeune femme venue du Sussex dont personne n'avait jamais entendu parler.

Il était temps qu'il se concentre sur son travail, et seulement sur lui.

Refermant les mains autour de la taille de Mlle Malravers, il la souleva pour l'asseoir sur la vieille selle d'amazone sanglée sur le cheval de bois.

Quand elle passa la jambe au-dessus de la fourche, il entrevit le bas de son jupon de soie sombre et de son pantalon.

— Cela vous convient-il ? demanda-t-elle. Ou faut-il que je…

— C'est très bien.

Il arrangea sa jupe sur ses jambes jusqu'au niveau de l'étrier, puis il recula pour l'observer. De longues secondes s'écoulèrent.

— Je me demande ce que vous voyez quand vous me regardez de cette manière, finit-elle par dire.

Sa question prit Ahmad au dépourvu. Leurs yeux se rencontrèrent et il faillit lui répondre : des « possibles », voilà ce qu'il voyait quand il la regardait. Non seulement le succès qu'elle pouvait apporter à ses modèles, mais les possibles qu'elle incarnait, elle. Ce qu'elle aurait pu signifier pour lui si les circonstances avaient été différentes. S'ils avaient été de la même origine et de la même classe sociale.

Mais les possibles n'étaient que cela : des choses qui pouvaient être, mais qui n'étaient pas. À cet instant précis de son existence, Ahmad ne pouvait s'autoriser à croire aux contes de fées.

Il s'obligea à rester détaché. Professionnel.

— Ce n'est pas vous que je regarde, mademoiselle Malravers. Mais votre amazone.

Ces paroles firent à Evelyne l'effet d'une rebuffade. Si c'était le cas, elle la méritait, sans doute. Elle s'était laissé submerger par l'émotion quand elle s'était vue dans le grand miroir. Jusqu'à en avoir les larmes aux yeux, sapristi ! Quoi d'étonnant à ce que M. Malik se soit senti embarrassé ?

— Oui, je le sais, fit-elle. C'est ce que je voulais dire. Je me demande ce que vous recherchez.

L'expression de M. Malik était indéchiffrable. Elle crut néanmoins surprendre une émotion au fond de ses prunelles noires.

— La jupe d'une tenue d'équitation est plus longue que la jupe d'une robe de jour, expliqua-t-il. Le plus souvent de presque un pied. J'accorde beaucoup d'attention à la manière de disposer l'étoffe.

Revenant vers elle, il arrangea les plis de l'ample jupe.

— Elle doit tomber gracieusement autour des jambes de la cavalière, même au galop. Sans toutefois une trop grande quantité de tissu, qui risquerait de la gêner et d'entraver ses gestes.

— Rien ne peut me gêner lorsque je suis sur Hephaestus, répliqua-t-elle. Je me préoccupe davantage de l'esthétique de mon habit que de son côté pratique.

M. Malik esquissa un sourire.

— Quand j'aurai fini, vous aurez les deux.

Elle resta immobile lorsqu'il posa les mains sur elle, ajustant non seulement sa jupe, mais tirant sur les manches et la basque de sa jaquette.

— Je me sens toujours un peu ridicule, perchée sur un de ces chevaux de bois, lui confia-t-elle.

— Il ne faut pas. Cela me permet de juger du tombé de votre tenue avant de marquer l'ourlet. Vous ne voudriez pas que l'arrondi de votre jupe ne soit pas parfait, n'est-ce pas ? Ou que votre jaquette bouchonne à la taille ou sous les bras quand vous êtes au galop ?

— Non, effectivement. J'espère que ma nouvelle amazone sera aussi élégante quand je serai sur le dos d'Hephaestus que devant le miroir.

— Elle le sera davantage, assura M. Malik, qui tira l'une des manchettes un peu plus bas sur le poignet d'Evelyne. J'ai choisi une couleur flatteuse à la fois pour vous et pour votre cheval.

— C'est vrai ? dit-elle sans pouvoir s'empêcher de sourire.

Il s'écarta pour aller chercher, sur la table du salon d'essayage, sa pelote à épingles et une bobine de fil.

— Cet étalon bai est le seul cheval que vous monterez durant la saison, n'est-ce pas ?

— Oui. Mais je n'ai pas pensé un instant que vous preniez cela en compte.

— Ce ton de vert n'aurait pas été aussi seyant sur un alezan ou un cheval gris.

Revenu vers elle, M. Malik s'agenouilla et commença à épingler l'ourlet de la jupe.

Evelyne baissa le regard sur lui, troublée de pouvoir observer à loisir sa tête inclinée. Ses épais cheveux noirs luisaient autant qu'une aile de corbeau. Ils étaient coupés selon la mode du moment, c'est-à-dire court au-dessus des oreilles et sur la nuque. Ses favoris étaient courts, eux aussi, et s'arrêtaient un peu en dessous de la ligne affirmée de ses pommettes.

Quand elle l'avait vu dans Hyde Park, la semaine précédente, elle avait pensé à un ange déchu. C'était encore le cas maintenant. À cause de quelque chose dans sa haute taille et sa musculature puissante, dans le pli mélancolique de sa bouche, dans la noirceur d'obsidienne de son regard. Elle aurait pu y voir un avertissement : « Gardez vos distances. Ne vous approchez pas ! »

Pourtant, c'était de la curiosité qu'elle éprouvait.

— Aucun détail ne semble vous échapper, fit-elle remarquer au bout d'un moment.

— C'est mon métier.

— Certes. Mais comment l'avez-vous appris ? Cela dit, je suppose que votre talent est de naissance, poursuivit-elle. Que c'est un don.

— Malheureusement non. Il a fallu que je me forme, comme n'importe qui. Que je sois apprenti chez quelqu'un qui me houspillait et me tirait les oreilles. Au début, j'étais un cas désespéré.

— Vous étiez apprenti chez un faiseur de tenues d'équitation ?

— Chez un vieux tailleur, à Delhi.

Il se releva et recula de quelques pas pour examiner son travail. Le front plissé, il s'agenouilla de nouveau et déplaça une épingle.

— Vous êtes donc originaire d'Inde ?

— Vous ne vous en étiez pas aperçue ? dit-il en levant les yeux vers elle.

— Je m'en doutais, mais... je l'avoue, il m'était difficile d'en être certaine. Vous ne ressemblez pas aux autres gentlemen indiens que j'ai vus depuis mon arrivée à Londres.

Il eut un sourire en coin. Ce même sourire que lorsqu'ils s'étaient quittés chez Hatchards. Comme si Evelyne l'amusait.

— Vous en avez vu tant que ça ? demanda-t-il.

— Quelques-uns, répondit-elle en se drapant dans sa dignité.

— Des domestiques ?

Elle regretta d'avoir abordé le sujet. Il semblait la taquiner. Sans doute la considérait-il comme la plus ignare des filles de la campagne.

— Un valet de pied, finit-elle par répondre. Il était vêtu d'une livrée écarlate et suivait sa maîtresse dans Bond Street.

— Mme Perkins, certainement. La femme d'un soldat, revenue dernièrement de Calcutta, dit M. Malik en se remettant à la tâche. Certaines *memsahibs* aiment ramener des souvenirs.

— Vous voulez dire… des gens ? s'exclama Evelyne.

— Vous semblez consternée.

— Je *suis* consternée ! Une personne n'est pas un souvenir. On ne peut pas arracher quelqu'un à son existence pour l'emmener dans un autre pays.

— Non ? Comment croyez-vous que je suis arrivé ici ?

Evelyne le dévisagea, ébranlée à cette idée.

— Ce n'est pas ce que vous avez vécu, n'est-ce pas ?

L'expression amusée de M. Malik s'évanouit.

— Non. Pas exactement.

Il replia lentement une longueur d'ourlet et commença à l'épingler.

— Le père de ma cousine était un soldat britannique. Quand sa mère est morte, il l'a emmenée en Angleterre. Elle était frêle, maladive, et n'avait que huit ans. Cet homme ignorait complètement comment s'occuper d'elle. Alors… je suis parti avec eux.

— Pour veiller sur elle ?

— Dans la mesure du possible. Je n'étais moi-même qu'un enfant à cette époque.

Une onde de chaleur se répandit en elle. Elle n'avait pas imaginé que son admiration pour lui pouvait encore grandir.

— Est-ce cette cousine pour laquelle vous avez acheté un livre chez Hatchards ?

— Celle-là même. Le roman lui plaît énormément, au passage. Elle vous est reconnaissante de votre conseil.

— Vous lui avez parlé de moi ?

— Bien sûr, répondit-il, comme si c'était la chose la plus naturelle du monde.

Sans doute l'était-ce. Et pourtant, ce détail ne signifiait-il pas quelque chose ? Sa cousine faisait partie de sa vie. Il avait quitté l'Inde pour l'accompagner en Angleterre.

— Et vos propres parents ? demanda-t-elle. Ils ne devaient pas être d'accord pour que vous quittiez la maison aussi jeune.

Une épingle serrée entre les doigts, il leva les yeux vers elle.

— Je n'avais pas de parents.

— Vous voulez dire que vous étiez orphelin ?

— Si l'on veut. Mon père était également un soldat britannique. Je ne l'ai jamais connu. Quant à ma mère...

Une ombre passa sur son visage.

— Elle est morte peu après ma naissance.

Le cœur d'Evelyne se gonfla de compassion.

— Je suis désolée. Moi aussi, j'ai perdu mes parents.

Il lui adressa un sourire froid, détaché, qui ne dura qu'une fraction de seconde.

— C'était il y a longtemps. Je vous remercie néanmoins.

Elle sentit qu'elle avait touché un point sensible. Que ses questions avaient réveillé une chose sombre, douloureuse, dont il ne parlait jamais. À laquelle il ne pensait jamais.

— Je suppose que votre tailleur a beaucoup regretté de vous avoir perdu, dit-elle d'un ton plus léger.

Ces mots eurent l'effet désiré. M. Malik eut un léger rire.

— Je parierais le contraire. Je m'intéressais beaucoup moins à la confection de gilets masculins qu'au dessin de robes de femmes. M. Kahn fut heureux de se débarrasser de moi.

— Est-ce à ce moment-là que vous avez appris à confectionner des robes ? Lorsque vous êtes arrivé en Angleterre ?

— Oui. Encore que de manière peu orthodoxe, ajouta-t-il, mais sans paraître souhaiter en dire davantage.

— Vous n'êtes pas obligé de m'en parler, assura Evelyne. Je sais que cela ne me regarde pas.

Il haussa les épaules. Puis il se déplaça légèrement pour épingler la suite de l'ourlet.

— Ce n'est pas un grand secret. À mon arrivée ici, les emplois étaient rares, hormis ceux qui exigeaient de la force physique. Je n'avais que quinze ans, mais j'étais déjà grand et musclé.

« Alors que je cherchais du travail sur les docks, une femme m'a proposé une place dans une maison qu'elle dirigeait, dans l'East End. Elle m'autorisait à emmener ma cousine. Mira pourrait partager ma chambre et serait nourrie. C'était une opportunité. La seule.

— Elle voulait que vous fassiez de la couture pour elle ?

— Non. Elle me voulait à cause de ma taille et de ma force. Mon travail consistait à jeter dehors les hommes qui se conduisaient mal, et veiller à ce qu'aucun indésirable n'entre dans la maison.

Il resta silencieux quelques secondes, avant de préciser :

— On appelle ça un videur.

Evelyne n'avait jamais entendu ce mot.

— Je ne comprends pas. Quel genre d'endroit…

— C'était une maison de mauvaise réputation, mademoiselle Malravers.

Elle en resta un instant bouche bée. Puis elle baissa la voix :

— Une maison pour courtisanes, vous voulez dire ?

— Rien d'aussi relevé. Mais oui, c'étaient des femmes qui travaillaient.

Evelyne eut le plus grand mal à ne pas perdre contenance. Bonté divine ! Il avait travaillé dans un bordel. Et non seulement il y avait travaillé, mais il y avait vécu.

S'il était embarrassé, il n'en montra rien. Tout en continuant à épingler l'ourlet, il reprit :

— Elles m'ont servi de modèles pour mes premiers essais. S'il y avait un ourlet déchiré, un corsage à élargir ou à reprendre, je m'en occupais. Parfois, je faisais des modifications. Des petits ajustements pour améliorer l'apparence de leurs robes. Au bout d'un certain temps, j'ai été capable de les concevoir moi-même.

— Vous avez appris seul ?

— J'avais acquis les bases chez M. Kahn. Quant au reste... oui, je suppose. Heureusement, les femmes chez Mme Pritchard étaient nombreuses, et elles acceptaient volontiers que je m'exerce sur elles.

Evelyne voulait bien le croire.

— Vous êtes-vous, euh... beaucoup exercé ?

— Chaque fois que j'avais un moment libre. Avec le temps, je me suis amélioré. Et maintenant, je suis celui que vous avez devant vous.

— Un faiseur de tenues d'équitation chez Doyle & Heppenstall.

— En quelque sorte, acquiesça-t-il en souriant.

Il avait prononcé ces mêmes mots lors de leur première rencontre. C'était une absence de réponse, en fait, qui indiquait qu'il ne souhaitait pas lui en révéler davantage.

Evelyne se sentit curieusement déçue. Cela lui apprendrait à poser trop de questions.

Elle s'imaginait donc être la seule femme à avoir ce genre de relations avec lui ? Elle connaissait déjà l'existence de Mlle Walters et des autres Belles Écuyères. Il avait usé de sa magie avec ces femmes comme aujourd'hui avec elle. Qu'importaient quelques femmes de plus ?

Un bordel entier...

Evelyne repoussa ses lunettes sur son nez.

— Vous avez terminé l'ourlet ?

— Il faut que vous descendiez pour le reste, dit-il en se relevant. Permettez-moi de vous aider.

Elle dégagea sa jambe de la fourche.

— Je peux me débrouiller seule.

— Non. Pas avec une jupe pleine d'épingles.

Il la prit par la taille. Leurs visages se retrouvèrent presque à la même hauteur, ce qui était rare avec un homme de cette taille. Il inclina la tête, prêt à la soulever, et quand elle se pencha vers lui, sa joue effleura la sienne.

Un frémissement la parcourut. Ou le parcourut, lui. Ce fut si rapide qu'Evelyne n'aurait su le déterminer. Elle tourna la tête pour s'excuser, et alors…

Ses lèvres rencontrèrent les siennes.

Ce fut un baiser, quoique involontaire. Une caresse timide, douce, un peu biaisée, mais un baiser quand même.

Il resserra ses mains autour d'elle. L'espace d'un instant, sa bouche s'amollit sous celle d'Evelyne. Et puis…

Aussi soudainement que cela avait commencé, ce fut fini.

M. Malik la souleva de la selle et la posa doucement sur le sol. Le cœur d'Evelyne battait la chamade. Bonté divine ! Que venait-il de se passer ?

Mais elle le savait très bien. Elle avait embrassé cet homme. Et il l'avait embrassée en retour, non ?

Non ?

En proie à une honte brûlante, elle attendit qu'il la lâche. Mais il n'en fit rien. Il resta là, les yeux fixés sur elle, ses grandes mains refermées sur le creux de sa taille.

— Mademoiselle Malravers, commença-t-il, je…

— Mademoiselle ?

Agnès poussa la porte du salon d'essayage, chargée d'une boîte à chapeau rose.

— Je vous ai rapporté votre nouveau chapeau de chez la modiste.

Ils se séparèrent si brusquement qu'Evelyne trébucha. M. Malik tendit aussitôt la main pour la rattraper par le coude.

— Tout va bien ? demanda-t-il.

Elle lui jeta un regard perçant. Son visage était soigneusement inexpressif. Et pourtant… une rougeur sombre se diffusait sur ses pommettes. À cette vue, le cœur d'Evelyne fit une étrange petite cabriole.

— Oui, je vous remercie. Comme je suis maladroite !

Agnès les regarda tour à tour. Elle pinça un instant les lèvres.

— Dois-je le sortir du carton, mademoiselle ?

— Oui, s'il vous plaît.

Soucieuse de reprendre ses esprits, Evelyne s'éclaircit la gorge.

— C'est le chapeau que j'ai acheté pour aller avec ma nouvelle tenue, expliqua-t-elle à M. Malik. J'ai pensé que vous pourriez me faire part de votre avis.

Il s'était écarté d'elle et avait croisé les mains dans son dos.

— Bien sûr.

Agnès retira du carton un élégant chapeau de feutre noir. Il était bordé de plumes noires et vertes, et garni d'un ruban de satin vert foncé qui formait un nœud sur le devant. Après en avoir coiffé Evelyne, la femme de chambre le maintint en place à l'aide d'une épingle à chapeau.

— La modiste a dit qu'elle pouvait ajouter des plumes, si vous voulez.

Après avoir ôté ses lunettes, Evelyne examina son reflet dans la psyché. Jamais elle n'avait vu un aussi élégant petit chapeau d'équitation. On aurait pu croire qu'il venait de France.

— Qu'en pensez-vous, monsieur ?

M. Malik s'avança.

— Très bien. Mais peut-être… un peu plus comme ça.

Il inclina légèrement le chapeau vers l'avant, de manière que ses bords incurvés encadrent le visage d'Evelyne. Puis il arrondit l'une des plumes afin qu'elle épouse le rebord.

— Voilà. C'est mieux. Il sera tout à fait charmant lorsque vous le porterez demain, pour votre sortie à cheval.

Evelyne se tourna brusquement vers lui.

— Mon amazone sera prête demain ?

— Oui. Je peux vous la faire livrer dans la matinée.

De la main, il lui indiqua la plateforme, avec la courtoisie indifférente de n'importe quel commerçant.

— Si vous voulez bien vous donner la peine. J'ai encore des épingles à placer avant que nous ayons fini.

Ce fut Agnès qui aida Evelyne à monter sur la petite estrade.

— Qu'en est-il des autres ? demanda Evelyne.

Elle avait commandé deux autres tenues d'équitation, de couleurs et de styles différents. Elle laissait à M. Malik le soin de régler les détails. Elle lui faisait confiance : il la ferait paraître à son avantage.

— Quand dois-je venir pour le premier essayage ? ajouta-t-elle.

— Pas avant la semaine prochaine, répondit-il.

L'excitation d'Evelyne reflua légèrement. Une semaine, cela paraissait si loin ! Elle s'était accoutumée à passer du temps avec lui. Elle appréciait leurs conversations pendant les essayages, et la manière dont il la touchait, avec autant d'attention que d'assurance.

Et puis, il y avait aujourd'hui. Qu'avait-il été sur le point de dire quand Agnès avait fait irruption dans le salon ?

Evelyne se félicitait d'avoir les pieds sur terre. Il n'empêche... Son esprit imaginait plusieurs tirades, toutes plus romantiques les unes que les autres.

Le moment était bien choisi pour succomber à des rêveries de gamine !

Il était déjà assez terrible qu'elle ait embrassé M. Malik par accident. Voilà qu'à présent, elle croyait qu'il éprouvait quelque chose pour elle ? Que lorsqu'il avait fixé sur elle ce regard intense, les mains refermées autour de sa taille, il s'apprêtait à se déclarer ?

Sottises !

Elle était sur le point d'atteindre son objectif et de résoudre tous les problèmes de sa famille. Il n'y aurait rien de plus malavisé de sa part, dans les circonstances actuelles, que de s'abandonner à des songeries stupides. Peu importait que l'homme qui confectionnait ses tenues d'équitation soit un génie de la couture. Ou qu'il soit beau et gentil.

Ou qu'il ait les lèvres les plus sensuelles du monde…

Non, non, non ! Evelyne se donna une tape en pensée. Être ainsi obsédée par lui ne la mènerait nulle part. Mieux valait qu'elle concentre son attention sur son objectif. À commencer par son entrée officielle dans la société, sur Rotten Row.

— À la semaine prochaine, alors, dit-elle.

Beaucoup de choses pouvaient se passer en une semaine.

10

Le matin suivant, Ahmad plaça l'amazone de Mlle Malravers dans une boîte tapissée de papier de soie. Puis il la confia au garçon de courses rouquin de Doyle & Heppenstall, avec ordre de la livrer à Russell Square.

Il aurait préféré s'acquitter lui-même de cette tâche. Mais après ce qui s'était passé la veille, il préférait ne pas prendre de risques. La présence de Mlle Malravers éveillait en lui de trop nombreuses émotions, ainsi que des pensées inopportunes. Et surtout, elle provoquait des sensations aussi puissantes que déplacées.

Comment aurait-il pu en être autrement ? Que diable, ils s'étaient embrassés ! Car il s'agissait bel et bien d'un baiser, même s'il avait commencé par inadvertance, et même s'il ne s'était pas prolongé. La chose importante, c'est que les lèvres de Mlle Malravers, douces et tremblantes, s'étaient posées sur les siennes. Une vague de chaleur avait déferlé en lui comme une langue de feu. Il avait dû faire appel à toute la maîtrise dont il était capable pour s'arracher à elle.

Et ensuite ? Ensuite, il avait été dangereusement près de dire quelque chose. Il ignorait quoi. Certainement des mots stupides. Il n'avait plus l'esprit très clair à cet instant.

Cela lui ferait du bien d'avoir une semaine pour se ressaisir. Sept jours sans la voir ni lui parler. Il était grand temps qu'il reporte son attention sur les tenues de lady Heatherton.

À la différence de Mlle Malravers, celle-ci exigeait qu'il livre ses commandes en personne. Ahmad avait travaillé tard pour terminer sa robe du soir. Il put la ranger à son tour dans un carton. Ne restait plus qu'à la remettre entre les mains de la vicomtesse.

Il arriva chez elle en fin de matinée, et fut accueilli dans la cuisine par sa femme de chambre, Crebbs.

— Vous avez intérêt à bien vous conduire si vous ne voulez pas d'ennuis, le prévint-elle en montant avec lui l'escalier de service. Madame pense peut-être qu'elle peut badiner avec quelqu'un comme vous, mais je sais très bien ce que vous êtes.

— C'est-à-dire ? s'enquit Ahmad.

Elle se contenta de se renfrogner. Ils arrivèrent devant la porte de la chambre de la vicomtesse. Crebbs l'ouvrit.

— M. Mak... liky, madame, annonça-t-elle.

Ahmad lui jeta un regard ironique. Les Anglais étaient souvent enclins à faire de son nom une bouillie exotique. D'après son expérience, il s'agissait autant d'un signe de domination que d'une simple méprise. C'était une autre manière de lui rappeler qu'il était différent. Étranger. En conséquence, inférieur.

Au début, il s'en irritait. Quand il était encore un jeune garçon, il aspirait plus que tout à se faire accepter. Maintenant, il trouvait simplement pénibles, et d'un manque absolu d'originalité, ces piques à peine voilées.

— Entrez, monsieur, lança lady Heatherton depuis son dressing. Crebbs ? Veillez à ce que nous ne soyons pas dérangés.

La femme de chambre se renfrogna un peu plus.

— Bien, madame.

Elle foudroya Ahmad du regard, puis se retira en fermant ostensiblement la porte derrière elle.

À peine entré dans la chambre, Ahmad s'immobilisa. Vu l'heure, il y faisait anormalement sombre.

Lors de ses visites précédentes, les doubles rideaux avaient été ouverts. Mais pas aujourd'hui. Ils étaient soigneusement tirés, et le seul éclairage provenait d'un chandelier posé sur la cheminée et du feu qui pétillait dans l'âtre.

À l'autre extrémité de la pièce, la courtepointe, sur le grand lit de la vicomtesse, était à demi repliée. Et sur une petite table voisine étaient disposés une carafe et deux verres en cristal.

Ahmad éprouva un léger malaise, suivi d'un agacement résigné. Se rendre chez lady Heatherton n'était jamais très plaisant ; aujourd'hui, cela s'annonçait encore plus difficile qu'à l'ordinaire.

— Votre robe du soir, madame.

— Apportez-la-moi.

La vicomtesse sortit de son dressing, enveloppée dans un châle de soie brodée, et sans doute très peu vêtue en dessous. Ses cheveux blonds tombaient librement sur ses épaules, et elle avait les pieds nus. Elle se dirigea vers la petite table et ôta le bouchon de la carafe.

Ahmad déposa le carton de la robe sur le canapé recouvert de soie.

— Voulez-vous la voir ?

— La robe ? dit-elle avec un gloussement suggestif. Oui, pourquoi pas ?

Après avoir ôté le couvercle de la boîte, Ahmad dégagea la robe des papiers qui la protégeaient. Puis il la lui présenta, en proie à une certaine fierté. D'une simplicité trompeuse, élégante, raffinée, cette création était conçue pour souligner la silhouette de lady Heatherton, au lieu de la camoufler sous un déluge d'étoffes et de falbalas.

Elle jeta à la robe un coup d'œil distrait. Puis elle la regarda de nouveau, et une expression de satisfaction réchauffa brièvement la beauté froide de son visage.

— Splendide, approuva-t-elle. Je n'en attendais pas moins de vous.

— Je suis heureux qu'elle vous plaise, répliqua Ahmad, qui drapa avec soin la robe sur le dossier capitonné du canapé. Vous pensez l'essayer aujourd'hui ?

— Pas tout de suite. J'ai d'autres projets pour nous...

Elle remplit les deux verres, puis ajouta :

— Approchez-vous. J'insiste pour que vous partagiez un peu de cognac avec moi.

Ahmad ne bougea pas. Il se sentait comme un voyageur solitaire parvenu à un carrefour crucial. Un croisement dont il avait soupçonné l'existence dès sa première rencontre avec lady Heatherton. Il ne lui restait plus qu'à choisir le chemin qu'il emprunterait.

Il aurait été facile d'accepter son invitation. De boire avec elle, et d'éviter en conséquence de mettre en péril leur relation de fournisseur à cliente.

Cependant il n'était pas idiot.

Ce verre ne constituerait pas une conclusion. Mais un début.

— Je vous prie de bien vouloir m'excuser, madame, commença-t-il.

— Je ne vous excuserai pas. Mon mari est parti dans le Berkshire pour le reste de la semaine, et je suis entièrement libre de mon temps. Vous n'avez aucune raison de me contrarier.

Ahmad n'esquissa pas un geste. Le sourire de la vicomtesse se durcit.

— Vous ne pouvez pas prétendre que vous ne buvez pas d'alcool. Car je sais, de source sûre, que ce n'est pas le cas.

Comme Ahmad haussait imperceptiblement les sourcils, elle précisa :

— Crebbs a mené son enquête. Elle se montre assez protectrice envers moi.

Lady Heatherton, saisissant les deux verres, traversa la pièce pour le rejoindre.

— On m'a dit que vous n'adhériez pas à toutes ces bêtises religieuses auxquelles tant de vos compatriotes s'accrochent. En vérité, Crebbs m'a informée que vous avez un jour travaillé dans l'endroit le plus scandaleux qu'on puisse imaginer. Il semblerait que vous n'ayez aucun scrupule, hormis ceux qui s'attachent à la mode féminine.

Sans un mot, Ahmad prit le verre qu'elle lui tendait.

Elle porta le sien à ses lèvres et but une large gorgée de cognac.

— J'espère que vous n'avez pas tout oublié de votre culture. Lady Godwin prétend que les hommes indiens sont très versés dans les arts érotiques. Vous avez des textes sacrés, n'est-ce pas ? Des livres où sont dessinées des scènes lubriques ? Tout cela est très excitant. Et maintenant que je sais que vous avez travaillé dans un…

Ahmad posa son verre, sans y avoir touché, à côté d'un bouquet de fleurs. Le cristal émit un tintement audible en heurtant les incrustations en malachite du guéridon.

— Vous vous montrez très impoli, commenta lady Heatherton.

— Si je le suis, je vous prie de me pardonner.

— Vous deviez savoir ce que j'avais en tête, dit-elle en s'avançant vers lui. Je n'ai pas dissimulé mon intérêt, et vous n'avez guère pris de peine pour dissimuler le vôtre.

Elle leva la main pour la poser sur le torse d'Ahmad.

— Si c'est mon mari qui vous inquiète…

— Vous vous êtes méprise en ce qui me concerne, dit-il en s'écartant.

La vicomtesse laissa retomber sa main. Elle serra les poings.

— Certainement pas ! éructa-t-elle. Impossible de me méprendre sur la façon dont vous me touchiez. Vous vous attendez peut-être à ce que je gobe que, durant tous ces essayages, vous ne pensiez à rien d'autre qu'à votre fichue couture ?

— C'est la raison pour laquelle vous m'avez engagé.

Il le lui avait répété à plusieurs reprises, afin de la dissuader de voir quoi que ce soit de personnel dans leur relation.

— Je vous ai engagé, effectivement ! Prenez garde à ne pas m'offenser, rétorqua-t-elle, les yeux étincelants.

Ahmad savait reconnaître une menace.

Sa raison lui soufflait d'accéder à la demande de la vicomtesse, de coucher avec elle, de lui fournir cette diversion exotique qu'elle recherchait. Et pourquoi pas ? Il avait un besoin impérieux de la protection de cette femme.

Mais il ne pouvait pas coucher avec elle. Il ne le voulait pas.

Il lui avait déjà donné le meilleur de lui-même : son travail.

— Votre robe du soir est le vêtement le plus beau que j'aie jamais réalisé, madame, dit-il. Je veux croire qu'elle rachètera tout affront que j'aurais pu faire.

Sur ce, il s'inclina devant elle et tourna les talons.

— Comment osez-vous ? lança-t-elle derrière lui. Je ne vous ai pas donné congé !

Ces derniers mots ne parvinrent qu'assourdis à Ahmad, car il avait déjà refermé la porte.

Il n'aurait rien eu à gagner en restant. Au contraire, cela n'aurait fait qu'envenimer les choses. Aucune femme n'appréciait d'être rejetée. Et surtout pas en de telles circonstances, avec des bougies, du cognac et un lit ouvert.

Après avoir traversé le palier, il redescendit l'escalier de service et pénétra dans la cuisine.

Assise devant la table, Crebbs buvait une tasse de thé. Elle écarquilla les yeux à sa vue, et ouvrit la bouche, comme pour dire quelque chose.

Ahmad ne lui accorda aucune attention. Il sortit par la porte de derrière et fut heureux de retrouver l'air frais du dehors et le soleil éclatant. Il inspira profondément.

« Le plus beau vêtement que j'aie jamais réalisé... »

Alors même qu'il prononçait ces mots, il avait su qu'il mentait. La robe de lady Heatherton n'était pas le plus beau vêtement qu'il eût jamais réalisé. Elle était éblouissante, cela ne faisait aucun doute. Tous ceux qui la verraient seraient impressionnés. Mais il ne l'avait pas créée avec son cœur, ni avec son âme.

Ce qu'il avait en lui de plus profond, de plus précieux, il le réservait à la parure d'une autre.

Hyde Park l'après-midi ne ressemblait pas du tout à Hyde Park au lever du jour. Une fois l'heure élégante venue, Rotten Row devenait aussi fréquenté qu'une artère de la capitale. Evelyne savait qu'il en serait ainsi. Lorsqu'elle s'y était rendue pour observer les Belles Écuyères, elle avait pu constater à quel point on s'y pressait. Les nombreux cavaliers, montés sur des chevaux de prix, évoluaient entre les calèches et les cabriolets, dans lesquels prenait place la crème de la bonne société.

Hephaestus ralentit l'allure de lui-même lorsqu'ils se mêlèrent à la foule. Evelyne était nerveuse, ce qui le rendait nerveux aussi. Elle resserra les doigts sur les doubles rênes. Aujourd'hui, Hephaestus était équipé de son mors Pelham. Une précaution supplémentaire, car elle ne pouvait se permettre le moindre incident.

— Attention, tenez-le ferme, lui conseilla Lewis à côté d'elle. Y a plein de juments autour.

— Je vais lui donner autre chose à penser.

Evelyne changea son assiette tout en immobilisant ses mains et en allongeant la jambe, préparant ainsi Hephaestus à un trot lent et cadencé. Les andalous étaient dressés pour ce genre d'allure relevée, et Hephaestus y excellait, levant haut ses sabots opposés en diagonale, et marquant un temps de suspension avant de les reposer.

Un homme chevauchant un alezan de chasse tourna la tête pour les regarder passer.

Evelyne sentit son pouls s'accélérer. Elle avait espéré attirer l'attention grâce à ses talents de cavalière autant qu'à l'élégance de sa nouvelle tenue. Son amazone vert sombre lui allait comme un gant de chevreau fait sur mesure. La jaquette aux découpes sophistiquées épousait étroitement son buste tandis que sa longue jupe se déployait en godets sensuels le long de ses jambes. Les détails n'étaient pas moins raffinés. Ses larges manchettes laissaient paraître un mince volant de lin blanc, et les boutons dorés de sa jaquette étincelaient au soleil.

Avec ses cheveux roulés sur sa nuque dans une résille invisible, surmontés de son délicieux petit chapeau dont une légère brise faisait flotter les plumes teintes, Evelyne se sentait aussi fringante qu'un dessin de mode dans une revue française. Pour dire la vérité, jamais elle n'avait eu cette sensation d'être belle et puissante.

Les gens la regardaient. Les hommes comme les femmes, et avec beaucoup d'insistance ! Elle percevait le poids de leurs regards aussi sûrement que s'ils la touchaient. Au point qu'elle en conçut une gêne fugace, et fut tentée de s'arrêter. Souriait-elle trop ? Pas assez ?

Mais elle refusa de se laisser gagner par de tels doutes et concentra son attention sur Hephaestus. Elle lui fit contourner un véhicule occupé par deux femmes à la mine hautaine.

Alors qu'elle suivait des yeux une voiture ouverte, conduite par un jeune homme accompagné d'une jolie demoiselle, une cavalière aux cheveux dorés attira son attention. Vêtue d'une amazone bleu foncé, elle montait un énorme étalon à la crinière et à la queue presque blanches.

Evelyne la reconnut sur-le-champ.

— Bonjour, lady Anne.

— Bonjour, mademoiselle Malravers, répondit lady Anne en la saluant d'une inclination de la tête. Comment allez-vous ?

— Très bien, je vous remercie. Et vous ?

— Je vais toujours bien.

Lady Anne guida son cheval pour le placer près d'Hephaestus. C'était apparemment une cavalière émérite, avec une assiette remarquable et des mains souples.

— Vous avez un beau cheval, fit remarquer Evelyne. Et très bien éduqué.

— Il s'appelle Saffron, lui apprit lady Anne en se penchant en avant pour flatter sa monture. Il a presque dix-sept ans, et il préférerait faire la sieste plutôt que de subir tout ce cirque.

Puis elle posa un regard admiratif sur Hephaestus.

— Le vôtre a l'air un peu plus fougueux. Quel âge a-t-il ?

— Six ans. Il est encore assez jeune.

— Il attire beaucoup de regards. Ou peut-être est-ce vous qui les attirez. C'est une nouvelle amazone ?

— Oui. Le coursier du tailleur l'a livrée ce matin même.

— Quel tailleur ? Ça ne peut pas être le mien, dans Oxford Street. Il serait incapable de concevoir une tenue d'une telle audace.

Evelyne hésita. Elle n'avait pas vraiment envie de partager M. Malik. Mais c'était ridicule, bien sûr. Il apprécierait certainement d'étendre sa clientèle.

— Il s'appelle M. Malik. Il travaille chez Doyle & Heppenstall, Conduit Street.

— C'est le directeur ?

— Je ne sais pas exactement quelle est sa position, admit Evelyne. Mais c'est lui qui a créé ce modèle.

— Je prends note, même si maman ne sera jamais d'accord. Elle tient à ce que je me fournisse chez M. Inglethorpe.

— Je n'ai pas vu votre mère depuis sa visite.

— Ah bon ? Elle est pourtant retournée à Russell Square pour voir votre oncle. Tous les deux s'entendent comme larrons en foire quand il faut préparer le bal.

Evelyne lui jeta un regard surpris.

— En quoi mon oncle peut-il être utile ?

— Maman réclame souvent sa contribution dans les dernières semaines. Il n'y a personne auquel elle fasse davantage confiance pour tout ce qui concerne les faits occultes. À l'exception de Dmitri, évidemment. Il lui donne toujours un coup de main pour l'organisation des divertissements. Une main désincarnée, bien sûr, précisa lady Anne en souriant.

Evelyne ne trouva rien d'amusant à la situation.

— Mais... il n'y aura rien de ce genre, n'est-ce pas ? Je croyais que c'était une soirée normale. Un bal important de la saison, au cours duquel une jeune femme peut rencontrer des messieurs convenables.

— Oui, bien sûr. D'ailleurs, j'y pense, dit brusquement lady Anne, avez-vous déjà commandé une robe ?

— Pas encore. Mais si le...

— Maman m'a dit que je devais vous accompagner chez Mme Élise. Elle peut vous faire quelque chose en une semaine si elle est suffisamment payée. Vous ne pourriez rien trouver de mieux hors de Paris.

Evelyne prit une inspiration.

— Bien sûr. Mais je n'avais pas compris qu'il s'agissait d'un bal placé sous le signe de l'occultisme. Si les seuls hommes présents sont des spirites...

— Non, ne vous inquiétez pas, la rassura lady Anne. Il y aura pléthore de jeunes gens de la bonne société. Et ils seront encore plus nombreux, à présent qu'ils vous ont aperçue. Voyez seulement comme M. Fillgrave vous regarde. À moins que ce ne soit votre étalon qu'il est en train d'admirer ? Méfiez-vous, il pourrait vous le dérober. Il a deux juments espagnoles qu'il cherche à faire couvrir.

Evelyne tourna brusquement la tête.

— Lequel est M. Fillgrave ?

— Pour l'amour du ciel, soyez plus discrète. Nous ne devons pas montrer le moindre intérêt pour ces impertinents... C'est lui, à côté du réverbère, ajouta lady Anne après avoir fait ralentir Saffron. Celui qui a le visage pincé et les énormes favoris marron.

À son tour, Evelyne mit Hephaestus au pas. Elle glissa un regard oblique à M. Fillgrave lorsqu'elles passèrent devant lui. Sa physionomie n'avait rien de très inspirant.

— Il est considéré comme un bon parti ?

— Certaines diraient que oui. Mais pas autant que lord Milburn.

— Qui... ?

— Cet homme mince sur le grand hongre gris. Il vous regarde de manière éhontée.

Evelyne affecta de n'en rien voir lorsque lady Anne et elle passèrent devant le cavalier en question.

— Un autre homme dont vous devez vous méfier, murmura sa compagne. Il traite abominablement ses chevaux.

Evelyne commençait à soupçonner que la connaissance qu'avait lady Anne des gentlemen se rapportait davantage à leur écurie qu'à leurs qualités éventuelles comme mari.

— On peut se demander comment il traite les jeunes femmes, dit-elle.

— Tout aussi abominablement. Il est de cette école de gentlemen qui croient qu'une remarque narquoise vaut mieux qu'un compliment.

— Il y en a une école entière ?

— Si elle existe, M. Hartford en est le maître...

Tout en parlant, lady Anne pointait discrètement sa cravache vers un cabriolet haut perché qui venait vers elles. Vêtu d'un pantalon écossais et d'une redingote en toile de lin, son conducteur était grand et bien bâti. Séduisant même, avec un pli malicieux au coin de la bouche.

— C'est lui. Quel imbécile !

Parvenu à leur hauteur, M. Hartford souleva son chapeau.

— Mes hommages à la Furie aux cheveux d'or.

— Ne faites pas attention à lui, mademoiselle Malravers, dit sa compagne. Il n'y a rien de plus pénible qu'un écervelé se figurant qu'il a de l'esprit.

M. Hartford se contenta de sourire, puis son regard passa de lady Anne à Evelyne.

— Mademoiselle Malravers, si j'ai bien compris ? Encore une cavalière émérite, je vois...

Après s'être demandé si elle devait ignorer M. Hartford, Evelyne inclina la tête. Elle ne le connaissait pas, après tout, et il était un peu tôt pour brûler ses vaisseaux.

— Je vous souhaite une bonne journée, mademoiselle, lança-t-il avec une politesse exagérée. À vous aussi, lady Anne. Saluez vos sœurs de ma part.

— Quel animal exaspérant ! grommela lady Anne dès qu'elles furent hors de portée de voix. Non, je n'ai pas de sœurs ! Il parle de Mlle Wychwood et de Mlle Hobhouse. C'est lui qui a commencé à nous surnommer les trois Furies.

— Il pense peut-être être drôle ?

— Vous le surestimez. C'est l'homme le plus exaspérant que j'aie jamais rencontré. Toujours à agacer avec ses blagues et ses moqueries. Toujours persuadé d'en savoir plus que tout le monde.

Evelyne lui jeta un coup d'œil, un peu étonnée.

— On dirait que vous le connaissez plutôt bien.

— Je le connais suffisamment, croyez-moi ! Il est trop gonflé de son importance pour son propre bien. Comme la plupart des jeunes gens durant la saison. Ils préfèrent, et de loin, lorgner les Belles Écuyères plutôt que de courtiser les jeunes filles respectables.

Son visage se crispa et elle ajouta :

— Quand on parle du loup... Les voilà, maudites soient-elles, celles qui nous rejettent toutes dans l'ombre !

Evelyne ne put s'empêcher de regarder discrètement les courtisanes. Elles n'étaient que deux, aujourd'hui : l'une aux cheveux noirs, l'autre d'un blond peu naturel. La première montait un alezan au poil luisant, la seconde un cheval gris pommelé. Les deux femmes portaient des tenues d'équitation noires, moulantes, qui accentuaient la finesse de leur taille étroitement corsetée.

Des créations de M. Malik ? Evelyne en doutait. Même si ces toilettes soulignaient les avantages des deux cavalières, elles n'avaient rien de vraiment spécial. Il leur manquait l'élégante sensualité de l'amazone d'Evelyn, ainsi que son insaisissable style parisien.

— Elles pourraient quand même s'abstenir de parader à cette heure, dit lady Anne entre ses dents.

— Vous avez quelque chose contre elles ?

— J'ai quelque chose contre toutes les femmes qui diminuent les chances matrimoniales, déjà faibles, de mes amies.

Evelyne la regarda avec curiosité.

— Qu'en est-il de vos propres chances ?

Anne haussa les épaules.

— Si j'avais le choix, je serais contente de rester vieille fille.

— Vous prenez néanmoins part à la saison ?

— Que voulez-vous que je fasse d'autre ? Ma mère et moi vivons à Londres presque toute l'année. Je mourrais d'ennui si je ne fréquentais pas la société.

« Non, enchaîna-t-elle, les sourcils froncés, c'est pour les chances de Mlle Wychwood et de Mlle Hobhouse que je m'inquiète. Il faut qu'elles trouvent un mari cette année. Mais comment peuvent-elles se faire remarquer, avec les Belles Écuyères qui se pavanent ici ? Vous voyez comme les hommes les dévorent des yeux ? On dirait des chiens devant la vitrine du boucher.

— Nous ne sommes pas en concurrence avec ces femmes, dit Evelyne. Et même si c'était le cas… elles ne montent pas si bien que cela. Il suffit de regarder le mors horrible de cet alezan. Il a le chanfrein derrière la verticale ! Quant au gris, il n'engage pas du tout ses postérieurs.

— Croyez-vous que les hommes remarquent ce genre de choses quand une cavalière a une poitrine comme ça ? Et encore, nous devons sans doute nous féliciter que Mlle Walters ne soit pas avec elles. Ce serait encore pire. Tous les jeunes gens accourraient en meute !

Evelyne jeta un coup d'œil derrière elles. Lady Anne avait raison, la célèbre Catherine Walters était absente. Elle se trouvait certainement quelque part avec son protecteur. La rumeur voulait qu'il s'agisse du marquis de Hartington.

— Il doit quand même exister quelques hommes capables de résister à leurs charmes, dit-elle.

— Aucun entre quinze et cinquante ans. Si vous avez l'intention de vous marier lors de votre première saison, je vous conseille de chercher du côté des vieux messieurs gâteux. En général, ils sont gentils, presque paternels. Ou alors, essayez de trouver un militaire à la retraite. On dit que le capitaine Blunt est en ville, à la recherche d'une nouvelle femme pour élever sa tripotée d'enfants illégitimes.

— Le capitaine Blunt ?

— Le fameux héros de la guerre de Crimée, expliqua lady Anne. Et le comte de Gresham est arrivé hier. Lui aussi est en chasse, d'après ce que j'ai entendu dire. Il est veuf depuis peu, et il recherche une épouse fertile pour lui donner un héritier.

Evelyne réprima une grimace. Ses perspectives commençaient à lui apparaître plutôt sombres.

— Vous connaissez tous les gens qui sont là ? Tous les messieurs ?

— La plupart d'entre eux.

Lady Anne murmura une réprimande tout en tirant sur les rênes de Saffron, fort tenté de mordre le cou d'Hephaestus.

— Là-bas, vous avez M. Phillips, et à côté de lui M. Edgeware, tous deux célibataires endurcis et joueurs impénitents. Ce gros homme dans la calèche est sir Newton, un baronnet du Hampshire, qui cherche à épouser une fortune. Quant à ce gentleman... C'est curieux, il ne me dit rien. Pourtant, il paraît vous connaître.

Evelyne suivit le regard de lady Anne. Un homme blond se tenait derrière la barrière qui bordait la piste. Pâle, svelte, il lui parut aussitôt familier.

Un frisson lui parcourut le dos.

Hephaestus le perçut et répondit en reprenant un trot élevé.

— Il y a de la place devant nous, dit Evelyne en hâte. D'accord pour un petit galop ?

Elle n'attendit pas la réponse de lady Anne. Sur une pression de son talon, Hephaestus s'élança.

À son tour, lady Anne lança Saffron au petit galop. Elle ne tarda pas à la rattraper.

— Qui est-ce ? demanda-t-elle. Vous le connaissez ?

— Oui, admit Evelyne.

C'était son ancien ami. L'homme que, trois ans auparavant, elle croyait épouser un jour.

— Il s'appelle Stephen Connaught.

11

Selon l'expérience d'Ahmad, les actes que vous accomplissez, si bien intentionnés soient-ils, ont invariablement des conséquences. Il allait payer pour avoir rejeté les avances de lady Heatherton. Depuis qu'il avait quitté la demeure de la vicomtesse et regagné Doyle & Heppenstall, il attendait de savoir combien il lui en coûterait.

Cette perspective le rendait anxieux. Penché sur sa table dans l'atelier, il peinait à se concentrer sur la coupe et le faufilage de la troisième tenue de Mlle Malravers. Même la somptueuse étoffe vénitienne qu'il avait choisie pour elle – une souple laine peignée, d'un brun profond – ne parvenait pas à le distraire.

Cette incertitude, cette impression de désastre imminent étaient le plus difficile à supporter.

Il n'eut pas longtemps à attendre.

Moins de trois heures plus tard, alors qu'il rangeait un rouleau de drap de laine derrière le comptoir, la femme de chambre de la vicomtesse entra dans la boutique. Vêtue d'une cape et d'un bonnet noirs, Crebbs était chargée d'une grande boîte. Celle-là même qu'Ahmad avait livrée le matin.

Elle la laissa tomber sans ménagement sur le comptoir.

— Ma maîtresse n'en veut pas.

Ahmad s'était attendu à une vengeance sous une forme ou une autre. Ce qui ne l'empêcha pas d'être piqué au vif en la voyant s'accomplir. Après s'être approché du comptoir, il souleva le couvercle de la boîte et jeta un regard sombre à la robe du soir sur laquelle il avait passé tant de temps. Elle avait été fourrée sans aucun soin dans le carton, parmi les morceaux de papier de soie déchiré.

— Elle n'en veut pas, répéta Crebbs. Et elle ne veut plus de vous non plus.

Ahmad aurait dû savoir que lady Heatherton réagirait de cette façon. Elle était en colère, et très certainement embarrassée.

Mais de tels sentiments ne duraient pas. Dans un jour ou deux, elle serait calmée. Et alors, se souvenant à quel point ce modèle lui seyait, elle réclamerait sa robe. Il fallait simplement un peu de temps et de patience.

— Vous pouvez dire à votre maîtresse que je lui rendrai visite demain, dit-il. Lorsqu'elle sera redevenue elle-même.

— Oh, non, vous ne ferez pas ça !

Crebbs se pencha à demi au-dessus du comptoir et lui envoya son haleine aigre au visage.

— Vous ne comprenez pas l'anglais ? Vous n'êtes plus le bienvenu dans la maison ! Madame a laissé des instructions au majordome et aux valets de pied. Si jamais vous osez reparaître, ils vous traîneront devant le juge.

Un frisson glacé courut dans les veines d'Ahmad. Cette menace avait beau être creuse, il ne pouvait la prendre à la légère.

— Pour quel motif ?

— Inutile de faire le malin avec moi, monsieur ! On les connaît, les gens comme vous. Vous n'avez rien à faire avec ma maîtresse.

Crebbs donna un coup dans le carton.

— Et elle ne portera pas ça, ni rien d'autre que vous aurez fait. Si elle veut une robe du soir, elle ira chez une couturière convenable, pas chez quelqu'un dans votre genre.

— Je vois...

Ahmad la regarda avec une impassibilité étudiée. Ce n'était pas la première Anglaise agressive et méprisante à laquelle il avait affaire, ni la pire. Il avait été à bonne école pour apprendre à se contrôler. Perdre son sang-froid n'était pas envisageable. Pas même à cet instant, alors que cette femme détruisait son avenir avec chacun de ses mots.

Et pas seulement le sien.

— Qu'en est-il de la facture de lady Heatherton ? demanda-t-il. Allez-vous la régler ?

Crebbs s'esclaffa, comme si la simple idée de le payer pour son travail était d'un ridicule achevé.

— Ma maîtresse ne vous donnera pas un demi-penny, répliqua-t-elle. Le culot de vous autres ! Vous ne connaissez pas votre place, voilà le problème. Vous avez intérêt à comprendre où elle est avant d'avoir des ennuis.

Ahmad resta figé tandis qu'elle tournait les talons et sortait de la boutique. Elle claqua la porte derrière elle avec une telle force que les vitres de la devanture tremblèrent. Ce bruit le tira de sa stupeur.

Bonté divine...

Il venait de perdre sa protectrice ; sa seule chance de se faire un nom dans la haute société. Et cela parce qu'il avait été trop fier, trop intègre, pour accéder aux demandes érotiques d'une femme.

Pourquoi avait-il refusé ?

Lady Heatherton n'était pas un laideron, bien au contraire. C'était une jeune femme séduisante. Aurait-il été si difficile de la satisfaire ? Si désagréable ? Avoir des principes, c'était bien beau. Mais à quoi servaient-ils s'il devait se retrouver dans cette situation ? Sans travail, sans alternative, et appauvri de plusieurs centaines de livres.

Le doute le torturait. Si seulement il avait fait ce qu'elle lui demandait... S'il l'avait embrassée, s'il avait couché avec elle juste une fois...

À cet instant même, Mira était de retour chez lui dans King William Street, et travaillait avec diligence sur une autre robe commandée par lady Heatherton. Un travail pour lequel Ahmad ne pouvait plus espérer être payé.

Il allait devoir en informer sa cousine. Et le plus tôt serait le mieux.

Mira écarquilla les yeux, l'aiguille suspendue au-dessus de son ouvrage. Elle était assise dans un fauteuil près de la fenêtre du salon. Sa boîte à couture en bois de rose était ouverte sur la table à côté d'elle. L'une des robes du soir de lady Heatherton était étalée sur ses genoux.

— Que veux-tu dire : elle a renvoyé la robe ?

— Juste ça. Sa femme de chambre l'a rapportée chez Doyle & Heppenstall.

Ahmad prit l'aiguille de la main de Mira, tira dessus pour la désenfiler et la laissa tomber dans sa boîte à couture. Puis il rabattit le couvercle.

— Tu peux abandonner ton travail sur ses autres robes. Elle n'en voudra pas non plus.

— Quoi ? s'exclama Mira.

— Si nous avons de la chance, nous pourrons les utiliser pour quelqu'un d'autre. Quoique, pour le moment, j'ignore qui.

Il souleva la robe du soir drapée sur les genoux de Mira. C'était un modèle en soie d'un bleu intense, dont le corsage s'ornait d'un plastron de perles de verre, à demi cousu.

— Dommage, murmura-t-il. Elle était presque finie.

— Attends ! dit Mira en se levant pour le suivre. Je ne comprends rien. Tu veux dire qu'elle n'a pas aimé la robe terminée ?

— C'est moi qu'elle n'aime pas.

Ahmad ouvrit un long coffre en bois et déposa la robe à l'intérieur. Il aurait le temps, plus tard, de la ranger correctement. Pour le moment, l'important était de ne plus l'avoir sous les yeux. Que rien ne lui rappelle lady Heatherton.

Sa protectrice, vraiment !

Il sentait la colère le gagner, dirigée non pas contre la vicomtesse, mais contre lui-même. Il s'était senti si sûr de son talent, si certain que ses modèles feraient la différence, qu'il avait dédaigné les signes d'avertissement.

Ils avaient été nombreux, pourtant. Les humeurs versatiles de lady Heatherton, l'intérêt pour lui qu'elle ne cherchait pas à dissimuler, son audace toujours plus grande en paroles et en actes…

Avait-il vraiment cru qu'elle se satisferait des contacts obligés lors des essayages ? Qu'elle se contenterait d'allusions badines ? Il aurait dû deviner qu'elle finirait par vouloir autre chose.

En vérité, il l'avait su. Mais il avait choisi d'ignorer le danger. Un aveuglement qui lui donnait envie à cet instant de frapper le mur de son poing.

Il s'était convaincu que son travail suffirait ; que lorsque lady Heatherton aurait enfilé sa robe du soir, tout le reste s'effacerait pour laisser place à une satisfaction émerveillée. Comme celle qu'avait exprimée Mlle Malravers quand, ayant revêtu sa tenue d'équitation, elle s'était regardée dans la psyché.

« Je savais que vous m'impressionneriez », avait-elle dit.

Le cœur d'Ahmad se contracta. Mlle Malravers. *Evelyne*… Une sirène envoyée pour le tenter.

La voix de Mira le tira de ses pensées.

— Pourquoi dis-tu ça ? Tu t'es querellé avec elle ?

Ahmad se passa la main dans les cheveux.

— En quelque sorte.

— Ahmad, arrête !

Elle lui attrapa le bras au moment où il passait à côté d'elle.

— Regarde-moi ! Dis-moi ce qui s'est passé.

Il lui fit face à contrecœur. Mais il ne lui vint pas à l'idée de mentir. Mira n'était ni une enfant ni une oie blanche.

— Lady Heatherton m'a fait des avances que je n'avais pas envie d'accepter. C'est la raison pour laquelle elle a renvoyé la robe. Non parce qu'elle ne lui plaisait pas, mais parce que j'ai blessé sa fierté.

Le visage de Mira se durcit.

— Je le savais ! Je savais ce qu'elle avait en tête.

— Ce n'est pas très flatteur pour mes talents de couturier.

— Je ne veux pas dire que…

— Figure-toi qu'elle a admiré la robe. Elle avait l'air tout à fait satisfaite de mon travail, jusqu'au moment où j'ai rejeté ses avances.

— Évidemment qu'elle l'a admirée ! s'écria Mira. Il aurait fallu qu'elle soit aveugle pour ne pas voir à quel point elle était parfaite pour elle. Quant au reste… Comment a-t-elle osé ? Qu'est-ce qui lui donne le droit de…

— Son rang. Son origine. Un certain nombre de choses, répondit Ahmad en dégageant doucement son bras de son étreinte. Ça ne sert à rien de te mettre en colère, *bahan*.

— Je ne suis pas en colère, riposta Mira, je suis folle de rage !

— Elle m'a menacé du tribunal si je me présentais de nouveau chez elle.

Mira en resta un instant bouche bée.

— Non ! murmura-t-elle.

— En fait, je suis plutôt soulagé. Mieux vaut une rupture franche et nette. Cela m'évitera de retourner chez elle en rampant pour conserver sa clientèle. Qui sait ce que j'aurais été capable de faire si j'avais eu assez de temps pour réfléchir ? Car à cause d'elle, je perds beaucoup d'argent.

Mira pâlit.

— Elle ne va pas payer les robes qu'elle a commandées ?

— Pas un demi-penny, selon sa femme de chambre.

Mira secoua la tête.

— Mais elle ne peut pas refuser de te payer. C'est impossible ! Pas avec tout l'argent que tu as dépensé pour ses toilettes.

— Elle le peut, et elle le fait. Il n'y a rien à espérer.

— Tu dois en parler à M. Finchley.

— Certainement pas ! s'écria Ahmad.

— Mais si, insista-t-elle. Il pourra faire quelque chose. Menacer de porter plainte si tu ne rentres pas dans tes frais ou...

— Ce serait la fin de ma carrière de couturier. Je ne peux pas espérer me lancer en poursuivant mes clientes en justice. Tu imagines la réputation que j'y gagnerais ?

Il soupira longuement.

— Le fait est que lady Heatherton m'a mis dans une position odieuse. À mon avis, en toute connaissance de cause.

— Que vas-tu faire ?

— Je ne sais pas.

Ahmad gagna la fenêtre, puis il revint sur ses pas. Il avait l'esprit complètement embrouillé, et une barre dans la poitrine l'empêchait de respirer.

Tous ses plans s'écroulaient et il n'avait aucun recours. Impossible d'entreprendre quoi que ce soit pour résoudre le différend avec lady Heatherton ; et pas d'autre jolie femme de l'aristocratie attendant dans les coulisses de porter ses créations. Il n'y avait personne susceptible de dévoiler son talent aux yeux du beau monde. Hormis les courtisanes. Les Belles Écuyères.

À moins que...

Une étincelle jaillit soudain dans son cerveau embrumé. Une idée absurde, née du désespoir plus que du bon sens.

Non. C'était l'échec assuré...

En était-il si sûr ?

Ahmad sentit son pouls s'accélérer. Un regard à l'horloge, sur le manteau de la cheminée, lui apprit qu'il était 17 h 15. L'heure élégante avait commencé quinze minutes plus tôt. Il avait encore le temps, s'il se dépêchait.

— Ce dont j'ai besoin, c'est d'un peu d'air frais pour m'éclaircir les idées, dit-il en se tournant vers Mira. Tu veux venir avec moi marcher dans Hyde Park ?

— À cette heure-ci ? dit-elle, avant de froncer le nez. Ce ne sera pas très reposant. Tous les résidents de Mayfair seront dehors, à pied ou à cheval. Même ta demoiselle Malravers, j'en suis certaine.

Ahmad alla chercher leurs manteaux.

— Justement : j'y compte bien !

12

Alors qu'elle rentrait du parc, Evelyne entendit le premier coup de tonnerre, encore lointain.

À l'approche du soir, des nuages sombres s'amoncelaient, effaçant le coucher du soleil et annonçant la pluie. Un frisson désagréable lui parcourut le dos, brisant la sensation de triomphe qu'elle avait éprouvée lors de son entrée dans Rotten Row sur Hephaestus. Elle s'était sentie belle, puissante...

Jusqu'au moment où elle l'avait vu.

Que diable faisait Stephen Connaught en ville ? C'était un gentleman de la campagne, qui n'avait jamais quitté le Sussex, hormis les deux années qu'il avait passées à l'université. Il n'avait jamais caché son mépris pour Londres.

« Vous ne voudriez pas vivre là-bas, n'est-ce pas ? lui avait-il demandé un jour.

« — Certainement pas, avait répondu Evelyne. Je suis heureuse à Combe Regis.

« — Vous êtes raisonnable, avait-il dit d'un ton approbateur. Trop raisonnable pour souhaiter passer une saison en ville. Vous n'êtes pas du tout faite pour la bonne société londonienne. Quel serait pour vous l'intérêt d'y aller, juste pour être déçue ? »

Ces paroles avaient un peu vexé Evelyne. Elle s'était sentie à la fois blessée et déconcertée. Comme beaucoup des affirmations de Stephen au cours de la dernière année de leur amitié, cela ressemblait à une insulte déguisée. Ses mots paraissaient destinés à la faire douter de sa propre valeur.

Face au silence qu'il avait observé ensuite, ce doute s'était encore accentué.

Après le scandale, non seulement il avait cessé de lui parler, mais lorsqu'ils s'étaient rencontrés par hasard au village, il l'avait ostensiblement ignorée. De nombreux témoins avaient assisté à la scène, et tout le monde avait été au courant.

C'est ce qui avait été le plus douloureux.

Revenue dans sa chambre de Russell Square, Evelyne quitta sa tenue d'équitation et ses bottes pour enfiler une robe confortable et des chaussures souples. Puis, enveloppée dans un vieux châle de cachemire, elle se rendit au salon. Il y avait moins de courants d'air que dans sa chambre. Les appliques murales étaient allumées et un bon feu brûlait dans la cheminée.

Le journal de son oncle à la main, Evelyne se réfugia sur la banquette confortable, dans l'embrasure de la fenêtre. Elle parcourut les pages mondaines pour essayer de ramener ses pensées sur la tâche qu'elle s'était fixée.

En pure perte. Stephen était à Londres et, avec lui, le souvenir du scandale provoqué par Fenny. Qui sait s'il n'avait pas l'intention de le déterrer ?

C'était la plus grande crainte d'Evelyne. Que la conduite de sa sœur aînée détruise l'avenir de la famille Malravers. Elles avaient déjà enduré le scandale trois ans auparavant. Et le cauchemar recommencerait, au moment précis où Evelyne entrevoyait le succès ? Cette pensée était insupportable.

Ses jeunes sœurs ne méritaient pas que leur avenir soit compromis. Chacune caressait des espoirs et des rêves. Evelyne en connaissait certains. Les autres, elle les devinait.

La douce Gussie aspirait à avoir une maison à elle et des enfants ; Caro ambitionnait d'écrire un jour son propre roman gothique ; Bette avait souvent fait allusion à son désir de s'inscrire au Ladies College, à Bedford Square ; quant à Izzy, elle voulait voyager et visiter Paris, Rome et Constantinople.

Quelles chances auraient-elles de voir leurs vœux se réaliser si Evelyne échouait ?

La joue appuyée contre le carreau ruisselant de pluie, elle fit une nouvelle tentative pour s'intéresser au carnet mondain. En vain. Elle était toujours blottie sur la banquette, près d'une demi-heure plus tard, lorsque Mme Quick parut sur le seuil du salon.

— Un artisan s'est présenté à la porte de la cuisine, mademoiselle Malravers. Il demande à vous parler.

Evelyne abaissa son journal.

— À moi ? À quel sujet ?

— Il prétend être votre tailleur.

Le pouls d'Evelyne s'accéléra brusquement. M. Malik était là ? Elle ne s'attendait pas à le revoir avant la semaine suivante.

— Dois-je le renvoyer ? s'enquit Mme Quick.

— Non ! Non, ce ne sera pas nécessaire.

Evelyne reposa le journal et quitta son siège en hâte.

— Je suppose que mon oncle n'est pas revenu du musée ?

— Pas encore.

— Et Agnès ? Elle est rentrée ?

— Non, mademoiselle. Je ne crois pas qu'elle sera là avant 20 heures.

Evelyne lissa du plat de la main sa robe grise élimée. Il ne s'agissait que de M. Malik, après tout. Ils s'étaient retrouvés seuls plusieurs fois, dans des circonstances bien plus intimes que celle-ci. Elle n'avait pas besoin de son oncle pour faire bonne figure. Et la présence de sa femme de chambre n'était d'aucune utilité.

Ce n'était toutefois pas l'absence de chaperon qui la faisait hésiter. C'était le baiser.

Ce baiser avait tout changé. Et maintenant...

— Mademoiselle Malravers ?

Evelyne soupira.

— Très bien, dit-elle tout en allant se placer devant le feu. Faites-le entrer.

Mme Quick ne tarda pas à revenir.

— M. Malik, mademoiselle.

Vêtu d'une redingote et d'un pantalon de drap de laine sombre, les épaules carrées, le regard intense, il avait l'expression d'un homme résolu à affronter un ennemi implacable. Il portait un grand carton un peu bosselé.

— Bonsoir, mademoiselle Malravers, dit-il en s'inclinant.

Le cœur d'Evelyne battit plus vite.

— Bonsoir, monsieur Malik. C'est un plaisir inattendu… Je vous remercie, madame Quick, poursuivit-elle en se tournant vers l'intendante. Ce sera tout.

Mme Quick se retira sans même lui lancer un regard de curiosité.

Evelyne ne s'en étonna pas. Le ciel seul savait à combien d'événements bizarres Mme Quick avait assisté depuis qu'elle était employée chez oncle Harris. Il fallait plus qu'un tailleur indien se présentant à une heure indue pour l'émouvoir.

— Je vous prie d'excuser ce dérangement, dit M. Malik.

— Vous ne me dérangez pas du tout. Est-ce ma nouvelle tenue ? demanda Evelyne, les yeux rivés sur la boîte qu'il portait.

Elle s'avança vers lui.

— Je croyais qu'elle requérait un autre essayage ? ajouta-t-elle, étonnée.

— Effectivement. Il ne s'agit pas de votre amazone, mais d'autre chose. Mes explications seront plus claires quand vous l'aurez ouvert, dit-il en lui tendant le carton.

Evelyne le prit et le posa sur le canapé. Après avoir jeté un regard hésitant à M. Malik, elle souleva le couvercle et écarta le nuage de papier de soie. Ce qu'elle aperçut alors lui coupa le souffle.

— Oh... Quelle merveille !

C'était une robe du soir en mousseline bleu argenté. Elle la retira avec précaution de la boîte, éblouie par le volume chatoyant de la jupe et la coupe audacieuse du corsage. De la dentelle ornait le haut des manches délicates et le décolleté scandaleusement plongeant.

Elle regarda M. Malik. Il l'observait en silence.

— C'est vous qui l'avez faite ?

— Oui, répondit-il. Il n'y a pas longtemps.

— Mais pas pour moi ?

— Non. Elle ne vous irait pas.

Evelyne tressaillit. Il s'agissait d'une constatation, bien sûr, non d'une offense. Cette robe était destinée à une princesse de conte de fées, à une femme mince, éthérée, et qui n'aurait pas une chevelure auburn. Il n'empêche que les paroles de M. Malik la déstabilisèrent.

Une sensation qui ne la quittait plus depuis qu'elle était sortie du parc.

Voir Stephen avait sapé son assurance, alors qu'elle en avait grand besoin. Maintenant plus que jamais.

— Je suis d'accord, dit-elle en s'efforçant de sourire. Selon une personne bien informée, le bleu pâle n'est pas une couleur pour moi.

Les traits de M. Malik perdirent un peu de leur tension.

— C'est exact. Je vous vois dans quelque chose d'assez différent.

— Vous me voyez dans une robe de bal ?

— Oui, dans l'une des miennes.

Evelyne hésita un instant, frappée par l'intensité de ses prunelles d'obsidienne. Il était évident que ceci était important pour lui, sans qu'elle sache de quoi il s'agissait.

— Je ne savais pas que vous dessiniez autre chose pour les femmes que des tenues d'équitation.

— Pas pour les femmes de la haute société. Mais j'avais l'intention de le faire cette saison…

Une ombre passa sur son visage, puis il ajouta :

— En fait, une femme de l'aristocratie m'avait passé commande. De la robe que vous voyez ici, ainsi que de deux autres. Elle a décidé depuis lors qu'elle n'en voulait pas.

— J'ai du mal à le comprendre. Je n'ai jamais rien vu d'aussi beau, assura Evelyne en repliant avec soin la robe dans sa boîte. Est-ce que vos robes ne lui allaient pas ?

— Elles lui allaient. Trop bien.

— Et pourtant, elle les a refusées ?

— C'est une personne aux humeurs changeantes.

Evelyne attendit qu'il en dise davantage, mais il n'en fit rien. Or il y avait autre chose, elle le sentait. Sinon, il n'aurait pas eu cette expression grave, cette mâchoire crispée et ce regard presque fixe. Comme si de cet instant dépendait tout son avenir.

— Ne voulez-vous pas vous asseoir ? dit-elle avec un geste vers le canapé.

M. Malik ne s'assit qu'après qu'elle-même eut pris place dans un fauteuil, en face de lui.

Evelyne tapota les plis de sa jupe en regrettant, *in petto,* de ne pas porter l'une de ses nouvelles robes. Et, aussi, de n'avoir pas pincé ses joues et fait gonfler ses cheveux. Elle était aussi simplement vêtue et coiffée que le jour où elle l'avait vu la première fois.

S'il le remarqua, il n'en laissa rien voir. Le regard qu'il attachait sur son visage était aussi scrutateur que lors de son entrée dans la pièce.

Evelyne croisa les mains sur ses genoux.

— Comme je l'ai dit, c'est une très belle robe. Mais je ne comprends pas pourquoi vous me l'avez apportée.

— Parce que je voulais vous montrer de quoi je suis capable.

Cette fois, Evelyne eut moins de difficulté à sourire.

— Je le sais déjà. Il me suffit de regarder l'amazone que vous m'avez faite pour être convaincue de votre talent.

Porter cette tenue avait été magique. Mémorable. En vérité, jusqu'au moment où elle avait posé les yeux sur Stephen Connaught, elle s'était presque imaginé être l'une des Belles Écuyères.

— Vous auriez dû me voir dans le parc, cet après-midi, enchaîna-t-elle. Je crois que tous les hommes devant lesquels je suis passée se sont arrêtés pour me regarder. Votre amazone a remporté un grand succès.

— Je vous ai vue.

Elle ne put dissimuler sa surprise.

— Vous étiez là ?

— Oui. Et vous étiez...

Il secoua la tête, tout en fronçant les sourcils. Le sourire d'Evelyne se figea sur ses lèvres.

— J'étais quoi ?

— Vous étiez éblouissante.

Une vague de chaleur se propagea dans ses veines. Elle lui monta au visage tandis que les battements de son cœur s'accéléraient.

Éblouissante !

Personne au monde ne l'avait jamais qualifiée ainsi. Et certainement pas un certain tailleur séduisant qu'elle en était venue à trop apprécier. Elle avait rarement reçu des compliments dans sa vie. Mais recevoir un tel éloge de la part de M. Malik...

Il lui fut impossible de déguiser l'effet que celui-ci avait sur elle. Impossible aussi de prétendre être une beauté sophistiquée qui en avait entendu d'autres.

Elle prit une inspiration tremblante.

— Vous le pensez vraiment ?

— Ce n'est pas une question d'opinion. Vous avez éclipsé aujourd'hui toutes les autres femmes. Je ne serais pas surpris que l'on parle de votre triomphe dans le journal de demain.

Evelyne se pencha en avant, fixant sur lui un regard plein d'espoir.

— Vous ne dites pas cela en l'air ?

— Je ne parle jamais en l'air, mademoiselle Malravers, assura-t-il, les yeux dans les siens.

— Non. Je veux bien le croire.

Elle sourit jusqu'aux oreilles, en proie à une forte envie de rire.

— C'est grâce à votre amazone, vous savez. À votre amazone et à mes talents de cavalière. Oh ! poursuivit-elle en se rejetant en arrière, je me sens plus sûre de moi quand les événements se déroulent suivant le plan prévu. Si toutes les choses de la vie pouvaient s'arranger aussi facilement !

— Elles le peuvent peut-être.

— Eh bien... tout dépendra des bons partis que je rencontrerai. Et sur ce point, le succès n'a pas été au rendez-vous, j'en ai peur.

En son for intérieur, Evelyne reconnaissait qu'elle était déçue. Les prétendants potentiels aperçus sur Rotten Row n'avaient rien pour faire battre plus fort le cœur d'une jeune femme. Au contraire.

Tous l'avaient laissée froide, et un peu désespérée. Comment imaginer un avenir où elle serait la femme d'un lord au visage chafouin ? Ou celle d'un capitaine en charge d'une nombreuse marmaille ?

— Mais ce n'était que ma première sortie, après tout, ajouta-t-elle avec un entrain un peu forcé. J'y retournerai demain, et après-demain. Un candidat convenable se présentera sûrement un jour ou l'autre. Et avec les nouvelles tenues d'équitation que vous préparez pour moi...

— Qu'en est-il du reste de votre garde-robe ? demanda abruptement M. Malik.

— Que voulez-vous dire ?

— Vous avez bien l'intention de vous rendre à des soirées ?

— Oui, dans quelque temps, répondit Evelyne, qui ne doutait pas de recevoir bientôt des invitations.

— Et vous vous rendrez à un bal ?

— À plusieurs, assurément, une fois que ma saison sera officiellement commencée. Quant à ma garde-robe, lady Arundell a insisté pour que demain, j'accompagne sa fille chez Mme Élise, dans Regent Street.

L'expression de M. Malik s'assombrit. Aussi Evelyne se hâta-t-elle d'enchaîner :

— Je sais que vous n'appréciez pas forcément ses modèles, mais...

— Ce ne sont pas ses modèles que je n'apprécie pas, répliqua-t-il, mais la façon dont elle traite ses ouvrières.

Evelyne ouvrit la bouche pour l'interroger, mais il la devança :

— Ne vous êtes-vous jamais demandé comment une célèbre couturière de Londres peut livrer une robe de bal si peu de temps après qu'elle a été commandée ? Comment elle peut satisfaire sa clientèle – à un prix exorbitant – en quelques jours ?

— Non, bien sûr, puisque je ne me suis jamais rendue dans une maison de couture. Un fait dont vous devriez avoir parfaitement conscience. Même votre patron, M. Doyle, a remarqué à quel point j'étais mal fagotée la première fois qu'il m'a vue.

— M. Doyle n'est pas...

M. Malik s'interrompit. Il se leva brusquement, resta un instant devant elle, la dominant de toute sa hauteur, puis il s'approcha de la cheminée.

— La vérité, c'est que des couturières comme Mme Élise sont sans pitié envers les filles qu'elles emploient. Mme Élise les fait travailler de l'aube au crépuscule dans des petites pièces sans aération, alors qu'elles sont une bonne trentaine. Et quand elles sont enfin autorisées à aller se coucher – si on le leur permet –, c'est dans des pièces encore plus petites. Ces filles se retrouvent à deux ou trois dans un même lit et, faute de fenêtres, elles respirent toutes le même air vicié.

Evelyne leva vers lui des yeux écarquillés. Elle ne se rappelait pas avoir entendu M. Malik en dire autant d'une seule traite, et avec une telle animation.

— Je n'en avais pas la moindre idée.

— Non, bien sûr… Pardonnez-moi. Je me laisse un peu emporter quand j'aborde ce sujet.

Il se passa la main dans les cheveux. Ses mèches noires, encore légèrement humides à cause de la pluie, brillaient sous la lueur des appliques.

— Je ne peux pas vous le reprocher, assura-t-elle. Si c'est aussi horrible que vous le décrivez…

— C'est pire. Chaque vêtement qui sort de l'atelier de Mme Élise pourrait aussi bien être teinté de sang. Si vous allez chez elle pour votre robe de bal…

— Je n'irai pas.

— Non ?

— Comment le pourrais-je ? Après ce que vous venez de me dire, ce serait une absence de conscience de ma part.

Il parut à la fois soulagé et un peu dubitatif.

— Vous allez peut-être découvrir qu'à Londres, avoir une conscience est un luxe. Surtout lorsqu'elle s'oppose aux exigences de la société.

— Pas *ma* conscience, rétorqua Evelyne en levant le menton.

Elle vit frémir les commissures de sa bouche, comme une esquisse de sourire.

— Vous êtes très sûre de vous, dit-il.

— Je sais ce que je veux. Quant à ma conscience… Je ne vais pas la charger davantage à cause de Mme Élise, quelle que soit la beauté de ses robes.

— Je suis heureux de l'entendre.

— Est-ce la raison de votre venue ? demanda Evelyne en scrutant son visage. Vous souhaitez me faire une robe de bal ?

— Non. Du moins, ce n'est pas la seule raison.

L'expression de M. Malik se fit plus grave. Il s'éclaircit la gorge.

— Je suis venu parce que... parce que j'ai une proposition à vous faire.

Evelyne cligna des yeux. Une « proposition » ?

— Quelque chose qui nous profiterait à tous les deux, précisa-t-il.

Il marqua une pause. Puis :

— J'aimerais vous proposer d'être votre couturier. Pas seulement pour réaliser vos tenues d'équitation ou vos toilettes de bal, mais pour toute la garde-robe dont vous aurez besoin cette saison.

13

Ahmad se tenait devant le feu, dont les flammes commençaient à diminuer. Tout son corps était tendu à l'extrême, dans l'attente de la réponse de Mlle Malravers.

Décider d'aller la voir relevait du pari. Or il lui déplaisait fortement d'avoir à mettre ainsi en jeu son avenir, ainsi que celui de Mira. Si lady Heatherton n'avait pas rejeté son travail, jamais il ne s'y serait risqué. Il détestait se sentir vulnérable et, à ce moment précis, il l'était bel et bien. Proposer ses services à Evelyne Malravers revenait à sauter d'une falaise.

Et si elle ne voulait pas de ses services ? Pire… si elle n'avait pas les moyens de se les offrir ?

La maison de Russell Square était imposante, certes. Mais à l'intérieur, rien n'indiquait que son oncle possédait une grosse fortune. Le sol du salon était couvert d'une abondance de tapis, mais tous élimés. Et s'il contenait de nombreux meubles, ils étaient sombres et démodés.

Mlle Malravers elle-même paraissait un peu fanée. Et, d'une certaine façon, plus petite. Sur un cheval, elle était majestueuse, presque souveraine. C'était une tout autre personne.

Debout derrière la barrière bordant Rotten Row, Ahmad l'avait suivie des yeux, fasciné. Elle avait parcouru l'allée au petit trot en compagnie d'une jeune femme blonde, montée sur un étalon à la robe claire. Leurs palefreniers les suivaient de près.

« C'est elle ? avait chuchoté Mira à son côté. Sur le cheval bai ?

« — Oui. »

La poitrine d'Ahmad s'était douloureusement contractée. Elle était plus que belle… Magnifique ! Une véritable déesse à cheval, qui attirait tous les regards.

« Tu es sûr que ce n'est pas une courtisane ? » avait ajouté Mira.

À cet instant, avec un vieux châle en cachemire drapé autour des épaules et ses lunettes qui glissaient sur son nez, Mlle Malravers n'offrait plus aucune ressemblance avec une courtisane. Ahmad ne voyait plus trace de la puissante sensualité qui émanait d'elle quand elle montait.

— Toute ma garde-robe ? répéta-t-elle avec incrédulité.

— Oui. À l'exception de ce que vous avez déjà commandé chez Mme Lorraine.

Il restait à Ahmad juste assez d'économies pour couvrir les dépenses de tissus et de garnitures, ainsi que le recours à quelques ouvrières pour l'aider. Il n'aurait pratiquement plus d'argent jusqu'au moment où Mlle Malravers réglerait sa facture. Et plus de fonds pour reprendre le bail de M. Doyle.

Un pari, effectivement.

S'il perdait, Mira et lui se retrouveraient sans rien.

— Je n'ai pas commandé grand-chose, expliqua la jeune femme. Pas encore. Je l'avoue, toute mon attention se portait sur mes tenues d'équitation.

— C'est justifié. Elles tiennent un rôle important dans votre plan.

Elle lui adressa un pâle sourire.

— Vous devez me trouver idiote d'avoir conçu un plan pareil. D'être venue vous voir comme je l'ai fait, en prétendant que je pouvais rivaliser avec Mlle Walters et les Belles Écuyères. Vu leurs avantages…

— Vos avantages surpassent les leurs.

Une lueur de détermination illumina brièvement son visage.

— Quand je suis à cheval ? Oui, admit-elle. Mais le reste du temps… Je vais m'efforcer de faire de mon mieux, mais je ne me fais pas d'illusions.

— Votre saison ne peut pas être un succès si vous n'êtes pas à cheval ? C'est ce que vous pensez ?

— Oui. Si l'on excepte l'équitation, je ne peux espérer qu'une chose : ne pas me distinguer de manière fâcheuse.

Ahmad fronça les sourcils. Il n'admettait pas qu'elle renonce aussi facilement. Pas elle. Pas la jeune femme qui était entrée chez Doyle & Heppenstall en exigeant presque qu'il lui confectionne une amazone. Pas celle qui montait avec une assiette et une adresse si remarquables.

— Soit vous êtes trop modeste, soit…

— Je suis réaliste.

— Je n'en crois rien.

— J'espère l'être, monsieur. On ne peut pas concevoir un plan sérieux sans avoir évalué au préalable ses points forts et ses faiblesses. J'ai listé les deux. Et avec beaucoup d'impartialité, ajouterai-je.

— Beaucoup d'impartialité ? Il s'agit de votre première saison. Et, sauf erreur de ma part, vous n'aviez même jamais mis les pieds à Londres. Et pourtant, vous êtes convaincue de n'avoir rien à offrir hors de Rotten Row ?

Mlle Malravers se leva brusquement. Resserrant son châle autour d'elle, elle s'avança vers Ahmad et ne s'arrêta qu'à quelques pas de lui.

Son cœur se mit à battre la chamade. Elle était si près qu'en tendant le bras, il aurait pu la toucher. Et il mourait d'envie de la toucher. De prendre sa main ou de caresser sa joue.

— Je me connais, monsieur Malik, répliqua-t-elle. Je serais infiniment heureuse d'avoir une robe de bal fabriquée par vous. Mais je ne peux rien vous promettre quant à la réception qui lui sera réservée si c'est moi qui la porte.

Il la dévisagea, partagé entre l'irritation de l'entendre se sous-estimer ainsi, et l'excitation suscitée par sa proximité.

Il se reprocha cette dernière impulsion. Il n'était pas là parce que Mlle Malravers l'attirait, mais parce qu'elle avait des possibilités. Des atouts particuliers pour faire de sa saison un succès, et ce succès rejaillirait sur lui. Il était censé la persuader, non se laisser troubler.

— C'est bien ce que vous voulez dire, n'est-ce pas ? continua-t-elle. Quand vous assurez que si vous m'habillez, nous en profiterons tous les deux ?

Elle remonta ses lunettes sur son nez avant de poursuivre :

— Je vois très bien quels bénéfices je pourrais en retirer. Mais je ne comprends pas ce que vous, vous auriez à y gagner.

Ahmad n'y alla pas par quatre chemins.

— Dans six mois, j'ai l'intention d'ouvrir une maison de couture. Pour ce faire, il faut que les femmes de la haute société voient mes modèles. Or vous fréquenterez la haute société.

— C'est vrai. Mais il n'y a aucune garantie.

— Vous allez faire vos débuts à un bal donné par la comtesse d'Arundell, n'est-ce pas ?

Elle garda le silence et détourna les yeux.

— Non ? insista-t-il.

— Si. Mais il ne s'agit pas du genre de bal que vous imaginez. Ni que j'imaginais moi-même, d'ailleurs, ajouta-t-elle avec un soupir.

Elle pivota et marcha jusqu'à la fenêtre. Les grands rideaux, encore ouverts, laissaient voir les vitres dégoulinant de pluie. Dehors, le ciel avait la couleur de l'ardoise mouillée.

— C'est une espèce de soirée annuelle en relation avec la société de spirites à laquelle appartiennent lady Arundell et mon oncle.

— Ah…, murmura Ahmad en s'approchant à son tour de la fenêtre.

— Alors vous comprenez que…

— Le spiritisme est très en vogue, en ce moment.

— C'est ce qu'on m'a dit, admit-elle en se tournant pour lui faire face. Mais de là à espérer que vos modèles se retrouvent sous les yeux des bonnes personnes… Qui peut le savoir ?

— La haute société reste la haute société. Si vous portez mes modèles, ils seront vus par le genre de personnes adéquat.

— Oui, acquiesça-t-elle avec une grimace. Sur moi.

— Vous serez remarquée, je peux vous l'assurer.

— Je ne suis pas sûre d'être capable de…

Ahmad perçut un frémissement dans sa voix.

De l'amertume, peut-être. Ou même de la tristesse.

— Je n'ai jamais eu beaucoup de chance dans les salles de bal. Pas même lors des soirées organisées dans mon village, à Combe Regis. J'ai toujours été meilleure sur quatre pattes que sur deux jambes.

Ahmad s'appuya de l'épaule contre le montant de la fenêtre pour l'observer. De longues secondes s'écoulèrent, accompagnées du crépitement continu de la pluie sur les vitres. Il finit par demander :

— Qu'est-ce qui vous donne confiance lorsque vous montez à cheval ?

— La réponse est facile. C'est parce que je ne suis pas seule. Hephaestus est mon partenaire.

— C'est la seule raison ?

— Non. Je suppose que c'est parce que je comprends les règles. Je sais ce que je dois faire pour obtenir l'effet désiré. De quelle façon utiliser mon poids ou la pression de mes mains et de ma jambe.

— Vous savez tout cela d'instinct ?

— Pas vraiment, répondit-elle en riant. Certaines choses viennent naturellement, mais la plupart relèvent de l'entraînement. Des années et des années de travail.

— De travail avec votre partenaire…

— Et avec ceux qui sont venus avant lui. Des chevaux expérimentés. Ils m'ont appris bien plus que je ne leur ai appris.

— Et vous ne vous sentiez jamais embarrassée quand vous les montiez ?

— Non. Ils étaient mes partenaires d'alors, juste comme Hephaestus l'est maintenant.

— Peut-être est-ce ce que je vous propose : que nous soyons partenaires.

— Vous et moi ?

À cette simple idée, le ventre d'Evelyne se contracta, sans qu'elle puisse déterminer s'il s'agissait d'excitation ou d'appréhension.

— Pourquoi pas ? demanda M. Malik.

— Parce que..., bafouilla-t-elle, la tête subitement vide. Parce que ce n'est pas la même chose, voilà pourquoi. Déjà, vous ne serez pas avec moi lors de ces hypothétiques événements.

— Moi, non. Mais mes modèles, si.

— Et ils me donneraient du courage, c'est ce que vous pensez ? Simplement parce que je les porterais ?

Ce n'était pas aussi farfelu qu'il y paraissait, si Evelyne consentait à être honnête avec elle-même. Sa tenue d'équitation l'avait transformée. Quel effet cela ferait de porter une robe de soirée de M. Malik ? Une robe aussi éblouissante et décolletée que celle qu'il avait apportée ?

— Du courage, vous en avez déjà, répliqua-t-il. Et en abondance. Sinon, vous ne seriez pas venue me voir.

Croisant les bras, Evelyne s'enveloppa plus étroitement dans son châle. Elle n'avait pas de raison de refuser son offre. Les robes de M. Malik seraient belles, elle le savait. Mais ce dont elle doutait, c'était d'elle-même. Avoir de l'allure sur un cheval était une chose ; avoir de l'allure dans une salle de bal en était une autre, tout à fait différente.

— Si c'est le coût qui vous préoccupe...

— Ce n'est pas le coût, dit-elle. Ou plutôt... je dois effectivement respecter un certain budget. Mais ce n'est pas à cause de cela que j'hésite.

— À cause de quoi, alors ?

Evelyne s'adossa au montant de la fenêtre, face à lui.

— Y avez-vous vraiment réfléchi ? Avez-vous pensé à ce que cela signifierait pour votre avenir de placer tous vos espoirs sur mon éventuel succès ?

— Vous réussirez, j'en suis sûr.

— Et dans le cas contraire ? Si je gâche tout ?

Il haussa imperceptiblement les épaules.

— Je crois en vous.

Il avait prononcé ces mots avec détachement, presque désinvolture, et pourtant ils allèrent droit au cœur d'Evelyne. C'était une déclaration précieuse, surtout venant de lui. Mais comment pouvait-elle l'accepter ? Y croire elle-même ?

— Vous ne me connaissez pas, objecta-t-elle.

— Je vous connais suffisamment.

— Non. Vous n'avez pas la moindre idée de ce que je suis en société. Que ce soit lors d'une soirée ou d'un dîner.

— Êtes-vous vraiment si gênée ? Ou timide ?

— Non, ce n'est pas ça.

Elle possédait de l'assurance dans la plupart des situations. Un peu trop, en vérité. Elle n'hésitait pas à donner son avis, même lorsque son opinion allait à l'encontre de celle des autres.

« Dois-tu vraiment te montrer aussi péremptoire, ma chérie ? lui avait un jour demandé tante Nora alors qu'elles rentraient en voiture d'un dîner dominical désastreux au presbytère. Si tu n'es pas d'accord avec un gentleman, il vaut mieux ne rien dire plutôt que de le lui faire savoir.

« — Mais il se trompait ! avait argué Evelyne. Il a cité de travers le passage tout entier. Il n'avait rien compris. Que pouvais-je faire d'autre que...

« — Tu aurais pu choisir de garder le silence. Personne n'aime les je-sais-tout. Surtout quand c'est une femme. »

Evelyne avait trouvé cela monstrueusement injuste.

Être en selle avait un très grand avantage. On n'avait pas besoin de louvoyer entre les écueils d'une conversation difficile. Ni d'être d'accord ou pas avec un homme s'écoutant parler.

À cheval, il lui suffisait d'échanger d'éventuelles salutations. Et si jamais une conversation s'engageait, elle était toujours brève, et portait le plus souvent sur des sujets simples.

Mais il n'y avait pas que la conversation – ou son absence – qu'elle aimait dans l'équitation. Sur le dos d'Hephaestus, elle était autorisée à montrer sa force, et c'était la seule opportunité où elle pouvait le faire sans crainte d'être critiquée. Personne ne s'attendait à ce qu'elle soit discrète et soumise lorsqu'elle était juchée sur un étalon. Il lui fallait alors être compétente, brave, audacieuse. Et tant qu'elle conservait un minimum de grâce, les hommes lui reconnaissaient ces qualités. Et même l'admiraient.

— Il ne s'agit ni de gêne ni de timidité, reprit-elle. C'est simplement que je ne trouve pas ma place. Je ne suis pas la féminité incarnée. Pas comme...

— Pas comme votre sœur ? dit-il, une pointe de désapprobation dans la voix.

— Eh bien, oui, si vous voulez le savoir. Je suis... particulière. Je vais essayer de l'être moins cette saison, et de faire tout ce qu'il faut pour trouver un mari. Mais mes chances d'être désignée comme la femme la plus belle ou la plus élégante sont aussi minces qu'un brin d'herbe. C'est sur le dos d'un cheval que l'on me remarquera, pas dans une salle de bal.

— C'est là que mes robes interviennent, dit-il avec une confiance, une assurance qui paraissaient inébranlables. Si vous voulez bien consentir à les porter...

— Je les porterai, bien sûr. Ce sera un honneur.

Evelyne s'étonna de voir passer sur le visage de M. Malik un éclair de soulagement. Bonté divine, avait-il vraiment pensé qu'elle refuserait ? Qu'elle lui préférerait Mme Lorraine ou une autre couturière ?

— Je vous remercie.

Il s'avança vers elle, la main tendue.

Elle la prit sans hésitation, mais non sans se préparer à l'inévitable réaction physique. À cette vague de chaleur qui déferla en elle alors qu'en même temps, ses avant-bras se hérissaient de chair de poule et qu'un étau semblait lui comprimer le cœur.

Leurs yeux se rencontrèrent.

Et avant même qu'elle puisse serrer les dents pour empêcher les mots de s'échapper, elle s'entendit dire :

— Il y a autre chose qui pourrait poser problème…

La main de M. Malik se crispa sur la sienne, puis il la relâcha. Son visage ne portait plus aucune trace de soulagement, remplacé par une expression solennelle.

Evelyne s'aperçut de ce changement, ce qui n'empêcha pas les mots de continuer à jaillir :

— Le problème, c'est que je vous aime beaucoup.

« Quoi ? » songea-t-elle avec un vague sentiment d'horreur. C'était la vérité, mais… Bonté divine ! Il y avait franc-parler et franc-parler. Là, elle venait de se dévoiler entièrement.

Non, bien sûr. Comme s'il ne connaissait pas déjà ses sentiments ! Même si leur bref baiser pouvait passer pour purement accidentel, il y avait leur rencontre imprévue chez Hatchards. Il avait remarqué sa réaction, son trouble et sa rougeur. Evelyne se rappelait la manière dont il lui avait souri, amusé par l'évidence de son attirance pour lui.

À cet instant, il ne souriait pas, toutefois. Il posait sur elle un regard toujours plus intense.

— Ce qui s'est passé entre nous chez Doyle & Heppenstall…, balbutia-t-elle. Quand je… Quand nous…

Oh, pourquoi ne pouvait-elle pas tout simplement l'exprimer !

— Ce que j'essaye de dire, c'est que quand je suis avec vous, j'éprouve quelque chose... Une espèce de lien, de reconnaissance. Je ne sais pas comment l'appeler. Mais si nous devons travailler ensemble assez fréquemment – et j'imagine qu'il le faudra, si vous confectionnez toutes mes robes cette saison – il vaut mieux que nous soyons honnêtes l'un vis-à-vis de l'autre sur ces choses-là. Ni vous ni moi ne souhaitons une répétition de ce qui s'est passé la dernière fois.

Cette fois encore, M. Malik garda le silence. Était-il interloqué ? Consterné ? Evelyne commençait à le craindre. Elle se sentit rougir.

— Je suppose que cela ne concerne que moi. Vous avez sans aucun doute été l'objet d'innombrables...

— Il n'y a pas que vous, dit-il d'un ton bourru.

— C'est ce que j'essaye de dire. D'innombrables femmes ont dû éprouver la même chose en votre présence...

— Non, la coupa-t-il. Ce n'est pas ce que je...

Il fit un brusque pas en avant et se planta devant Evelyne.

— Il n'y a pas que vous. Moi aussi, je l'ai ressenti.

Evelyne fut heureuse d'avoir le soutien de la fenêtre dans son dos. Sans elle, elle se serait effondrée sur le plancher du salon.

— Vous l'*avez* ressenti, murmura-t-elle. Au passé ?

Il eut un bref sourire.

— Je le ressens chaque fois que je suis près de vous...

Un long silence, puis :

— Je l'éprouve à cet instant même.

Evelyne avait la poitrine si contractée qu'elle eut à peine assez de souffle pour chuchoter :

— Ça ne m'était jamais arrivé. Avec personne.

— Moi non plus, admit-il.

— De quoi s'agit-il, à votre avis ? D'un genre d'attirance particulièrement forte ? D'ordre chimique ?

Après tout, elle avait rencontré des hommes séduisants auparavant, et jamais elle n'avait réagi à leur présence comme elle réagissait à celle de M. Malik.

— Je ne sais pas, dit-il. La seule chose que je sais, c'est que vous m'inspirez. Quand je vous regarde, je sens quelque chose ici, dit-il en posant la main sur sa poitrine.

— Vraiment ?

Sa voix n'était plus qu'un filet. Evelyne fut étonnée qu'elle ne soit pas couverte par le martèlement effréné de son cœur.

— Chaque fois que je vous vois. Il est évident que ce sera le cas pour d'autres personnes.

Le cœur d'Evelyne cessa soudain de battre.

— Vous parlez de vos modèles ?

Il acquiesça d'un signe de tête.

— Nous aurons effectivement à travailler ensemble assez souvent dans les semaines à venir. Mais vous n'avez rien à craindre de moi. Cette chose entre nous, le lien que vous décrivez, j'ai entendu dire que cela arrive dans le monde de la création. Si un artiste a beaucoup de chance, il peut rencontrer sa muse. Le jour où vous êtes entrée chez Doyle & Heppenstall, je crois que j'ai rencontré la mienne.

Evelyne déglutit avec difficulté. Comment était-il possible de se sentir à la fois si émue et tellement déçue ? Elle l'inspirait. Après tout, ce n'était pas rien. Mais cela ne relevait pas du sentiment amoureux.

— Une entente artistique…, dit-elle. Eh bien, je n'y avais pas pensé.

— Cela se produit rarement. J'espère que cela nous permettra à tous les deux d'obtenir la chose que nous désirons le plus.

— Une maison de couture renommée pour vous, murmura-t-elle.

— Et un mari fortuné pour vous.

Evelyne repoussa ses lunettes sur son nez. M. Malik avait raison. Il ne pouvait pas y avoir de sentiments amoureux entre eux. Leurs objectifs et leurs places dans la société étaient diamétralement opposés. Leur relation était celle de deux partenaires, voire de deux associés. Et elle devait aboutir à la réalisation de leurs vœux respectifs.

— Très bien, dit-elle. Quand commençons-nous ?

14

Le matin suivant, seule dans la salle du petit déjeuner, Evelyne parcourut les pages mondaines tout en croquant dans une tartine couverte de marmelade. Selon M. Malik, il n'était pas exclu qu'elle soit mentionnée dans le journal. Du regard, elle balaya les colonnes de petits caractères noirs.

Malgré toute l'attention dont elle avait été l'objet, elle ne s'attendait pas vraiment à trouver une allusion à ses débuts sur Rotten Row. Aussi son cœur fit-il un bond quand elle vit l'entrefilet. Il se trouvait en bas de page, coincé entre un article sur la fabrication des chapeaux en France et des conseils pour porter le deuil sans déroger à la mode.

Les Belles Écuyères…

Notre blonde Anonyma est partie en Amérique, dit-on, laissant de nombreux admirateurs dans le désespoir. Mais une autre écuyère est apparue pour prendre sa place. D'où vient cette enchanteresse à la chevelure blond vénitien ? Les partisans délaissés d'Anonyma exigent de le savoir.

Une enchanteresse à la chevelure blond vénitien ? Les cheveux d'Evelyne n'étaient pas blond vénitien ! Auburn, à la limite, sous une certaine lumière. Mais pas tirant sur le roux !

L'article faisait peut-être allusion à une autre femme ?

Evelyne soumit cette hypothèse à lady Anne lorsque celle-ci arriva, un peu plus tard dans la matinée.

— C'est vous, définitivement ! assura-t-elle. J'ai failli m'étrangler avec mon thé quand j'ai lu l'entrefilet.

— Est-ce très choquant ?

— C'est un triomphe. Être mentionnée dans le carnet mondain, si vite après votre arrivée ! Et en compagnie de Mlle Walters, qui plus est. On peut se demander si elle est vraiment partie en Amérique.

— Cela expliquerait pourquoi nous ne l'avons pas vue, dit Evelyne en invitant d'un geste lady Anne à s'asseoir.

— Nous n'avons pas beaucoup de temps. Il vaut mieux se rendre dans la boutique de Mme Élise avant midi.

— À ce sujet...

Evelyne lui expliqua succinctement la raison pour laquelle elle ne pouvait pas l'accompagner.

Lady Anne se laissa tomber sur le canapé. Elle portait une robe noire, dont les seuls ornements étaient un col blanc et des manchettes empesées, blanches également. Ses cheveux dorés étaient rassemblés dans une résille en soie.

— Bonté divine, dit-elle, tout en arrangeant ses jupes volumineuses, ne me dites pas que vous êtes une réformatrice sociale ?

Evelyne s'assit en face d'elle.

— Est-il nécessaire de prôner des réformes pour trouver que de telles conditions de travail sont scandaleuses ? Il s'agit juste de se montrer humain.

— Je suis tout à fait d'accord avec vous. Mais d'autres ne seront pas aussi compatissants... Mme Élise compte dans sa clientèle d'innombrables femmes et filles de ducs, marquis et autres aristocrates. Rares sont celles qui renonceraient à leurs jolies robes pour le bien d'une fille du commun, même si elle est obligée de travailler et de dormir dans de telles conditions.

— Je ne parle que pour moi-même, assura Evelyne. Je ne soutiendrai pas sa maison, quelle que soit la beauté de ses modèles.

— Moi non plus, déclara lady Anne. Avez-vous une autre couturière en tête ? Je vous préviens, il n'en existe aucune capable de rivaliser avec Mme Élise. À moins que vous ne parveniez à faire un saut à Paris pour acheter l'une des créations de M. Worth.

— Pas M. Worth, répondit Evelyne. Quelqu'un de mieux encore.

Lady Anne haussa les sourcils.

— Mieux que Worth ? Vous m'intriguez. Qui est cette personne ?

— L'homme qui réalise mes tenues d'équitation.

— Votre tailleur de Conduit Street ?

— Oui. Il a consenti à faire toute ma garde-robe pour la saison. À l'heure où nous parlons, il est en train de choisir les étoffes et les garnitures pour ma robe de bal.

— Juste ciel ! Voilà qui est ennuyeux.

Evelyne éprouva une pointe de culpabilité.

— Je regrette, j'aurais dû vous faire parvenir un message. Mais je n'y ai pas pensé. J'attendais avec impatience de vous voir, ajouta-t-elle avec un sourire d'excuse.

— Moi aussi. J'avais espéré qu'aujourd'hui serait la première de nombreuses expéditions dans les boutiques. Ma mère ne tolère pas que je sois hors de sa vue. Sauf quand je monte ou alors, si elle a consenti à ma sortie au préalable. Or elle semble encline à approuver toutes mes sorties avec vous.

— Parce qu'elle est amie avec mon oncle ?

— Parce que maman se vante de son aptitude à lire dans l'âme des gens. Elle a vu aussitôt que vous étiez digne de confiance. Je me demande si ce n'est pas parce que vous portez des lunettes. Il ne lui viendrait pas à l'idée qu'un bas-bleu puisse être dangereux.

— Je ne suis pas un bas-bleu ! ne put s'empêcher de protester Evelyne.

— Ne soyez pas offensée. Je me considère moi-même comme un bas-bleu...

Lady Anne marqua une pause, puis :

— En tout cas, je n'en suis pas loin.

Evelyne avait des raisons d'en douter. Avec son visage de pur albâtre et sa silhouette remarquable, lady Anne paraissait à l'opposé d'un bas-bleu. Trop gracieuse, trop élégante... la jeune Anglaise parfaite.

— Maman s'attend à ce que nous partions sans tarder, annonça-t-elle.

Evelyne jeta un regard vers la porte.

— Votre mère est ici ?

— Elle s'est rendue directement dans le bureau de votre oncle. Tous deux sont extatiques à cause d'un nouveau bulletin paru à Birmingham. Un jeune garçon prétend avoir reçu un message du prince Albert. Si c'est vrai...

— Vous croyez que ça peut l'être ?

— Pour ma part, je n'y crois pas. Mais qui sait ? « Il y a plus de choses dans le ciel et sur la terre, Horatio... », etc.

Evelyne reconnut la citation tirée de *Hamlet*. Parmi les livres subsistant dans la modeste bibliothèque familiale, il y avait un exemplaire fatigué des œuvres complètes de William Shakespeare. Plus jeune, elle les avait lues de bout en bout, à la fois transportée par les comédies romantiques et passionnée par les tragédies sanglantes.

— Si le prince Albert avait un message à transmettre depuis l'au-delà, ne serait-il pas plus logique qu'il l'envoie directement au palais de Buckingham ?

— Si, bien sûr, répondit lady Anne. À moins que Birmingham ne convienne mieux.

— J'ai du mal à imaginer une justification quelconque.

— Le jeune garçon, bien sûr. Maman dit qu'il doit avoir une antenne spirituelle puissante. Un peu comme un poteau télégraphique.

Lady Anne remarqua le frémissement des lèvres d'Evelyne, et ses yeux pétillèrent.

— Vous pouvez rire, mademoiselle Malravers. Mais moi, je suis obligée de vivre avec ce genre de baratin.

— Oh, appelez-moi Evie.

— Et vous, vous devez m'appeler Anne. Comme toutes mes amies.

Evelyne sourit. Une amie ! Sa première amie à Londres – et pas la dernière, espérait-elle.

Anne se leva brusquement.

— Maman s'attend à ce que nous allions quelque part. Autant en profiter. Le cocher ne nous dénoncera pas, pas plus que le valet de pied. Nous pouvons leur demander de nous conduire où nous voulons.

— C'est-à-dire ?

— Nous allons rendre visite à Julia Wychwood, bien sûr !

Vingt minutes plus tard, la voiture laquée de noir de la comtesse d'Arundell s'arrêtait à Belgrave Square. La résidence des Wychwood était une vaste demeure ornée de stuc blanc. Les rideaux étaient tirés devant les fenêtres, et le heurtoir, sur la porte, avait été enlevé. L'endroit paraissait tout à fait désert.

— Êtes-vous certaine qu'ils soient chez eux ? demanda Evelyne alors que le valet de pied l'aidait à descendre du véhicule.

Anne la suivit. Tout en rectifiant l'ordonnance de ses jupes, elle répondit :

— Ne faites pas attention à l'apparence. Les Wychwood sont toujours en train de combattre une maladie ou une autre. Il est même arrivé au père de Julia, sir Eustace, de faire étendre de la paille sur les marches, parce qu'il pensait que la fin était proche.

— Quel genre de maladie ? s'enquit Evelyne en observant la maison avec une certaine méfiance.

— Crises de foie, attaques d'apoplexie, paralysies, migraines, fièvres hémorragiques... Un nombre infini d'affections diverses, et encore davantage qui n'ont pas été diagnostiquées. Les parents de Julia font vivre la moitié des médecins de Londres.

Sans cesser de parler, Anne avait gravi les marches du perron.

— À partir du moment où ce n'est pas contagieux, dit Evelyne.

Elle ne pouvait pas se permettre de tomber malade. Pas à cette étape de son plan.

— Juste ciel, non ! Vous n'attraperez jamais ne serait-ce qu'un rhume chez les Wychwood.

De son poing serré, elle martela la porte d'entrée. Un valet au crâne dégarni, vêtu d'une livrée jaune canari, ouvrit.

— Bonjour, Jenkins, dit-elle. Nous venons voir Mlle Wychwood. Elle est dans sa chambre, je suppose ?

— Oui, mademoiselle, dit-il en s'effaçant pour les laisser entrer. Le médecin vient de partir.

— C'est grave à ce point ?

Anne enleva son chapeau de soie noire, se débarrassa de ses gants, et confia le tout au valet. Evelyne l'imita. Puis elle regarda autour d'elle. Il faisait trop sombre dans le vestibule pour qu'elle puisse voir correctement la décoration. En outre, l'intérieur de la maison était surchauffé.

Elle en conçut un certain malaise, car elle retrouvait précisément l'atmosphère de la chambre où sa mère était morte : sombre et étouffante, après la naissance de la petite Isobel. Evelyne se rappelait encore l'odeur métallique du sang. Sa mère en avait tant perdu !

Ce souvenir la ramena à l'importance de sa mission. Ses sœurs dépendaient d'elle, et elle devait contracter un mariage convenable pour assurer l'avenir de Gussie, Caro, Bette et Izzy. Chacune d'elles avait le droit de connaître le bonheur, la sécurité et l'amour.

Si elle-même devait se marier sans amour pour leur offrir cette chance, eh bien, elle le ferait.

Pourquoi ne lui reviendrait-il pas de consentir à ce sacrifice ? Elle était la moins sentimentale de toutes.

Enfin, elle l'avait été... jusqu'à sa rencontre avec M. Malik.

Mais ces sentiments allaient disparaître, bien sûr. Les papillons dans le ventre, le souffle qui venait à lui manquer, l'accélération de son pouls chaque fois qu'elle le voyait... Bientôt, elle rencontrerait un autre homme, plus conforme à ce que la société et elle-même attendaient. La vie continuerait, et si elle devait ne plus jamais ressentir ces palpitations exquises...

Eh bien, elle oublierait les avoir éprouvées un jour. Elle redeviendrait exactement celle qu'elle était à son arrivée à Londres, c'est-à-dire raisonnable, pragmatique, et pas romantique pour deux sous.

— Sir Eustace ne se sent pas bien du tout, confia Jenkins à voix basse. Il a pris le lit.

— Quelle tristesse, commenta Anne tout en se dirigeant vers le grand escalier de chêne. Inutile de nous accompagner. Je connais le chemin.

Evelyne gravit les marches derrière elle.

— Mlle Wychwood est peut-être trop malade pour avoir de la compagnie..., murmura-t-elle.

Anne poussa un grognement très peu convenable.

— Julia a une constitution de cheval.

— Mais...

— Vous verrez.

Anne traversa un palier, puis s'arrêta devant une grande porte en bois ouvragé. Elle frappa deux fois.

On entendit des bruissements précipités. Enfin, une voix faible répondit :

— Entrez.

Anne décocha à Evelyne un regard narquois, avant de pousser la porte.

Il faisait aussi sombre et aussi chaud dans la chambre à coucher de Mlle Wychwood que dans le reste de la maison. Les rideaux de velours étaient tirés devant les fenêtres, et un feu brûlait dans l'âtre. Au centre de la pièce s'élevait un lit orné de quatre colonnes sculptées qui supportaient des rideaux de damas bleu. Julia Wychwood était enfoncée sous les couvertures, la tête appuyée sur plusieurs oreillers de plumes. À leur entrée, elle tourna un visage d'une pâleur de cire vers la porte.

— On croirait que vous avez un pied dans la tombe, déclara Anne, ironique.

— Anne !

Mlle Wychwood se contorsionna pour s'asseoir. En glissant jusqu'à sa taille, les couvertures laissèrent voir sa chemise de nuit blanche ornée de volants.

— Dieu merci, vous êtes venue ! Est-ce Mlle Malravers avec vous ?

— Oui, répondit Anne. Voulez-vous bien fermer la porte, Evie ?

Après s'être exécutée, Evelyne s'approcha du lit.

— J'ignorais que vous étiez malade, mademoiselle Wychwood. J'espère que vous vous sentez un peu mieux ?

— Infiniment mieux, maintenant, répondit-elle. Quelle surprise que votre visite, mademoiselle Malravers ! Remarquez, je m'étais demandé quand nous nous rencontrerions de nouveau. Mais je n'aurais jamais imaginé que ce serait dans de telles circonstances.

Elle rougit légèrement en ajoutant :

— Veuillez pardonner ma tenue.

Evelyne sourit.

— Je vous en prie. Je suis heureuse de vous revoir, quelle que soit votre tenue.

— Pour l'amour du ciel, Julia ! intervint Anne. Comment pouvez-vous supporter cette chaleur étouffante ? Il faut ouvrir une fenêtre.

— Ouvrez-en une, oui. Mais juste un petit peu. Si jamais papa s'apercevait...

— Pas de danger, répliqua Anne en traversant la pièce. Jenkins a dit qu'il s'était mis au lit.

— Vraiment ? Je suis soulagée.

D'un geste de la main, Mlle Wychwood désigna une bergère à côté de son lit.

— Je vous en prie, asseyez-vous, mademoiselle Malravers.

Puis, revenant à Anne :

— Depuis que maman est partie à Bath, il me couve comme une vieille poule.

Après avoir bataillé avec la fenêtre, Anne réussit enfin à l'ouvrir de quelques centimètres. Puis elle referma les rideaux.

— Vous lui facilitez la tâche, non ? Pourquoi faire semblant d'être à l'article de la mort ?

— Pas vraiment à l'article de la mort, objecta Mlle Wychwood. Et je ne fais pas semblant. Je ne me suis pas sentie bien du tout, ces trois derniers jours.

Anne revint vers le lit.

— Vous ne vous êtes pas sentie bien ces trois dernières saisons, rétorqua-t-elle en se laissant tomber sur le matelas. Je pensais qu'au moins vous sortiriez pour faire travailler Cossack. Mais je ne vous ai pas vue. Et Evie non plus. Ne me dites pas que vous avez chargé votre palefrenier de l'entraîner ?

Mlle Wychwood jeta à son amie un regard contrit.

— J'avais l'intention de le monter ce matin, mais papa a juré que j'avais de la fièvre.

— N'importe qui aurait de la fièvre dans cette maison, riposta Anne.

— Papa a ordonné qu'on allume du feu dans toutes les cheminées. Selon lui, il souffre d'une affection pulmonaire.

Mlle Wychwood repoussa le couvre-lit, découvrant alors une boîte de chocolats à moitié vide et un livre à la couverture bleue, dont le dos s'ornait de lettres dorées.

— Voulez-vous un bonbon ? demanda-t-elle en tendant la boîte à Evelyne.

— Oh oui. Merci, répondit celle-ci avant de choisir un chocolat.

— Anne ? Prenez-en autant que vous voudrez.

Anne en prit plusieurs. Après avoir enfourné le premier dans sa bouche, elle ferma les yeux, et ne les rouvrit pas avant de l'avoir avalé.

— Lady Arundell ne permet pas à Anne de manger des bonbons, expliqua Mlle Wychwood à Evelyne. Elle est affreusement stricte en ce qui concerne la nourriture.

— C'est vrai, admit Anne. Mais n'espérez pas distraire mon attention, poursuivit-elle en foudroyant son amie du regard. Vous vous cachez de nouveau.

— Est-ce qu'on peut m'en vouloir ?

— Non, certes. Si j'avais des chocolats et un roman pour me tenir compagnie, je me retirerais peut-être dans mon lit, moi aussi. Mais ce n'est pas une excuse. Nous devons toutes affronter la saison, que cela nous plaise ou pas.

— Est-ce vraiment si terrible ? s'enquit Evelyne, avant de croquer un morceau de son chocolat.

La poitrine de Mlle Wychwood se leva et s'abaissa en un profond soupir.

— Ça l'est quand vous avez déjà subi plusieurs saisons et qu'aucune d'elles n'a abouti à une seule demande en mariage.

— Ce n'est pas la raison, déclara Anne, non sans avoir d'abord avalé un nouveau chocolat. C'est parce que M. Hartford et ses plaisanteries idiotes ont fait de notre séjour à Londres un véritable calvaire. Nous ne pouvons pas mettre un pied dehors sans que quelqu'un fasse une remarque.

— C'est effectivement déplaisant, acquiesça Mlle Wychwood. Mais ce n'est pas le pire.

— Qu'est-ce qui peut être pire ?

— D'être ignorée. D'être dédaignée comme une conserve périmée sur son étagère.

Anne fronça les sourcils.

— Les conserves se périment ?

— Elles restent consommables pendant trois ans, dit Evelyne. À condition de ne pas être ouvertes.

— Eh bien, voilà ! fit Anne d'un ton encourageant. Un bocal pas encore ouvert. Comme nous toutes, vous avez encore beaucoup de choses à offrir. Si seulement quelqu'un voulait bien prendre la peine de regarder.

— Je préférerais rester célibataire, murmura Mlle Wychwood.

— Certainement pas, rétorqua Anne. Vous, plus que quiconque, devez trouver un moyen de vous soustraire à la coupe de vos parents. Encore un peu de ces médecins qui vous saignent, et vous finirez exsangue. Vous avez déjà l'air à moitié morte.

— Je me sens parfaitement bien. Hormis la chaleur, et l'obligation de cacher mon roman sous les couvertures chaque fois que papa entre.

Evelyne se pencha pour examiner le dos du livre.

— Que lisez-vous ?

— *Le secret de lady Audley*. J'en suis au troisième tome. C'est absolument passionnant. C'est l'histoire d'une belle jeune femme qui...

— Ne dévoilez pas l'intrigue, protesta Anne.

— Il n'y a pas de problème, assura Evelyne. Je l'ai déjà lu.

Lorsque le roman était sorti, plus tôt dans l'année, la bibliothèque de prêt avait réussi à se procurer les trois volumes. Le livre avait rencontré un énorme succès auprès des jeunes filles de la région, Evelyne et ses sœurs en tête.

— Il est vraiment captivant, n'est-ce pas ?

— Oh oui ! acquiesça Mlle Wychwood. Lady Audley est mon personnage favori.

Anne gloussa.

— La méchante, naturellement.

— C'est la méchante du roman, effectivement, admit Mlle Wychwood. Mais on est obligé de l'admirer un peu. Elle est à ce point retorse, et si délicieusement diabolique, qu'elle va jusqu'à changer de nom et s'inventer une vie complètement nouvelle !

Evelyne n'avait jamais envisagé la chose sous cet angle, mais Mlle Wychwood n'avait peut-être pas tort. Il y avait beaucoup à dire en faveur d'une femme qui savait ce qu'elle voulait et n'hésitait pas à se le procurer.

— Dommage quand même qu'elle ne se soit pas abstenue de devenir bigame, et de se livrer à quelques tentatives d'assassinat au passage.

— C'est vrai, acquiesça Anne, qui venait d'avaler son dernier chocolat. C'est pousser les choses un peu trop loin.

— En ce qui me concerne, la bigamie ne risque pas d'être un problème, déclara Mlle Wychwood. Je peux à peine espérer trouver un mari, alors deux...

Elle s'adossa à ses oreillers avant de poursuivre :

— Si seulement je pouvais aller quelque part où personne ne me connaîtrait. Quelque part où je pourrais me réinventer et repartir de zéro. Comme lady Audley, mais sans recourir à la violence.

Anne tira un mouchoir de sa large manche pagode pour essuyer le chocolat fondu sur le bout de ses doigts.

— Certes. Sauf que, où que vous alliez, une chose restera la même.

— Quoi donc ? demanda Mlle Wychwood.

— Vous, évidemment. On ne peut jamais vraiment changer ce que l'on est.

— Pas au plus profond, non, intervint Evelyne. Mais à l'extérieur, certainement. Avec les vêtements adéquats, dans un environnement bien choisi.

Les deux jeunes femmes la regardèrent avec intérêt. Evelyne hésita un instant avant d'avouer :

— Je compte m'y employer.

— Vraiment ? s'exclama Mlle Wychwood, dont le visage pâle s'éclaira. C'est passionnant !

— Vous êtes la seule de nous trois à pouvoir le faire, dit Anne. Vous êtes une ardoise vierge. Personne ne vous connaît en ville, à l'exception de ce gentleman qui vous observait dans le parc, hier. Comment dites-vous qu'il s'appelle ? Stephen quelque chose ?

— Connaught.

Le simple fait de prononcer ce nom fut suffisant pour démoraliser Evelyne.

Moins de vingt-quatre heures s'étaient écoulées depuis qu'elle avait aperçu Stephen Connaught le long de Rotten Row. Et pourtant, cela avait suffi pour que sa présence à Londres devienne l'équivalent d'une épée de Damoclès. Il était tout à fait possible qu'un danger menace son plan.

Le regard de Mlle Wychwood alla de l'une à l'autre.

— Qui est ce monsieur ?

— Un de mes voisins dans le Sussex. Lui et moi avions l'habitude de sortir à cheval ensemble. Pendant un moment, j'ai pensé qu'il pourrait me demander en mariage.

— Ce qu'il n'a pas fait, je présume, dit Anne en replaçant son mouchoir dans sa manche.

— Non. En vérité, nous ne sommes même plus amis. Et cela depuis longtemps déjà.

— Que s'est-il passé ? demanda Mlle Wychwood.

Avant qu'Evelyne puisse répondre, on frappa à la porte de la chambre.

Mlle Wychwood réagit avec une efficacité comique. Rapide comme l'éclair, elle s'enfonça sous les couvertures, la tête au creux des oreillers, son roman et sa boîte de chocolats soigneusement dissimulés sous le couvre-lit.

— Entrez, dit-elle d'une voix fluette.

La porte s'entrouvrit et une jeune femme passa la tête. Elle portait une cape de drap de laine dont la capuche était remontée sur ses cheveux.

— Ce n'est que moi.

— Stella ! s'écria Anne en sautant à bas du lit pour l'accueillir.

Toutes deux se prirent par la main et s'embrassèrent sur la joue.

Evelyne se leva. Ce devait être Mlle Hobhouse, la troisième des Furies. Son visage possédait une beauté étrange à cause de ses grands yeux lumineux, d'un bleu si pâle qu'on eût dit de l'argent. Evelyne n'en avait jamais vu de cette couleur, qui paraissait presque surnaturelle.

— Quand êtes-vous revenue ?

— Hier soir, après le dîner. Je pensais vous voir au parc ce matin. J'y suis allée à 8 heures.

— Je monte cet après-midi, répondit Anne, et Julia ne monte pas aujourd'hui, à moins que nous ne réussissions à la persuader de sortir de son lit.

Tout en parlant, elle entraînait Mlle Hobhouse vers celui-ci.

— Venez faire la connaissance de Mlle Malravers. Elle est arrivée récemment du Sussex. Evie, voici Stella Hobhouse, la meilleure cavalière de nous trois.

Mlle Hobhouse sourit.

— Elle dit ça parce que je monte très souvent. Et je le dois davantage au tempérament nerveux de mon cheval qu'à mes propres capacités. Je suis heureuse de faire votre connaissance, ajouta-t-elle en tendant la main à Evelyne.

— Moi de même.

— Mlle Malravers possède un étalon bai espagnol, déclara Mlle Wychwood. La première fois que je l'ai vue, elle le montait sans rien d'autre qu'un bridon.

— Vraiment ? Il doit être très bien dressé, répliqua Mlle Hobhouse, qui repoussa sa capuche.

Evelyne ouvrit alors de grands yeux. Les cheveux de Stella Hobhouse étaient rassemblés en plusieurs nattes roulées sur elles-mêmes. Ils étaient épais et brillants. Ils étaient, aussi, complètement gris.

La jeune femme surprit son regard, et les commissures de sa bouche se relevèrent légèrement.

— N'ayez pas peur. Ils sont de cette couleur depuis mes seize ans.

— Ma mère soupçonne que cela a quelque chose à voir avec le monde des esprits, commenta Anne.

— Et c'est exactement ce que je répondrai à tout gentleman qui m'interrogera durant la saison. Le problème, poursuivit Mlle Hobhouse en s'asseyant au pied du lit, c'est qu'ils ne posent jamais la question. Ils se contentent de me fixer, bouche bée d'horreur.

Anne se percha à côté de Mlle Wychwood, à la tête du lit.

— Evie est ici pour la saison, elle aussi.

— Sa première saison, précisa Mlle Wychwood.

— Seulement la première ? dit Mlle Hobhouse en jetant à Evelyne un regard de curiosité. Vous n'êtes pourtant pas fraîchement sortie de l'école ?

— Non, certes, répondit Evelyne en se rasseyant dans le fauteuil. J'ai vingt-trois ans.

— Tant que ça ? s'exclama Mlle Wychwood.

— Franchement, Julia, la réprimanda Anne, qui s'adressa ensuite à Evelyne. Ne faites pas attention à elle. Aucune de nous n'est beaucoup plus jeune.

— Évidemment, rétorqua Mlle Wychwood, mais vous et moi en sommes déjà à notre troisième saison, et Stella à sa seconde. Mlle Malravers commence tout juste.

Un léger pli se forma sur le front de Mlle Hobhouse.

— Malravers… J'ai l'impression d'avoir déjà entendu ce nom. Vous n'auriez pas une sœur ?

— J'en ai plusieurs. Quatre sœurs plus jeunes que moi et… et une plus âgée, répliqua Evelyne, se préparant au pire.

— Ce doit être ça. Je me souviens vaguement d'un incident…

Evelyne échangea un regard avec Anne. Celle-ci était la seule à savoir. Et si ce n'était pas le cas, sa mère était certainement au courant.

— C'était il y a des années. C'est passé et oublié, assura Anne.

— Il y a eu un scandale ? s'enquit Mlle Wychwood.

— Un scandale..., répéta Mlle Hobhouse, dont le visage s'éclaira. Je me rappelle, maintenant. Elle s'est enfuie, n'est-ce pas ? Avec le fils d'un baronnet ou...

La jeune femme s'interrompit abruptement, et elle rougit.

— Je suis vraiment désolée, mademoiselle Malravers. Ce souvenir doit être douloureux, et moi j'insiste lourdement.

— Pas douloureux, répliqua Evelyne. Embarrassant.

— Croyez-moi, je peux le comprendre, assura Mlle Hobhouse avec une grimace de compassion. Je vous présente de nouveau mes excuses, mademoiselle Malravers.

Evelyne la savait sincère. Aucune d'elles ne semblait cruelle ou méchante. En fait, elles lui paraissaient être exactement ce qu'elle-même était : des jeunes femmes qui peinaient à trouver leur place dans la société.

— Je vous en prie. J'aimerais bien que vous m'appeliez toutes par mon prénom. Ou Evie, si vous préférez.

Mlle Hobhouse acquiesça aussitôt.

— J'en serais honorée si vous, vous m'appelez Stella.

Mlle Wychwood hocha la tête.

— Et vous m'appellerez Julia.

— À présent que nous nous sommes débarrassées des formalités, lança Anne, nous pourrions peut-être nous concentrer sur la semaine à venir ? Le bal de ma mère a lieu vendredi prochain, à la suite de quoi notre saison aura officiellement commencé. Cela nous laisse huit jours entiers de liberté... dont pas un seul ne doit être perdu en restant au fond de son lit !

— Mais Anne..., commença Julia, les sourcils froncés.

— Je propose que nous montions demain. Nous pouvons nous retrouver à l'aube, si vous voulez, pour éviter la foule.

Stella prit la main de Julia.

— Vous vous sentirez mieux ensuite, je vous assure. Un bon galop, ça vous remet toujours les idées en place.

— Je suis d'accord, renchérit Evelyne. Je n'ai jamais les idées plus claires qu'après une chevauchée. Toute votre vie paraît remise en perspective.

— Je suppose que je pourrai y aller, murmura Julia en se redressant un peu dans son lit. Si nous montons suffisamment tôt. Et si nous sommes toutes ensemble.

Anne glissa un bras autour de ses épaules.

— Bien sûr que nous serons ensemble !

15

Après être descendu de l'omnibus bondé, Ahmad se faufila dans la circulation pour traverser Commercial Road, puis il s'engagea dans les bas quartiers de l'East End qu'il habitait autrefois. Il n'avait guère eu l'occasion d'y revenir depuis qu'il n'était plus au service de Mme Pritchard. Il n'avait eu aucune raison d'arpenter les rues familières, ni de retourner dans les boutiques qu'il fréquentait jeune garçon.

Jusqu'à maintenant.

L'image d'Evelyne Malravers jaillit dans son esprit. Il revit l'élégance de sa tournure et de son maintien, la manière dont elle relevait un menton volontaire, l'étincelle déterminée qui animait ses prunelles veloutées.

« Le problème, c'est que je vous aime beaucoup », avait-elle déclaré. Il suffisait à Ahmad de se rappeler ces paroles pour que son sang s'échauffe.

Ces derniers temps, elle occupait beaucoup ses pensées. Sans doute était-ce compréhensible. Après tout, elle était sa muse, la force qui l'avait poussé à venir ici aujourd'hui.

Que penserait-elle de cet endroit, de ce quartier où il avait passé treize années de sa vie ? Serait-elle horrifiée ? Dégoûtée ? Elle avait beau être une fille de la campagne, avec les pieds sur terre, elle n'en était pas moins une jeune femme bien élevée. Une Anglaise de bonne famille, protégée. Ahmad ne pouvait imaginer qu'elle connaisse un jour l'East End.

Alors qu'il empruntait une rue étroite, puis une autre, une bouffée d'air fétide lui arriva des quais de l'East India. Avec elle déferla un flot de souvenirs.

Rien n'avait changé, pas même les gens.

Était-ce si surprenant ? Très rares étaient les opportunités de partir d'ici, de gravir plusieurs échelons dans la société. Ceux que la boisson ou le désespoir n'avait pas tués continuaient de pousser les mêmes charrettes et de démarcher les mêmes entrepôts. Ils hantaient les mêmes tavernes et se réfugiaient dans les mêmes recoins pour cuver. Des vauriens crasseux et des femmes imbibées de gin se mêlaient aux enfants en haillons, aux vieilles prostituées et aux marins estropiés.

Parmi eux, Ahmad retrouva quelques visages indiens. Pour la plupart, des matelots venus du Bengale ou du Yémen, employés à bord de navires britanniques. Ils étaient en permission, ou avaient été renvoyés à la vie civile. Dans ce cas, à eux de se débrouiller pour survivre dans ce pays étranger, loin de chez eux.

Durant les premières années passées chez Mme Pritchard, Ahmad avait remarqué qu'une petite communauté d'Indiens musulmans vivait non loin. On savait qu'ils se réunissaient régulièrement pour faire leurs dévotions. Ahmad aurait pu se joindre à eux s'il avait été disposé à partager leurs croyances. Il avait été tenté, d'ailleurs. Sans donner suite.

Sa tante les avait élevés, Mira et lui, dans un semblant de religion – une pâle imitation du christianisme pratiqué par les coloniaux. Il leur fallait affecter d'être anglais. Ils devaient à leur sang à moitié blanc ce désir constant de se conduire comme les Britanniques. D'être britanniques. Comme si, en niant leur part indienne, ils se rendraient plus acceptables aux yeux des *sahibs* et *memsahibs* qui dirigeaient leur pays.

Selon l'expérience d'Ahmad, cela n'arrivait jamais.

Aucun degré d'affectation ne leur ouvrirait la porte d'un monde auquel ils n'appartenaient pas. C'est la raison pour laquelle il avait été intrigué par la présence d'autres Indiens dans l'East End ; et qu'il avait brièvement envisagé de se joindre à eux malgré son absence de foi. Pour le jeune garçon qu'il était alors, voir d'autres personnes comme lui avait été important, même s'ils n'avaient rien d'autre en commun.

Un fait était à porter au crédit du quartier des docks : y vivre n'était certes pas enviable, mais il offrait une diversité qui manquait cruellement à Mayfair.

Abaissant un peu plus son chapeau sur son front, Ahmad continua de marcher jusqu'au coin de Lost Hope Yard. Là se dressait une construction en bois qui penchait, et paraissait vouée à s'effondrer un jour ou l'autre. Deux grandes fenêtres tachées de gras s'ouvraient sur la façade. Elles donnaient à cette construction sinistre l'apparence d'un aveugle scrutant les environs de ses yeux vides.

La boutique d'une chiffonnière occupait le rez-de-chaussée, comme c'était déjà le cas dans la jeunesse d'Ahmad. À l'étage se trouvaient deux logements, l'un réservé à la propriétaire de la boutique, Mme McCordle, l'autre, une chambre pas plus grande qu'un placard, louée par Becky Rawlins. Après avoir quitté l'établissement de Mme Pritchard, c'était tout ce qu'elle avait pu trouver comme logement respectable.

La clochette de cuivre au-dessus de la porte tinta à l'entrée d'Ahmad. Une puanteur de linge moisi et de bois vermoulu lui agressa les narines.

Mme McCordle, assise au pied de l'escalier, triait une poubelle de vieux vêtements. Elle leva les yeux vers lui.

— Qui est là ?

Ahmad n'éprouva pas le besoin de dévoiler son identité.

— Mlle Rawlins est-elle chez elle ?

— Ouais, elle est là-haut. Mais pas question de faire des saletés. C'est pas le genre de la maison.

— J'attendrai ici si vous allez la chercher, répliqua Ahmad.

Mme McCordle se renfrogna.

— Vous pensez peut-être que je vais grimper les escaliers ? Et mes rhumatismes, alors ? Allez la chercher vous-même, dit-elle en recommençant à fouiller dans ses chiffons. Et traînez pas, ou je saurai à quoi que vous êtes occupés.

Ahmad gravit les marches branlantes. Elles grincèrent et s'infléchirent sous son poids de manière inquiétante. Le petit palier n'était pas plus engageant, avec des lattes de plancher cassées et la tache sombre d'une infiltration au plafond. L'odeur d'humidité prenait à la gorge. Le lieu était pourri jusqu'à la moelle.

Il frappa à l'une des deux portes.

— Donnez-moi une minute ! fit une voix haut perchée.

Quelques secondes s'écoulèrent avant que la porte s'entrebâille, retenue par une chaîne. Elle révéla le visage, marqué par les épreuves, de Becky.

Elle était plus jeune que Mira, ce dont personne ne se serait douté en la voyant. De fines rides marquaient le coin de ses yeux, et son dos voûté trahissait trop d'heures passées à coudre. À présent, Becky était libre et indépendante, ce qui était loin d'être négligeable. Mais elle n'avait pas eu la vie facile depuis son départ de chez Mme Pritchard.

— Ahmad Malik ! C'est bien vous ? Que faites-vous ici ? demanda-t-elle en ôtant la chaîne pour ouvrir plus largement la porte.

— Je suis venu vous proposer une promenade. Allez chercher votre châle.

Becky haussa les sourcils, mais ne posa aucune question. Elle disparut à l'intérieur quelques instants. Quand elle revint, elle avait un châle en tricot drapé autour des épaules et un vieux chapeau à la main. Après l'avoir enfoncé sur sa chevelure d'un blond terne, elle en noua les rubans sous son menton.

— Respirer un peu d'air frais me fera du bien. Je sors, madame McCordle ! lança-t-elle à l'intention de sa logeuse quand ils passèrent à côté d'elle.

— Vous vous conduisez bien, hein, ma fille, répliqua celle-ci. Je loue pas à celles qui cherchent les ennuis.

Ahmad tint la porte ouverte pour Becky. Le son aigrelet de la clochette ponctua leur sortie.

— Comment vous débrouillez-vous, Becky ?

— Avec le travail à la pièce ? Ça va, je suis bien occupée. Une bonne chose. Parce que chaque fois que le travail reprend, Mme McCordle augmente le loyer.

Ils avaient traversé la cour, et Ahmad laissa la porte claquer derrière lui. Ils marchèrent ensuite côte à côte dans la ruelle.

— Elle n'a pas le droit. Pas pour un trou à rats comme celui-là.

La chambre de Becky n'était guère qu'une mansarde, et son emplacement n'avait rien de recommandable.

Se prolongeant à l'ombre de plusieurs hautes cheminées, la rue devant eux était vide, hormis une fille dépenaillée qui poussait devant elle un troupeau d'enfants tout aussi dépenaillés. Ils levèrent leur visage crasseux pour regarder passer Ahmad avec un mélange de curiosité et de méfiance.

— B'jour, Becky ! fit la plus âgée.

— B'jour, Lizzy, répondit Becky en lui souriant, avant de reporter son attention sur Ahmad. Un trou à rats, que vous l'appelez ? On ne peut pas tous devenir femme de chambre ou valet chez les aristos.

— Les Finchley n'appartiennent pas à la noblesse. Et je ne suis plus leur domestique.

Elle lui jeta un regard inquiet.

— Mince, vous n'avez plus de travail ?

— Si. Je fais enfin ce que j'ai toujours voulu faire.

— Me dites pas que vous faites des robes de dame ?

— Si. Précisément.

Becky sourit jusqu'aux oreilles. Il lui manquait une dent sur le devant.

— Regardez-moi ça ! Vous êtes devenu un vrai couturier !

— C'est la raison pour laquelle je suis venu vous voir. J'ai une commande. Et je ne peux pas espérer la terminer à temps, même avec l'aide de Mira.

La jeune femme croisa les bras.

— Dites toujours...

— J'ai besoin d'une autre paire de mains. De quelqu'un qui sache coudre suivant mes indications et qui soit capable de travailler plusieurs sortes de garnitures. Perles de verre, duvet de cygne, etc.

Après avoir quitté Russell Square le soir précédent, Ahmad avait dessiné une demi-douzaine de modèles. Des robes de bal, de soirée et de jour. Des vêtements qui feraient ressortir les multiples charmes de Mlle Malravers. Elle allait attirer les regards et retenir l'attention de ceux qui composaient le monde élégant. Tous la verraient comme lui-même la voyait.

— Ce travail, ça se passerait où ? demanda Becky. Vous avez une boutique ?

— Elle ne m'appartient pas. Pas encore. Je travaille le plus souvent chez un tailleur de Conduit Street. Si je peux le convaincre, je propose que nous utilisions, Mira, vous et moi, l'atelier là-bas. Sinon...

— Je pourrai travailler dans ma chambre, proposa Becky. Comme pour mon travail à la pièce.

Ils passèrent devant la porte décatie d'un garni. Une femme vulgaire, au visage rougi par la boisson, se pencha par une fenêtre du premier étage pour apostropher un voisin de l'autre côté de la rue.

— Oui, répondit Ahmad. Ou alors chez moi. Il y a plus de place. Et c'est plus sain !

— Vous habitez où ?

— King William Street.

— Et Mira sera là ?

— La plupart du temps, oui.

— Et vous ?

— Je continuerai de travailler chez le tailleur. C'est plus pratique pour moi. Et ainsi, vous n'aurez pas à vous retrouver seule avec moi.

Becky poussa un grognement moqueur.

— Vous êtes bien le dernier homme au monde que j'aurais peur qu'il me saute dessus. Après ce que vous avez fait pour moi...

— C'est de votre réputation que je m'inquiète.

— Ma réputation ? dit-elle en riant franchement. Y a que vous pour dire ça. Pour tous les autres, je suis juste une putain.

Ahmad l'avait prise brièvement par le bras pour lui faire contourner une flaque boueuse. Il fronça les sourcils.

— Vous n'êtes pas une putain, mais une couturière.

— Comment je gagne ma vie maintenant, ça ne compte pas. Une fois que vous l'avez gagnée sur le dos, vous ne pouvez plus jamais laver la tache.

— Sottises !

Il n'aimait pas entendre Becky parler ainsi. Comme s'il n'était pas possible de connaître une vie nouvelle après avoir travaillé dans l'établissement de Mme Pritchard. Comme si une existence heureuse était exclue, une fois que vous aviez été déshonorée aux yeux de la société.

La mère d'Ahmad avait considéré qu'il en était ainsi.

Incapable d'affronter le mépris de sa communauté, elle avait choisi de renoncer plutôt que de vivre dans la honte. En conséquence, Ahmad avait été confié à sa tante. Dans le petit village où il avait grandi, il était entouré de femmes qui avaient été abusées puis rejetées par des hommes. C'étaient des femmes fortes, des survivantes. Tout comme la plupart de celles qu'il avait rencontrées chez Mme Pritchard.

— Écoutez-moi bien, reprit Becky. Je serai dans cette chambre au-dessus de chez la McCordle jusqu'à ma mort. Et encore, si j'ai de la chance. Y a rien d'autre pour moi. Et ne me parlez pas de mariage. Aucun homme bien ne voudra jamais de moi.

— S'ils ne veulent pas de vous à cause de votre passé, alors ce ne sont pas des hommes bien. À mon avis, en tout cas.

Elle lui donna une légère bourrade de l'épaule.

— Idiot ! Vous avez passé trop de temps avec des femmes comme moi. Un vrai monsieur anglais ne me proposerait pas du travail.

— Je n'ai jamais aspiré à être un vrai monsieur anglais, riposta Ahmad. Qu'en dites-vous ? Pourrez-vous dégager du temps pour moi ?

— Je pourrai, oui, répondit-elle avec un haussement d'épaules. Vous me paierez la même chose que mon travail à la pièce ?

— Je pense que vous gagnerez davantage.

— Davantage ?

— Et avec un bénéfice supplémentaire. En plus de l'argent, vous aurez la satisfaction de m'avoir aidé à assurer l'avenir. L'avenir de nous tous, si les choses se passent selon mes plans.

— L'avenir de nous tous ? Qu'est-ce que ça veut dire ?

— Si un certain nombre de personnes voient mes modèles et désirent me commander des robes à leur tour... à la fin de la saison, je serai en mesure d'ouvrir ma propre boutique.

Quand Becky comprit, ses yeux désenchantés s'éclairèrent.

— Et alors, vous aurez besoin de bonnes couturières ?

— Exactement, dit-il en souriant.

Le jour suivant, au moment où l'aube se répandait sur la ville, Evelyne pénétra dans le parc sur le dos d'Hephaestus, suivie de près par Lewis. Des écharpes de brume roulaient autour des buissons et s'accrochaient aux branches des arbres. Il faisait froid, humide, mais la grisaille s'effaçait rapidement, vaincue par les rais d'un soleil qui perçaient les nuages.

Evelyne fut soulagée de voir le ciel s'éclaircir. Il n'y aurait pas de ces averses brutales qui l'avaient empêchée de monter la veille dans l'après-midi.

Elle pria pour que la pluie ne fasse pas son retour. Elle ne pouvait se permettre de perdre d'autres occasions de se montrer sur Hephaestus.

L'étalon se mit à caracoler sous elle en mâchonnant son mors.

— Du calme, mon beau, murmura-t-elle en tendant la main pour lui gratter l'encolure.

— Il est bien énervé, ce matin, fit remarquer Lewis. Faites gaffe qu'il ne tente rien, surtout avec une jument dans les parages.

— Quelle jument ?

— Celle là-bas.

Evelyne suivit son regard. De l'autre côté de la pelouse, Stella Hobhouse apparut, perchée sur une imposante jument à la robe blanc argenté. Malgré sa taille, la jument avait des traits élégants, avec une belle tête un peu concave et de grands yeux noirs très écartés. Son encolure arquée et le port relevé de sa queue achevaient de lui donner l'allure d'un cheval arabe, dont elle possédait visiblement le tempérament vif et impétueux.

Les mains souples, l'assiette impeccable, Stella maîtrisait magnifiquement cette créature fougueuse qui ne cessait de piétiner et de broncher.

Evelyne ne put s'empêcher d'être impressionnée. Tenant les rênes d'Hephaestus avec fermeté, elle s'avança vers la cavalière.

— Bonjour !

— Bonjour, répondit Stella. Sommes-nous les premières ?

— On le dirait. J'espère que Julia se sentira le courage de monter, ce matin.

— Oui, elle viendra. Anne est passée la chercher.

Stella amena sa monture à côté d'Hephaestus. La brise agitait le voile accroché à son chapeau d'équitation. Complété d'une fine résille noire, il dissimulait ses cheveux gris.

— En ce cas, nous pourrions peut-être rejoindre Rotten Row ? suggéra Evelyne.

— Cela vaudrait mieux. Locket est incapable de penser droit tant qu'elle n'a pas eu un bon galop.

— Locket ? C'est ainsi qu'elle s'appelle ? Anne m'a dit qu'elle est croisée de pur-sang...

Stella hocha la tête.

— Elle est issue de Stockwell.

Evelyne connaissait ce nom. Stockwell figurait parmi les pur-sang reproducteurs les plus connus d'Angleterre.

— Et sa mère ?

— Une jument issue d'un croisement. Moitié arabe, moitié on ne sait pas quoi. Apparemment, son propriétaire pensait obtenir une monture de plus grande endurance. Au lieu de cela, il s'est retrouvé avec une jument si ombrageuse qu'elle était condamnée à l'équarrissage quand je l'ai trouvée.

Evelyne ne cacha pas son incrédulité.

— Mais si elle est issue de Stockwell...

— Vous avez raison. Elle aurait pu être utilisée comme reproductrice. Malheureusement, cette stupide bestiole a failli tuer son dernier cavalier. Fils de comte, de surcroît. Il avait la prétention de se croire bon cavalier.

— C'est une chance que vous l'ayez acquise.

— Une énorme chance. Lorsque je l'ai vue, la première fois, un homme l'emmenait dans un parc à bestiaux, à l'extérieur de mon village. Je l'ai achetée sur-le-champ. C'était assez irresponsable de la part de cet homme, franchement, de la vendre à une jeune fille. En tout cas, c'est ce qu'a prétendu mon frère aîné. Il était plutôt furieux...

Stella s'interrompit un court instant, avant d'expliquer :

— C'est mon tuteur, et un tuteur très strict. Il tolère que je monte à cheval uniquement parce qu'il considère que c'est une activité bonne pour la santé. Et parce que ses paroissiens ne la désapprouvent pas.

— Votre frère est pasteur ?

— Oui. Et très sévère.

Une ombre passa sur le visage de Stella, qui fut bientôt remplacée par une expression ironique.

— Vous pouvez imaginer à quoi a ressemblé ma première saison sous son regard vigilant.

— Ce fut très difficile ?

— Ce fut horrible ! On n'a cessé de me taquiner à cause de mes cheveux gris. Un gentleman a même composé un poème vulgaire. Les gens s'en sont divertis pendant des mois.

— C'est affreux !

— Honnêtement, ça l'a été. La seule bonne chose qui en soit sortie, c'est ma rencontre avec Anne et Julia. Ce sont elles qui m'ont convaincue de revenir pour une seconde saison. Sans elles, et sans Locket, je crois que je deviendrais folle.

— Vous la montez excessivement bien, dit Evelyne alors qu'elles s'engageaient sur Rotten Row.

— Je la connais excessivement bien, plutôt ! Elle a besoin de se fatiguer, c'est tout. Sinon, son énergie et sa malice lui font perdre la tête. Nous y allons ?

D'une pression du talon, Stella lança Locket au petit galop.

Hephaestus s'ébroua et secoua son épaisse crinière noire. Après s'être assurée de la fermeté de son assiette et de ses mains, Evelyne lui fit d'abord allonger le pas, puis elle le lança au grand galop.

Le vent lui fouetta le visage, siffla à ses oreilles, et les jupes de son amazone vert foncé flottèrent derrière elle. Elle eut l'impression de participer à une course de chevaux, comme celles célèbres de St. Leger Stakes ou de Newmarket.

Hephaestus était plus grand et plus puissant, mais Locket avait une foulée plus longue. Chaque fois qu'il la dépassait, elle se dépêchait de le rattraper, les oreilles aplaties, son museau de velours gris tendu à l'extrême comme pour franchir une ligne d'arrivée imaginaire.

— Hors de question pour elle de se laisser dominer par un étalon, commenta Stella en riant lorsqu'elles eurent ramené leur monture au petit galop. Même par un beau démon comme le vôtre !

Evelyne resta à son niveau, les deux chevaux ayant adopté une allure strictement identique.

— C'est son sang de cheval de course qui parle.

— Sans doute. Elle veut toujours courir… et gagner ! Dommage qu'elle ait cette réputation d'être très difficile. Elle aurait pu faire une brillante carrière.

— Ne nous dites pas que vous les avez déjà épuisés tous les deux ? lança une voix féminine.

C'était Anne, qui se dirigeait vers elles sur Saffron. Julia l'accompagnait, montée sur son gros cheval de chasse noir. Deux palefreniers en livrée les suivaient à quelque distance.

— Ne dites pas de bêtises, répliqua Stella. Je pourrais faire courir Locket toute la journée, et elle serait encore prête à repartir pour un galop.

— Veuillez excuser notre retard, dit Julia.

Anne fit une grimace.

— C'est ma faute. J'étais pratiquement dehors lorsque ma mère m'a interceptée. Elle n'arrête plus de se lamenter. Apparemment, elle a surpris lady Heatherton en train de dire que le bal annuel des Arundell avait perdu de son éclat.

— Ce qui n'est pas vrai, assura Julia.

— Certainement pas cette année, en tout cas, reprit Anne. Maman n'a pas regardé à la dépense. Elle a même invité cet homme qui rédige l'almanach astrologique. Il va nous prédire l'avenir. Maman est complètement excitée à cette perspective. S'il n'y avait pas eu lady Heatherton…

— Je ne m'embêterais pas à écouter ce que raconte lady Heatherton, quel que soit le sujet, dit Stella. C'est une chatte pleine de méchanceté qui plante ses griffes au hasard.

— Vrai, acquiesça Anne. Mais c'est une personne très suivie. Ses paroles pèsent lourd, quelle que soit leur méchanceté.

— Qui est lady Heatherton ? s'enquit Evelyne.

— La femme du vicomte Heatherton, répondit Julia. Elle est très riche et très belle.

— Et son mari est très vieux, ajouta Stella.

Julia opina.

— Très, très vieux.

— C'est la raison pour laquelle elle est toujours en chasse, poursuivit Anne, tout en rectifiant les plis de son amazone. Nous ferions bien de l'éviter durant cette saison. Avec l'âge, son caractère ne s'est pas amélioré. Elle est encore plus désagréable, si cela est possible.

Stella poussa un petit grognement d'incrédulité.

— Impossible !

— En fait, elle me fait pitié, déclara Julia.

— Je préférerais avoir de la pitié pour un cobra, riposta Stella.

— À mon avis, elle nous évitera toutes les trois, dit Anne. C'est un des avantages à avoir connu un échec retentissant à la foire au mariage.

Puis elle jeta un regard entendu à Evelyne.

— C'est vous qu'elle percevra comme une menace.

— Moi ? s'étonna Evelyne. Pourquoi ?

— Lady Heatherton aime se faire les dents sur les jeunes filles qui font leur entrée dans le monde, expliqua Stella. Vous êtes nouvelle… et différente.

Anne échangea un regard avec Evelyne.

— Stella a raison. Votre apparition à cheval, mercredi après-midi, a d'ores et déjà suscité beaucoup d'intérêt.

Le cœur d'Evelyne battit un peu plus vite. Elle savait que la prestation d'Hephaestus au trot cadencé n'avait pu être que remarquée. Elle avait vu la réaction des témoins. Mais se contenter d'admirer une femme et être suffisamment intéressé pour parler d'elle ensuite étaient deux choses différentes.

— Comment le savez-vous ? demanda-t-elle.

— J'ai des yeux pour voir, répondit Anne. Mais il n'y a pas que cela. M. Fillgrave dînait avec maman hier soir. C'était soi-disant pour discuter de la Société archéologique, mais il n'a pas hésité à m'interroger sur ma « séduisante amie l'écuyère ».

L'excitation d'Evelyne reflua lorsqu'elle se souvint de l'homme doté d'une paire d'énormes favoris.

— M. Fillgrave… Celui qui a les juments espagnoles ?

— Exactement. Il assistera au bal.

— Est-ce qu'il est ce qu'on peut espérer de mieux durant cette saison ? demanda Stella.

Julia parut horrifiée à cette pensée.

— Je prie le ciel que ce ne soit pas le cas !

— Je ne sais pas, dit Anne. Il est évident que la mort du prince Albert a jeté un voile de tristesse sur les réjouissances. Je suppose que beaucoup moins de gens feront le voyage jusqu'à Londres cette année. Et s'ils le font, ce ne sera pas avant juin ou juillet.

— Du moment qu'ils viennent, répliqua Evelyne.

Julia amena Cossack à côté d'Hephaestus.

— Ne désespérez pas, lui dit-elle. Il y aura toujours la saison d'après.

Les doigts d'Evelyne se crispèrent sur les rênes.

— Non, pas pour moi.

16

Un peu plus tard ce jour-là, Evelyne était assise sur le cheval de bois dans le salon d'essayage de Doyle & Heppenstall. M. Malik épinglait l'ourlet de sa seconde tenue d'équitation. Réalisée en laine noire et lustrée, elle se composait d'une veste prolongée d'une basque qui, à l'arrière, tombait plus bas que la taille. Le devant, plus court et orné de larges revers, laissait voir une chemise immaculée. Les manches étaient étroites. Quant à la grande jupe, elle devait son ampleur à de nombreux godets. Une cravate de soie bordeaux complétait l'ensemble.

Evelyne était si enchantée de sa tenue qu'elle prenait à peine garde à M. Malik, à genoux devant elle.

À peine…

Comme il avait la tête baissée sur son ouvrage, elle ne voyait que sa chevelure noire et brillante. Il était en manches de chemise, comme toujours lorsqu'il épinglait et marquait ses vêtements. Cela conférait une intimité à ses gestes qu'elle ressentait jusqu'au plus profond d'elle-même.

Comme si les choses n'étaient pas déjà assez intimes !

La dernière fois qu'elle l'avait vu, ne lui avait-elle pas dit qu'elle « l'aimait beaucoup » ? Qu'elle était attirée par lui ? Et lui, n'avait-il pas avoué qu'il éprouvait un sentiment semblable ?

Elle avait voulu croire que les choses seraient différentes entre eux, parce qu'ils ne pourraient plus se retrouver seuls dans le salon d'essayage, même brièvement.

Or Agnès était allée chercher une commande chez le gantier.

— Vous l'avez terminée rapidement, finit-elle par dire.

— J'avais de l'aide, répondit-il sans relever la tête.

— Ah bon ?

— J'ai embauché deux couturières pour me seconder. Je pense que vous les rencontrerez bientôt.

— Elles ne sont pas ici ?

M. Malik secoua la tête.

— M. Doyle refuse que des femmes travaillent dans l'atelier, expliqua-t-il tout en plaçant une autre épingle pour marquer l'ourlet. Jusqu'à ce qu'il se ravise, Mira et Becky travailleront chez moi.

Mira et Becky...

Evelyne se demanda si elles étaient jeunes et jolies, si elles conversaient avec M. Malik d'égal à égal – elle inclinait à le penser. En travaillant chez lui, elles avaient le privilège de voir une facette de lui qu'Evelyne ne connaîtrait jamais.

— Vous habitez par ici ?

— J'occupe un petit appartement au-dessus d'une boutique de thé, sur King William Street. Dommage que nous ne puissions pas procéder à vos essayages là-bas. Je vais avoir besoin d'une autre paire de mains pour votre robe de bal.

— Vous pourriez venir à Russell Square, suggéra Evelyne. Mon oncle n'y verrait pas d'inconvénient. Surtout qu'il tirera un bénéfice de vos travaux.

M. Malik lui jeta un coup d'œil interrogateur. Aussi précisa-t-elle :

— Plus vite je contracterai une union, plus vite oncle Harris sera débarrassé de moi.

Un pli se forma sur le front de M. Malik. Il sembla hésiter un instant.

— Très bien... En ce cas, nous avons intérêt à recourir aux services de Mira et de Becky pendant qu'elles sont là.

— Vous ne pensez pas les employer en permanence ?

— Mira est ma cousine. Elle m'aide chaque fois qu'elle le peut.

Sa cousine ? Evelyne éprouva un brusque soulagement.

— Et Becky ? Une de vos parentes également ?

— Non. Une jeune femme que je connais depuis longtemps. C'est une couturière compétente et qui cherche du travail. Son emploi permanent dépendra de ce qui se passe cette saison. Du nombre de commandes que je recevrai.

— En d'autres termes, il dépend de moi.

Les doigts de M. Malik s'immobilisèrent et il leva les yeux vers elle.

— Nerveuse ?

— Un peu. Enfin..., corrigea Evelyne avec un sourire contraint. Plus qu'un peu.

— J'ai quelque chose qui pourrait vous aider, dit-il en se relevant.

Il sortit du salon d'essayage, et revint quelques secondes plus tard, les bras chargés d'un flot de brocart de soie lumineux, d'un blanc crémeux.

Evelyne se redressa.

— Est-ce ma robe de bal ?

— Un début.

Il s'approcha pour la lui montrer. La teinte délicate de l'étoffe avait la douceur enchanteresse du clair de lune.

Evelyne l'effleura du bout des doigts. Lady Arundell et Anne porteraient sûrement du noir lors du bal, mais elle-même n'avait pas d'obligation quant à la couleur de sa toilette. Elle s'en était remise entièrement à M. Malik.

— Vous voyez comme elle met votre carnation en valeur ? fit-il remarquer.

Tandis qu'il lui montrait le tissu, leurs têtes étaient très proches, et leurs épaules se touchaient presque.

— Ce sera encore plus beau dans une salle de bal, ajouta-t-il. Mira est en train de broder la jupe supérieure de perles de verre. Il y en aura juste assez pour refléter la lumière quand vous danserez.

— Oh…

— Elle est particulièrement douée pour la broderie. Personne au bal ne portera quelque chose de comparable à votre toilette.

— Je prie le ciel pour être à la hauteur.

— Vous le serez. Croyez-moi.

Evelyne leva les yeux. Leurs regards se nouèrent. Un frémissement la parcourut.

Ils se faisaient face exactement de cette manière quand leurs lèvres s'étaient effleurées. Y pensait-il, lui aussi ? Se rappelait-il qu'ils s'étaient presque embrassés ?

Mais peut-être ne considérait-il pas cela comme un baiser. Pour un homme possédant sa vaste expérience, ce n'était peut-être guère plus qu'un geste maladroit.

Une idée pour le moins décevante.

— Je vous fais entièrement confiance, reprit Evelyne. Je sais que vous me ferez paraître à mon avantage. Ce qui ne m'empêche pas de me tracasser pour chaque détail.

Il hocha la tête, comme pour signifier qu'il comprenait ses craintes.

— Quand nous nous retrouverons pour votre prochain essayage, j'apporterai mes croquis. Cela vous aidera-t-il ?

Evelyne relâcha ses épaules. Elle ne s'était pas rendu compte de la tension qui les crispait.

— Oui. Je vous remercie.

— Je vous en prie.

Il s'éloigna pour aller déposer le métrage de brocart sur la table du salon d'essayage.

— J'aurais dû les apporter aujourd'hui. Vous auriez ainsi vu ce que j'ai en tête.

— Ne vous inquiétez pas. Nous nous sommes mis d'accord depuis seulement deux jours. Je ne m'attends pas à ce que vous ayez eu assez de temps pour concevoir de nombreux modèles pour moi.

M. Malik la regardait depuis l'extrémité de la pièce. Une lueur de mélancolie passa dans ses yeux sombres. Cette expression qui rappelait à Evelyne un ange déchu.

— Je n'ai pensé à rien d'autre qu'à vous, dit-il.

Le pouls d'Evelyne s'accéléra. Mais ce n'était pas ce qu'il voulait dire, bien sûr. Pas ce qu'elle s'imaginait. Il évoquait des modèles, uniquement des modèles. Rien de personnel, et certainement rien de romantique.

Il esquissa un sourire.

— Je vous ai dit que vous êtes ma muse. À cause de vous, je suis resté debout toute la nuit.

Revenu vers elle, il corrigea d'une main légère la ligne de sa manche. Cela aurait presque pu être une caresse.

— Le problème ne sera pas que je n'ai pas suffisamment d'idées pour vous. Mais que j'en ai trop.

Ahmad passa les jours suivants à couper et assembler la robe de bal de Mlle Malravers. Il travailla très tôt le matin et très tard le soir. Parfois, il craignait d'avoir outrepassé ses capacités avec un modèle aussi ambitieux. Jamais il n'avait été responsable d'un projet revêtant une telle importance.

Penché sur sa table, il défaisait et refaisait les coutures, ne cessant de comparer son ouvrage aux dessins préparatoires.

Sur ses croquis, la robe comportait deux jupes superposées. Celle du dessous, en brocart de soie, était bordée de plis creux ; celle du dessus, en gaze brodée, était relevée sur les côtés et maintenue par des nœuds de ruban de soie. La même gaze délicate adoucissait l'encolure spectaculaire du corsage. Très décolleté devant comme dans le dos, il était conçu pour exposer une étendue audacieuse de peau nue.

Mais pas la peau nue de n'importe qui.

Ahmad avait en permanence Evelyne Malravers à l'esprit pendant qu'il travaillait. Elle ne quittait jamais ses pensées, ne serait-ce qu'un instant. La robe était la sienne autant que celle d'Ahmad, jusqu'à la poche secrète qu'il avait placée dans la couture de la jupe.

— Tu es épuisé, déclara Mira alors qu'il la raccompagnait à Half Moon Street, la veille du dernier essayage de Mlle Malravers.

Contrairement à Becky, qui partait tôt pour pouvoir être rentrée dans l'East End avant la nuit, Mira l'attendait toujours pour qu'il la raccompagne, quelle que soit l'heure.

Il lui jeta un regard distrait. Elle était assise face à lui dans le fiacre, et la lampe de la voiture jetait une pâle lumière sur son visage.

— Parce que tu ne l'es pas ? répliqua-t-il. Tu as des cernes, *bahan*.

— Mais le résultat en vaudra la peine. Je regrette seulement de ne pas voir Mlle Malravers porter cette robe.

— Tu la verras demain.

Ahmad était attendu à Russell Square dans la matinée, et il était prévu que Mira l'accompagne. Becky continuerait de travailler sur les autres robes.

Il y avait assez de travail pour les tenir tous occupés pendant plusieurs semaines. Ahmad avait dessiné des robes de jour, des robes du soir, des robes de promenade, des jupes colorées et des blouses Garibaldi. Toute la garde-robe à la mode pour une jeune femme faisant ses débuts dans le monde.

— Ce n'est pas la même chose que de la voir dans une salle de bal, à la lumière des bougies et des appliques, répliqua Mira. Quand Mlle Malravers valsera, elle scintillera comme une étoile, ou comme un rayon de lune.

Ahmad s'attendait à éprouver de la satisfaction à cette pensée. Après tout, c'était son modèle, sa création. Mais imaginer la jeune femme valsant dans les bras d'un autre ne lui procurait aucun plaisir. Pas même si elle brillait aussi intensément qu'une étoile. Pas même si son éclat était si extraordinaire que toutes les mondaines de Londres se précipiteraient chez Doyle & Heppenstall pour exiger de lui une robe semblable.

Sa muse... Son écuyère à la chevelure auburn...

Il la voulait pour lui.

Le matin suivant, Mira et lui se rendirent à Russell Square, chargés des grandes boîtes qui contenaient les différents éléments de la robe de bal. Quand ils se présentèrent à la porte de la cuisine, on les accompagna par l'escalier de service jusqu'au salon du matin. Les rideaux étaient ouverts et un feu brûlait dans l'âtre.

Le soleil allumait de chauds reflets dans les cheveux de Mlle Malravers, qui se tenait près de la fenêtre. Elle vint les accueillir avec un sourire qui, naissant dans ses yeux, gagna ensuite la courbe douce de ses lèvres.

— Bonjour, monsieur Malik. Comment allez-vous ?

À son approche, la poitrine d'Ahmad se contracta. Cette maudite réaction physique ! Et ils ne s'étaient même pas touchés !

Il n'avait rien fait d'autre que la regarder ; rien d'autre que remarquer le léger balancement de ses jupes, ainsi que la boucle auburn, échappée de son chignon, qui frôlait la courbe de sa joue. Les doigts lui démangeaient de la remettre en place.

C'était la prérogative d'un amant ou d'un mari. Or il n'était ni l'un ni l'autre. Et Ahmad s'obligea à se rappeler qu'il ne le serait jamais.

— Bonjour, mademoiselle Malravers, dit-il en s'inclinant. Puis-je vous présenter ma cousine, Mira ?

Avec un sourire chaleureux, Mlle Malravers tendit la main.

Mira hésita avant de la prendre.

— Je suis si heureuse de vous rencontrer, déclara Mlle Malravers. M. Malik m'a dit que c'est vous qui avez brodé ma robe de bal.

— Oui, mademoiselle, répondit Mira en retirant sa main.

— Je suis impatiente de la voir !

D'un geste, elle les invita à s'avancer.

— L'intendante de mon oncle, Mme Quick, m'a laissé la jouissance de cette pièce. J'espère qu'elle conviendra.

Ahmad posa les boîtes sur un fauteuil. Dans un coin de la pièce se dressait un paravent constitué de trois panneaux de soie imprimée. Non loin de celui-ci, il y avait un repose-pieds recouvert de tapisserie, d'une hauteur idéale pour procéder aux retouches.

Mlle Malravers fit venir sa femme de chambre, Agnès, pour l'aider à se changer. Mira disparut derrière le paravent avec les deux femmes. Après beaucoup de chuchotements et de bruissements d'étoffe, Mlle Malravers parut enfin dans sa robe de bal, toute de peau laiteuse et de boucles ardentes.

La robe scintillait comme un bijou. La double jupe se gonflait jusqu'à former une courte traîne à l'arrière. Le corsage était au contraire ajusté, grâce à des pinces et à d'habiles coutures courbes. Il mettait en valeur la rondeur voluptueuse de ses seins. Les petites manches laissaient nue la peau de ses bras, et un ruban de soie noué autour de sa taille accentuait la finesse de celle-ci.

Ahmad recula pour la contempler, solennel et silencieux alors que son cœur menaçait de jaillir de sa poitrine.

Bonté divine !

Comme Mira l'avait prédit, il avait devant lui une apparition merveilleuse, romantique à souhait, d'où irradiait la beauté lumineuse des étoiles et de la lune.

Il déglutit avec peine. Ce n'était pas le moment de se laisser distraire. La robe n'était pas terminée, et il devait y consacrer toute son attention. Quant à la femme dans la robe...

— Je n'ai pas de miroir, déclara Mlle Malravers. À en juger par vos expressions, je dois m'en féliciter. Sinon, je pourrais fondre en larmes à me voir dans une toilette aussi belle.

— Oh, mademoiselle..., murmura Agnès. Cette robe est si jolie !

Mira arrangea la gaze arachnéenne de la jupe du dessus. Relevée par des rubans, elle révélait le bas plissé de la jupe de soie. Le soleil illuminait la broderie délicate, et les perles de verre scintillaient comme de minuscules étoiles.

— Il vous faudra prendre garde à ne pas déchirer la gaze lorsque vous voudrez utiliser votre poche.

Derrière ses lunettes, Mlle Malravers ouvrit de grands yeux. Elle baissa son regard sur ses jupes.

— Une poche ? Quelle poche ?

— Ici, dit Ahmad en s'avançant.

Il avait une conscience douloureuse de son profond décolleté. Même s'il l'avait délibérément dessiné ainsi, il n'était pas préparé à la vision qui s'offrait à lui.

Ce fut avec une sensation de chaleur sur la nuque qu'il prit la main de Mlle Malravers et la guida vers la poche secrète, insérée dans une couture de la jupe de brocart.

— C'est pour vos lunettes. Vous avez dit que vous n'en aviez pas besoin pour voir de loin. Vous pourrez donc les ranger lorsque vous ne les utiliserez pas.

Une curieuse humidité fit briller le regard de la jeune femme.

— Je ne vous l'avais pas demandé, murmura-t-elle.

— Ce n'était pas nécessaire. Prendre ce genre de détail en considération relève de mon métier.

Mlle Malravers glissa la main dans sa poche, puis la ressortit.

— Vous avez résolu un problème que j'ignorais avoir !

— Je peux le résoudre avec toutes vos robes, si vous voulez.

— Est-ce possible ?

— Bien sûr.

— Et cela ne gâchera pas vos modèles ?

— Une robe peut être aussi fonctionnelle que belle, répliqua-t-il. Et ce sont mes modèles. J'en fais ce que je veux.

— Cette robe n'est pas fonctionnelle, fit remarquer Agnès en passant l'index sur la broderie. On dirait des ailes de fées.

— Faites attention où vous mettez les doigts, dit Mira. La gaze est très fine.

Ahmad échangea un regard avec Mlle Malravers. Ses yeux noisette avaient le doux éclat du velours. Doux, également, était le léger sourire qui étirait ses lèvres.

Il comprit à cet instant qu'elle était plus que contente de ce qu'il avait fait pour elle. Elle était contente de *lui* !

Il éprouva une vive satisfaction. Non pas à cause de la robe ou de la manière dont elle seyait à la jeune femme. Mais parce qu'il lui avait été utile et que, grâce à lui, elle s'était sentie comprise.

Comme il serait délicieux d'être celui qui la comprendrait et veillerait sur elle ! À peine cette pensée vint-elle à l'esprit d'Ahmad que la réalité la pulvérisa.

Sa situation ne lui permettait pas de se lier à quiconque, et surtout pas à une Anglaise de bonne famille. Il n'avait rien à lui offrir, du moins pour le moment. Et même s'il parvenait un jour à s'élever dans la société, elle et lui ne pourraient espérer devenir l'un pour l'autre autre chose que ce qu'ils étaient déjà : un homme et une femme séparés par la fortune, le rang, et toute l'histoire de la domination coloniale britannique.

— Où voulez-vous que je me mette ? lui demanda-t-elle.

— Ici, si vous le voulez bien, répondit Ahmad en lui présentant sa main pour l'aider à monter sur le repose-pieds. Mira travaillera sur vos jupes pendant que je m'occuperai du corsage. Cela vous convient-il ?

— Parfaitement.

Durant la demi-heure suivante, Ahmad s'obligea à n'avoir à l'esprit que la soie, la gaze, les épingles, les aiguilles. Tout, hormis Mlle Malravers elle-même.

C'était plus facile ici que s'ils s'étaient retrouvés chez Doyle & Heppenstall. Avec Mira comme assistante et Agnès en faction, impossible d'échanger de longs regards ou de tenir une conversation intime.

— Sera-t-elle prête à temps ? s'enquit la jeune femme.

Agenouillée devant elle, Mira rectifiait l'un des plis plats de la jupe de brocart.

— Oui, répondit Ahmad.

À l'aide d'une épingle supplémentaire, il assura la tenue de la gaze le long du décolleté. Ses phalanges frôlèrent brièvement la peau chaude et douce de son sein. Il s'efforça d'ignorer ce contact.

— Je demanderai à Becky de vous l'apporter demain soir. Elle pourra rester pour vous aider à vous habiller.

Agnès émit un reniflement de protestation. On empiétait sur son territoire.

— Vous aurez besoin d'une couturière, en cas de rectification de dernière minute, argua Ahmad.

— Oui, bien sûr, murmura Mlle Malravers, dont la poitrine et la gorge rougissaient peu à peu. Je serai heureuse d'avoir son aide.

— Le bal est à 21 heures ? s'enquit-il.

L'arrivée de Mme Quick empêcha la jeune femme de répondre.

L'intendante s'était matérialisée sur le seuil, comme surgie de nulle part. Ahmad avait remarqué que cette capacité déconcertante était le propre des domestiques les plus efficaces.

— Je vous demande pardon, mademoiselle, dit-elle. Vous avez une visite. Un gentleman demande à vous voir. M. Stephen Connaught.

Ce nom eut un effet foudroyant sur Mlle Malravers.

Elle pâlit et ses genoux semblèrent se dérober sous elle. L'espace d'une fraction de seconde, Ahmad crut qu'elle allait s'effondrer sur le sol.

D'un geste vif, il lui entoura la taille de son bras pour la soutenir.

— Vous ne vous sentez pas bien ?

Elle tourna vers lui un regard vide. Puis elle battit des paupières derrière ses lunettes comme pour ajuster sa vision.

— Comment ? Oh... ce n'est rien. Juste la tête qui tourne un peu. Je n'ai pas suffisamment mangé, ce matin.

Un mensonge, devina Ahmad. Elle allait parfaitement bien jusqu'au moment où l'intendante avait annoncé son visiteur.

— Vous êtes blanche comme un linge. Mieux vaut vous asseoir, dit-il en l'aidant à descendre du tabouret.

Agnès se précipita vers elle.

— Je vais chercher les sels, mademoiselle ?

— Je me sens mieux. Vraiment, insista-t-elle après avoir croisé le regard d'Ahmad.

Elle lui pressa brièvement l'avant-bras pour le rassurer.

Il comprit qu'elle ne voulait pas qu'on s'agite autour d'elle, ni qu'on la traite comme une femme sujette aux évanouissements.

Il finit par laisser retomber son bras.

— Où est-il, madame Quick ? demanda-t-elle.

— Dans le salon, mademoiselle, répondit l'intendante. Dois-je apporter du thé ?

— C'est inutile. Sa visite ne sera pas longue.

L'intendante se retira, et Mlle Malravers se tourna alors vers Agnès et Mira.

— Voulez-vous bien m'aider à quitter cette robe ?

Puis, à Ahmad :

— Je crains de devoir abréger notre essayage.

Il inclina la tête. Et se contraignit à se rappeler qu'il n'était que son couturier. Pas son frère ou son père, et encore moins son amant.

Il n'avait pas le droit de l'interroger. D'ailleurs, il ne disposait pas de l'intimité nécessaire pour le faire.

Elle disparut derrière le paravent avec les deux jeunes filles. Ahmad marcha de long en large en attendant, inquiet.

Qui diable était Stephen Connaught ?

17

En moins de temps qu'il n'en faut pour le dire, Evelyne eut revêtu sa simple robe de jour en lainage. Tout en gravissant l'escalier vers le salon, elle fit un effort conscient pour recouvrer son sang-froid. Il n'y avait pas de raison de paniquer.

Elle avait su que Stephen Connaught se manifesterait un jour ou l'autre. De fait, elle s'attendait à le voir réapparaître depuis leur rencontre sur Rotten Row.

Lorsqu'elle entra dans le salon, elle le trouva debout devant la cheminée, accoudé au manteau. Sa redingote déboutonnée révélait un gilet croisé aux couleurs criardes.

Un gilet à la mode, sans aucun doute. Toutefois, comparé à l'élégance discrète du costume noir de M. Malik, il faisait de Stephen le plus bariolé des paons.

En vérité, rien dans son apparence ne pouvait rivaliser avec le tailleur à la beauté ténébreuse qu'elle avait laissé dans le salon du matin.

M. Malik était brun, Stephen, blond ; M. Malik était grand et musclé, Stephen plus petit et plus mince ; son visage juvénile, au lieu d'être taillé dans le granit, paraissait sorti du moule maintes fois utilisé d'un artiste négligent.

Evelyne en prit conscience à cet instant : Stephen n'avait rien de particulier. Rien d'unique ou de différent.

M. Malik ne lui avait-il pas dit que la véritable beauté naissait des différences ? Si la similitude était reposante, elle n'émouvait pas l'âme.

En regardant Stephen, Evelyne n'éprouvait qu'un profond détachement. Elle ne rougit pas, n'eut pas de papillons dans l'estomac : elle ne ressentit rien, hormis une certaine irritation.

— Bonjour, mademoiselle Malravers, dit-il en s'inclinant.

Elle plissa les yeux. Autrefois, il l'appelait Evelyne. Apparemment, son prénom n'était plus digne de franchir ses lèvres.

— Bonjour, monsieur Connaught, répliqua-t-elle avec une froideur identique. Que faites-vous ici ?

Il lui désigna un fauteuil. Le geste était impérieux mais, à seulement vingt-quatre ans, Stephen manquait de l'autorité naturelle que les années conféraient à un homme comme M. Malik.

— Ne voulez-vous pas vous asseoir ? insista-t-il.

Evelyne ne bougea pas.

— Que faites-vous ici ? demanda-t-elle de nouveau.

Il pinça les lèvres.

— J'ai des nouvelles de votre sœur.

Evelyne recula brusquement, comme s'il l'avait frappée. De toutes les choses qu'il aurait pu dire, c'était celle à laquelle elle s'attendait le moins.

Elle referma la main sur le dossier du canapé.

— Vous avez appris quelque chose sur Fenny et votre frère ?

— Effectivement, dit-il en se redressant pour s'écarter de la cheminée. J'ai des raisons de croire que tous les deux sont en ville.

Evelyne se laissa tomber sur les coussins damassés du canapé. Mieux valait cela que de voir ses jambes se dérober sous elle.

— À Londres ? murmura-t-elle, incrédule. Vous les avez vus ?

— Je ne les ai pas vus, répondit Stephen en s'asseyant dans un fauteuil en face d'elle. Anthony a écrit à mon père pour lui proposer une réconciliation. Il n'a pas dit où votre sœur et lui étaient logés, simplement qu'ils étaient ici, à Londres. Il demandait à mon père d'envoyer sa réponse à la Hoare's Bank.

« Ce que mon père a fait, mais sans donner satisfaction à Anthony. C'est la raison pour laquelle il m'envoie. Je suis censé retrouver mon frère et essayer de lui faire entendre raison. Je prie le ciel pour qu'il ne soit pas déjà retourné en France.

— C'est là-bas qu'ils étaient durant tout ce temps ? demanda Evelyne, abasourdie.

— Cela vous surprend ?

— Nous les soupçonnions d'avoir traversé la Manche, mais nous n'avions aucune preuve.

— Nous non plus, jusqu'à ce que mon frère écrive de Paris en implorant la permission d'épouser votre sœur. Naturellement, mon père a refusé.

— Quand était-ce ?

— Il y a deux ans, à peu près.

Evelyne le dévisagea avec stupéfaction.

— Vous voulez dire que... que votre famille a correspondu avec eux pendant tout ce temps ?

— Avec mon frère, oui. Encore qu'on puisse difficilement parler de correspondance. Il écrit depuis diverses villes étrangères lorsqu'il a besoin d'argent. Notre père lui en envoie par l'intermédiaire de la banque qu'il prend soin d'indiquer. À la seule condition qu'il ne se marie pas sans son consentement.

Une vague d'indignation gonfla la poitrine d'Evelyne. Toutes ces années à attendre et à s'inquiéter, alors que les Connaught avaient su où se trouvaient Fenny et Anthony ?

— Pourquoi, au nom du ciel, n'avez-vous jamais rien dit ?

— Nous supposions que vous le saviez. C'est la raison de ma visite. Pour vous dire que si vous avez des nouvelles de votre sœur, vous devez me le faire savoir immédiatement.

Evelyne dut se faire violence pour ne pas élever la voix.

— Ma famille ne sait rien de Fenny depuis trois ans !

— En ce cas, pourquoi êtes-vous à Londres ? rétorqua Stephen, les yeux étrécis.

— Pas à cause de Fenny.

— Non ? Alors pourquoi ? Vous n'avez jamais montré le moindre désir de vous y rendre. Seule une obligation familiale a pu vous inciter à le faire. Si ce n'est pas pour votre sœur…

— Je n'avais aucune idée de l'endroit où se trouvait Fenny. Elle n'a jamais écrit ne serait-ce qu'un billet.

Stephen parut enfin accepter la véracité de ses affirmations.

— Eh bien, dit-il enfin, si c'est le cas, je ne peux pas dire que je sois surpris. Votre sœur n'a jamais été la plus raisonnable des filles.

— Est-ce tout ce que vous avez à dire ? s'écria Evelyne, incapable de se contenir plus longtemps. Bonté divine, Stephen, nous ne savions même pas si Fenny était morte ou vivante !

— Votre sœur n'était pas en danger. Les femmes de son genre retombent toujours sur leurs pieds. C'est mon frère qui…

— Je vous demande pardon ? coupa Evelyne.

— Anthony est l'héritier de mon père. Il ne peut pas se marier sans son consentement, et il n'aura pas de fortune personnelle avant son prochain anniversaire. Si votre sœur croit pouvoir le garder encore une année…

— Votre frère a déshonoré ma sœur !

Stephen émit un grognement moqueur.

— À cause de lui, enchaîna Evelyne, ma famille tout entière n'a pas été loin de connaître le déshonneur et la ruine. Pourquoi n'a-t-il pas laissé Fenny tranquille ?

— N'essayez pas de faire porter le chapeau à mon frère.

— Ce n'est pas entièrement la faute de ma sœur.

— Votre sœur était une *flirteuse* !

Evelyne bondit du canapé.

Si tante Nora et elle-même critiquaient Fenny, elle ne tolérait pas que d'autres se le permettent.

— Est-ce la raison pour laquelle votre père s'oppose toujours à leur mariage ? Parce que Fenny souriait trop ? Riait trop ? Parce qu'elle aimait se divertir ?

— Ne soyez pas absurde, répliqua Stephen en se levant. S'il s'y oppose, c'est toujours pour les mêmes raisons.

— Parce que ma famille n'est pas noble et ne possède pas de fortune ? Ces préoccupations sont triviales face à un tel scandale.

— C'est ce que vous pensez ? rétorqua Stephen, le regard dur. Croyez-vous que mon père se réjouisse à l'idée que le titre de baronnet revienne un jour à un petit-fils qui serait à moitié Malravers ? *Mon père,* qui peut retracer notre lignée jusqu'aux Tudor !

Evelyne s'abstint de souligner que sir William ne semblait pas avoir d'objection en ce qui concernait son second fils. Si cela avait été le cas, jamais elle n'aurait osé espérer que Stephen lui demande un jour sa main. Mais les règles avaient toujours été différentes pour Anthony.

— Il n'y a rien de terrible à avoir un petit-fils à moitié Malravers. Vous devriez avoir honte de dire des choses pareilles.

Mais Stephen, loin de se repentir, répliqua :

— Le défaut d'éducation de votre sœur n'est pas seul en cause.

— Quoi d'autre ?

— Mon père refuse de consentir à ce que son fils épouse une femme vivant avec un homme en dehors des liens du mariage.

— L'homme avec lequel elle vit, c'est votre frère !

— Une belle manière de se conduire pour la future lady Connaught, ironisa Stephen tout en rectifiant l'aplomb de son gilet. Je suis déterminé à les retrouver. Avec un peu de chance, je pourrai persuader Anthony de revenir à la maison. Il m'a toujours écouté davantage que père.

— Et Fenny ? Si vous les trouvez, que lui arrivera-t-il ?

— Votre tante fera d'elle ce qu'elle veut, répliqua-t-il, avant de plisser les lèvres en une moue de mépris. Je regrette que sa conduite ait entaché votre réputation ainsi que celle de vos sœurs. Vous êtes à plaindre.

Evelyne ne voulait pas de sa pitié. Elle ne voulait rien de sa part.

— La conduite de Fenny lui appartient, et à elle seule, riposta-t-elle. Ma réputation, ainsi que celle de mes sœurs cadettes, est intacte. À condition que vous vous absteniez de raviver ce scandale.

— Quelle importance, maintenant ?

— C'est important. La nouvelle du déshonneur de Fenny pourrait très bien contrarier mes perspectives d'avenir. Je vous demande donc de faire preuve de discrétion.

— Vos perspectives d'avenir ? répéta Stephen, abasourdi. C'est la raison de votre présence ici ? Celle pour laquelle vous vous donnez en spectacle en montant à cheval au parc ?

— Je suis ici pour la saison. Ce que je fais durant cette période ne vous regarde pas, monsieur.

— Certes. Mais si vous voulez mon avis...

— Je n'en veux pas.

Evelyne s'avança jusqu'au cordon de sonnette, terminé par un gland, qui pendait près de la cheminée. Elle tira dessus d'un geste ferme.

— À présent, à moins que vous n'ayez d'autres renseignements à donner, je vais vous souhaiter une bonne journée.

Stephen lui jeta un regard furieux. Il n'avait jamais supporté qu'on le prive d'avoir le dernier mot. Il ouvrit la bouche pour dire quelque chose, mais la prompte arrivée de Mme Quick l'obligea à la refermer.

— M. Connaught s'en va, annonça Evelyne à l'intendante.

— Très bien, mademoiselle. Par ici, monsieur, dit Mme Quick en désignant la porte.

Stephen salua Evelyne avec raideur.

— Au revoir, mademoiselle Malravers. Si par hasard vous entendez parler de votre sœur, vous pouvez m'envoyer un message au Brown's Hotel.

Evelyne le suivit des yeux, en proie à une indignation qui ne fit que s'accroître jusqu'à ce qu'il ait disparu.

Comment osait-il venir ici ! Pendant trois ans, il s'était très bien porté de l'ignorer, de faire semblant qu'elle n'avait jamais existé. Qu'avait-il en tête pour surgir ici et maintenant ? Et pour lui apprendre que Fenny était à Londres !

Evelyne ne savait pas quoi faire de cette information.

La seule chose dont elle était à peu près certaine, c'était qu'elle devait écrire sur-le-champ à tante Nora. Elle allait devoir aussi informer oncle Harris. Et même lady Arundell. Aucun d'eux ne souhaitait que Fenny surgisse de nulle part pour gâcher les perspectives d'Evelyne.

L'esprit en ébullition, elle redescendit l'escalier et se dirigea vers le bureau de son oncle. Alors qu'elle passait devant le salon du matin, elle faillit ne pas voir l'homme à l'intérieur.

— Mademoiselle Malravers ?

Evelyne s'immobilisa en entendant cette voix profonde, familière.

Elle fut un instant éblouie par le soleil qui se déversait derrière lui par les fenêtres du salon.

— Monsieur Malik ! Vous et votre cousine m'avez attendue ?

— J'ai renvoyé Mira chez moi, avec votre robe.

Evelyne fronça les sourcils.

— Mais vous, vous êtes encore ici.

Elle scruta son visage. Avec ses larges épaules encadrées par les montants de la porte, Ahmad Malik paraissait plus imposant que n'importe quel gentleman de sa connaissance.

L'effet qu'il avait sur elle était tout aussi puissant. Une vague de chaleur déferla dans son corps.

Bonté divine, quelques minutes auparavant, elle retenait son souffle alors qu'il épinglait une garniture de gaze le long du décolleté de son corsage ! Et elle luttait pour ne pas rougir chaque fois que ses doigts effleuraient le haut de ses seins ! S'il n'avait pas travaillé avec sa diligence habituelle, avec ce professionnalisme stoïque qui lui permettait de la toucher sans qu'elle s'en offusque, elle aurait pu s'enflammer comme une torche.

Elle n'aurait certainement pas dû penser à de telles choses hors des séances d'essayage. Mais à cet instant, alors qu'elle le regardait, c'était impossible.

— Je m'inquiétais pour vous, dit-il.

— Vous n'auriez pas dû.

— Vous vous êtes presque évanouie.

Evelyne croisa les bras, sur la défensive.

— Je vous l'ai dit. J'avais la tête qui tournait, c'est tout.

— Parce que vous n'aviez pas mangé…

— C'est exact.

Il ne s'agissait pas vraiment d'un mensonge. Le bal de lady Arundell avait lieu le lendemain soir, et son appréhension grandissait. Elle avait eu l'estomac noué toute la matinée, ce qui l'avait empêchée de faire honneur au petit déjeuner.

— J'ai été tellement occupée…

— Qui est Stephen Connaught ?

Il avait plongé son regard dans le sien. Posée par un artisan à l'une de ses clientes, cette question était impertinente.

Néanmoins M. Malik n'était plus simplement le tailleur d'Evelyne, mais son partenaire. N'était-ce pas l'accord qu'ils avaient conclu ?

Si la réputation d'Evelyne était en danger, celle de M. Malik l'était aussi. Il avait droit à une explication.

— Quelqu'un de mon village, répondit-elle. C'est assez compliqué.

Il esquissa un sourire désabusé.

— Comme beaucoup de choses, non ?

— Effectivement.

Evelyne garda le silence un instant, avant de reprendre :

— Tenez-vous vraiment à le savoir ? Je vous préviens, c'est une histoire longue et pénible. Pire, même.

Comme il haussait les sourcils, elle précisa :

— Il y est question d'amour.

Une lueur passa dans le regard de M. Malik. Une émotion qu'elle ne put identifier.

— Votre histoire d'amour ?

— Non, pas la mienne.

Il n'avait jamais été question d'amour entre Stephen et elle, Evelyne en prenait conscience maintenant.

— Voulez-vous marcher un peu dans le jardin ? proposa-t-elle. Nous pourrons parler librement. Permettez-moi de remarquer, cependant, que vous n'avez peut-être pas le temps… ni même l'envie. Je ne pourrais vous le reprocher.

— Au contraire. Je suis entièrement à votre disposition.

Ahmad patienta pendant que Mlle Malravers remontait vivement l'escalier pour aller chercher son châle. Puis elle le conduisit dans le jardin.

On y accédait par l'arrière de la maison. C'était un terrain pratiquement en friche, qui aurait eu grand besoin des soins d'un jardinier compétent. Les arbres poussaient dans tous les sens, les rosiers et les arbustes non taillés débordaient sur le chemin et s'accrochaient aux grilles derrière lesquelles se trouvaient l'écurie et la remise.

Au moins l'endroit permettait-il de s'entretenir en privé. Et c'était tout ce qui importait aux yeux d'Ahmad.

Les mains nouées dans le dos, il chemina le long du sentier irrégulier tandis qu'Evelyne Malravers lui relatait les origines du déshonneur de sa sœur.

— Il y a près de notre maison, à Combe Regis, un grand domaine qui porte le nom de Babbington Heath. C'est la propriété de sir William Connaught, un baronnet. Ses deux fils, Anthony et Stephen, ont sensiblement le même âge que ma sœur Fenny et moi-même. Nous avons pratiquement grandi ensemble.

— Vous étiez amis d'enfance ?

Ils passèrent sous une arche de branches. Les rayons du soleil se glissant entre les feuilles marquèrent de taches mouvantes le visage de Mlle Malravers.

— Davantage que cela, répondit-elle. Très jeunes, Anthony et Fenny jouèrent les amoureux. Anthony n'était alors qu'un gamin. Mais les années passèrent, et il continua de manifester sa préférence pour ma sœur. « Une amourette de jeunesse », disait ma tante Nora, qui ne voyait là rien de sérieux. En tout cas, rien qui n'empêchait Fenny de faire son entrée dans le monde à Londres.

— C'était il y a trois ans ?

Elle hocha la tête.

— Nous sortions juste du deuil de notre père, et il était grand temps que Fenny fasse ses débuts. Elle était la plus belle de nous toutes. La plus belle de toutes les filles du Sussex. Ma famille escomptait un beau mariage. Et Fenny paraissait disposée à jouer le jeu. Mais il n'y avait pas deux mois qu'elle était en ville qu'Anthony vint la rejoindre.

— À quelle fin ?

— Je me suis souvent posé cette question ! Il la voulait, c'était évident. Et il refusait de la céder à un autre. Mais si Anthony se marie sans le consentement de son père, il n'aura plus un sou. Et son père ne consentira jamais à ce qu'il épouse ma sœur.

— Pourquoi ?

— Parce que sir William a une très haute opinion de lui-même. La fille d'un roturier n'est pas assez bien pour son héritier. Il l'a fait savoir dès le début. Ce qui met Anthony dans une situation intenable. Il n'aura pas de fortune personnelle avant ses vingt-six ans, et seulement s'il s'est abstenu de se marier sans permission. Vous comprenez donc qu'il ne pouvait pas épouser Fenny, même s'il l'avait voulu.

— Il l'aurait pu, déclara Ahmad. Assez facilement, même.

Elle lui jeta un regard dubitatif. La brise jouait avec une boucle de ses cheveux. Cette même boucle auburn qu'il mourait d'envie de repousser, un peu plus tôt.

— Et comment l'aurait-il entretenue ?

— Il aurait pu travailler.

— Anthony est un gentleman.

Un « gentleman » ! Ahmad haïssait ce mot.

— Et cela le dispense de travailler ? demanda-t-il.

— Non, admit-elle. Mais cela explique pourquoi il ne le fait pas.

Ahmad connaissait l'aversion de la noblesse pour le travail, mais il ne l'acceptait pas.

Il n'y avait rien de honteux à faire ce qui était nécessaire pour entretenir sa famille. Ces gentlemen qui refusaient de s'acquitter de cette tâche, quitte à ruiner leur domaine et leurs proches, méritaient son mépris, pas sa pitié.

Mlle Malravers resserra son châle autour de ses épaules.

— Un jour, en revenant d'une sortie à cheval, j'ai trouvé ma tante en train de pleurer sur une lettre qui venait d'arriver de Londres. Le chaperon de Fenny lui apprenait qu'elle s'était enfuie avec Anthony, sans doute sur le continent. Tante Nora passa les mois suivants à écrire à tous ses amis pour essayer d'avoir des nouvelles. Elle supplia même sir William de l'aider…

Une ombre passa sur son visage avant qu'elle continue :

— Il était trop en colère pour répondre à sa demande. En colère contre Fenny. En colère contre tante Nora, et même contre moi. Les relations entre nos deux familles se sont rapidement interrompues.

— Il condamnait votre famille plutôt que son fils ?

— Oui. Il prétendait que Fenny avait été pour Anthony une tentation. Qu'elle l'avait séduit, pris au piège, avec pour seul objectif de devenir un jour lady Connaught. Comme si Fenny était capable de concevoir un tel plan ! Mais sir William ne voulait rien entendre.

— Quelle est la place de Stephen Connaught dans cette histoire ?

Elle poussa un profond soupir.

— C'était mon compagnon d'équitation habituel, et mon plus cher ami. Du moins, je le croyais, mais il a adopté le point de vue de son père. Il ne m'a plus adressé la parole.

— Jusqu'à aujourd'hui ?

— Jusqu'à aujourd'hui.

Elle resta silencieuse quelques secondes avant de reprendre :

— Apparemment, la trace de ma sœur et du frère de Stephen n'a jamais été vraiment perdue. Car les Connaught ont eu des nouvelles d'Anthony à plusieurs reprises durant ces années, et ils lui ont envoyé de l'argent par l'intermédiaire de plusieurs banques sur le continent. Et pendant tout ce temps, ma propre famille a été laissée dans l'ignorance. Stephen assure qu'à présent, Fenny et Anthony sont ici, à Londres.

— Mariés ?

— Non, certainement pas. Si Anthony avait épousé ma sœur, sir William aurait refusé de lui envoyer de l'argent.

— Ils ont pu se marier en secret, suggéra Ahmad.

— Peut-être...

Mlle Malravers ne semblait pas vraiment croire à cette hypothèse.

— Stephen est résolu à les retrouver. Il veut convaincre son frère d'abandonner ma sœur et de retourner dans sa famille. Et s'il y parvient, j'ai peur que ses actes ne rappellent à la société ce qu'elle a désormais oublié.

— En mettant en péril vos perspectives d'avenir au passage. Est-il vraiment si important pour vous d'épouser une fortune ? demanda-t-il, lui-même surpris d'éprouver une brusque amertume à cette idée.

Elle s'arrêta net.

— C'est ce que vous pensez ?

— Je ne vous juge pas. C'est le seul objectif de la saison, non ? Pour des jeunes femmes comme vous.

Elle lui fit face. Deux taches rouges marquaient ses pommettes.

— Des jeunes femmes comme moi..., répéta-t-elle avec un calme qui n'augurait rien de bon.

— Des femmes bien élevées. Des Anglaises.

— Vous n'avez pas une bonne opinion ni des unes ni des autres, apparemment.

Ahmad haussa les épaules.

— Je vous l'ai dit, je ne porte pas de jugement.

— Pourtant, c'est ce que vous faites. Je le vois. Il est impossible que vous compreniez...

— Parce que je ne suis pas anglais ?

— Parce que vous êtes un homme ! Vous ignorez ce que c'est, d'être une femme. De devoir porter tous les fardeaux de l'existence, mais de n'avoir aucun pouvoir. Pour mes sœurs et moi, il fallait que Fenny fasse un beau mariage afin que nous ayons une chance de connaître le bonheur et la sécurité. À votre avis, de qui dépendent mes sœurs, maintenant ?

Ahmad la dévisagea, incrédule.

— Vous faites cela pour elles ?

— Évidemment, dit-elle en recommençant à marcher.

Il la rattrapa aussitôt.

— Vous vous sacrifiez, alors.

— Cela impliquerait que je sois altruiste. Or je ne le suis pas. Je dois veiller à mon propre intérêt.

— C'est-à-dire ?

— M'assurer d'être vêtue et nourrie. La générosité de mon oncle a ses limites. Et ma tante n'a pas de fortune. Il arrivera un jour où ses fonds seront épuisés et où nous, les filles, devrons nous débrouiller. Comment ferons-nous si nous n'avons pas de mari ?

— Vous pourriez chercher un emploi.

Ahmad s'attendait à se faire rembarrer. Mlle Malravers était une jeune femme de bonne famille, après tout.

Mais elle ne cilla pas.

— Même si nous le faisions – si moi, je le faisais – ce ne serait pas suffisant. Pas pour atteindre mon objectif.

Ils étaient arrivés à l'extrémité du chemin, qui se terminait par une grille. Elle s'arrêta devant celle-ci, la main posée sur le loquet. Puis, comme si elle avait pris une décision, elle ouvrit la grille et la franchit.

— Venez voir par vous-même.

À sa suite, il traversa la ruelle et pénétra dans l'écurie qui abritait les chevaux de son oncle. Elle était vide de tout palefrenier ou garçon d'écurie susceptible de les voir. Il n'y avait personne à l'exception des chevaux. Un cheval en particulier.

Elle s'approcha du box où se trouvait son immense étalon bai, occupé à manger une brassée de foin odorant. Passant la tête au-dessus de la porte, il salua sa maîtresse d'un léger hennissement. Des brins d'herbe pendaient de sa bouche.

Elle prit son museau entre ses mains et l'embrassa entre les naseaux.

— Voilà, murmura-t-elle. C'est lui, ma raison.

Ahmad se plaça à côté d'elle. Il n'avait jamais vu l'étalon que de loin, lorsqu'elle le montait dans le parc. Déjà, il l'avait trouvé impressionnant. Vu de près, il paraissait encore plus grand et plus puissant, avec une charpente solide et musculeuse, un profil romain, et une longue crinière noire très épaisse. Ses yeux d'un brun liquide brillaient d'intelligence.

— Je peux ? demanda Ahmad.

— Bien sûr. Il est gentil.

Il passa la main sur l'encolure de l'étalon. Elle était aussi solide que du marbre recouvert de velours.

— Mon père était un aventurier, expliqua Mlle Malravers. Après la mort de ma mère, il a passé le reste de sa vie à voyager. C'est durant un séjour en Espagne du Sud qu'il a acheté Hephaestus. Il avait l'intention de le dresser suivant l'école espagnole, puis de l'envoyer en Angleterre à des fins de reproduction.

Tout en parlant, elle grattait le menton, hérissé de longs poils, de l'étalon.

— Malheureusement, poursuivit-elle, il est mort en Espagne des suites d'une longue fièvre. Son palefrenier a ramené ses affaires en Angleterre, y compris Hephaestus.

— Je suis désolé.

— Ne le soyez pas. Je connaissais très peu mon père, et il ne me connaissait pas du tout. À l'exception d'un petit détail : il savait que j'étais une cavalière-née. Sur son lit de mort, il a griffonné un billet pour me léguer Hephaestus. « Pour ma fille Evie, a-t-il écrit. Si Dieu le veut, elle en fera quelque chose. »

Evie…

Ahmad ajouta ce surnom affectueux à la liste des choses qu'il avait déjà apprises au sujet d'Evelyne Malravers. Cette liste mentale s'allongeait de jour en jour. Chaque nouveau fait y était reporté et classé pour qu'il puisse le revisiter durant les longues heures passées à l'atelier. Ou la nuit, lorsqu'il se retournait dans son lit sans pouvoir dormir, aspirant à la revoir.

— Vous l'avez dressé vous-même ?

— Pas d'emblée. Hephaestus n'avait que deux ans à ce moment-là. C'était encore un bébé. Lui et moi avons passé toute cette première année à faire connaissance. Ensuite, oui, je l'ai dressé, avec l'aide de Lewis. Celui-ci connaît les bases de la haute école, qu'il a apprise au fil des voyages avec mon père, et il m'a aidée à faire travailler Hephaestus à la longe.

« Mais c'est moi qui l'ai habitué à la selle et au mors ; c'est moi qui lui ai appris à réagir à mon changement d'assiette, à la pression de mes jambes et de mes mains. Il n'a jamais connu d'autre cavalier que moi. Si j'étais obligée de le vendre...

— Votre famille l'a suggéré ?

— Non. Personne ne l'a encore fait. Mais ne serais-je pas épouvantablement égoïste si je ne l'envisageais pas moi-même ? Les chevaux de monte valent cher, et Hephaestus encore plus. Si j'étais un homme, je ferais ce que mon père avait souhaité, et je proposerais Hephaestus pour la reproduction. Mais je ne suis pas un homme. Je suis une femme célibataire dans une maison pleine d'autres jeunes femmes célibataires. Une telle entreprise nous est interdite par la société.

— Vous n'avez pas d'alternative ?

— Aucune. Pas alors que toute ma famille sait qu'Hephaestus pourrait être vendu pour une somme considérable. Dieu merci, continua-t-elle en laissant retomber sa main, nous n'en sommes pas encore là. Mais viendra un temps où je ne pourrai plus justifier le fait de le garder. Lorsque ce jour arrivera, j'aurai le cœur brisé.

— Est-ce que monter à cheval est si important pour vous ?

— C'est *tout* pour moi ! C'est la seule chose où j'excelle vraiment, la seule chose que j'aime. Et je ne peux pas imaginer ma vie sans Hephaestus.

Elle s'écarta du box et, tournant le dos à Ahmad, ôta ses lunettes.

— Peut-être que vous ressentez la même chose avec la couture, murmura-t-elle.

Pris au dépourvu, Ahmad ne sut que répondre.

Concevoir et réaliser des modèles le passionnait, bien sûr. Son travail lui procurait beaucoup de satisfaction, et il éprouvait un profond sentiment d'épanouissement lorsqu'il voyait ses créations portées par quelqu'un comme elle. Mais il avait appris dès son plus jeune âge que, dans la vie, rares sont les choses dont un homme ne peut vraiment pas se passer.

— Ce n'est pas comparable, répliqua-t-il. Les étoffes que je travaille ne sont pas des créatures vivantes. Je n'aurais pas le cœur brisé si on me les enlevait.

Mlle Malravers se passa la main sur le visage.

— Mais vous seriez déçu si vous perdiez une occasion de montrer vos modèles, non ? Et même désespéré en voyant vos plans réduits à néant.

Ahmad fut incapable de dire si elle essuyait des larmes ou si elle frottait la poussière de ses yeux. Il craignait que la première hypothèse soit la bonne, et son cœur se serra. Ce fut au prix d'un effort surhumain qu'il s'abstint de la prendre par les épaules et de l'obliger à lui faire face.

Mais il resta là où il était, exerçant un contrôle impitoyable sur ses émotions.

— Je serais déçu, naturellement, dit-il.

— C'est la raison pour laquelle l'arrivée de ma sœur à Londres constitue un danger aussi sérieux pour vous que pour moi. Après le bal Arundell, votre réputation sera inextricablement liée à la mienne. Et si je suis déshonorée...

Tout en parlant, elle avait remis ses lunettes.

— Vous ne le serez pas, assura-t-il. Vous n'avez rien fait pour mériter cela.

Elle pivota brusquement.

— Depuis quand cela compte-t-il ? La réputation d'une femme peut être salie par son entourage.

— Que pensez-vous faire ?

— Je vais vous dire ce que je ne ferai pas : rester assise en attendant que le toit me tombe sur la tête.

Elle revint vers le box et croisa les bras.

— Si je découvrais Fenny et Anthony la première, je pourrais peut-être persuader ma sœur de quitter Londres avant d'avoir fait davantage de dégâts...

Un pli se forma sur son front.

— Mais comment la retrouver ? Cela semble impossible.

— Ce n'est pas impossible. Pas pour quelqu'un qui connaît la ville.

— Justement, je ne la connais pas. Et je n'ai pas les moyens d'engager un enquêteur.

Ahmad évalua rapidement les différentes conséquences. Aucune d'elles n'apparaissait favorable. Sauf si quelqu'un intervenait pour aider Mlle Malravers. Il ne lui fallut qu'un instant supplémentaire pour prendre sa décision.

— Vous n'avez pas besoin d'engager quelqu'un pour retrouver votre sœur. Je vais m'en occuper.

— Vous ? dit-elle avec surprise.

— Pourquoi pas ?

Après tout, n'avait-il pas aidé à localiser le comte de Castleton, porté disparu ? Et cette recherche s'était déroulée sur un continent treize fois plus vaste que l'Angleterre. Londres, ce n'était rien en comparaison.

La jeune femme secoua lentement la tête.

— Je vous suis infiniment reconnaissante de votre proposition, mais... mais je ne peux l'accepter. Vous êtes déjà submergé de travail à cause de mes robes. Je ne peux pas vous demander d'écumer la ville à la recherche de ma sœur. Vous n'avez tout simplement pas le temps.

En son for intérieur, Ahmad admit qu'elle avait raison.

— Très bien. Si ce n'est pas moi, quelqu'un d'autre alors. Je connais un avocat qui pourrait apporter son aide.

— Je ne peux pas me permettre de...

— Il ne demandera pas à être rémunéré, précisa Ahmad, à peu près certain de ce qu'il avançait. Pour un homme comme lui, ce sera une tâche facile et vite faite.

Finchley n'était pas motivé par l'argent. Et il lui suffirait de glisser un mot dans l'oreille de l'une de ses vieilles relations pour qu'une armée entière d'informateurs passe à l'action.

— Vous connaissez bien cette personne ?

— Sa femme et lui m'ont embauché lorsque j'ai quitté l'établissement de Mme Pritchard. Mira travaille encore pour eux. Ce sont de bonnes personnes, quoique un peu excentriques.

Elle eut un sourire furtif.

— Je ne peux pas désapprouver l'excentricité.

— Désapprouvez-vous le reste ?

— Non. Pas si vous pensez qu'il est sage de contacter cet homme.

Ahmad inclina la tête.

— Vous pouvez vous en remettre à moi.

— Je vous remercie, dit-elle, le visage un peu plus détendu.

— Je n'ai encore rien fait.

— Oh si ! Vous avez offert de m'aider, dit-elle d'une voix vibrante de sincérité. Et... vous m'avez écoutée. C'est pour cela que je vous suis reconnaissante. Pour tout ce que vous avez...

Les mots moururent sur ses lèvres quand Ahmad se livra enfin au geste qu'il avait voulu faire toute la matinée.

Il écarta de sa joue la boucle indisciplinée, la repoussant doucement derrière la courbe délicate de son oreille.

Ce fut de manière tout aussi impulsive qu'il posa ensuite la question :

— Puis-je vous appeler Evelyne ?

Elle riva ses yeux aux siens tandis qu'une rougeur adorable se répandait sur ses pommettes.

— Si vous voulez.

Evelyne...

Le pouls d'Ahmad s'accéléra. Il n'avait pas eu l'intention de solliciter ce privilège. Mais, grands dieux, comme il en avait eu envie !

Il se contraignit à laisser retomber sa main. Ses doigts s'étaient attardés suffisamment longtemps sur le visage d'Evelyne.

Encore un peu, et il ne pourrait plus prétendre qu'il s'agissait d'un geste inoffensif.

Encore un peu, et ce serait une caresse, relevant davantage de la tendresse que d'un souci esthétique.

À peine s'était-il écarté qu'Hephaestus repassa la tête par-dessus la porte, les séparant plus sûrement que n'importe quel chaperon.

Evelyne enlaça la grosse tête du cheval et la tapota distraitement.

— Et moi, comment vous appellerai-je ?

— Comme vous voulez.

— J'aimerais utiliser votre nom de baptême.

Il ne put retenir un sourire en coin.

— Je ne peux rien jurer quant au baptême.

— Vous savez bien ce que je veux dire. Je voudrais... C'est-à-dire que j'aimerais beaucoup vous appeler Ahmad. Si vous n'y voyez pas d'objection.

— Aucune.

Elle scruta son visage, le regard incertain. Il devina qu'elle était aussi désorientée que lui.

— Cela ne signifie pas obligatoirement quelque chose, précisa-t-elle à voix basse.

— Non, bien sûr.

Et pourtant...

18

— Bonjour, Ahmad. Entrez et asseyez-vous.

Tom Finchley s'était levé pour l'accueillir dans son cabinet de Fleet Street. Le long des murs, derrière lui, s'alignaient des bibliothèques. Elles accueillaient d'innombrables livres de droit reliés de cuir, protégés par des vitres fermées à clé.

Ahmad prit place dans un des fauteuils disposés devant le bureau.

L'avocat s'adressa au clerc efflanqué qui avait accompagné le jeune homme à l'étage.

— Ce sera tout, Poole.

Celui-ci salua et se retira en fermant la porte derrière lui.

Finchley se rassit. Sa cravate et son gilet étaient froissés, ses cheveux ébouriffés comme s'il venait de passer les doigts dedans. Il était manifestement très occupé par une affaire. Des piles de papiers jonchaient son bureau, mêlées à des rouleaux de documents noués d'un ruban.

— Je vous offrirais bien du thé, mais je crains de n'avoir que dix malheureuses minutes à vous consacrer. Je suis attendu au tribunal.

— Ce ne sera pas long.

— Il ne s'agit pas de Mira, j'espère ?

— Pourquoi Mira ? demanda Ahmad, perplexe.

— J'ai eu l'impression qu'elle était préoccupée, ces temps-ci.

— Elle est préoccupée, effectivement. Je lui ai confié un gros travail de couture.

— Vous êtes sûr qu'il n'y a rien d'autre ? Quelque chose qui la tracasse ?

Ahmad ne voyait pas ce qui pourrait tracasser Mira. Il est vrai qu'il ne faisait que la croiser. Quand elle cousait à King William Street avec Becky, lui-même travaillait de l'aube au crépuscule dans l'atelier de Doyle & Heppenstall.

Se sentait-elle encore seule, isolée, avec cette impression de n'être nulle part à sa place ? Même à présent, alors qu'elle avait les robes à coudre et Becky pour lui tenir compagnie ?

— Elle vous a dit quelque chose ? demanda-t-il à l'avocat.

— Non, non. C'est juste une impression que j'avais.

— Travailler lui fait du bien. Cela lui donne un objectif.

— Assurément. Mais s'il ne s'agit pas de Mira, alors…

— Il s'agit d'une autre jeune femme.

Ahmad expliqua rapidement son problème. Ou plutôt, celui d'Evelyne.

Finchley l'écouta en silence, le front plissé, ses yeux bleus fixés sur lui.

— J'espérais que vous pourriez en toucher un mot à l'un de vos informateurs, conclut Ahmad. Si vous en employez toujours.

— *Si ?* releva l'avocat avec un bref sourire.

Ces dernières années, heureusement marié et confortablement installé dans sa nouvelle vie domestique, Finchley ne travaillait plus pour les éléments les plus sinistres de la société. Il consacrait désormais ses talents à des causes plus nobles.

Mais tout savoir, tout connaître, restait sa force. Ahmad ne pouvait pas l'imaginer renonçant aux moyens de la conserver.

— Vous pouvez vous en charger, alors ? demanda-t-il.

— Bien sûr, répondit Finchley. Une chose m'étonne, cependant...

Par-dessus le désordre du bureau, Ahmad observa son ancien employeur. Il connaissait cette expression, et ne l'aimait pas.

— Quelle chose ?

— Vous m'avez dit que Mlle Malravers était une jeune femme du Sussex. Une cliente venue vous commander des tenues d'équitation semblables à celles de Catherine Walters.

— C'est cela.

— Et c'est tout ?

Ahmad ne répondit pas.

— Il est évident qu'elle compte davantage pour vous qu'une simple cliente, reprit Finchley. Si vous vous mettez en quatre pour...

— Je me mets en quatre ? *dixit* l'homme qui a suivi la femme qu'il aimait à travers la France et l'Égypte, par bateau, par train et par char à bœufs, jusqu'au fin fond de l'Inde ?

Les yeux de Finchley pétillèrent.

— Vous en êtes là, Ahmad ?

Si seulement il pouvait nier ! Mais il ne le pouvait pas. Pas s'il se montrait honnête avec Finchley... et avec lui-même.

— Oui, admit-il. Je suppose que j'en suis là.

Debout devant l'immense miroir de sa chambre, Evelyne contemplait son reflet. Elle se voyait tout entière, depuis le haut de ses cheveux coiffés en rouleaux jusqu'à la pointe de ses souliers de bal en soie.

C'était la première fois qu'elle se voyait vêtue de la robe du soir terminée, et qu'elle pouvait vraiment apprécier la splendeur du modèle d'Ahmad.

Elle avait passé une grande partie de la journée en proie à une anxiété tenace, à imaginer tout ce qui pourrait mal tourner ce soir.

De la pure sottise de sa part.

Il ne s'agissait que d'un bal, bonté divine, pas de la bataille de Waterloo !

Elle s'était efforcée de se rassurer avec la pensée que s'il s'agissait du premier bal auquel elle était invitée, ce ne serait pas le dernier. Sauf si elle se rendait complètement ridicule.

Mais, à cet instant, elle reprenait confiance.

Avec son corsage audacieux, sa volumineuse jupe en brocart de soie et sa surjupe de gaze aux broderies étincelantes, la robe de bal créée pour elle par Ahmad était magnifique. Plus belle que n'importe quelle toilette qu'Evelyne avait un jour admirée. Et, évidemment, plus belle que celles qu'elle avait portées.

Mais ce n'était pas seulement son apparence qui lui coupait le souffle. C'était ce qu'elle ressentait depuis qu'elle avait revêtu cette robe. Comme si son corps n'était pas quelque chose qu'il fallait serrer, pincer et contraindre pour lui donner une forme séduisante, mais quelque chose qui était séduisant en soi.

Elle se sentait belle, puissante, exactement comme lorsqu'elle chevauchait sur Rotten Row.

— Comment fait-il ? s'émerveilla-t-elle à voix haute.

— Franchement, je ne sais pas, mademoiselle, dit Becky Rawlins, qui ajustait la ceinture de soie autour de la taille d'Evelyne.

Becky était une femme jeune, dont l'expression désabusée durcissait les traits. Son nécessaire à couture était posé au bout du lit derrière elle, à côté du carton ayant contenu la robe.

— M. Malik, il a un don rare, ajouta-t-elle.

— Rare, oui.

Evelyne leva la main pour lisser ses cheveux. Les rouleaux de chaque côté de son visage étaient rassemblés à l'arrière pour former un rouleau encore plus gros sur la nuque. Agnès avait assujetti le tout avec des peignes ornementés, des épingles à cheveux, ainsi que la moitié d'un flacon de bandoline.

— Mira et vous êtes douées, vous aussi. Vous l'avez beaucoup aidé, toutes les deux.

— C'est sûr. Mira a du talent. Mais moi...

Becky poussa un grognement moqueur avant de poursuivre :

— Moi, je suis juste une couturière banale. Je ne saurais pas faire autre chose que du raccommodage si M. Malik ne m'avait pas appris.

Evelyne lui jeta un regard intrigué.

— Il vous a appris à faire des robes ?

— Oui.

Becky s'employa à arranger la jupe supérieure de la robe. Elle ne paraissait pas disposée aux bavardages.

Sa réticence ne fit qu'attiser l'intérêt d'Evelyne.

— Il y a longtemps que vous le connaissez ?

— Depuis mon arrivée à Londres. On a travaillé dans le même établissement pendant un certain temps. Il s'est toujours montré gentil avec moi.

Evelyne attendit qu'elle poursuive, mais Becky s'en tint là. La jeune femme en soupçonnait la raison. Ahmad n'avait fait allusion qu'à un seul établissement dans lequel il avait travaillé. Une maison de mauvaise réputation, avait-il dit. Un bordel.

Becky était-elle l'une des femmes qui avaient travaillé là-bas ? À laquelle il s'intéressait plus particulièrement ? Une pointe de jalousie lui transperça le cœur.

— Vous et lui n'êtes pas... ?

— Oh non ! s'esclaffa Becky. C'est pas que toutes les filles n'auraient pas voulu saisir leur chance. Un garçon aussi beau, c'était du jamais vu. Même moi, je n'aurais pas dit non, sauf qu'il était plus comme un frère pour moi. Et puis, M. Malik, c'était pas son genre.

— Il n'avait personne de spécial ?

— De spécial ? répéta Becky en fronçant le nez. Comme une amoureuse, vous voulez dire ?

Evelyne hocha la tête. Elle avait honte de son besoin dévorant de savoir. De quel droit se montrerait-elle jalouse... ou même curieuse ? Ahmad ne lui appartenait pas. Même si ses lèvres avaient effleuré les siennes, même s'il l'avait touchée et vue en sous-vêtements. Il s'agissait de proximité artistique, rien de plus. Des gestes exigés par l'exercice de son métier. Exactement comme lorsqu'il avait repoussé une mèche de cheveux de son visage.

— Je n'ai jamais entendu parler de rien, dit Becky.

— Non ?

Becky secoua la tête.

— Il n'est pas comme tout le monde, lui. Il reste sur son quant-à-soi. Mais il respecte les femmes. Il veillait toujours sur nous. S'il n'avait pas été là…

Elle s'interrompit, apparemment consciente d'en avoir trop dit.

— Quoi ? demanda Evelyne en croisant son regard dans la glace.

Becky redressa la garniture de gaze autour du décolleté de la robe.

— Il y a eu un monsieur, une fois. Une vraie brute. Il s'est mis en colère contre moi à cause de rien du tout. Il aurait pu me tuer, si M. Malik n'était pas intervenu.

Evelyne écoutait en retenant son souffle.

— Est-ce arrivé à l'endroit où vous travailliez ?

L'expression de Becky se fit brièvement embarrassée.

— Un genre de… taverne que c'était. Pas ce qu'il y a de plus reluisant, mais on était en sécurité avec M. Malik. S'il n'avait pas cassé l'épaule de ce type, il pourrait toujours travailler là-bas. C'est drôle comme les choses arrivent. J'étais sûre qu'il avait été envoyé au bagne. Et maintenant, il fait des robes pour les gens comme vous.

— Oui, c'est très curieux.

Evelyne n'était pas certaine d'avoir tout compris. Ahmad avait sauvé Becky des mains d'un homme violent ? Il avait jeté l'homme dehors, en lui cassant l'épaule au passage ?

— Pardonnez-moi… Vous voulez dire que M. Malik a eu des ennuis parce qu'il avait blessé cet homme ?

— Je crois bien ! Le monsieur, c'était un baronnet, vous comprenez ? Il voulait que M. Malik soit puni, il n'en démordait pas.

Le dernier ajustement fait, Becky s'écarta.

— Voilà, ça devrait aller…

L'air satisfait, elle retourna vers le lit, rangea son aiguille et son dé dans sa boîte à ouvrage, puis en referma le couvercle.

— Vous aurez besoin d'autre chose, mademoiselle ?

« Oui, aurait voulu dire Evelyne. Parlez-moi encore de lui. Dites-moi tout. »

Mais lorsque Becky pivota vers elle, elle avait le visage fermé.

Inutile d'être devin pour savoir que leur conversation était terminée.

La voiture d'oncle Harris se dirigeait lentement vers la demeure de lady Arundell, à Grosvenor Square. Evelyne fut néanmoins secouée lorsque les roues passèrent bruyamment sur une bosse dans la chaussée. Bientôt 21 heures. L'atmosphère était froide et humide, et le ciel d'un noir uniforme, sans aucune étoile. On aurait pu s'attendre à ce que les gens restent bien au chaud dans leur maison.

Mais pas à Londres. Et pas durant la saison.

De luxueuses voitures se pressaient dans les rues éclairées par des becs de gaz. L'écho du bruit des sabots se mêlait dans le brouillard aux cris des cochers de fiacres et aux éclats de rire des fêtards.

— Vous allez passer un bon moment, ce soir, déclara oncle Harris, assis à côté d'Evelyne.

Il était vêtu d'un habit noir. Une cape doublée de satin négligemment jetée sur ses épaules et une canne d'ébène complétaient sa tenue.

— Lady Arundell a invité un voyant pour la soirée, continua-t-il. Un homme célèbre, qui se fait appeler

Zadkiel. Il utilise une boule de cristal dont on dit qu'elle a appartenu à un magicien égyptien.

Evelyne se souvint qu'Anne avait fait allusion à un diseur de bonne aventure.

— Est-ce ce monsieur qui rédige l'almanach astrologique ?

— En personne.

— Va-t-il faire des tours devant nous ?

Oncle Harris la fixa, les yeux étrécis.

— La cristallomancie, ma fille, ne consiste pas en des « tours ». Pas lorsqu'elle est pratiquée par quelqu'un qui maîtrise cet art.

— Et ce M. Zadkiel est un maître ?

Le visage de son oncle s'assombrit.

— Le plus grand qui existe. C'est lui qui a prédit la mort du prince consort.

Evelyne ignorait que quelqu'un avait prédit la mort du prince Albert.

— Quand cela s'est-il passé ?

— L'année dernière. Si l'on avait pris cet homme au sérieux, la mort du prince consort aurait pu être évitée. Hélas, ces mystères sont dédaignés.

Ce qui n'était pas un mal, selon Evelyne. Cela lui semblait être, comme l'esprit familier de lady Arundell, un tel ramassis de sottises ! Elle fut sur le point de dire ce qu'elle en pensait, puis, se ravisant, elle se rencogna sur la banquette. Elle ne voulait pas se montrer blessante.

Elle n'avait pas envie de se disputer avec son oncle. D'autant qu'ils auraient suffisamment de sujets de discussion lorsqu'elle lui apprendrait que Fenny était peut-être à Londres.

Elle ne l'en avait pas encore informé, pas plus qu'elle n'avait écrit à tante Nora. Après sa discussion avec Ahmad, elle avait jugé préférable d'attendre.

Il lui semblait naturel de s'en remettre à lui. Mais, aussi, un peu étrange.

Elle n'avait jamais eu auprès d'elle une personne sur laquelle se reposer entièrement. Quelqu'un qui se serait chargé d'un fardeau ou aurait affronté un problème à sa place. Dans le passé, elle avait toujours dû compter sur sa propre ingéniosité.

Mais pas cette fois.

Ahmad lui avait dit qu'elle pouvait s'en remettre à lui, et c'était précisément ce qu'elle avait l'intention de faire.

Il avait promis de lui donner des nouvelles bientôt. En attendant, il ne servait à rien d'alarmer toute sa famille. Il existait peut-être une chance de résoudre le problème sans leur intervention.

La voiture ralentit, puis s'arrêta. Evelyne écarta le rideau de velours pour regarder par la fenêtre. La façade magnifique de la demeure des Arundell se dressait un peu plus loin. Un long cortège de voitures immobilisées précédait la leur.

— Pourquoi cet arrêt ? demanda son oncle en se tordant le cou pour voir à l'extérieur.

— Les autres invités, je présume. Il se peut que nous ayons à attendre un moment.

— Certainement pas ! Nous allons descendre ici.

Avec le pommeau de sa canne, il donna quelques coups dans le plafond du véhicule pour appeler le valet de pied.

Une sage décision, puisque tous deux arrivèrent devant la maison avant que la plupart des autres invités soient descendus de leur voiture.

Lady Arundell les accueillit dans le grand hall d'entrée dallé de marbre. Elle était vêtue d'une robe de velours noir, dont le buste et les manches s'ornaient d'une volumineuse dentelle noire. Sur sa poitrine opulente était épinglée une grande broche de jais sertie dans un cadre de cheveux tressés.

Anne se tenait dans l'ombre de sa mère. Ses boucles éclatantes étaient enfermées dans une épaisse résille de chenille noire. Elle s'harmonisait avec sa robe de bal, noire elle aussi, dont le seul et sobre ornement était une ganse noire. Elle soulignait le décolleté modeste, le bord des manches courtes et le bas de la jupe. Cette robe était d'une austérité qui aurait mieux convenu à une femme d'une cinquantaine d'années en deuil.

— Bonsoir, Fielding, dit lady Arundell. Bonsoir, mademoiselle Malravers.

Pointant son éventail de dentelle noire sur Evelyne, elle lui fit signe de tourner sur elle-même.

— Allez, ma fille. Laissez-moi vous regarder.

Après s'être débarrassée de sa cape, qu'elle remit au valet en faction, Evelyne accomplit une rapide rotation au bénéfice de lady Arundell. La lumière du lustre, au-dessus d'elle, accrocha les perles de verre de la première jupe, tirant mille feux du remarquable motif brodé.

Anne ouvrit de grands yeux.

— Ma parole, vous n'avez pas exagéré !

— Que voulez-vous dire ? demanda lady Arundell à sa fille.

— Mlle Malravers assurait que son couturier était supérieur à M. Worth. Il semblerait que ce soit la vérité.

Lady Arundell tira son face-à-main de sa manche et soumit Evelyne à un examen soigneux.

— Extraordinaire…

— C'est un nouveau couturier, dont l'atelier se situe dans Conduit Street, expliqua Evelyne. M. Ahmad Malik.

— Un Indien ? Hmm. J'ai quelques réserves sur la teinte de cette robe. Un peu gaie étant donné les circonstances, vous ne trouvez pas ? Mais votre couturier paraît avoir du talent.

Elle referma son face-à-main d'un coup sec.

— En vérité, Fielding, j'ai à peine reconnu cette jeune fille ! Il y a peut-être encore de l'espoir pour elle.

C'était sans doute un compliment de la part de lady Arundell.

— Certes, certes…, acquiesça oncle Harris d'un air distrait. Zadkiel est arrivé ?

— Il y a plus d'une heure, répondit lady Arundell. Il a installé une table dans la bibliothèque. Il a besoin d'un silence complet pour établir le contact.

Tandis qu'oncle Harris et lady Arundell s'absorbaient dans leur conversation, Anne glissa le bras sous celui d'Evelyne et l'entraîna discrètement à l'écart du hall. Des valets en livrée ne cessaient d'accourir pour s'occuper des nouveaux arrivants.

— Vous n'êtes pas censée accueillir le reste des invités ? s'enquit Evelyne.

— Plus maintenant, puisque votre oncle est là. Lui et ma mère s'en chargeront.

Anne marqua un silence avant de reprendre :

— Elle a raison, vous savez. Vous avez une allure extraordinaire. Je parie que vous serez la reine du bal.

Un peu embarrassée, Evelyne se sentit rougir.

— Vraiment ? Ma robe vous plaît ?

— Si elle me plaît ? Je suis positivement verte de jalousie ! répondit Anne en la conduisant dans un large couloir. La plupart des femmes portent des robes de couleur, ce soir, mais maman a tenu à ce que je reste en noir en signe de respect pour le prince Albert. Une robe de bal noire, franchement ! J'ai l'air d'une veuve.

— Le noir met votre blondeur en valeur.

— Cela tombe bien, il n'y a que ça ! Un corsage noir, une jupe noire, des ornements noirs. Et encore, si on peut appeler ça des ornements, poursuivit Anne, qui loucha de nouveau sur la robe d'Evelyne. Je me demande ce que votre M. Malik pourrait faire, avec seulement du tissu noir et un minimum d'ornements. Noirs, bien sûr.

Evelyne répondit sans une once d'hésitation.

— Il ferait des merveilles.

— Vous croyez ?

— Je sais qu'il en est capable. Il serait honoré de vous confectionner une robe.

— Il me faudra essayer de convaincre maman. Elle donnera peut-être son autorisation, à partir du moment où il accepte de respecter ses exigences.

— Du noir ?

— Uniquement. Maman prétend que les vêtements de deuil l'aident à rester proche du monde des esprits. Et ce soir, elle a sorti tous ses plus beaux souvenirs : une broche en jais faite avec des cheveux de mon père, un médaillon d'onyx contenant le portrait de ma tante sur son lit de mort, et une épingle à cheveux de laque noire, soi-disant constituée de l'os d'un doigt d'un prophète du XVIe siècle.

Evelyne frissonna.

— Un os humain ?

— Exactement. C'est d'un macabre ridicule. Mais maman est attachée au respect de ses rituels.

— Aurez-vous l'autorisation de danser ?

Elles traversèrent une première antichambre luxueuse, puis une seconde. Des appliques au gaz révélaient des murs tendus de soie magnifique, et ornés d'innombrables tableaux aux lourds cadres dorés. Ils représentaient des chevaux de race, de somptueux manoirs entourés de jardins, et des ancêtres Deveril aux cheveux blonds.

— Pour n'importe quelle autre femme vêtue comme moi, danser serait considéré comme excentrique, répondit Anne. Mais si nous étions vraiment en deuil, nous aurions annulé le bal. Même pour ma mère, c'était aller un peu trop loin. Après tout, où est le plaisir du spectacle s'il n'y a pas de public ?

Evelyne l'observa.

— Est-ce que cela rend les choses très difficiles pour vous ?

— Je l'avoue, ma situation est parfois pénible. Mieux vaut garder le sens de l'humour avec ces choses-là.

— Je suppose que vous avez raison.

— En outre, je ne suis pas toute seule. Stella, Julia et moi avons toutes rencontré des obstacles durant nos saisons. Allons à leur recherche.

Les deux jeunes filles n'étaient pas dans la pièce qu'elles traversèrent ensuite. Ni dans la salle de bal qui se remplissait rapidement.

Evelyne eut à peine le temps d'admirer le plafond en forme de dôme, orné de peintures, le trio d'énormes lustres, et l'estrade sur laquelle les membres de l'orchestre accordaient leurs instruments.

Elle n'eut qu'un aperçu de la magnificence des femmes dans leurs robes chatoyantes et des hommes en habit noir et blanc. Déjà, Anne l'entraînait vers les portes fermées d'une pièce à l'arrière de la maison.

— Le bureau de feu mon père, annonça-t-elle.

Ce fut là qu'elles trouvèrent Stella et Julia, assises côte à côte sur un canapé de cuir capitonné. Julia portait à ses lèvres un verre en cristal qu'elle tenait entre ses mains gantées.

— Ne buvez pas comme un colibri, était en train de dire Stella. Avalez-le d'une seule traite, comme un médicament.

— Très bien, s'il le faut…

Fermant les yeux avec force, Julia renversa le verre et avala son contenu d'une bruyante gorgée. Elle n'avait pas plus tôt dégluti qu'elle se mit à tousser violemment.

— Pouah ! C'est affreux !

— Mais qu'est-ce que vous faites ? s'exclama Anne en s'avançant dans la pièce, suivie d'Evelyne. C'est le scotch de ma mère ?

— C'est ce qu'il y a dans cette carafe sur la table des boissons, répondit Stella. Le liquide ambré. Je n'exclus pas que ce soit du scotch.

— Est-ce que le scotch brûle comme du feu ? demanda Julia, les yeux pleins de larmes.

— Comme tous les alcools.

Anne prit le verre des mains de Julia et le replaça sur la table d'acajou, à côté des boissons présentées sur un plateau d'argent.

— Je croyais que vous deviez être dans la salle de bal ? dit-elle ensuite.

— Nous étions dans la salle de bal ! répliqua Stella.

Julia toussa de nouveau.

— C'est ma faute. Je me tenais en compagnie des autres laissées-pour-compte quand, tout d'un coup, j'ai eu comme un poids dans la poitrine, si lourd que je ne pouvais plus respirer.

— Oh, mon Dieu, fit Anne dont l'expression s'adoucit. À cause de l'anxiété, je suppose ?

— Pire, dit Julia.

— Bien pire, renchérit Stella. Un gentleman s'est approché d'elle.

Anne jeta un regard vif à Julia.

— Quel gentleman ?

— Il était grand et sévère, avec des cheveux noirs et un visage buriné, répondit Julia, qui s'humecta les lèvres. Un soldat, je pense. Avec une terrible balafre sur le visage.

Anne en resta un instant bouche bée.

— Le capitaine Blunt ?

— Il était en compagnie de lord Ridgeway, qui a essayé de faire les présentations, précisa Stella. Il n'avait pas encore terminé quand Julia a eu sa crise.

— Le capitaine Blunt ? répéta Anne. Le héros de la guerre de Crimée ?

Evelyne avait déjà entendu mentionner ce nom.

— Ce n'est pas celui qui a un troupeau d'enfants illégitimes ? demanda-t-elle.

— Et une demeure hantée dans le Yorkshire ! renchérit Stella. Sa réputation le précède. Tout le monde sait qu'il est en quête d'une bonne à tout faire, à ramener dans le Nord avec lui.

Julia parut abasourdie.

— Il est venu tout droit vers moi !

— Qu'a-t-il dit ? demanda Anne.

— Je l'ignore, murmura Julia. J'avais les oreilles qui bourdonnaient et je ne pouvais plus respirer. J'ai cru que j'allais m'évanouir.

Anne fit la grimace.

— Mais vous ne vous êtes pas évanouie, n'est-ce pas ?

— Mais non, assura Stella en frottant le bras de Julia avec sollicitude. Elle est sortie de la salle de bal la tête haute. Et elle se sent beaucoup mieux maintenant, n'est-ce pas, ma grande ?

Julia poussa un gémissement.

— Vous auriez dû voir la manière dont il m'a regardée. Il était écœuré, je le sais.

— Les soldats n'aiment pas les femmes qui s'évanouissent, précisa Anne. Sauf si le soldat en question est jeune et galant.

— Et le capitaine Blunt n'est ni l'un ni l'autre, décréta Stella, qui se leva pour permettre à Anne de s'asseoir à sa place.

— Vous avez été surprise, c'est tout, assura cette dernière. Je me demande à quoi il jouait.

— Peut-être qu'il marquait simplement son intérêt ? suggéra Evelyne. Ce qui n'aurait rien d'étonnant. Vous êtes très belle, ce soir.

C'était l'entière vérité. Julia portait une robe de bal en crêpe bleu centaurée. Elle était ornée d'une profusion exagérée de volants et d'ornements, et ne pouvait se comparer au modèle d'Ahmad, mais sa couleur rehaussait l'éclat des yeux bleus de Julia. Ils étincelaient comme des saphirs.

— C'est vrai, admit Anne. Mais le capitaine Blunt, entre tous les hommes ? Ça ne me plaît pas.

— À moi non plus, dit Stella. Après tout, il était avec lord Ridgeway. Et nous savons ce que vaut Ridgeway.

Evelyne se tenait en retrait, avec l'impression d'être hors de son élément.

Ses nouvelles amies entendaient depuis des années des histoires sur les hommes en question. À défaut de les avoir rencontrés en personne, elles les connaissaient de réputation. Elles savaient qui était un monstre, qui un vaurien, qui était susceptible de maltraiter ses chevaux, qui avait besoin d'une femme corvéable à merci pour s'occuper de sa maison hantée pleine de bâtards…

Hélas, Evelyne savait que parmi ces monstres, ces débauchés et ces libertins, il lui fallait trouver un mari. Et même si elle désirait plus que tout rester en compagnie des trois jeunes filles, elle n'allait pas le trouver en restant cachée dans ce bureau.

Stella échangea un regard avec elle. Apparemment, ses pensées avaient suivi un cours identique, car elle déclara :

— Nous devrions retourner dans la salle de bal.

— Oh non, je ne peux pas ! s'écria Julia. Pas tout de suite.

— Vous et Evie pouvez y aller, dit Anne à Stella. Je resterai ici avec Julia jusqu'à ce qu'elle ait repris courage.

Stella quitta la pièce avec Evelyne, puis referma la porte derrière elles.

— Il faut que vous compreniez, Evie, dit-elle alors qu'elles avançaient dans le couloir. La timidité de Julia n'est pas seulement dans sa tête. Elle se manifeste dans son corps comme une maladie. Pour elle, une salle de bal surpeuplée est pratiquement une torture.

— C'est courageux de sa part d'être venue ce soir.

— Elle n'a pas eu le choix. Ses parents attendent qu'elle se donne du mal cette saison. La seule excuse qu'ils acceptent, c'est la mauvaise santé. C'est la raison pour laquelle Julia prend le lit lorsque les choses deviennent trop difficiles pour elle.

— Comme elle l'a fait la semaine dernière ?

Stella acquiesça d'un signe de tête.

— Il est dommage qu'elle ne puisse pas le faire avec plus de régularité. Cela dit, arguer d'une maladie chez les Wychwood n'est pas non plus sans danger. Ses parents ont recours à toutes sortes de charlatans. Pire, ils croient dur comme fer à l'utilité des saignées. C'est le prix que Julia paye chaque fois qu'elle prétend ne pas se sentir bien.

Un frisson parcourut le dos d'Evelyne. Elle ne supportait pas les saignées. Le médecin de Combe Regis savait qu'il valait mieux ne pas lui en parler.

— Ça paraît terrible…

— C'est bel et bien terrible ! Julia est douce, gentille, dotée d'un bon caractère. Mais, de plus en plus souvent, elle n'arrive pas à surmonter cette timidité et cette anxiété paralysantes. Selon Anne, il faudrait un gentleman spécial pour la délivrer de ce problème.

« Un gentleman spécial »…

L'expression virevolta dans l'esprit d'Evelyne, et finit par susciter l'image non pas d'un inconnu, mais celle d'un homme tout à fait reconnaissable. Il avait les cheveux noirs et les épaules larges, il se tenait près d'elle, très près d'elle, pour enrouler son mètre de couturier autour de sa taille.

Stella eut un léger gloussement.

— Oui, je sais, reprit-elle. N'est-ce pas ce que nous recherchons toutes ?

Evelyne ne parvint pas à trouver les mots pour répondre.

La vérité lui apparut avec la soudaineté de l'éclair, violente, inopportune. Elle lui coupa le souffle.

Bonté divine !

Elle n'avait pas besoin de chercher un gentleman spécial.

Elle l'avait déjà trouvé.

19

Evelyne n'eut pas le loisir de réfléchir à cette révélation fulgurante au sujet d'Ahmad Malik. Sitôt entrée dans la salle de bal, elle fut prise en main par lady Arundell, qui lui présenta un premier aristocrate d'un certain âge, puis un autre. Plusieurs invitations à danser s'ensuivirent.

Elle dut mobiliser toutes ses facultés pour se rappeler les messieurs dont les noms figuraient sur son carnet de bal. Et se souvenir des pas de danse, tandis que ces mêmes messieurs l'escortaient sur le parquet ciré.

Anne avait prédit qu'Evelyne serait la reine du bal. Alors qu'elle accomplissait un cercle autour de son quatrième cavalier de la soirée, la main posée sur la sienne, elle n'était plus loin de le croire.

Elle le devait à sa robe. Parce que celle-ci jetait des étincelles à la lumière des bougies, parce que le corsage orné de gaze épousait étroitement son buste, et que les deux amples jupes superposées ondoyaient autour de ses jambes. Dans cette robe, elle paraissait aussi sensuelle qu'une courtisane, aussi somptueusement élégante qu'une duchesse, telle une fleur de serre parfumée n'attendant plus que d'être cueillie.

— Toutes les jeunes femmes de votre village sont-elles aussi charmantes que vous, mademoiselle Malravers ? lui demanda lord Trent quand les figures d'une danse traditionnelle, très enlevée, les rapprochèrent. Vous me faites regretter de n'avoir jamais voyagé dans le Sussex.

Il ne s'agissait que d'un badinage sans conséquence, semblable à celui auquel s'étaient livrés tous les gentlemen avec lesquels elle avait dansé. Evelyne ne se sentait pas assez habile pour badiner en retour. Et elle n'osait pas s'y essayer, de crainte d'encourager lord Trent. Il était suffisamment âgé pour être son père.

— Vous me taquinez, monsieur, dit-elle.

— Ai-je l'air de vous taquiner, ma chère ?

Evelyne n'en savait rien. Elle avait ôté ses lunettes en entrant dans la salle de bal, et les avait glissées dans la poche secrète de sa robe. Ainsi, elle pouvait voir de loin. Elle avait donc pu admirer le plafond orné de peintures, ainsi que les grandes glaces qui garnissaient les murs hauts de deux étages. En revanche, à présent nez à nez avec son cavalier, elle regrettait de les avoir enlevées. Le visage de lord Trent lui apparaissait dans le brouillard.

La musique des violons s'amplifia jusqu'à un crescendo qui marqua la fin de la danse. Quand lord Trent lâcha sa main et esquissa un salut, Evelyne répondit par une révérence. En se relevant, elle retira ses lunettes de sa poche et les replaça sur son nez. Le visage du danseur lui apparut alors avec netteté.

Après lui avoir présenté son bras, il escorta Evelyne jusqu'à l'endroit où oncle Harris et lady Arundell se tenaient côte à côte, au milieu d'un cercle de plusieurs personnes, aussi bien hommes que femmes. Tous discutaient avec animation de ce jeune garçon, le médium de Birmingham, qui avait reçu des messages du prince Albert depuis l'autre monde.

— On prétend qu'il possède une très grande force spirituelle, disait lady Arundell. Aussi puissante que le don de Zadkiel lui-même.

— Non, non, je ne peux pas le croire, objecta oncle Harris. Un garçon sans éducation ne peut pas être comparé à un voyant aussi chevronné que Zadkiel.

Lord Trent se joignit avec empressement à la conversation.

— Est-il exact que les parents du garçon sont en communication avec Sa Majesté ?

Les gens s'exclamèrent, et les chuchotements reprirent avec une vigueur renouvelée.

Ce fut alors que des doigts se refermèrent sur le bras d'Evelyne. Avec un tressaillement de surprise, elle se retourna et se trouva face à un étranger de haute taille, impeccablement mis.

Non, en vérité, pas un étranger. C'était M. Hartford, l'homme railleur qu'Anne lui avait désigné dans Hyde Park. Celui qui s'était adressé à elle d'un ton moqueur.

Evelyne ignorait qu'il assistait à la soirée.

— Je vous demande pardon, mademoiselle Malravers, dit-il. Je crois que cette danse est pour moi.

En d'autres circonstances, elle aurait peut-être été flattée. M. Hartford était un bel homme fringant, séduisant, et plus grand que la plupart des hommes présents.

Il était également dangereux. Evelyne s'en serait aperçue même sans l'avertissement d'Anne. Il avait un air calculateur.

— Je ne crois pas, monsieur, répliqua-t-elle.

Elle ouvrit le carnet de bal pendu à son poignet par un cordon de soie, pour consulter la liste.

— Cette danse revient à M. Babcock.

— Et M. Babcock me l'a généreusement cédée, répliqua-t-il en lui présentant sa main. Si vous voulez bien... ?

Evelyne jeta un coup d'œil dans la salle de bal. M. Babcock, un homme plus âgé comme tous ceux avec lesquels elle avait dansé jusqu'à présent, se tenait un peu plus loin. Il eut un haussement d'épaules accompagné d'une mimique d'excuse.

Une brusque colère s'empara d'elle.

— S'il s'agit d'une farce quelconque...

— Ah, je vois que lady Anne vous a parlé de moi. Permettez que je vous donne un conseil. Vous seriez sage de ne pas prendre au pied de la lettre tout ce qu'elle dit me concernant. Ce n'est qu'une valse, mademoiselle, je vous l'assure, ajouta-t-il, la main toujours tendue. Ni une farce, ni un mauvais tour, ni quoi que ce soit d'autre.

L'orchestre joua les premières notes. La valse de Strauss, audacieuse et émouvante, s'éleva, emplissant la salle.

Et Evelyne se tenait toujours là. Au lieu de danser, elle faisait face à un gentleman dans une posture qui pouvait laisser croire à une dispute.

Les gens commençaient à les regarder.

À contrecœur, elle prit la main de M. Hartford et se laissa guider jusqu'à la piste de danse. Elle avait perdu Anne de vue. Pourvu que celle-ci ne la considère pas comme déloyale !

Glissant un bras autour de sa taille, Hartford l'entraîna dans une première rotation. En proie à l'incertitude, Evelyne faillit trébucher.

La dernière fois qu'elle avait valsé, c'était dans l'intimité de la maison familiale. Ses petites sœurs lui avaient servi tour à tour de partenaire pendant que tante Nora marquait la mesure sur le piano-forte. Toutes s'étaient employées à préparer Evelyne aux difficultés de la saison londonienne.

C'était pour ses sœurs qu'elle faisait cela. Tout cela, depuis sa nouvelle coiffure et son nouveau corset, jusqu'à ses robes et ses amazones d'une élégance jamais atteinte. C'était pour ses sœurs qu'elle devait épouser un homme riche. Ses sentiments à elle étaient censés venir en second. Et pourtant...

Pourtant, elle ne cessait de penser à Ahmad.

Quel effet cela ferait-il de danser avec lui ? D'être entre ses bras ?

— Détendez-vous, lui souffla M. Hartford alors qu'elle s'accrochait à son épaule pour conserver son équilibre. Ne réfléchissez pas. Et ne gardez pas les yeux baissés. Regardez-moi.

Mais Evelyne le regardait ! Du moins, elle s'y efforçait. D'autres couples tournoyaient autour d'eux au rythme étourdissant de la musique. À croire que tout le monde se pressait sur la piste de danse. Il restait à peine assez de place pour se mouvoir entre les amples jupes gonflées par les crinolines.

— Il y a beaucoup de monde, fit-elle remarquer. Peut-être que nous devrions...

— Ne prêtez pas attention à la foule, répliqua Hartford en la guidant d'une main experte dans la cohue. Laissez-moi vous mener.

Lui obéir allait à l'encontre de tous les instincts d'Evelyne. Mais il est vrai qu'il semblait savoir ce qu'il faisait. Peu à peu, elle se laissa entraîner autour de la salle.

Les personnes qui ne dansaient pas suivaient leur couple des yeux, les hommes avec un regard insistant, les femmes en chuchotant derrière leur éventail.

Evelyne sentit grandir son assurance. Elle éprouvait un sentiment semblable à celui ressenti lors de son entrée sur Rotten Row : la conscience stupéfiante d'une puissance féminine.

— Vous y êtes, approuva M. Hartford. Ce n'est pas si difficile...

— Pas difficile, non. Je manque simplement de pratique.

— Il n'y a pas de soirées dansantes dans votre village ?

— Bien sûr que si. Combe Regis n'est pas Tombouctou.

— Certes. Mais vos admirateurs ne parlent que de cela. De vos humbles origines.

— Je ne comprends pas pourquoi.

— Non ? Un petit village confère un air de fraîcheur à une jolie fille. Moins lorsqu'elle manque de charme.

Elle lui jeta un regard soupçonneux.

— Est-ce l'un de vos compliments qui se doublent d'une insulte ?

Il resserra l'étreinte de sa grande main autour de sa taille.

— Une autre mise en garde de lady Anne ?

Evelyne s'abstint de nier.

La musique enfla en arrivant à son terme, et il la fit tournoyer une dernière fois.

— Dites-lui quelque chose de ma part, voulez-vous ?

— Quoi donc ? demanda-t-elle, un peu haletante.

Il inclina la tête vers elle.

— Dites-lui qu'aucune plante ne peut s'épanouir à l'ombre d'une autre.

Elle l'observa, les sourcils froncés, en regrettant de ne pouvoir déchiffrer son expression.

— Je ne sais pas si c'est entièrement vrai, répliqua-t-elle.

— Contentez-vous de le lui dire.

La musique s'arrêta. Il s'écarta aussitôt d'Evelyne et s'inclina brièvement.

— Bonsoir, mademoiselle Malravers.

— Bonsoir, monsieur Hartford.

Quand elle se releva de sa révérence, il disparaissait déjà dans la foule. Elle le suivit des yeux, perplexe.

Quel homme curieux !

Abaissant un court instant ses lunettes afin de regarder par-dessus, elle traversa la salle de bal en quête de ses amies. Elle n'était pas retenue pour la danse suivante, et aurait volontiers bu un verre de limonade. Plus que tout, elle souhaitait retrouver Anne.

Cela ne lui fut pas difficile. Dans sa robe de bal noire, Anne ne passait pas inaperçue.

Evelyne la rattrapa juste au moment où elle quittait la salle.

— Où allez-vous ?

— Dans le salon de repos des dames. Lord Dawlish a marché sur l'ourlet de ma robe. Il faut recoudre la ganse.

Evelyne baissa les yeux.

— C'est ennuyeux.

— Oui, effectivement, dit Anne.

Puis il y eut un silence prolongé.

— M. Hartford m'a invitée pour une valse, finit par lâcher Evelyne.

— C'est ce que j'ai vu, répliqua Anne, le visage soigneusement impassible.

— Il n'était pas inscrit sur mon carnet de bal. Il s'est simplement imposé. Je n'ai pas refusé, car je ne voulais pas provoquer un incident.

— Pourquoi auriez-vous refusé ?

— Parce que vous le considérez comme un porc.

Evelyne attendit une seconde avant d'ajouter :

— Il m'a demandé de vous transmettre un message.

Une lueur d'intérêt passa fugitivement dans les yeux ambrés d'Anne.

— Vraiment ?

— Il m'a chargée de vous dire qu'aucune plante ne peut s'épanouir à l'ombre d'une autre. J'ignore ce que cela signifie.

— Il a dit ça...

L'expression d'Anne se fit tendue. Cette fois, ce fut de la colère qui flamba dans ses yeux. Elle recommença à marcher dans le couloir.

— Je ne me trompais pas. C'est bel et bien un porc !

Evelyne la suivit. Elle attendit une explication, mais comme Anne ne disait rien de plus, elle changea de sujet.

— Je vous ai vue danser tout à l'heure. Qui... ?

— Le comte de Gresham. Il veut désespérément une femme. Ou plutôt, il veut désespérément un héritier. Il a largement passé les cinquante ans.

— Il ne paraît pas très prometteur.

— Cela aurait pu être pire. Gresham est arrivé juste avant M. Fillgrave pour la danse traditionnelle.

— M. Fillgrave est ici ?

— Malheureusement, oui. Il a déjà dansé avec Stella. La pauvre ! J'aurais presque préféré que Hartford l'invite, plutôt que ce jacasseur condescendant.

— Pourquoi votre mère invite-t-elle de tels hommes ? demanda Evelyne.

— Maman invite tous ceux qui s'intéressent au spiritisme. À partir du moment où ils sont riches, et qu'elle les croit respectables...

— Anne ! fit la voix retentissante de lady Arundell derrière elles.

Anne sursauta et s'arrêta immédiatement. Lorsque toutes les deux se retournèrent, lady Arundell fondait sur elles comme un navire, toutes voiles – noires – dehors.

— Où allez-vous ?

— Dans le salon de repos, répondit Anne. Il faut que je fasse recoudre l'ourlet de ma robe.

— Peu importe votre robe, ma fille. Zadkiel est prêt. Vous devez m'accompagner. Dmitri assure que les liens familiaux aident à ancrer les esprits.

— Mais...

— Je ne veux entendre aucune objection, coupa lady Arundell, qui se tourna ensuite vers Evelyne. Venez vous aussi, mademoiselle Malravers. Votre oncle a été appelé également. Votre présence en tant que membre de sa famille aidera à diriger les énergies de Zadkiel.

Cela étant dit, elle repartit d'un pas décidé vers le vestibule.

— Tout de suite, jeunes filles, lança-t-elle. Ne traînez pas !

Anne emboîta docilement le pas à sa mère. Evelyne, après l'avoir rejointe, lui jeta un regard oblique.

— Est-ce que c'est...

— Une mascarade ? Oui, répondit Anne en baissant la voix. Zadkiel n'est pas un mystique. C'est un ex-lieutenant de la marine nommé Morrison, qui s'est débrouillé pour convaincre tout Londres qu'il communique avec les esprits. Je me demande s'il ne le croit pas lui-même. Il va nous offrir une séance intéressante, je n'en doute pas.

— Selon mon oncle, il a prédit la mort du prince Albert, chuchota Evelyne.

— Effectivement, acquiesça Anne, sans paraître impressionnée le moins du monde. Il a aussi annoncé qu'en janvier, nous connaîtrions « un incendie ». Et que le mois dernier, lord Palmerston recevrait « un choc soudain ». Ni l'un ni l'autre ne s'est produit.

Elles entrèrent à la suite de lady Arundell dans la bibliothèque. Il régnait dans la vaste pièce tapissée de boiseries une légère odeur de cuir et de tabac pour pipe. Des bibliothèques s'alignaient le long des murs, entre les fenêtres voilées de lourdes tentures. Une lampe à gaz, baissée au minimum, jetait un reflet rougeâtre, inquiétant, sur les meubles d'acajou foncé et sur les épais tapis d'Aubusson.

Une table ronde, noire, recouverte de feutre vert, avait été placée au fond de la pièce. Deux hommes étaient assis, dont les visages étaient éclairés par une unique bougie.

L'un d'eux était oncle Harris.

L'autre, plus âgé, portait un costume sobre et une cravate soigneusement nouée. Il avait largement soixante ans, le visage rasé et des cheveux gris qui dégageaient un front sévère.

Zadkiel, supposa Evelyne.

Devant lui se trouvait une petite boule de cristal.

L'homme se leva, de même qu'oncle Harris.

— Bonsoir, lady Arundell.

D'un geste, elle leur fit signe de se rasseoir.

— J'ai amené ma fille, Anne. Et la nièce de M. Fielding, Mlle Malravers.

Zadkiel s'inclina, avant de se rasseoir.

— Si vous voulez bien prendre place, mesdames. Je vous demande à tous d'enlever vos gants.

Evelyne prit la chaise vacante à côté de son oncle. Lady Arundell et Anne s'assirent. Tous les quatre ôtèrent leurs gants de soirée.

— Les mains sur la table, si vous le voulez bien, reprit Zadkiel. Les paumes à plat, doigts ouverts.

Evelyne et ses compagnons obéirent. La flamme de la bougie vacilla et crachota, comme poussée par un souffle invisible.

Zadkiel les regarda l'un après l'autre, l'air solennel.

— Je sens qu'il y a des incrédules parmi nous...

Lady Arundell se racla la gorge.

— La jeunesse n'imagine pas les mystères de la vie.

— Rien de surprenant, dit Zadkiel. Et pourtant, ce qui est assez étrange étant donné les circonstances, je sens une puissante énergie parmi nous.

— Ah oui ? fit oncle Harris en se penchant vers la table. Elle ne vient pas de ma nièce, n'est-ce pas ?

— C'est Anne, déclara lady Arundell. Forcément. Dmitri a toujours dit que ma fille possédait un don.

— Ce n'est pas lady Anne, répondit Zadkiel, dont le regard alla se poser sur Evelyne. Cette énergie émane de vous, mademoiselle.

Evelyne battit des paupières.

— Moi ? Mais... je n'y crois pas.

— Les esprits ne sont pas des êtres féeriques auxquels il faut croire pour qu'ils existent. Ce sont des âmes passées au-delà de notre entendement...

La voix de Zadkiel avait pris des modulations hypnotiques. Il fixait des yeux sa boule de cristal, dont la surface irrégulière diffractait la flamme de la bougie.

Anne avait raison : la séance s'annonçait intéressante. Evelyne avait beau savoir qu'il n'y avait rien de réel dans cette démonstration, son cœur tressaillit d'excitation lorsque Zadkiel finit par annoncer :

— Je vois un homme.

Lady Arundell laissa échapper un son étouffé.

— Est-ce le prince consort ?

Zadkiel fronça les sourcils.

— Les nuages ne sont pas encore dissipés. Je ne distingue pas clairement son visage. Mais les esprits sont nombreux à être sortis, ce soir. Nous devrions bientôt entrer en contact...

Il se pencha sur sa boule de cristal.

— Ah ! Il commence à apparaître. Un guide, envoyé pour nous conduire.

— Pouvons-nous parler avec lui ? demanda oncle Harris en tendant le cou pour essayer de voir, lui aussi.

— Oui, il faut que nous parlions à cette personne, dit lady Arundell en scrutant la surface de cristal. Interrogeons-le.

— Il s'éloigne, annonça Zadkiel. S'il vous plaît, madame, je dois avoir le silence.

Lady Arundell se redressa, désappointée.

Evelyne échangea un coup d'œil avec Anne, dont la bouche frémit.

— Silence, répéta Zadkiel. Il essaye de nous atteindre... de nous envoyer une vision. Nous devons lui offrir des conditions hospitalières.

Durant la demi-heure suivante, tous observèrent un silence absolu, le regard fixé sur la boule de cristal, attendant que quelque chose se passe.

Les yeux d'Evelyne finirent par fatiguer. Elle faillit se convaincre qu'elle voyait un mouvement à la surface du cristal. L'ombre d'une silhouette. Un homme, oui, incontestablement. Un bel homme aux cheveux noirs. Plus elle fixait la boule, plus il apparaissait clairement.

Elle n'était pas la seule à imaginer des choses.

— Je vois un château en ruine, déclara lady Arundell. Les restes d'un bâtiment de brique rouge.

Oncle Harris hocha la tête avec ferveur.

— Je le vois, moi aussi.

Anne scruta la boule de cristal, le front plissé. Puis, d'un haussement de sourcil, elle interrogea silencieusement Evelyne.

Celle-ci secoua imperceptiblement la tête. Elle ne voyait aucun château de brique rouge, en ruine ou pas.

— Il y a un corps de garde ! s'exclama oncle Harris.

— Et une tour couverte de lierre, renchérit lady Arundell.

— Ne sont-ce pas des douves ? continua oncle Harris, captivé.

— Mais si, mais si ! confirma lady Arundell.

Puis, extatique :

— Ma parole... c'est Kirby Castle !

Ce fut tout juste si oncle Harris ne tomba pas de sa chaise.

— Par Jupiter, vous avez raison !

— Ce château signifie-t-il quelque chose pour vous, madame ? demanda Zadkiel. Monsieur ?

— Pas en soi, répondit lady Arundell. Mais étant donné les événements récents survenus dans le royaume spirite, son emplacement doit être crucial.

— Kirby Castle se trouve dans le Leicestershire, annonça oncle Harris. Le garçon médium est né dans le Leicestershire. C'est un signe, certainement.

L'ample poitrine de lady Arundell se gonfla d'aise.

— Les messages que ce garçon a reçus du prince consort sont légitimes. Impossible d'en douter.

Elle reporta alors les yeux sur Evelyne.

— Et c'est grâce à votre énergie que nous avons pu le voir.

— Mon énergie ? s'exclama Evelyne avec un geste de recul. Je ne pense vraiment pas que...

— Madame a raison, déclara Zadkiel. Je la ressens très fortement. Vous avez un don.

Oncle Harris, lui aussi, dévisageait Evelyne. On eût dit qu'il la voyait pour la première fois.

— Eh bien, murmura-t-il. Cela change tout.

20

La déclaration de Zadkiel au sujet d'Evelyne eut un effet immédiat. Elle lui acquit non seulement l'estime de son oncle, mais celle de toute la société férue d'occultisme. Quand arriva le lundi après-midi, Evelyne avait reçu une dizaine d'invitations à différentes manifestations, ayant toutes plus ou moins un rapport avec l'astrologie, la cristallomancie et le royaume spirite.

— Il y a pire chose au monde que d'être connue pour avoir une grande énergie psychique, fit remarquer Anne, venue ce jour-là à Russell Square en compagnie de Julia et de Stella.

— Cela a incité mon oncle à s'intéresser à moi, c'est sûr, acquiesça Evelyne en versant le thé dans quatre tasses.

— Plutôt une bonne chose, non ? dit Stella.

Evelyne fit la grimace.

— Cette attention soudaine ne me gênerait pas autant si ce qu'a dit Zadkiel était vrai. Mais j'ai l'impression d'être le pire des imposteurs.

— Pourquoi ? s'étonna Anne. Ce n'est pas vous qui avez prétendu avoir un don.

— Non, certes, admit Evelyne en tendant à chacune sa tasse de thé.

— En vérité, peut-être que c'est vrai, déclara Julia, assise dans le canapé aux accoudoirs ornés de volutes. L'esprit humain est plein de mystères.

Stella hocha la tête avant d'ajouter :

— Vous pouvez posséder des pouvoirs auxquels vous n'avez pas encore eu accès.

— Non, je n'en ai pas, soutint Evelyne.

— Cela n'a pas vraiment d'importance, décréta Anne, tout en buvant son thé à petites gorgées. Rien qu'en le suggérant, Zadkiel vous permet de recevoir des invitations pour les soirées les plus intéressantes.

— Et des visites. Des tas de visites ! s'exclama Stella.

Sur ce point, elles avaient raison.

Peu après le départ des trois jeunes femmes, lady Blackstone se présenta à Russell Square. C'est elle qui organisait le bal dans les jardins de Cremorne le mois suivant. Après elle vinrent Mme Holt-Simmons et sa sœur, deux jeunes veuves vêtues de noir qui croyaient fortement à la cristallomancie.

À peine avaient-elles pris congé que Mme Quick apporta à Evelyne la carte de la visiteuse suivante. Un nom était gravé en lettres élégantes :

Mildred Lacey, vicomtesse Heatherton.

Evelyne s'efforça d'ignorer une brusque appréhension. Contrairement à ses visiteuses précédentes, qu'elle avait rencontrées au bal Arundell, elle ne connaissait pas lady Heatherton. Elle ne savait rien d'elle, hormis ce que ses amies lui avaient raconté.

— Faites-la entrer, madame Quick, finit-elle par dire.

Puis elle attendit, s'attendant au pire.

Mais si la vicomtesse avait des griffes, elles étaient, pour le moment en tout cas, soigneusement rentrées. La silhouette fine et délicate, lady Heatherton pénétra d'un pas léger dans le salon. Un sourire était fixé sur son visage de porcelaine, à l'ovale parfait. Evelyne fut frappée par sa beauté.

— Bonjour, mademoiselle Malravers, dit-elle en la saluant d'une inclination hautaine de la tête.

— Bonjour, lady Heatherton.

— Vous allez me juger bien impertinente de me présenter ainsi chez vous. Nous n'avons pas été officiellement présentées. Je connais néanmoins votre oncle.

— Je crains qu'il ne soit absent, dit Evelyne, qui l'invita à s'asseoir.

— Peu importe. C'est vous que je voulais voir.

Ayant pris place sur le canapé, lady Heatherton s'employa à disposer ses jupes, ce qui n'était pas une mince affaire. En effet, sa robe d'après-midi en taffetas de soie était un merveilleux assemblage de volants, de franges, de glands et de nœuds de ruban. Sa toilette témoignait de sa richesse.

— Je suis venue pour assouvir ma curiosité, expliqua-t-elle.

— Oui ?

Les lèvres de lady Heatherton esquissèrent un sourire qui ne toucha pas ses yeux.

— Après l'article paru dans le journal de ce matin, il me fallait tout simplement vous voir de mes propres yeux.

Evelyne avait lu les quelques lignes parues dans le carnet mondain. Son nom n'y figurait pas, mais l'article faisait une nouvelle allusion à l'« écuyère ».

La rumeur veut que notre écuyère à la chevelure blond vénitien ne soit pas une banale inconnue, mais une demoiselle en quête de mari, fraîchement arrivée de son humble comté natal. Elle a été vue vendredi au bal de lady A... et votre correspondant peut assurer qu'elle était aussi éblouissante sans son étalon que montée sur celui-ci.

Evelyne avait été contente d'être mentionnée, même de cette manière détournée.

— Vous devez être excitée de recueillir de telles louanges si tôt dans votre saison, poursuivit lady Heatherton. Une fille comme vous, tout juste arrivée de la campagne...

— Excitée, je ne sais pas..., dit Evelyne en souriant.

Elle était toutefois heureuse que ce billet puisse éventuellement bénéficier à Ahmad. Plus elle recevrait de compliments, plus on porterait attention à ses modèles.

S'il rencontrait un grand succès, alors peut-être… peut-être qu'un avenir avec lui serait possible.

C'était une pensée sur laquelle elle n'aurait pas dû s'appesantir. Elle ne savait même pas si Ahmad partageait ses sentiments. Bien sûr, il avait admis qu'elle l'inspirait. Qu'il la considérait comme une muse. Mais les sentiments d'Evelyne allaient au-delà.

— Allons, vous n'allez pas prétendre que vous n'aspirez pas à la notoriété, répliqua lady Heatherton. Trois amies m'ont parlé de la robe que vous portiez vendredi au bal de lady Arundell. Selon elles, c'était un triomphe.

— Tout le mérite en revient à mon couturier.

— Et qui est cette personne ?

Evelyne éprouva une curieuse réticence à lui répondre. Bien que très belle, la vicomtesse avait dans l'expression quelque chose de venimeux qui la faisait ressembler au cobra auquel Stella l'avait comparée.

— Vous devez bien connaître son nom ? insista lady Heatherton.

— M. Malik, dit Evelyne à contrecœur. Il travaille chez Doyle & Heppenstall, dans Conduit Street.

Les yeux de la vicomtesse étincelèrent.

— Il a fait pour vous davantage qu'une robe de bal.

Ce n'était pas une question.

— Il a réalisé plusieurs robes pour moi, oui, admit Evelyne.

— Cette robe, par exemple ?

Evelyne portait une robe d'alpaga d'un safran profond. Elle était dépourvue des riches ornements de la robe de lady Heatherton, mais sa coupe impeccable et sa couleur chaude mettaient extraordinairement en valeur sa silhouette, ses cheveux et son teint.

— Oui, effectivement. Il a beaucoup de talent.

— Et de séduction, ai-je cru comprendre.

Evelyne ne répondit pas.

— Une jeune fille ne peut jamais se montrer trop prudente, reprit lady Heatherton. Permettre à un homme de lui faire des robes...

— M. Worth est un homme.

— C'est un Anglais, formé au style français. Où M. Malik a-t-il été formé ?

Evelyne savait parfaitement où Ahmad avait appris son métier, mais elle n'avait pas l'intention de révéler cette information à quiconque, et surtout pas à lady Heatherton.

— Je ne me suis pas renseignée. Cela ne semble guère important lorsqu'un couturier possède de tels dons.

Le sourire de la vicomtesse se fit aussi coupant que le verre.

— Vous êtes très jeune, n'est-ce pas ? Ou est-ce dû seulement à vos origines campagnardes ? Les filles des petits villages ne sont guère au courant de nos mœurs londoniennes. Prenez garde de bien choisir vos fournisseurs, continua-t-elle en fixant sur Evelyne un regard aussi glacial que son sourire. La réputation d'une femme est une denrée fragile.

Evelyne sentit un frisson lui courir sur la nuque. Les paroles de la vicomtesse semblaient contenir une menace.

Était-elle au courant de l'histoire de Fenny et du scandale survenu trois ans auparavant ?

Mais quel intérêt aurait lady Heatherton à évoquer l'affaire ? Aucun, bien sûr. Non, elle aiguisait simplement ses griffes sur elle, comme Stella l'avait prédit. Face au succès naissant d'Evelyne, elle usait de procédés détournés pour assurer sa domination.

Evelyne résolut de ne pas lui prêter attention. À cheval, on ne gagnait jamais rien en s'arrêtant pour réprimander sa monture. La seule façon de décourager la désobéissance ou la mauvaise volonté était de continuer à avancer. Les choses finissaient en général par se résoudre d'elles-mêmes.

— Ma réputation n'a rien à craindre, assura-t-elle. Mais je vous remercie de ce conseil.

Ahmad déposa son chargement de cartons sur le canapé du petit salon. Un feu brûlait dans la cheminée, et les rayons du soleil se déversaient dans la pièce par les hautes fenêtres. Il était 10 h 30, heure à laquelle la plupart des femmes du monde étaient encore couchées. S'il s'était agi de n'importe qui d'autre, Ahmad aurait retardé sa venue.

Mais Evelyne Malravers n'était pas comme les autres Londoniennes de qualité.

Ayant été élevée à la campagne, elle avait gardé l'habitude de se lever tôt. Il savait au moins cela à son sujet. Elle montait parfois à l'aube avec ses nouvelles amies, cavalières elles aussi – la fille de lady Arundell et deux autres jeunes femmes, Mlles Wychwood et Hobhouse.

Ahmad les avait vues le matin même dans Hyde Park. Il était allé marcher au lever du soleil pour s'éclaircir les idées, et elles étaient passées au petit trot toutes les quatre, riant et bavardant.

Evelyne portait sa plus récente tenue d'équitation. Celle en velours de Venise couleur havane, qu'il avait dessinée pour elle. C'était une lettre d'amour sous la forme d'un vêtement somptueux dont chaque point, chaque couture était empreinte d'une intention sensuelle. L'étoffe de laine luxueuse entourait son corps tout en douceur et délicatesse comme il aurait aimé l'enlacer lui-même.

Malheureusement, avec Mlle Malravers, il devait se contenter de ce substitut. Il n'y avait pas d'alternative possible.

Bientôt, c'était inévitable, elle rencontrerait quelqu'un et se marierait. Déjà, elle attirait l'attention, et avait eu à deux reprises l'honneur de figurer dans le carnet mondain du journal. La seconde fois, à la suite de son apparition au bal Arundell. En lisant le billet, Ahmad avait éprouvé une jalousie dévorante. Il aurait aimé la voir évoluer dans la salle de bal. Et que n'aurait-il pas donné pour danser avec elle !

— Bonjour !

Comme si les pensées d'Ahmad l'avaient fait apparaître, la jeune femme entra dans la pièce. Sa chevelure était roulée en arrière dans une résille invisible, et elle portait une robe de jour en popeline claire. L'un de ses modèles.

L'ourlet de la large jupe était souligné de plusieurs bandes ondulantes en velours de Solférino, qui remontaient le long d'un côté pour venir former un nœud de velours écarlate à la taille. Une robe féminine, bien que dépourvue de tous les détails superflus des robes de jour à la mode. Pas de volume inutile, pas de drapés, de bouillonnés, de franges et autres surcharges décoratives.

— Quand Mme Quick m'a annoncé votre arrivée, j'ai craint d'avoir oublié l'un de nos rendez-vous, dit-elle avec un sourire chaleureux. Nous n'en avions pas ce matin, n'est-ce pas ?

— Pas aujourd'hui, non.

Elle remarqua alors le tas de cartons qu'il avait apportés.

— Ma dernière commande ?

— En partie. Des jupes, des blouses, et quelques robes de jour supplémentaires.

Après s'être approchée du canapé, Evelyne souleva le couvercle de la première boîte.

— Vous les avez terminées rapidement !

— Certains modèles sont moins longs à confectionner que d'autres.

D'autant qu'il bénéficiait de l'aide de Mira et de Becky, et qu'il disposait d'une machine à coudre dans l'atelier de Doyle & Heppenstall.

— Les vêtements brodés ou plus compliqués demanderont davantage de temps, ajouta-t-il.

Elle lui jeta un regard de curiosité.

— En général, vous ne vous chargez pas des livraisons.

— J'avais besoin d'une excuse pour vous voir, admit-il.

Elle resta un instant coite. Puis demanda :

— Vous avez des nouvelles de ma sœur ?

— Oui. Finchley m'a envoyé un billet il y a moins d'une heure.

Ahmad tira la feuille de papier pliée de la poche intérieure de sa redingote. Dans un froufrou de jupes et de jupons, Evelyne s'approcha.

— Que dit-il ?

— Il donne une adresse près des docks, répondit Ahmad en lui tendant le papier. Celle d'une auberge.

— Et Fenny est là-bas ? Avec Anthony ?

— Il semblerait.

Evelyne plaqua la main sur son estomac. Puis elle poussa un soupir tremblant.

— Oh, le ciel soit loué ! Je n'osais pas y croire.

Elle déplia le feuillet pour lire l'adresse.

— Je dois y aller !

Ahmad secoua la tête.

— Vous ne pouvez pas vous rendre là-bas.

— Bien sûr que si. Il le faut !

— Vous ne le pouvez pas, répéta-t-il. Ce n'est pas un endroit sûr.

— Fenny est là-bas. Il n'y a donc pas de danger.

— Je ne sais rien de la sécurité de votre sœur. En revanche, je connais cette partie de Londres. Elle est dangereuse pour une femme, même en plein jour. Vous courez le risque d'être assassinée. Voire pire.

Evelyne répliqua d'un ton vif :

— Franchement, qu'est-ce qui peut être pire qu'être assassinée ?

Ahmad lui adressa un regard dur. Elle rougit lorsqu'elle comprit, et il fut soulagé de n'avoir pas à énoncer la chose à voix haute.

— Je n'ai pas l'intention de m'attarder, rétorqua-t-elle, sur la défensive. Juste le temps de m'entretenir avec Fenny. Je ne ferai qu'entrer et sortir.

— Parce que vous pensez que cela changera quelque chose ? Il y a des gens, là-bas... des gens désespérés et prêts à tout. Des hommes capables de vous trancher la gorge après un seul regard jeté sur vous.

— Je n'ai pas peur.

— C'est un tort. Et si vous ne craignez pas pour votre vie, prenez au moins votre réputation en considération. Imaginez ce qu'il adviendrait si vous étiez surprise à vagabonder dans les bas quartiers ? Vous perdriez votre honneur, ainsi que tout espoir de faire un jour un beau mariage.

Elle pinça les lèvres, en proie à une frustration grandissante. Lentement, elle replia le billet.

— Que suggérez-vous ?

— Laissez-moi y aller. Je parlerai à votre sœur en votre nom.

— Pourquoi vous écouterait-elle ? Vous êtes un étranger. Il est même probable qu'elle ne vous recevra pas. Non, poursuivit-elle en secouant la tête. Il faut que ce soit moi. Je peux emmener Lewis ou...

— Votre palefrenier, à son âge ? Grands dieux, Evie, il ne s'agit pas de votre village du Sussex !

Ses yeux s'agrandirent, et Ahmad prit conscience qu'il avait non seulement utilisé son prénom, mais sous la forme du diminutif affectueux réservé à ses proches. Une familiarité ajoutée à une familiarité.

Enfer et damnation !

— Pardonnez-moi, dit-il en hâte. Je ne voulais pas...

— Il n'y a pas de problème. Cela ne me dérange pas. C'est simplement que...

— Vous êtes inquiète au sujet de votre sœur. Je comprends.

Ahmad passa la main dans ses cheveux.

— Si vous insistez pour aller là-bas...

— Oui, j'insiste.

— ... il vous faut être escortée par quelqu'un qui sait où il met les pieds.

— Vous voulez dire... vous ?

De nouveau, Ahmad réprima un juron. Pourtant, oui, c'est sans doute ce qu'il voulait dire.

Il n'était responsable d'elle en aucune manière. Il était son couturier, pas son protecteur. Une fois le billet remis, il aurait dû repartir et ne plus y penser.

Mais il ne voyait pas à qui il pourrait faire confiance pour assurer la sécurité d'Evelyne.

— Il faut que ce soit la nuit, finit-il par dire. Pour profiter de l'obscurité. Sinon, vous courrez le risque que nous soyons vus ensemble.

Une rougeur de défi se répandit sur le visage d'Evelyne.

— Je n'ai pas honte d'être vue avec vous.

— Il ne s'agit pas de cela. Mais le fait d'être surprise avec moi en dehors de chez Doyle & Heppenstall serait aussi dommageable pour votre réputation que d'être vue dans une auberge sur les quais.

Elle ne chercha pas à contester ce point. Au moins un motif de satisfaction pour Ahmad. Si Evelyne ne manquait pas d'opiniâtreté, elle n'était pas non plus une tête brûlée.

— La nuit venue, donc, dit-elle. Ce soir ?

Ahmad la dévisagea. Il ne pouvait pas ignorer l'avertissement que lui lançaient les battements précipités de son cœur.

Il avait conscience qu'ils s'apprêtaient à franchir une étape. À attaquer une muraille dont ils avaient déjà, peu à peu, fait tomber un certain nombre de pierres. Cette muraille préexistait à leur rencontre, à cause de leurs origines, de leurs classes différentes. Elle avait été érigée longtemps auparavant, et fortifiée par des siècles de peur, de ressentiment et de méfiance.

Il ignorait ce qu'il y avait derrière cette muraille. Mais une fois qu'elle aurait été franchie, il n'y aurait plus de retour possible.

Il inclina la tête.

— D'accord. Ce soir.

21

Ahmad aida Evelyne à monter dans la voiture de louage. Elle était enveloppée d'une cape de lainage sombre qui dissimulait sa silhouette et son visage. La voiture vacilla légèrement quand il monta à sa suite. Après avoir refermé la portière, il prit place à côté d'elle. Comme tous les coupés, celui-ci ne comportait que deux places étroites. Ils étaient épaule contre épaule, et les amples jupes d'Evelyne s'écrasaient contre sa jambe. Ahmad se plaça en oblique, le dos dans l'angle.

Quand le coupé s'ébranla, la lampe intérieure se balança au rythme du clip-clop des sabots du cheval sur les pavés. Elle éclaira Evelyne d'une lueur mouvante.

Derrière eux, l'entrée arrière de la maison de son oncle fut peu à peu avalée par le brouillard.

— Vous n'avez pas eu de problème pour sortir ? lui demanda-t-il.

Evelyne repoussa sa capuche. Ses cheveux soigneusement tressés étaient rassemblés en un simple chignon sur la nuque.

— J'ai dû dire à Agnès que je partais. Sinon, elle aurait lancé l'alarme. Et je soupçonne Mme Quick de le savoir. Elle sait tout ce qui se passe dans la maison de mon oncle.

— Va-t-elle le lui dire ?

— J'en doute.

Il était 22 h 30 passées. Encore tôt au regard des habitudes de la haute société londonienne, mais suffisamment tard pour leur procurer la discrétion nécessaire. L'obscurité enveloppait la ville, trouée seulement par le halo occasionnel d'un bec de gaz ou les lanternes d'un véhicule de passage.

— Je n'étais jamais montée dans un coupé, dit-elle. Vous l'avez loué pour la soirée ?

Ahmad hocha la tête. Un coupé était moins encombrant qu'une voiture tirée par deux chevaux.

— Là où nous allons, il faut pouvoir nous déplacer rapidement. Et mieux vaut que vous ne soyez pas vue.

— Vous devez me dire combien je vous dois pour cette dépense.

— C'est sans importance.

— Pas du tout. Je ne veux pas que vous ayez des frais à cause de moi.

Ahmad fut surpris d'éprouver une brusque irritation. N'était-ce pas stupide ? Il aurait dû être reconnaissant à Evelyne de prendre en considération ce genre de choses.

Elle avait d'ores et déjà acquitté plusieurs de ses factures. Parmi les femmes de la haute société, très rares étaient celles si promptes à régler leurs commandes.

Ahmad y avait vu toutefois le rappel désagréable que leurs relations étaient d'abord commerciales, de cliente à fournisseur.

Après avoir payé leurs gages à Mira et à Becky, il avait investi l'argent restant dans son affaire. Il l'avait utilisé pour acheter les étoffes et la passementerie nécessaires pour confectionner la prochaine robe de bal d'Evelyne, ainsi que les robes du soir dont elle aurait bientôt besoin.

Mais recevoir de l'argent de sa part lui avait semblé incorrect. À cause de ce qu'il éprouvait pour elle, bien sûr.

— Nous réglerons cela plus tard, se contenta-t-il de dire.

Elle n'insista pas. Après avoir lissé quelques plis sur sa jupe, elle se rencogna contre la paroi du véhicule.

Plusieurs minutes s'écoulèrent, pendant lesquelles on n'entendit que le bruit de l'équipage roulant dans les rues de Londres. Le silence entre eux se fit de plus en plus lourd et oppressant.

Ce fut Evelyne qui tenta de le rompre.

— Je ne vous ai pas raconté le bal de lady Arundell...

Ahmad lui jeta un regard sombre. La dernière chose qu'il avait envie d'imaginer à cet instant, c'était Evelyne en train de danser avec une succession d'Anglais bien nés.

— Vous avez remporté un grand succès, je présume ?

— Pas seulement de la manière que vous pensez. Votre robe a été immensément admirée, cela va sans dire. De nombreuses femmes se sont renseignées sur ce modèle. Mais mon triomphe personnel n'a pas eu lieu dans la salle de bal. En fait, c'est une histoire plutôt amusante.

En réponse à son haussement de sourcils interrogateur, elle esquissa un sourire.

— Lady Arundell avait invité lors de cette soirée un célèbre liseur de boule de cristal, expliqua-t-elle. Un homme qui se fait appeler Zadkiel. Lady Anne et moi avons été obligées d'assister à la séance qu'il a donnée pour lady Arundell et mon oncle.

Evelyne lui raconta ce qui s'était passé alors, et la conclusion à laquelle était parvenu le voyant. Selon ce personnage, elle possédait une énergie psychique d'une puissance extraordinaire.

— En conséquence, lady Arundell attend de moi que je participe davantage à ses activités spirites. J'ai déjà accepté des invitations à un bal et à un feu d'artifice dans les jardins de Cremorne, à un dîner avec la Société archéologique, ainsi qu'à plusieurs autres manifestations.

En passant dans un nid-de-poule, la voiture les projeta l'un contre l'autre. Ahmad cala son bras le long du dossier de la banquette.

— Et ce n'est pas tout, poursuivit Evelyne. Lady Arundell s'est mis en tête de rendre visite à ce garçon de Birmingham. Celui qui prétend avoir reçu des messages du prince Albert. Mon oncle et elle désirent mettre ses dires à l'épreuve, et tous les deux pensent que je peux leur être utile.

— Grâce à votre don, dit-il, ironique.

— Ne riez pas.

— Je ne ris pas.

— Si vous aviez été présent, vous auriez constaté à quel point ils étaient sérieux. Ils semblent vraiment convaincus d'avoir vu quelque chose dans la boule de cristal.

— Et vous ? demanda-t-il.

Elle détourna les yeux et tira sur ses gants. La curiosité d'Ahmad fut aussitôt éveillée.

— Vous avez vu quelque chose ?

— Pas exactement. C'est-à-dire… J'aurais pu…, dit-elle avant de marquer une nouvelle hésitation. Après un certain temps à fixer la boule de cristal, j'ai cru voir le visage de… de quelqu'un que je connais.

— C'est évident.

Elle lui jeta un regard perçant.

— Cela ne vous surprend pas ?

— Pas du tout.

— Je n'ai pas de don !

— Il n'est pas nécessaire d'avoir un don pour voir des choses dans une boule de cristal. Pas davantage que lorsqu'on pratique l'écriture automatique. Les visions et les mots qui se présentent n'ont rien à voir avec les esprits, mais avec l'esprit. Celui de l'exécutant.

Une nouvelle secousse les ramena l'un vers l'autre. Les genoux d'Evelyne cognèrent ceux d'Ahmad à travers les multiples épaisseurs de sa crinoline et de ses jupons.

— Êtes-vous en train de dire que tout cela relève de l'illusion ? dit-elle.

— Dans un certain sens.

Ahmad resta un instant silencieux.

— Quand j'étais petit, reprit-il, il y avait dans mon village un homme qui avait coutume de scruter la surface d'un bol d'eau. C'était une forme de méditation. Quelque chose qui lui permettait de s'éclaircir les idées et de se concentrer. Cela l'aidait à prendre des décisions, à s'assurer de ce qu'il désirait vraiment.

— Vous parlez d'hydromancie...

— Appelez ça comme vous voulez. La boule de cristal n'a rien de différent. Plus on la regarde, plus on a des chances de voir ses propres pensées et ses propres sentiments s'y refléter. D'où les images d'êtres chers depuis longtemps disparus, ce genre de choses...

— Mais ce ne sont pas seulement les morts qui se manifestent ?

— Non. Les gens peuvent voir leurs souhaits les plus secrets. Les bons comme les mauvais. Un ennemi auquel ils veulent du mal, par exemple, ou une personne qu'ils tiennent en haute estime.

— En d'autres termes, les visions sont toutes dans leur tête.

Ahmad haussa les épaules.

— Les gens voient ce qu'ils souhaitent voir. Fixer une boule de cristal ou la flamme d'une bougie aide simplement à révéler ce qu'ils désirent réellement.

Comme elle gardait le silence, Ahmad, un peu étonné, craignit de l'avoir offensée.

— Je n'écarte pas l'existence éventuelle d'autres forces, précisa-t-il. Si vous croyez aux esprits...

— Je n'y crois pas. Ce que vous avez dit tombe sous le sens.

Elle tira sur le pouce de son gant, l'air préoccupé, puis ajouta :

— Je me demande pourquoi Zadkiel a éprouvé le besoin de dire à mon oncle que je possédais une énergie puissante.

— Ces charlatans font fortune en s'insinuant dans les bonnes grâces des membres influents de la haute société.

— Mais je ne suis pas un membre influent !

— Pas encore. Mais vous êtes belle et fascinante. Et vous portez des toilettes incomparables. Il aurait fallu que ce Zadkiel soit aveugle pour ne pas le voir. Vous êtes une étoile montante.

En pivotant vers lui, Evelyne heurta son bras tendu sur le dossier. Ahmad posa alors la main sur son épaule. Ce fut un geste instinctif, dans lequel il ne mit aucune intention particulière. Mais cela accrut encore de quelques degrés l'intimité de cet instant.

Presque une étreinte... et cela ne lui semblait pas inconvenant, ni répréhensible. Plutôt le contraire, même ! Il avait l'impression troublante d'être profondément à sa place.

Il déglutit avec difficulté. Cela devenait ridicule, ce lien impossible entre eux, tendu comme un câble d'acier étiré jusqu'à son point de rupture.

— Vous croyez vraiment à tout cela ? demanda-t-elle.

Il réussit à esquisser un sourire ironique.

— C'est évident. Moi-même, j'ai misé sur vous, non ?

Elle fronça les sourcils.

— Ce n'est pas la même chose.

Ahmad renonça à sourire. Le sujet ne se prêtait pas à l'humour. Pas lorsqu'il s'agissait d'elle et de lui.

— Non, dit-il. Vous avez sans doute raison.

Le coupé ralentit. Les bruits venant de l'extérieur se firent plus audibles, mélange de voix vulgaires, de vociférations avinées et de chansons de marins. C'était la musique des docks. Un son bien trop familier aux oreilles d'Ahmad.

Il retira son bras du dossier, avec la sensation que tous ses muscles se crispaient.

— Remettez votre capuche. Nous y sommes presque.

Evelyne tira sa capuche sur sa tête. Elle était suffisamment large pour dissimuler ses cheveux et la plus grande partie de son visage.

Alors que le véhicule s'immobilisait, Ahmad, de son côté, relevait le col de sa redingote et abaissait son chapeau plus bas sur son front. Entièrement vêtu de noir, il aurait été capable, malgré sa stature, de se fondre dans l'ombre à tout instant. Un ange déchu, plus que jamais.

Quand il repoussa la portière du coupé, un frisson la parcourut, mélange d'excitation et de nervosité. Elle n'avait pas peur, toutefois, puisqu'il était avec elle. Elle éprouva la solidité de sa grande main gantée au moment de descendre du véhicule.

Ses narines furent aussitôt assaillies par la puanteur reconnaissable de la Tamise. C'était une odeur désagréable, la plupart du temps ; mais ici, près de l'eau, elle était carrément suffocante.

D'autant qu'elle s'accompagnait d'effluves de tabac et de rhum, auxquels se mêlait la fumée noire et âcre rejetée par les hautes cheminées du voisinage.

Les quais étaient à la fois éveillés et endormis. Les entrepôts fermés étaient déserts et silencieux, alors que les rues, grouillant d'hommes aux airs bravaches, débordaient de vie. Evelyne perçut les regards plus ou moins intéressés qui se posaient sur elle.

Parmi ces hommes, une majorité de marins, certainement. Outre les Anglais au visage rougeaud, il y avait des personnes de toutes les couleurs et de toutes les nationalités. Un groupe d'individus aux cheveux blonds discutaient bruyamment en allemand ; adossé au mur d'un entrepôt, un Chinois fumait une longue pipe. Et un matelot noir, portant autour du cou un mouchoir aux couleurs vives, marchait bras dessus bras dessous avec une femme vêtue d'une robe de satin bon marché.

En les croisant, celle-ci adressa un clin d'œil provocateur à Ahmad.

— Vous connaissez cette personne ? ne put s'empêcher de demander Evelyne.

— Non.

— Elle semblait vous connaître.

— C'est son travail de connaître les hommes.

— Oh…, murmura Evelyne, qui jeta un coup d'œil par-dessus son épaule.

Les seules courtisanes qu'elle avait déjà vues étaient les Belles Écuyères. Avec son visage lourdement fardé et ses cheveux en désordre, cette femme appartenait à un tout autre genre.

« Une femme qui travaille. » N'était-ce pas ce qu'Ahmad avait dit un jour ? Sans que sa remarque contienne de jugement.

Il passa la main d'Evelyne sous son bras avant de traverser avec elle la rue animée pour gagner l'entrée de l'auberge. C'était un bâtiment dégradé par les intempéries, aux boiseries délavées par le sel et le vent. Une enseigne cabossée, accrochée au-dessus de la porte, révélait le nom de l'établissement : *Jolly Tar*.

Evelyne retint un geste de recul. Sa pauvre sœur ! Jusqu'où était-elle tombée ?

— Gardez la tête baissée, lui recommanda Ahmad. Et laissez-moi poser les questions.

Elle ne discuta pas. Il lui avait déjà expliqué qu'elle devait s'abstenir de faire quoi que ce soit risquant d'attirer l'attention sur elle. C'est la raison pour laquelle elle avait glissé ses lunettes dans sa poche.

Quand ils franchirent le seuil de l'auberge, ils furent éblouis par l'éclat des lampes à huile. Chaque table, dans la salle emplie de fumée, paraissait occupée. Le brouhaha des conversations était ponctué de gros rires et de l'entrechoquement des lourdes chopes de bière.

Un homme grisonnant, derrière le comptoir de bois, remplissait une rangée de verres sales avec une bouteille tout aussi sale. Il jeta un coup d'œil à Ahmad et à Evelyne quand ils entrèrent, puis un autre lorsqu'ils s'approchèrent.

— Vous cherchez une chambre ? demanda-t-il avec un sourire entendu.

— Des personnes résidant ici, corrigea Ahmad qui, tirant une demi-couronne de sa poche, la posa sur le comptoir. Une dame et un gentleman.

L'homme prit la pièce sans hésitation. Revenant aux verres qu'il remplissait, il dit :

— À l'étage. Troisième chambre sur la droite.

Evelyne avait retenu son souffle. Elle exhala doucement.

— Ce fut plus facile que je ne l'imaginais, murmura-t-elle en suivant Ahmad dans l'escalier étroit, à l'arrière du bar.

Elle ne savait pas à quoi elle s'était attendue. À plus de danger, peut-être. À la menace d'une bagarre… ou pire.

Il ne faisait aucun doute que les choses se seraient déroulées différemment si elle avait été seule. Elle était infiniment reconnaissante à Ahmad de sa présence.

— Il peut encore y avoir de l'animation, répliqua-t-il. Restez sur vos gardes.

— Promis.

Il s'arrêta dans le couloir, à côté de la troisième porte sur la droite.

— J'attendrai ici.

— Vous pouvez…

— C'est entre vous et votre sœur.

Il avait raison. Fenny ne l'écouterait probablement pas si Ahmad était présent. S'armant de courage, Evelyne frappa doucement à la porte.

Pas de réponse.

Elle levait la main pour frapper de nouveau, quand une voix féminine lança de l'intérieur :

— Qui est là ?

La voix de Fenny.

Evelyne sentit des larmes inattendues lui brûler les yeux. Inclinant la tête, elle appuya son front contre le panneau de bois.

— Fenny ? chuchota-t-elle. C'est moi, Evie.

— Evie ?

Quelques secondes plus tard, la porte s'ouvrit et sa sœur se tint devant elle. Ses cheveux noirs retombaient en désordre sur ses épaules, et sa bouche en bouton de rose était entrouverte sous l'effet d'une surprise horrifiée. Son ventre proéminent tendait à l'excès le corsage de sa robe.

— Par tous les saints ! Que fais-tu ici ?

22

Evelyne croisa les mains sur ses genoux pour contenir leur tremblement. Assise dans un fauteuil miteux, à côté d'une table de toilette également miteuse, elle suivait des yeux sa sœur enceinte qui marchait de long en large dans la petite pièce. Fenny portait une robe élimée, sans bas ni corset. Ses pieds nus foulaient silencieusement le tapis troué.

Elle paraissait plus âgée que la dernière fois qu'Evelyne l'avait vue. Pas seulement à cause des années écoulées. Il y avait sur son visage les traces d'une vie dissolue et éprouvante.

— De combien es-tu enceinte ? demanda Evelyne.

— Six mois.

— C'est à cause de cela que tu es revenue en Angleterre ?

L'expression de Fenny se durcit.

— Anthony était convaincu que son père donnerait enfin la permission de nous marier. Mais sir William refuse de céder d'un pouce. Son orgueil ne le lui permet pas. Il ne peut toujours pas pardonner à Anthony de l'avoir défié et d'être parti avec moi.

— Sir William sait que tu attends un enfant ?

— Il s'en moque. Il dit que de nombreux gentlemen font des enfants à leurs maîtresses, mais ce n'est pas pour cela qu'ils sont obligés de les épouser.

Evelyne ne put s'empêcher de grimacer.

— Quand a-t-il dit cela ?

— Il l'a écrit en réponse à la lettre d'Anthony. Anthony était furieux. Il voulait repartir pour la France sur-le-champ, mais nous n'avons pas de quoi payer la traversée. Il a fallu payer la nourriture et la location de la chambre dans cet endroit misérable. Sir William a différé sa réponse pendant plus d'une semaine. Il savait forcément qu'en nous attardant ici, nous manquerions d'argent.

Des voix rudes d'hommes ivres, peu rassurantes, montèrent de la salle en dessous. Evelyne fut heureuse de la présence d'Ahmad dans le couloir.

— Que vas-tu faire ? questionna-t-elle.

Fenny haussa les épaules.

— Trouver de l'argent d'une manière ou d'une autre. C'est à cela qu'Anthony s'emploie à cet instant. Il essaye de gagner notre traversée aux cartes. Il joue avec des marins qu'il a rencontrés sur le vapeur qui nous a amenés ici.

Evelyne se mordit la lèvre. Le procédé lui semblait imprudent… et dangereux.

— Vous croyez que le jeu est la bonne réponse ?

— À ton avis, comment avons-nous réussi à faire durer aussi longtemps le versement trimestriel de sir William ? Sans les prouesses d'Anthony aux tables de jeu, je ne sais pas où nous serions !

— Je ne savais même pas que sir William était en contact avec vous, dit Evelyne. Jusqu'à ce que Stephen me l'apprenne. Tu peux imaginer ce que j'ai ressenti en apprenant que tu étais vivante et ici, à Londres !

Fenny cessa d'arpenter la pièce. Elle pinça les lèvres en une moue entêtée. Elle ne présenta pas d'excuses, pas plus qu'elle ne demanda de nouvelles de tante Nora et de leurs sœurs. Elle se contenta de rester là, à foudroyer Evelyne du regard.

Cette expression lui rappela leur enfance. Déjà, Fenny était une tête de mule. Obstinée et égoïste. C'était l'une des raisons pour lesquelles Evelyne n'avait jamais été aussi proche d'elle que de leurs sœurs cadettes.

Cela ne voulait pas dire qu'elle ne s'inquiétait pas pour elle. Même si les relations avec Fenny avaient été difficiles durant ces années-là, elles avaient connu des moments d'affection réciproque.

— Pourquoi ne nous as-tu pas écrit ? reprit-elle.

— Pour vous dire quoi ?

— Tu aurais pu expliquer la situation.

— Alors que tante Nora avait dépensé toutes ses économies pour mon entrée dans le monde ? Alors que toi et toutes nos sœurs comptiez sur moi ? Qu'aurais-je pu dire ?

— Tu aurais pu nous dire où tu étais. Tante Nora s'est rendue malade d'inquiétude. Et moi aussi.

— Toi ? Je pensais que tu serais heureuse d'être débarrassée de moi. Tu me reprochais sans cesse d'aimer m'amuser !

Evelyne fronça les sourcils. Était-ce ainsi que sa sœur voyait les choses ? Ce n'était pas la vérité, loin de là.

— Je suis désolée si c'est ce que tu croyais. Nous menions des vies vraiment différentes. Toi, avec tes amis et tes sorties...

— Et toi avec ton cheval. Tu partais te promener sans un seul souci au monde.

— J'avais autant de soucis que toi.

Fenny poussa un grognement ironique.

— On n'attendait pas de toi que tu sauves toute la famille ! Que tu renonces au bonheur... à ton avenir tout entier !

Un nœud se forma au creux de son estomac. Ce n'était pas ce que l'on attendait d'Evelyne à cette époque, mais c'était assurément ce que l'on attendait d'elle maintenant. Lorsqu'elle avait entrepris le voyage à Londres, le sacrifice lui avait paru justifié.

Sauf que ce n'était plus le cas. Et ce, depuis que son cœur était pris. Car il était bel et bien pris.

Lors du trajet avec Ahmad, alors qu'ils étaient pressés l'un contre l'autre dans l'étroit véhicule, Evelyne avait eu l'impression que tout se mettait en place.

Elle avait trouvé l'homme idéal. Il n'en existait qu'un seul, et c'était lui.

En quelques courtes semaines, Ahmad était devenu essentiel à son bonheur. À cet instant même, alors qu'elle le savait juste de l'autre côté de la porte, Evelyne brûlait d'impatience de le revoir.

Était-ce cela qu'on éprouvait quand on donnait son cœur à un homme ? Ce sentiment d'être prête à prendre tous les risques, à renoncer à tout, simplement pour être avec lui ?

— C'est la raison de ta présence ici, n'est-ce pas ? reprit Fenny. Moi partie, tu es la suivante sur la liste pour jouer le rôle de l'agneau du sacrifice. Je te donne un conseil : épargne-toi cette peine. Nos sœurs ne t'en sauraient aucun gré. Sauf si elles ont énormément changé au cours des trois dernières années.

— Je ne vois pas ce que tu veux dire.

— Vraiment ? répliqua Fenny avec une lueur de condescendance dans le regard. Gussie serait peut-être contente d'avoir une saison à Londres, mais Caro ? Et Bette ? La dernière fois que je les ai vues, elles avaient hâte de te rejoindre dans les rangs des bas-bleus.

— Je ne suis pas…

— Bien sûr que si.

Evelyne se raidit, mais elle refusa de se laisser entraîner dans une dispute. Elle était venue ici pour parler des ennuis de Fenny, pas des siens.

— Je regrette que tu n'aies pas écrit, dit-elle. J'avais peur pour toi.

— Ce n'était pas nécessaire.

— Je craignais que tu n'aies connu le même sort que maman.

L'expression de Fenny s'adoucit. Elle n'avait que seize ans lorsque leur mère était morte en couches, et cette perte avait été très dure pour elle.

— Il n'y avait pas de danger. Jusqu'à maintenant, j'avais réussi à me protéger. Les Français savent y faire, tu sais...

Comme Evelyne la regardait avec perplexité, Fenny ajouta avec impatience :

— Pour éviter les enfants ! Nous pensions que ces moyens étaient fiables. À tort, de toute évidence, et c'est pourquoi je me retrouve dans cet état. Tout cela est fâcheux.

Fâcheux ? Effectivement...

Evelyne se leva. Il ne lui restait pas beaucoup de temps. Elle avait promis à Ahmad de faire vite.

— Mais tu as bien l'intention d'épouser Anthony ?

— Le jour de ses vingt-six ans, nous serons devant le pasteur. Il pourra enfin toucher l'argent de sa mère. Ce sera plus que suffisant pour vivre.

— Et en attendant ?

Une fois de plus, Fenny haussa les épaules.

— Tant que nous ne nous marions pas sans son autorisation, sir William continuera d'envoyer une pension trimestrielle à Anthony. Il faudra nous en contenter.

— Où allez-vous vivre ?

— En France, évidemment. Il y a des vapeurs à destination de Calais deux fois par semaine. Nous partirons aussitôt qu'Anthony se sera procuré l'argent de la traversée. Et ensuite, j'aurai mon bébé, et toi, tu auras ta saison londonienne. Cela dit, enchaîna Fenny avec une pointe de sécheresse, si tu tiens à ta réputation, je te conseillerais d'éviter à l'avenir des endroits comme celui-ci.

— C'est pour te voir que je suis venue.

— La nuit. En compagnie d'un homme. De ton couturier, qui plus est !

Fenny se mit à rire.

— Tante Nora ne serait-elle pas intéressée de savoir *ça* ?

— Je ne vois pas pourquoi nous devrions accabler tante Nora avec cette histoire.

— Tu ne lui as rien dit de ma présence ? demanda Fenny en recouvrant son sérieux.

— Pas encore.

— De toute façon, je ne crois pas qu'elle voudrait savoir. Pas après ce que j'ai fait.

Evelyne éprouva un élan de compassion envers sa sœur.

— As-tu sincèrement envie de retourner en France ? D'avoir ton bébé si loin de chez nous ?

Les lèvres de Fenny esquissèrent l'ombre d'un sourire.

— Je pensais que tu voulais me voir partir. C'est mieux pour toi et tes perspectives de mariage.

— Ce *serait* mieux. Mais je ne veux pas te chasser. Pas dans ton état. Tu dois revenir à la maison.

Evelyne était sincère. Il ne serait pas facile pour sa sœur de retourner à Combe Regis. Ni pour aucun membre de la famille de la voir revenir, d'ailleurs. Mais c'était certainement la meilleure solution pour Fenny et son enfant.

— Dans le Sussex ? Et vivre de nouveau sous la coupe de tante Nora ?

Fenny s'assit sur le lit défait. Les draps étaient chiffonnés et les oreillers de travers, comme si elle s'était levée quelques instants plus tôt.

— Mon foyer n'est plus à Combe Regis depuis longtemps, ajouta-t-elle.

— Il est en France, maintenant ?

— Pas en France. Auprès d'Anthony, répondit Fenny, qui arrondit le bras autour de son ventre. Tu comprendras un jour, lorsque tu tomberas toi-même amoureuse. Si jamais tu tombes amoureuse. Pour certaines femmes, cela n'arrive jamais.

— Est-ce cela, l'amour ? dit Evelyne en désignant la chambre sordide. Renoncer à tout pour un homme ? Abandonner ses responsabilités ? Décevoir sa famille ?

— Ce n'est pas ce que nous voulions, ni l'un ni l'autre, répliqua Fenny en rougissant.

— Alors pourquoi…

— Parce qu'il n'y avait pas d'alternative. J'ai été obligée de choisir.

Evelyne se refusait à le croire. Il n'y avait pas que deux issues possibles, dans la vie. Une femme devait pouvoir à la fois remplir ses obligations et vivre avec l'homme qu'elle aimait.

Et ce n'est pas parce que Fenny n'avait pas trouvé ce moyen qu'il n'existait pas.

Evelyne resta étrangement silencieuse quand ils sortirent dans la rue obscure, mais le moment était mal choisi pour l'interroger sur son état d'esprit. En quittant l'auberge, Ahmad perçut un changement dans l'atmosphère. À chaque minute qui passait, les quais devenaient plus dangereux. Enhardis par l'alcool et les ténèbres, les individus les moins recommandables de la capitale cherchaient à s'amuser. Et ils ne répugneraient pas à user de violence.

Ahmad entraîna sa compagne vers le coupé qui les attendait. Un groupe de marins les regarda traverser la rue.

— Tu vas où, ma chérie ? cria l'un des hommes.

— Sois pas timide, dit un autre. Laisse-nous voir ta figure.

D'un même élan, les hommes leur emboîtèrent le pas. Evelyne resserra ses doigts sur le bras d'Ahmad.

— Ne faites pas attention à eux, lui recommanda-t-il.

Il ouvrit en hâte la portière du véhicule et aida la jeune femme à monter à l'intérieur. Le cocher étant armé d'un pistolet, ils n'avaient sans doute rien à craindre. Il suffisait de faire un exemple. Ahmad était plus que disposé à s'en charger.

— Ne regardez pas, dit-il à Evelyne.

— Ahmad…

Mais il referma la portière avant qu'elle puisse protester.

Il pivota et fit face aux trois ruffians. La brume venue du fleuve tourbillonnait autour de leurs jambes tandis qu'ils approchaient. Quand leurs visages apparurent à la lumière des lanternes du coupé, Ahmad constata qu'il ne s'agissait pas d'étrangers, mais d'Anglais. L'un d'eux eut un large sourire en voyant qu'Ahmad était indien.

— C'est une bien belle voiture pour un *chichi*, fit-il remarquer.

— Et une bien belle femme, renchérit le second. Combien pour sa compagnie ?

Le troisième marin, le plus grand des trois, s'avança.

— Allez, on va voir à quoi elle ressemble.

— À votre place, je m'abstiendrais, dit Ahmad.

L'homme se contenta de ricaner, puis il tendit le bras pour écarter Ahmad. Celui-ci l'attrapa alors par le col et, tordant l'étoffe du vêtement dans son poing, le souleva pratiquement de terre.

— Peut-être que vous ne m'avez pas entendu ?

Le marin se débattit, à moitié étranglé, ce qui ne l'empêcha pas d'éructer un chapelet de jurons et de menaces.

Ses deux compères s'élancèrent pour l'aider. Mais ils ne faisaient pas des adversaires très redoutables. L'abus de rhum rendait leurs coups imprécis et leur équilibre précaire. Ce fut terminé en quelques secondes.

Les deux premiers marins s'éloignèrent dans le brouillard en boitant, soutenant le troisième.

Ahmad monta dans la voiture et se laissa tomber à côté d'Evelyne. Le cocher lança aussitôt le cheval au trot.

— Vous vous êtes battu ? s'enquit Evelyne, l'air horrifié.

— Ce n'était pas une bagarre.

— Vous saignez !

Ahmad porta la main à la commissure de ses lèvres, et fut surpris d'y sentir un filet humide.

— Ce n'est rien du tout.

— Attendez, dit-elle en tirant un mouchoir de sa manche. Laissez-moi faire.

S'inclinant vers lui, elle tamponna le sang avec précaution.

— Ils auraient pu vous tuer.

— Il n'y avait pas de risque.

— Ils étaient trois !

— Ils étaient ivres.

— Mais ils étaient *trois* contre vous ! insista-t-elle en tamponnant sa bouche avec plus de vigueur.

Ahmad lui attrapa le poignet pour l'immobiliser.

— Je ne courais aucun danger. Affronter des situations comme celle-là… ce fut mon métier durant presque la moitié de mon existence. Pour moi, ça ne présente pas de difficulté.

Evelyne écarquilla les yeux.

— C'est ce que vous faisiez chez Mme Pritchard ? Vous vous battiez avec des hommes comme ceux-là ?

— Je vous l'ai dit, il ne s'agit pas de se battre.

— De quoi s'agit-il, alors ?

— Ces hommes jouaient les casse-pieds, alors je les ai envoyés promener, répondit-il avant de presser la main d'Evelyne. Mon intention n'était pas de vous effrayer.

— Ce sont ces hommes qui m'ont effrayée. À crier comme ça après moi… et après vous. Quel est le nom dont ils vous ont traité ?

Ahmad grimaça.

— Ce n'est rien, répliqua-t-il en lâchant sa main. Une insulte stupide que les Anglais aiment appliquer à ceux qui sont en partie indiens.

Un pli se forma sur le front d'Evelyne. Elle parut sur le point d'en demander davantage sur le sujet. De l'interroger sur la signification de cette insulte. Mais elle s'abstint.

Ahmad lui en fut reconnaissant.

Après avoir plié son mouchoir, elle le replaça dans sa manche.

— Je suis désolée que vous ayez à subir ce genre de choses à cause de moi.

— J'endurerais bien davantage pour vous protéger.

Elle chercha son regard à la lueur diffuse de la lampe.

— Vous êtes très bon de m'avoir conduite ici, et d'avoir affronté ces hommes pour moi.

— Je crains que toute cette excitation ne m'ait fait oublier la rencontre avec votre sœur.

— Ah. Ça...

— Votre visite a-t-elle été un succès ?

Evelyne soupira.

— Elle veut partir. Mais si vous aviez vu son état !

Ahmad l'avait vu. Il n'avait pas été surpris. En réalité, c'était probablement l'aspect le moins surprenant de toute l'histoire.

Il s'abstint de porter un jugement. Il se contenta d'écouter Evelyne lui décrire le dilemme de sa sœur.

Toutefois, la situation du couple ne lui inspirait que peu de compassion. Il aurait suffi d'un mariage rapide et d'un emploi stable pour qu'ils aient une vie décente.

— Je me demande si j'ai bien fait de vous conduire là-bas, murmura-t-il quand Evelyne eut terminé.

— Pourquoi dites-vous cela ?

— Parce que cette visite semble avoir échoué à vous apaiser.

De fait, l'expression d'Evelyne était aussi inquiète que lorsqu'ils étaient entrés dans l'auberge. Elle paraissait même davantage préoccupée. Comme si, après l'entrevue avec sa sœur, des fardeaux supplémentaires pesaient sur ses épaules.

— Ce n'est pas de votre fait, dit-elle. Votre aide est précieuse, et je vous suis très reconnaissante de votre...

Elle s'interrompit. Qu'aurait-elle dit si elle avait continué ? De votre gentillesse ? De votre amitié ?

— De quoi s'agit-il, alors ? demanda-t-il.

— De ma propre faiblesse d'esprit. Je ne peux m'empêcher d'être obsédée par l'injustice de toute cette histoire. Si Anthony abandonne Fenny et retourne dans le Sussex, il pourra sans problème reprendre le cours de son existence. Comme si rien n'avait jamais eu lieu. Il n'affrontera aucune conséquence de ses actes. C'est le cas pour tous les hommes. Ce sont les femmes qui doivent supporter le fardeau non seulement de leur propre inconduite, mais aussi de l'inconduite des hommes.

— Vous le blâmez.

— Je les blâme tous les deux. Je blâme le monde dans lequel nous vivons – un monde qui rend impossible à un homme et à une femme de se marier selon leur gré. Et je m'en veux à moi aussi, acheva-t-elle d'une voix plus sourde.

— Quel rapport avec vous ? demanda Ahmad, déconcerté.

— Ces dernières années, je n'ai cessé de considérer Fenny comme égoïste. Elle était censée se marier pour notre bénéfice à toutes. J'estimais que cela relevait de son devoir. Je n'ai accordé aucune pensée à ce qu'elle avait pu vouloir ou ressentir, ni à la personne qu'elle aimait peut-être. Ce n'est qu'à mon arrivée à Londres que j'ai commencé à comprendre la profondeur de ses sentiments pour Anthony. Je n'avais jamais éprouvé de tels sentiments, en fait. Je ne savais pas…

Le cœur d'Ahmad se mit à battre plus fort.

— Et maintenant, vous savez ?

De nouveau, elle chercha son regard dans la semi-pénombre.

— Je crois. Quelque chose qui s'en approche, en tout cas.

Il pensait savoir de quoi elle parlait. Ce fut toutefois avec prudence qu'il l'énonça à haute voix.

— Vous parlez de ce… lien qui existe entre nous ?

— Oui.

Quand il fouilla son regard, ce qu'il y lut lui coupa le souffle.

— Evelyne…

— Vous m'avez demandé si j'avais vu quelque chose dans la boule de cristal, le soir du bal de lady Arundell. Mais vous ne m'avez pas demandé quoi.

— Vous avez dit que c'était quelqu'un que vous connaissiez.

— Et vous avez expliqué que les images à la surface du cristal sont issues de l'esprit de la personne. Qu'il s'agit de la projection de ce qu'elle désire le plus au monde.

Ahmad secoua la tête.

— Evie… ne le dites pas.

— C'est vous que j'ai vu dans la boule de cristal, chuchota-t-elle. Votre visage. Parce que vous êtes celui qui m'est destiné.

23

Evelyne attendit sa réaction, le cœur battant. Elle n'avait pas prévu de dire cela à Ahmad. Pas ici. Mais après les événements de la soirée, alors qu'ils se retrouvaient côte à côte dans la pénombre, elle avait été incapable de taire plus longtemps ses sentiments.

La tension entre eux était si forte qu'elle constituait presque une présence palpable. Elle s'était encore accrue quand Evelyne avait nettoyé sa blessure, puis quand il avait couvert sa main de la sienne.

Ahmad soutint son regard.

— Vous vous trompez. Je ne suis pas l'homme qu'il vous faut.

Evelyne ne détourna pas les yeux. Son pouls battait la chamade, et elle éprouvait la même sensation que lorsqu'elle lançait Hephaestus au galop. Un mélange enivrant de peur et d'excitation, et la conscience qu'elle risquait sa vie.

— Je suis sûre de moi, répliqua-t-elle. Les sentiments que nous éprouvons l'un pour l'autre…

— Et où de tels sentiments nous mèneraient-ils, si vous leur laissiez libre cours ? Tout droit au déshonneur. Vous vous retrouveriez exactement dans la même situation que votre sœur. Pauvre, malheureuse, exclue de la bonne société.

Evelyne secoua la tête.

— Cela ne se passerait pas ainsi pour nous.

— Non. Pour nous, ce serait pire.

Il leva la main et la posa sur sa joue. Evelyne frémit à ce contact plein de délicatesse, presque de révérence, comme si elle était faite de la soie la plus précieuse.

— Comment vous ferais-je vivre, Evie ? murmura-t-il. Comment pourrais-je jamais vous rendre heureuse ?

— Vous me rendez heureuse, assura-t-elle.

Il inclina la tête. Ils étaient déjà dangereusement proches, et ce geste infime les rapprocha davantage.

Les battements de son cœur s'accélérèrent. Elle sut qu'il allait l'embrasser une seconde avant qu'il effleure ses lèvres des siennes.

Ce fut une caresse fugitive. Semblable à leur baiser accidentel dans le salon d'essayage de Doyle & Heppenstall.

Non, en vérité, ce fut davantage que cela. Et différent. Avec ce baiser tendrement délibéré, Ahmad lui demandait une autorisation.

Elle la lui donna aussitôt. La tête rejetée en arrière, elle lui offrit sa bouche.

Alors il l'embrassa de nouveau, avec une douceur exquise qui affola les pulsations de son pouls et fit bouillir son sang. Elle reconnut une puissance retenue, contenue juste sous la surface. Comme celle de son étalon. Mais il y avait aussi autre chose, de plus fort et d'encore plus dangereux.

De la passion.

La passion d'Ahmad pour elle. Et il la refoulait comme s'il devait protéger la jeune femme contre celle-ci.

Elle leva la main, la posa sur sa nuque, et glissa les doigts dans son épaisse chevelure.

— Vous n'avez pas à être prudent avec moi, dit-elle.

Posant le front contre celui d'Evelyne, il chuchota :

— Si. Justement.

— Si vous me voulez vraiment…

— Je vous veux, admit-il. Je vous veux tellement ! Mais… c'est impossible.

Le cœur d'Evelyne tomba comme une pierre dans sa poitrine. Ahmad s'écartait d'elle. Non pas physiquement, mais de toutes les autres manières qui importaient. Elle fut saisie du désir violent de resserrer son étreinte. De l'empêcher de s'éloigner.

Puis, consciente du pathétique de cette impulsion et soucieuse de sa dignité, elle abaissa sa main.

— Me suis-je rendue ridicule ?

Un pli se creusa sur le front d'Ahmad.

— Non.

— Pourtant, vous me rejetez.

Il ne nia pas. Du pouce, il suivit la ligne de sa joue en une lente caresse.

— Parce que cela ne peut être.

— Mais pourquoi ?

Elle perçut la note plaintive dans sa propre voix, et la détesta. Mais, bonté divine, pourquoi lui imposait-il cette souffrance ?

— Je ne peux pas vous donner ce que vous voulez, dit-il.

Elle ouvrit la bouche pour protester, mais il la devança.

— Vous exigez un mari fortuné, lui rappela-t-il. C'est la raison de votre présence ici. Vous me l'avez dit vous-même.

— Mais c'était avant !

Les lèvres d'Ahmad s'étirèrent en un sourire sans joie.

— Avant que vous voyiez mon visage dans le cristal ?

— J'ai vu votre visage dans le cristal parce que vous étiez déjà dans mon cœur. Chacun des hommes que j'ai rencontrés au bal… je les ai tous comparés à vous, à leur plus grand désavantage.

— C'est très flatteur, mais…

— Non ! dit-elle en s'écartant de lui. Ne soyez pas condescendant.

— Je ne suis pas condescendant, assura-t-il en laissant retomber sa main. Je veux simplement souligner que je ne fais pas partie de votre plan.

— Les plans peuvent changer, répliqua-t-elle. C'est déjà le cas du mien.

Elle disait la vérité. Son projet soigneusement élaboré pour la saison s'était effondré en moins d'une quinzaine de jours. Il y avait eu l'arrivée de Stephen, puis la réapparition de Fenny. Et, aussi, le fait que toutes les soirées et tous les bals auxquels elle allait se rendre étaient désormais plus ou moins liés au spiritisme.

Ahmad avait sa part dans cette altération non seulement de son plan, mais aussi d'elle-même. C'était arrivé dès l'instant où elle avait entendu sa voix chez Doyle & Heppenstall, et qu'elle l'avait vu derrière le comptoir.

— Votre plan a changé à ce point ? dit-il en scrutant son visage. Avez-vous changé d'avis ? Êtes-vous décidée à renoncer à tout cela ?

— Non, mais...

— Non. Vous ne le pouvez pas. Vous êtes obligée de prendre vos sœurs en compte. Et votre cheval, ajouta-t-il après un silence.

Il aurait pu tout aussi bien lui jeter de l'eau froide à la figure.

— Je les prends en compte ! protesta Evelyne avec véhémence. Je ne cesse d'y penser.

— Évidemment. Ils sont votre premier et principal sujet d'inquiétude.

Evelyne ne pouvait le nier.

— C'est vrai. Cela ne signifie pas qu'il n'y a pas de place dans ma vie pour quelqu'un d'autre.

— Evie...

— Il doit exister un moyen pour que nous soyons ensemble. Forcément. Il suffit d'un peu d'ingéniosité. Si nous parvenons à gagner assez d'argent et...

— Il n'y a pas que l'argent, coupa Ahmad.

Evelyne cessa de respirer.

— Quoi d'autre ?

— Nous sommes différents, vous et moi. Votre monde... n'est pas le monde dans lequel je vis.

— Ils me paraissent pourtant assez similaires.

— Pas à mes yeux.

— Parce que vous êtes indien ? Mais vous êtes aussi anglais.

— Je suis les deux... et ni l'un ni l'autre. Je n'appartiens à aucun de ces deux mondes. Je n'ai de place nulle part.

Une boule se forma dans la gorge d'Evelyne.

— Ne dites pas ça.

— C'est la vérité. Pour les gens comme moi, le traitement est le même en Inde et en Angleterre. Si vous étiez avec moi, ce serait également votre vie.

— Vous parlez comme si vous n'étiez pas heureux...

Il ne répondit pas.

Elle le dévisagea, les sourcils froncés. Elle voulait tellement comprendre ! Elle voulait savoir qui il était et pourquoi, et connaître toutes ces choses secrètes, cachées en lui, qui se manifestaient dans la beauté de ses modèles.

— Ahmad, n'êtes-vous pas heureux ?

À l'extérieur du coupé, la rumeur des docks reflua, remplacée par le bruit habituel de la circulation – le clip-clop des sabots et le roulement des fiacres et des voitures. Bientôt, ils seraient de retour dans Bloomsbury, puis ils arriveraient à Russell Square. Ahmad déposerait Evelyne à la porte du jardin et prendrait congé. Et ensuite...

Ensuite, avec un peu de chance, elle oublierait ce qui s'était passé.

Tourné vers elle, il se souvint du goût de sa bouche, de la sensation de ses lèvres, douces et voluptueuses, entrouvertes sous les siennes. Sa douleur ne fit que s'accroître lorsqu'il se rappela ses paroles, pleines de conviction et d'intensité.

« Il doit exister un moyen pour que nous soyons ensemble. »

Les mots se répercutèrent dans son cœur.

Ahmad se mordit la lèvre. Il avait su que quelque chose de ce genre pouvait se produire. C'était un risque à courir s'il accompagnait Evelyne ce soir. Mais il n'avait pas prévu d'en être aussi profondément affecté. Bon sang, il allait être difficile pour eux de revenir à un semblant de normalité !

Ils ne s'étaient pas contentés de créer une brèche dans la muraille : ils l'avaient pulvérisée. Aucun retour en arrière n'était possible.

— Alors ? insista-t-elle.

Sa main gantée reposait entre eux sur la banquette, dangereusement proche de celle d'Ahmad.

Il ne put résister à l'envie de la prendre.

— Je ne suis pas malheureux.

— Pourtant, vous supposez que je le serais si nous étions ensemble.

— La différence, c'est que je suis habitué à vivre en dehors de la société. Mais pour une femme… une jeune femme convenable… Vous ne savez pas ce que c'est. À quel point cela affecte les gens. Ma mère…

Il s'interrompit.

— Qu'en est-il de votre mère ? demanda-t-elle doucement.

Il resta silencieux quelques secondes avant de répondre.

— Pas longtemps après ma naissance, elle est entrée dans la rivière et s'est noyée.

Elle resserra ses doigts autour des siens.

— Oh, Ahmad. C'est horrible !

Horrible, effectivement, même s'il n'en gardait aucun souvenir. C'était l'un des avantages d'une perte aussi précoce, survenue durant les premiers jours de son existence. Pour lui, sa mère avait toujours été morte.

— Pourquoi a-t-elle fait cela ? demanda Evelyne.

— À cause de la honte.

Elle ne dit rien, attendant qu'il s'explique.

— Que savez-vous de l'occupation britannique en Inde ? reprit-il.

— Rien, je le crains. Sauf ce que j'ai lu dans les journaux lors du soulèvement. J'ai cru comprendre que nous étions là-bas depuis longtemps.

« Nous » ! Ahmad aurait préféré se voir épargner ce rappel. Mais il était inévitable. Tous deux étaient ce qu'ils étaient.

— Très longtemps, acquiesça-t-il. Les soldats britanniques prenaient souvent comme compagnes des femmes indigènes. Ils avaient des enfants, fondaient des familles. De nos jours, on encourage les soldats à rendre légales de telles unions. Mais lors des décennies précédentes, il ne s'agissait que d'arrangements illégitimes, conçus pour le confort des hommes. Lorsque les soldats retournaient en Angleterre, ils abandonnaient fréquemment leur famille indienne.

Dans les yeux d'Evelyne, il vit qu'elle avait compris.

— C'est ce qui est arrivé à votre mère et à vous ? murmura-t-elle avec compassion.

Il confirma d'un signe de tête.

— Elle croyait être mariée à un soldat. Mais lorsque l'opportunité de retourner chez lui s'est présentée, elle a découvert la vérité. Ils n'étaient pas mariés du tout. Pas légalement. Il l'a laissée, seule et enceinte. Ayant été déshonorée, elle ne pouvait pas retourner dans sa famille. Elle n'avait nulle part où aller. Personne ne voulait l'aider, à l'exception de sa sœur cadette.

C'est de cette tante qu'Ahmad avait appris l'histoire.

— De nombreuses personnes ont cru à un accident, mais ma tante connaissait la vérité. Ma mère est entrée volontairement dans l'eau. Heureusement pour moi, elle a attendu après ma naissance pour le faire. Ma tante prétend qu'elle ne voulait pas survivre à son péché. Qui peut le savoir ?

— Je suis désolée. J'étais loin d'imaginer…

— C'est arrivé il y a longtemps. Bien trop tôt pour que je me le rappelle.

— C'était néanmoins votre mère.

— Ma tante est la seule mère que j'aie connue.

Avec son pouce, il massait distraitement la paume d'Evelyne tout en parlant.

— Elle aussi est tombée sous le charme d'un soldat anglais, poursuivit-il. Vu la manière dont nous vivions, c'était assez inévitable.

— Que voulez-vous dire ? Comment viviez-vous ?

— À la périphérie. En marge de la société coloniale. Ma tante devait demeurer là, dans ce village où résidaient beaucoup de personnes mi-anglaises mi-indiennes. Un triste privilège. Nous imitions les Britanniques, leur manière de parler, leurs coutumes, leur religion... Mais ce n'était que cela : de l'imitation. Un pauvre abâtardissement de la vie britannique, continua-t-il sans pouvoir dissimuler son amertume. Ma tante croyait, sans aucun doute, rendre justice à notre naissance. Mais nous n'avons jamais été anglais, pas plus que nous n'étions indiens. Nous n'étions rien.

Evelyne serra sa main avec plus de force.

— Vous ne devriez pas dire des choses pareilles.

— Je les dis pour vous. Afin que vous sachiez ce que cela signifie de mener cette existence. Que vous compreniez de quelle manière cela finit par vous affecter. Ne jamais être vraiment à sa place nulle part, ne jamais avoir de véritable identité, ce n'est pas pour les âmes faibles, Evie. Ne le voyez-vous pas ?

— Je le vois très bien. Mais il y a une erreur dans votre démonstration, dit-elle en relevant légèrement le menton. Vous vous trompez en me considérant comme une âme faible.

La poitrine d'Ahmad se contracta sous l'effet d'un élan d'affection presque douloureux. Bonté divine, elle avait raison. Il fut pris de l'envie soudaine, cruelle, d'éclater de rire. Evelyne avait raison... et cela ne faisait aucune différence.

— Oui, bien sûr, je me trompe, répliqua-t-il. Vous fonceriez au grand galop sur n'importe quel obstacle, quel que soit le prix à payer. Mais cette fois, croyez-moi, le prix serait trop élevé.

— Vous vous trompez encore, rétorqua-t-elle. Il ne s'agit pas de foncer au galop. Je ne suis pas aussi irréfléchie que ma sœur. Vous devriez le savoir, maintenant. Je ne renoncerais pas à tout, pas même pour quelqu'un que j'... pour quelqu'un auquel je tiendrais.

Ahmad entendit la déclaration aussi clairement que si elle l'avait criée sur les toits. Quelqu'un qu'elle aimerait !

Car il s'agissait d'amour, non ? Cette attirance bouleversante, nourrie d'une admiration et d'un respect constants ; ce désir de gravir des montagnes pour elle, d'aplanir son chemin à n'importe quel prix. Il les éprouvait chaque fois qu'ils étaient ensemble, et aussi lorsqu'ils n'étaient pas ensemble.

Ils tombaient amoureux. Peut-être l'étaient-ils déjà.

— Je ne vous laisserai pas renoncer à quoi que ce soit, dit-il. Pas pour moi.

— La question ne se posera pas. Je suis certaine de pouvoir trouver une solution. Une manière d'honorer mes responsabilités et de...

— Certainement pas. Il est hors de question que vous preniez le moindre risque pour moi. Je parle sérieusement.

— En ce cas, que proposez-vous de faire ?

— La seule chose possible, dit-il lentement. Nous devons mettre cet intermède derrière nous, si douloureux que cela puisse être. Il faut revenir à ce que nous étions auparavant. Des associés. Des amis, j'espère.

— Et rien de plus ? dit-elle, l'air consterné. Alors que vous prétendez me vouloir autant que moi je vous veux ?

— Je ne prétends pas. C'est la vérité. Mais je suis habitué à ne pas obtenir ce que je veux.

24

Evelyne avait attendu la plus grande partie de la journée le moment de parler de Fenny à son oncle. Après le déjeuner, elle avait tenté de le braver dans sa tanière, mais oncle Harris avait quitté la maison. Pour se rendre où ? Elle n'en savait rien.

Elle ne le revit que plus tard dans l'après-midi, et ce fut par chance. De retour chez lui, il traversait le vestibule au moment même où elle descendait l'escalier dans sa tenue d'équitation vert foncé.

— Vous emmenez votre cheval prendre l'air ? demanda-t-il.

— Oui.

Cette perspective n'enthousiasmait guère Evelyne. L'idée de s'exhiber sur Rotten Row lui paraissait aussi inutile que celle de se rendre à un dîner mondain ou à un bal. Quel intérêt, à présent ? Elle avait trouvé l'homme qu'elle voulait.

Sauf qu'il la rejetait.

Son humeur s'assombrissait lorsqu'elle y pensait. Mais elle refusait de se laisser entraîner sur cette pente. D'ailleurs, Hephaestus devait travailler, et les modèles d'Ahmad devaient être montrés.

Cette pensée l'avait poussée à sortir de son lit ce matin lorsqu'elle s'était éveillée, découragée et tentée de se complaire dans sa tristesse.

Elle descendit les dernières marches pour rejoindre son oncle, frôlant de sa main gantée la courbe de la rampe.

— Où êtes-vous allé aujourd'hui ? questionna-t-elle.

— Chez lady Arundell. Je devais m'entretenir avec elle. Quelques points à préciser au sujet de ce garçon médium de Birmingham. À ce sujet, il se peut que vous puissiez m'apporter votre aide.

Tout en parlant, oncle Harris enlevait son manteau et son chapeau, qu'il confia au valet de pied qui attendait.

— De quelle façon ? s'enquit Evelyne.

Au lieu de répondre, son oncle traversa le vestibule.

Evelyne hésita un instant. Elle avait promis à Stella de la retrouver à Rotten Row, du côté de Hyde Park Corner, à 17 h 30 précises. Il ne serait pas correct de sa part d'être en retard.

Toutefois, elle devait saisir les opportunités qui se présentaient...

D'un pas rapide, elle rattrapa son oncle et le suivit dans son bureau. Il y régnait le même désordre indescriptible que la dernière fois. C'était la seule pièce de la maison que les domestiques n'avaient pas le droit de ranger.

Oncle Harris prit place derrière la grande table encombrée.

— Juste une ou deux questions au sujet de l'amplification spirituelle, dit-il.

— Au sujet de quoi ? s'exclama Evelyne.

De la main, il dessina un vague tourbillon.

— Cette énergie que vous possédez... Lady Arundell assure qu'elle amplifie la capacité des esprits à établir un contact. Elle les aide à envoyer des messages clairs.

Evelyne fronça les sourcils.

— Mais comment lady Arundell peut-elle le savoir ?

— Son esprit familier le lui a soufflé, ce matin. Dmitri... Un bonhomme sacrément contrariant, si vous voulez mon avis. Mais il a confirmé l'opinion de Zadkiel sur vos dons.

— Avec tout le respect que je vous dois, mon oncle, Zadkiel a dit n'importe quoi. Quant à Dmitri, je ne crois pas que...

— Ce qui me ramène à ma première question.

Son oncle se pencha par-dessus le bureau, les yeux étrécis derrière ses verres en demi-lune.

— Cette énergie, quel effet produit-elle ?

Evelyne soupira.

— Je ne ressens aucune énergie particulière. Et certainement rien qui serait de nature surnaturelle.

Il fit claquer sa langue.

— Pas de sensations étranges ? Pas de vibrations dans vos membres ou votre ventre ?

Elle se sentit rougir. Hier soir, elle avait bel et bien éprouvé d'étranges vibrations, à la fois dans ses membres et dans son ventre. Déclenchées par les baisers d'Ahmad.

Mais de telles sensations n'avaient rien de surnaturel. Elles n'étaient que trop humaines. Émotionnelles. Physiques. Délicieusement physiques !

Une jeune femme convenable était-elle censée y prendre plaisir ? s'interrogea-t-elle furtivement avant de répondre à son oncle.

— Non. Rien de ce genre.

— Qu'en est-il des messages ? demanda-t-il.

— Des messages ?

— Des paroles importantes envoyées de l'au-delà. Des instructions pour nous guider…

Une pensée diabolique vint alors à l'esprit d'Evelyne.

Elle se rapprocha d'un pas du bureau et, choisissant ses mots avec soin, elle déclara :

— Il m'arrive parfois d'éprouver une sensation très, très puissante. Comme si une force me contraignait à dire quelque chose à quelqu'un. Je suppose que l'on peut appeler cela un message.

Le visage d'oncle Harris exprima son excitation.

— Du royaume des esprits ?

— Je ne l'exclus pas.

— Avez-vous reçu ce genre de message à mon sujet ?

— Eh bien… oui, cela se pourrait, maintenant que vous en parlez.

— Alors ? Alors ? dit-il avec une impatience croissante.

Evelyne s'éclaircit la gorge.

— J'ai le sentiment très net que... que le moment est désormais venu de vous préoccuper moins des morts, et davantage des vivants.

Quand oncle Harris resta bouche bée, elle ressentit une pointe de culpabilité.

Flûte ! Il n'était pas correct de le tromper. Même pour une bonne cause. Mieux valait s'en remettre à la vérité, si déplaisante fût-elle.

— Fenny est en ville, mon oncle, annonça-t-elle abruptement.

— Fenny ?

— Fenella. Ma sœur aînée. Celle qui s'est enfuie avec Anthony Connaught. Tous les deux sont bloqués dans une auberge des docks. Ils ont besoin d'argent pour payer leur retour en France.

— Les esprits vous l'ont soufflé ? demanda oncle Harris, l'air abasourdi.

— Non. Cela au moins est un fait avéré. Mais si vous souhaitez vous inquiéter des vivants, vous pourriez commencer par eux.

Oncle Harris parut réfléchir. Puis il hocha la tête.

— De combien ont-ils besoin ?

— Manifestement, votre oncle continue de croire à un message de l'au-delà, conclut Stella en amenant Locket à côté d'Hephaestus.

Evelyne raccourcit ses rênes pour ralentir l'étalon et chevaucher de front avec son amie.

— Je crois. C'était mal de ma part de le taquiner.

— Bah ! Les vieux messieurs ont besoin d'être taquinés de temps en temps. Je taquine régulièrement mon grand frère.

— Mais votre frère n'est quand même pas un vieux monsieur !

— Il se conduit comme s'il l'était. Il est rigide, suffisant, horriblement vieux jeu. Il n'apprécie pas d'être asticoté. Ce qui est la preuve irréfutable qu'il a besoin d'être davantage asticoté.

Tout en parlant, elles se frayaient un passage dans la foule élégante qui paradait sur Rotten Row.

Evelyne avait été surprise que Stella accepte de monter avec elle à cette heure-là. Anne avait cessé de le faire, et sortait désormais le matin avec Julia. Evelyne aurait préféré en faire autant, si elle n'avait pas eu un plan à mettre en œuvre.

Son plan...

Jusqu'à présent, il n'avait guère consisté qu'à sa détermination à exposer les modèles d'Ahmad aux yeux de la société. Quant au reste...

Elle éprouva une brusque frustration.

Fenny avait peut-être raison. Leurs jeunes sœurs avaient-elles vraiment besoin d'une saison à Londres et d'une union avantageuse ?

Evelyne était tentée d'abonder dans le sens de Fenny. Mais cela ne la délivrait pas de ses obligations. Elle devait toujours trouver un moyen de les entretenir. Une tâche ardue, vu les circonstances.

Du moins le problème de Fenny avait-il été heureusement résolu. Oncle Harris n'avait pas plutôt rédigé le chèque qu'Evelyne l'avait glissé dans une enveloppe, avec un petit mot pour sa sœur, et avait envoyé un valet de pied porter le tout à l'auberge du Jolly Tar.

À présent, il ne lui restait plus qu'à trouver une solution à ses autres problèmes. Ce qui ne serait pas une mince affaire, puisque Ahmad était prêt à quitter le champ de bataille avant même le début de celle-ci.

Evelyne reconnaissait qu'il agissait ainsi par noblesse d'âme. C'était la raison pour laquelle il lui avait parlé de sa mère, et des fardeaux qu'Evelyne aurait à supporter si elle devait partager son existence. Il essayait de la protéger, de l'empêcher de renoncer à tout pour lui.

Ce qu'Ahmad ignorait, c'est que le récit de ses épreuves n'avait fait qu'accroître l'admiration qu'elle éprouvait à son égard.

La voix de Stella la tira de ses pensées.

— Votre sœur va-t-elle vraiment retourner en France, à présent ?

— Je le crois.

Evelyne avait évoqué la situation de Fenny à mots couverts. Juste assez pour souligner le danger que sa sœur représentait pour elle si elle restait en ville.

Par sa personnalité, Stella invitait aux confidences. Peut-être parce que, comme Evelyne, elle était issue d'un milieu relativement modeste. Si les parents d'Anne et de Julia étaient fortunés, Stella ne disposait que des fonds accordés par son frère, le pasteur, pour entretenir son cheval et s'acheter quelques toilettes pour la saison.

Ou alors, c'était à cause de la manière dont elle vous regardait, avec une tendre gravité. Ses cheveux gris, le calme de ses yeux argentés lui donnaient un air particulier de solennité.

Non pas qu'Evelyne vît les cheveux de son amie à cet instant. Lorsqu'elles montaient ensemble, Stella les dissimulait sous un chapeau et une épaisse résille en soie.

— La crise a donc été évitée, dit-elle.

Evelyne lui jeta un coup d'œil oblique.

— Cette crise-là, en tout cas.

— Vous en avez beaucoup d'autres ? répliqua Stella en riant.

— Quelques-unes…

Evelyne fit contourner une voiture ouverte à Hephaestus. En grande forme aujourd'hui, frémissant d'énergie, il arquait son encolure vigoureuse, les oreilles pointées vers l'avant, et tentait fréquemment de passer au trot cadencé. Elle devait consacrer une grande partie de son attention à le maintenir au pas.

Se servant de sa jambe et de son assiette tout en maintenant une tension régulière dans ses mains,

Evelyne l'encourageait à engager ses postérieurs. Il s'agissait de trouver un équilibre délicat entre poids et pressions – de converser, en quelque sorte, dans une langue qu'elle parlait couramment et qu'Hephaestus comprenait.

L'équitation, c'était bien davantage que frapper des talons les flancs d'un cheval pour le faire avancer, ou tirer sur sa bouche pour qu'il ralentisse. Un art véritable, que paraissaient ignorer un certain nombre des cavaliers de sortie cet après-midi. Parmi lesquels lady Heatherton.

Celle-ci s'avançait vers elles, montée sur une élégante jument. Magnifiquement vêtue, la taille impitoyablement sanglée, elle mit son cheval au trot d'un coup de cravache, le regard fixé sur Evelyne.

— Bonjour, mademoiselle Malravers, dit-elle en la croisant.

Evelyne inclina la tête.

— Bonjour, lady Heatherton.

La vicomtesse s'éloigna sans avoir adressé ne serait-ce qu'un coup d'œil à Stella.

Celle-ci ne parut pas s'en offusquer.

— Je remercie le ciel qu'elle ne se soit pas arrêtée pour nous parler !

— Je ne crois pas qu'elle m'aime beaucoup, commenta Evelyne.

— Vous n'avez sans doute pas tort. Vu son regard, on aurait pu croire que vous êtes sa rivale.

— Ce que je ne suis certes pas.

Avant qu'Evelyne puisse en dire davantage, un autre cavalier s'approcha, monté sur un cheval bai décharné. Elle ne put s'empêcher de se raidir sur sa selle.

— Bonjour, mademoiselle Malravers, dit Stephen Connaught en soulevant son chapeau.

Evelyne fit des présentations sommaires. Stella salua Stephen avec politesse, à défaut de chaleur, ce dont il ne sembla pas s'apercevoir. Il était trop occupé à admirer Hephaestus.

— Il paraît en pleine forme, dit-il. Comment s'habitue-t-il à la vie urbaine ?

— À merveille, répondit Evelyne. Comme moi.

Le regard de Stephen enveloppa sa silhouette, avant de venir se poser sur son visage.

— Oui. Londres vous réussit.

Fut un temps, ce compliment aurait signifié quelque chose pour elle. Mais plus maintenant.

— Et vous ? Combien de temps avez-vous l'intention de rester en ville ? lui demanda-t-elle.

— Jusqu'à ce que mon affaire soit terminée.

Son affaire… c'est-à-dire Anthony et Fenny.

Evelyne adressa une prière au ciel. Pourvu qu'il ne les trouve pas ! Avec un peu de chance, dès la réception du chèque, Fenny et Anthony réserveraient leur place sur le premier vapeur à destination de la France.

— Nous ne voulons pas vous retenir, en ce cas, dit-elle en le saluant d'un bref signe de tête. Bonne journée.

Dès qu'elles furent hors de portée de voix, Stella demanda :

— C'est un problème pour vous s'il reste à Londres ?

— Plus maintenant, répondit Evelyne. À moins qu'il ne lâche quelque indiscrétion au sujet de ma sœur.

— Il est susceptible de le faire ?

— Uniquement par négligence. Il ne prend pas très au sérieux ma participation à la saison.

Ce n'était pas flatteur pour elle, mais Evelyne en était venue à s'accommoder de ce fait.

— Il ne m'a jamais considérée comme assez jolie pour attirer un prétendant, expliqua-t-elle.

— Je parierais qu'il a changé d'avis.

— Peu m'importe. Il ne m'intéresse plus.

— En toute sincérité ? Il n'est pas déplaisant. Il me fait penser à ces héros blonds et ingénus des romans de Julia.

— Stephen n'a rien d'un héros. Un héros n'abandonne pas une femme lorsque le malheur la frappe. Et il ne l'humilie pas pendant trois ans en faisant semblant qu'elle n'a jamais existé.

Evelyne fit la grimace.

— Assez de mes problèmes ennuyeux ! enchaîna-t-elle. Qu'en est-il de vous ? Vous n'en avez aucun à régler durant cette saison ?

— Hmm… Pour commencer, vous pourriez me trouver un galant jeune et respectable. L'un de ceux que vous dédaignez, peut-être ?

— Je n'ai aucun galant à dédaigner, jeune ou pas. Au bal, à peu près tous les hommes avec lesquels j'ai dansé étaient d'âge à radoter.

— Allons, vous vous en sortez mieux que moi. Il suffit de voir comment les messieurs vous regardent. Il n'y en a que pour vous ! Voyez cet homme, il n'est pas d'âge à radoter… Et celui-là, sur l'alezan… Alors lui, il vous lorgne carrément !

Evelyne était consciente de l'attention masculine dont elle était l'objet, comme chaque fois qu'elle entrait dans le parc. Mais elle en était moins impressionnée qu'aux premiers temps, surtout à la lumière de ses sentiments pour Ahmad.

— C'est Hephaestus qu'ils admirent… et ma tenue d'équitation, répliqua-t-elle. Lorsque je l'ai commandée, je voulais attirer l'attention.

— Ce n'est pas votre amazone, petite sotte, dit Stella en souriant. C'est vous. Aucun vêtement ne peut rendre belle une femme si elle ne l'est pas déjà.

— Les vêtements de M. Malik peuvent opérer ce miracle.

Evelyne éprouva un étrange serrement à la poitrine en prononçant son nom. Ce poids oppressant ne la quittait plus depuis qu'Ahmad et elle s'étaient séparés, la nuit précédente.

Il n'avait même pas daigné l'embrasser pour lui souhaiter une bonne nuit avant qu'elle descende du coupé. Elle craignait qu'il ne l'embrasse plus jamais. Toutefois, il lui avait pressé la main. Et sa voix, en se faisant plus grave, avait intensifié la chaleur au creux de son ventre.

Il la voulait, elle n'en doutait pas. Ne le lui avait-il pas dit lui-même ? La suite était entre les mains d'Evelyne.

— Ses modèles font ressortir ce qu'il y a de mieux chez la personne qui les porte, poursuivit-elle. Il possède une espèce de don magique.

— Je devrais peut-être lui commander une robe, dit Stella. Et peut-être aussi une robe de bal, pendant que j'y suis.

— Oh oui ! approuva Evelyne, enchantée. Il fera quelque chose de magnifique pour vous, je le sais.

Le sourire de Stella se fit narquois.

— Vous avez vraiment foi en lui.

— Non sans raison.

Evelyne resta silencieuse quelques secondes. Puis elle avoua :

— Je souhaite de tout mon cœur que son affaire réussisse.

Stella rapprocha Locket d'Hephaestus.

— Pourquoi est-ce si important pour vous ?

La vague de chaleur se diffusa dans la poitrine d'Evelyne, lestant chaque mot d'émotion.

— Parce que je le considère comme le meilleur des hommes sur terre.

Stella ne dit rien pendant un long moment.

— Eh bien, lança-t-elle enfin. En ce cas, il faut voir ce que nous pouvons faire pour ce monsieur.

25

Ahmad travaillait à sa table, dans l'atelier de Doyle & Heppenstall, lorsque M. Doyle passa la tête dans la pièce.

— Deux dames sont ici, dit-il d'une voix sombre. Elles veulent des renseignements sur vos robes.

Ahmad était en train de couper une longueur de barège vert tilleul. Après avoir posé ses ciseaux, il replia avec soin la fine étoffe qu'il avait choisie pour l'une des robes de jour d'Evelyne.

Il s'était attendu à recevoir de nouvelles clientes. Cela semblait inévitable, vu le succès d'Evelyne au bal de lady Arundell. Il ressentit néanmoins une pointe d'excitation.

C'était cela, son objectif. Non pas de tomber amoureux, mais d'acquérir une clientèle élégante. Il était grand temps qu'il se consacre à cette tâche, au lieu de passer chaque heure du jour et de la nuit à penser à Evelyne.

Deux jours seulement s'étaient écoulés depuis qu'il l'avait embrassée. Et qu'il lui avait parlé de sa mère et de son enfance en Inde. Un secret qu'il n'avait jamais révélé à personne.

L'histoire était sordide, mais il s'agissait de son histoire. Il ne regrettait pas de s'être confié à Evelyne. Quand il l'avait fait, il n'avait vu dans ce récit qu'un avertissement à son intention. Ce n'est que plus tard, quand le coupé s'était éloigné de la porte du jardin de son oncle, qu'Ahmad avait pris conscience à quel point il désirait qu'elle soit au courant. Non seulement pour son bien à elle, mais pour son bien à lui aussi.

Ce fichu désir de tout partager avec elle, c'était une autre manifestation exaspérante de l'attirance qu'il ressentait. S'il n'y prenait garde, de telles impulsions, idiotes et dangereuses, les mèneraient tous deux à la catastrophe.

Ahmad se leva et enfila sa redingote. Beamish et Pennyfeather lui jetèrent des regards nerveux quand il passa devant eux. Les deux hommes étaient à présent responsables de la confection des costumes masculins. Mais les commandes se faisaient plus rares, ces derniers temps. Ce qui n'était pas le problème d'Ahmad pour le moment.

En entrant dans la boutique illuminée de soleil, il trouva deux jeunes femmes debout devant le comptoir. L'une était entièrement vêtue de noir ; l'autre, qui ne devait pourtant pas être plus âgée que la première, avait une étonnante chevelure grise.

Il reconnut les deux compagnes d'équitation d'Evelyne : lady Anne Deveril et Mlle Stella Hobhouse. Elles étaient accompagnées d'une femme de chambre coquettement vêtue et d'un valet de pied portant la livrée des Arundell. Celui-ci avait les bras chargés de paquets.

— Monsieur Malik, je présume, dit lady Anne en l'enveloppant d'un regard perçant. C'est vous qui faites les tenues d'équitation de Mlle Malravers ?

— C'est moi.

— Ainsi que ses robes ? demanda Mlle Hobhouse.

— Oui, ses robes aussi.

Les deux jeunes femmes échangèrent un coup d'œil entendu. Ahmad s'interrogea, non sans un certain malaise. Evelyne avait-elle dit quelque chose ?

Il en doutait, cependant. Elle n'avait pas parlé de leur baiser, bien sûr. Mais les jeunes femmes échangeaient souvent des confidences au sujet des hommes. Chez Mme Pritchard, Ahmad avait été fréquemment l'objet de regards en coulisse et de gloussements chuchotés.

Son col lui parut brusquement trop serré.

— Puis-je vous être utile, mesdemoiselles ?

— Je l'espère, répondit lady Anne en posant l'extrémité de ses doigts gantés sur le comptoir. J'ai besoin d'une robe de bal noire. Quelque chose de très peu orné. Pas de volants ni de froufrous. Mlle Malravers m'a assuré que vous étiez la personne parfaite pour ce travail.

— Noire..., répéta-t-il en fronçant les sourcils.

— Parfaitement. Et aussi, une tenue d'équitation noire. Comme l'amazone vert foncé que vous avez réalisée pour Mlle Malravers.

— J'ai moi aussi besoin d'une tenue d'équitation, déclara Mlle Hobhouse. Mais je voudrais la même que son amazone brun clair.

— Je peux faire quelque chose de similaire, dit-il, mais pas d'identique. Je ne refais pas mes modèles. Quelle que soit la tenue que vous commandez, elle sera faite pour vous exclusivement.

— Justement, à ce sujet..., commença Mlle Hobhouse avec hésitation. Selon Mlle Malravers, vous avez une robe du soir qu'une personne vous a retournée. Elle m'a dit que je pourrais vous demander de la retoucher pour moi. Cela me ferait une robe de bal à moindre coût.

Le froncement de sourcils d'Ahmad s'accentua.

— Mlle Malravers vous a dit cela...

— C'est-à-dire, si la couleur me va bien, ajouta Mlle Hobhouse.

Ahmad songea à la robe de mousseline bleu pâle, soigneusement pliée dans un coffre chez lui. Il s'était résigné à une perte sèche. Cette robe avait été spécifiquement faite pour lady Heatherton. Il devait néanmoins convenir que ce ton conviendrait magnifiquement au teint de Mlle Hobhouse. Moyennant quelques légères retouches, cette robe pourrait sans doute faire un écrin éblouissant à ses cheveux gris et à ses yeux bleu argenté.

— Mlle Malravers vous a-t-elle confié d'autres messages à me transmettre ? demanda-t-il.

Lady Anne lissa ses gants avec soin.

— Je crois que nos commandes de toilettes constituent un message suffisant.

Effectivement.

Evelyne ne l'avait pas oublié. Non seulement elle avait donné des détails sur lui aux femmes qui avaient admiré sa robe au bal Arundell, mais elle lui envoyait ses amies pour qu'elles aussi lui passent commande.

Il fut touché par son geste. Profondément touché. Et reconnaissant.

Certes, lady Anne et Mlle Hobhouse étaient loin de donner le ton en matière de mode. Mais elles évoluaient dans des cercles élégants durant la saison. Si elles portaient ses créations, Ahmad ne pourrait qu'en tirer bénéfice.

Il passa l'heure suivante à leur montrer certains de ses croquis et à discuter des étoffes et des ornements. Quand il eut fini de prendre leurs mesures, 1 heure de l'après-midi avait sonné. Il revint à sa table de travail, la tête pleine d'idées pour la robe de bal de lady Anne.

Que ce soit cette commande en particulier qui éveille son intérêt créatif était étrange. Noire ! Du jamais vu. Aucune femme en deuil n'oserait assister à un bal. Mais lady Anne n'était pas en deuil, pas plus que sa mère. Du moins, pas au sens strict. En tant que spirites, elles honoraient le passage du prince Albert dans l'au-delà. Et le noir était un signe universel de respect pour les morts.

Il lui faudrait concevoir ce modèle comme il concevait ses tenues d'équitation. Tout autant qu'une amazone, une robe de deuil se distinguait par une absence de fioritures. Son style reposait sur le choix des étoffes et l'élégance de la coupe. Ce en quoi Ahmad se flattait d'exceller.

C'était ce que les Belles Écuyères avaient admiré dans son travail. C'était aussi ce qu'admirait Evelyne.

Heureusement pour lui, elles n'étaient pas les seules. Le jour suivant, une autre femme se présenta chez Doyle & Heppenstall ; le surlendemain, trois autres femmes, ensemble. Ce fut ainsi toute la semaine qui suivit.

La dernière cliente partie, Ahmad se dirigea une fois de plus vers l'atelier pour s'occuper de ses commandes. Il réfléchissait à un ton de velours bordeaux pour la robe de dîner d'une veuve, lorsque M. Doyle se planta devant lui, lui barrant le passage.

— Un grand nombre de dames ont fréquenté la maison cette semaine, dit-il. Elles commencent à être plus nombreuses que les messieurs.

Ahmad le contourna pour s'approcher de sa table de travail.

— C'était l'objectif, lorsque nous avons conclu notre accord.

— Il est déjà atteint ? demanda M. Doyle en le suivant.

— Nous n'en sommes plus loin, répondit Ahmad. Je vais devoir engager une couturière. Peut-être deux.

Beamish et Pennyfeather, cessant de travailler, levèrent les yeux vers les deux hommes. Leurs visages exprimaient une inquiétude identique.

— Et vous souhaitez les accueillir ici ? demanda M. Doyle.

— Naturellement.

— Et Beamish et Pennyfeather ? Que vont-ils devenir ?

— Cela dépend de leur désir ou de leur refus d'apprendre à réaliser mes modèles.

Beamish se leva d'un bond.

— Monsieur Doyle, je refuse ! Ce n'est pas un… un… *étranger* qui va m'apprendre mon métier ! protesta-t-il, le visage rubicond.

— Je refuse aussi, déclara Pennyfeather en se levant également, par solidarité avec son compagnon. Depuis la mort de M. Heppenstall, cette maison n'est plus ce qu'elle était. Je ne peux plus...

— Alors, partez, dit Ahmad avec calme. Vous n'êtes pas obligés de rester, ni l'un ni l'autre.

— Je ne reçois pas d'ordre de vous, rétorqua Pennyfeather, la voix frémissante. C'est pour M. Doyle que je travaille.

Celui-ci soupira.

— Vous me décevez, messieurs.

S'approchant de la table d'Ahmad, le vieux tailleur souleva le corsage de la robe de barège vert tilleul, à présent coupé et bâti. Il tâta la délicate étoffe de laine entre son pouce et son index noueux, l'air songeur.

— Est-ce qu'aucun de vous deux ne s'est un jour interrogé... Pourquoi tant de nos clients demandent-ils que M. Malik fasse leurs costumes ? Pourquoi des dames viennent-elles en exigeant que ce soit lui qui crée leur tenue d'équitation ?

Beamish et Pennyfeather restèrent muets.

— Nos clients et clientes reconnaissent son talent, reprit M. Doyle. Et vous feriez comme eux si vous possédiez vous-mêmes une once de talent.

Il laissa retomber le tissu sur la table.

— C'est la raison pour laquelle j'ai accepté que M. Malik reprenne la maison après mon départ.

— Monsieur Doyle, non ! s'exclama Beamish.

— Vous ne lui donnez pas vraiment Doyle & Heppenstall ? renchérit Pennyfeather.

Doyle leva la main.

— M. Malik vous a proposé de rester. Je vous conseille d'y réfléchir. Vous pourriez acquérir de précieuses compétences. Mais si vous ne pouvez pas vous résoudre à travailler pour lui, je vous paierai une semaine supplémentaire et vous souhaiterai bonne chance.

Ahmad ne se faisait pas d'illusions sur le chemin que les deux jeunes coupeurs allaient choisir. Ils ne l'avaient jamais regardé qu'avec méfiance, sans montrer le moindre intérêt pour son travail. Lorsqu'ils sortirent de l'atelier, le dos raide, il les regarda partir avec indifférence.

— Cela vaut mieux, déclara M. Doyle d'un air las. Il n'y a plus guère de commandes de costumes masculins. Peut-être que si vous…

Ahmad secoua lentement la tête.

— Réaliser des vêtements pour hommes ne m'intéresse plus.

— Non, bien sûr… Comment cela vous intéresserait-il, alors que vous pouvez travailler avec des étoffes comme celle-ci ?

Les yeux chassieux du vieux monsieur se posèrent brièvement sur le barège vert tilleul.

— Des mousselines, des velours, des métrages de brocart de soie, murmura-t-il. Cela change agréablement du drap de laine noir ou gris.

Ahmad le regarda longuement. Il se rappelait toutes ces fois où il l'avait surpris examinant son travail.

— Le pensez-vous vraiment, monsieur ? Ce que vous avez dit au sujet de mon talent ?

Le visage de Doyle conserva son expression morne habituelle. Il ne manifesta pas la moindre chaleur.

— Je le suppose, admit-il. Sinon, pourquoi aurais-je accepté que vous repreniez ma maison ?

26

— Une lettre pour vous, mademoiselle, dit Mme Quick en entrant dans la salle du petit déjeuner.

Evelyne leva les yeux du journal du matin. Elle était seule à table, les restes de son petit déjeuner disposés devant elle – du thé froid et une assiette encore à moitié pleine d'œufs brouillés, de pain et de confiture.

— Déjà le courrier ?

— Elle n'est pas arrivée par la poste. C'est un jeune garçon qui l'a apportée.

Tout en parlant, Mme Quick lui tendit la lettre. Ce n'était guère qu'une feuille de papier grossièrement pliée, scellée d'une rondelle de cire rouge.

Le cœur d'Evelyne accéléra ses battements. Reposant le journal, elle rompit aussitôt le sceau tout en adressant un regard reconnaissant à l'intendante.

— Je vous remercie, madame Quick.

Cette dernière inclina la tête.

— Je vais vous faire apporter du thé frais, dit-elle avant de se retirer.

C'est à peine si Evelyne l'entendit. La lettre venait de Fenny. Un petit mot qu'elle avait hâtivement rédigé de ses pattes de mouche habituelles.

Chère Evie,

Je devrais te gronder d'être intervenue, mais j'en suis incapable. Nous étions au bord du désespoir lorsque ton billet est arrivé. Comment, au nom du ciel, as-tu pu convaincre notre oncle de donner de l'argent ? Quoi qu'il en soit, tu as réussi, je te remercie, et Anthony te remercie.

Il a réservé nos places sur le prochain vapeur. Lorsque tu recevras cette lettre, nous serons arrivés à Calais et déjà sur la route de Paris. J'ai laissé au propriétaire de l'auberge des instructions strictes. Il doit retenir tout courrier jusqu'à ce qu'Anthony et moi soyons en sécurité de l'autre côté de la Manche. Nous ne pouvons pas être trop prudents, avec Stephen qui rôde.

Une fois que nous serons installés, je t'enverrai notre adresse. Nous pourrions peut-être nous écrire ? Je serais contente d'avoir quelqu'un à qui apprendre la naissance du bébé.

Affectueusement,

Ta sœur, Fenny.

Evelyne éprouva un vif soulagement lorsqu'elle eut terminé sa lecture. Fenny avait quitté Londres, et elle n'avait pas compromis le nom des Malravers lors de son bref séjour.

En son for intérieur, Evelyne souhaitait bonne chance à sa sœur. Elle ne pouvait pas approuver les extrémités auxquelles Fenny s'était livrée pour être avec Anthony. Mais elle comprenait ses motifs, aujourd'hui plus que jamais.

Quand l'opportunité se présentait, une femme pouvait-elle ne pas suivre l'élan de son cœur ?

Le lundi suivant, Evelyne se tenait sur la petite estrade, dans le salon d'essayage de Doyle & Heppenstall, pendant qu'Ahmad épinglait le corsage de sa nouvelle robe de jour. Ils ne s'étaient pas retrouvés en tête à tête depuis la nuit où ils s'étaient rendus ensemble sur les quais.

Mais à cet instant, ils étaient seuls. Evelyne y avait veillé. Elle venait d'envoyer Agnès faire une course urgente dans Bond Street. Un prétexte dont Ahmad ne fut absolument pas dupe, puisqu'il dit :

— Vous êtes résolue à défier les convenances.

Son épaisse chevelure brune était en désordre, et il avait roulé les manches de sa chemise blanche presque jusqu'au coude. Laissant son regard s'attarder sur ses avant-bras musclés, Evelyne éprouva un pincement familier au ventre.

— Vous auriez pu venir à Russell Square, répliqua-t-elle. Là-bas, je ne manque pas de chaperons.

— Je suis trop occupé pour quitter la boutique aujourd'hui, répliqua-t-il en plantant une épingle au bord de sa manche. Si je ne finis pas l'essayage de vos robes ce matin, je n'aurai plus le temps durant le reste de la semaine.

Trois robes attendaient un essayage final : la robe de jour vert tilleul qu'elle portait à cet instant, une robe d'après-midi et une robe de bal. Ces deux dernières étaient posées sur la table, attendant leur tour. Toutes les trois devaient être livrées mercredi.

Evelyne n'avait pas d'autre commande en cours. Aussi bien en robes qu'en tenues d'équitation, elle avait amplement de quoi s'habiller pour le reste de son séjour londonien. Et elle n'osait pas abuser de la générosité de son oncle.

Surtout qu'elle ne participait plus réellement à la saison. En tout cas, pas de la manière qu'elle avait prévue à l'origine. Même si elle continuait de sortir avec régularité, assistant à des dîners, des bals et des soirées, ce n'était plus avec l'objectif de trouver un mari. À présent, il s'agissait de montrer les robes d'Ahmad, en espérant que d'autres femmes les admireraient suffisamment pour lui passer commande.

Dans ces conditions, il aurait été malhonnête de la part d'Evelyne de continuer à dépenser l'argent de son oncle. Elle aurait eu l'impression de profiter de lui.

Jusqu'à présent, il s'était montré très généreux. D'autant plus généreux qu'il comptait désormais sur elle pour l'accompagner dans quelques réunions spirites. Mais même oncle Harris avait ses limites.

En conséquence, il n'y aurait plus pour elle de visites chez Doyle & Heppenstall. Plus d'occasions de se trouver seule avec Ahmad.

Un fait dont elle avait douloureusement conscience.

— Vous avez beaucoup de travail ? demanda-t-elle.

— Énormément. Pour ne rien dire de la formation des nouvelles couturières et du chaos qui règne dans l'atelier.

— Des nouvelles couturières ? Ce sont des amies à vous, comme Becky ?

— Pas vraiment comme Becky. Mais je les connaissais avant, oui. Elles travaillaient chez Mme Élise et ne demandaient qu'à changer de maison.

— C'est par elles que vous connaissiez les conditions de travail chez Mme Élise ?

Il hocha la tête.

— Elles croyaient améliorer leur situation en obtenant un emploi dans Regent Street. Mme Élise leur a vite ôté leurs illusions.

— Elles ont de la chance que vous puissiez les engager.

— J'ai de la chance de les avoir. J'ai plus de commandes que je ne peux en honorer, même avec l'aide de Becky et de Mira. De nouvelles clientes se présentent presque chaque jour.

— Elles doivent être impatientes d'avoir leurs nouvelles robes. Peu m'importe d'attendre les miennes, si vous avez besoin de finir les leurs d'abord.

Il lui jeta un regard sombre.

— Vous passez avant tout.

Ces mots lui firent chaud au cœur.

Durant la semaine précédente, quand différentes femmes de la bonne société s'entretenaient des commandes qu'elles avaient passées à « ce séduisant tailleur indien de Conduit Street », Evelyne se retrouvait en proie à des sentiments contradictoires. Au triomphe se mêlait de la tristesse. Elle avait imaginé chacune de ces femmes, dont beaucoup étaient plus belles qu'elle, debout sur cette même estrade. Elle avait imaginé Ahmad prenant leurs mesures, les touchant et s'entretenant avec elles. Pire : étant *inspiré* par elles.

Elle avait craint que l'une d'elles ne la supplante dans son affection. Et de toute façon, elle n'était pas certaine de la place qu'elle-même occupait. Ne lui avait-il pas dit, en termes on ne peut plus clairs, que ce qu'il y avait entre eux – leur histoire – était voué à l'échec ?

— Ma robe de bal semble magnifique, fit-elle remarquer.

La soie de la jupe, couleur d'ambre pâle, cascadait depuis le bord de la table, révélant une jupe du dessus en crêpe, ambrée également, ainsi qu'une berthe de dentelle et de tulle. Les jupes et le corsage seraient ornés de fleurs fraîches pour le bal dans les jardins de Cremorne.

— Vous serez magnifique quand vous la porterez, murmura-t-il.

Un compliment, bien sûr, mais prononcé d'un ton distrait. Ahmad consacrait toute son attention aux finitions de sa robe. Ce qui était dans l'ordre des choses. Evelyne ne pouvait toutefois s'empêcher d'éprouver une certaine frustration.

— J'ignorais quel genre de robe était approprié pour un bal en plein air. Je ne suis jamais allée dans un endroit comme les jardins de Cremorne.

Ahmad continua de piquer des épingles dans l'étoffe. Soit il ne l'avait pas entendue, soit il était trop concentré sur sa tâche pour répondre.

Evelyne ne dit plus rien durant quelques minutes. Le silence entre eux s'alourdit progressivement, et sa frustration se transforma peu à peu en souffrance muette. Elle avait l'impression d'avoir une pierre dans la poitrine. Ahmad ne savait-il pas qu'il s'agissait de leurs derniers moments ensemble ?

Elle finit par tenter de relancer la conversation.

— Lady Anne m'a dit que vous aviez bien avancé sur sa robe de bal...

— Oui. Je vous remercie de me l'avoir adressée.

— Mlle Hobhouse et elle étaient heureuses de venir ici...

De fait, les amies d'Evelyne ne cessaient plus de chanter les louanges d'Ahmad. Elles le trouvaient merveilleusement talentueux, et scandaleusement beau.

— Toutes les deux sont de grandes admiratrices de votre travail.

Ahmad se pencha pour corriger une couture du corsage.

— D'autres femmes sont venues.

— Oui, je m'en doute.

— Je vous remercie également pour cela.

— Vous n'avez pas besoin de me remercier. Je n'ai rien fait de plus que porter vos vêtements. Je suppose qu'ils m'ont aidée autant que je vous ai aidé.

Evelyne était taraudée par l'envie de lui soutirer une réponse. Un besoin puéril mais, aussi, désespéré. Elle semblait incapable de s'en empêcher.

— C'était ce que nous espérions lorsque nous avons formé notre association, non ? poursuivit-elle. Que chacun de nous obtienne ce qu'il voulait ?

Son ton désinvolte était en contradiction avec la crispation de son estomac.

— Voilà, nous avons donc réussi, conclut-elle.

Les mains d'Ahmad s'immobilisèrent sur sa taille.

— Vous avez trouvé un prétendant ?

— Plusieurs.

Ce n'était pas un mensonge, si l'on incluait les vieux lords Trent et Gresham, ainsi que le sinistre M. Fillgrave. Ce dernier s'était même rendu une fois dans la maison de Russell Square. Evelyne avait passé avec lui dix minutes éprouvantes dans le salon, à l'écouter pérorer sur la lignée de ses juments espagnoles.

Quant aux jeunes gens, ils semblaient se contenter de l'admirer de loin. Même Stephen Connaught. Il apparaissait régulièrement sur Rotten Row et ne manquait pas de s'arrêter, brièvement, pour lui souhaiter une bonne journée.

— Je suis heureux pour vous, dit Ahmad.

Mais il n'avait pas recommencé à épingler sa robe. Il l'observait, les sourcils froncés, les épaules manifestement rigides sous son gilet noir.

— Et moi pour vous. J'espère que vos nouvelles clientes... qu'elles vont toutes...

La voix d'Evelyne mourut. Elle ne savait plus ce qu'elle espérait. Tout était si confus !

— Quoi donc ? demanda-t-il.

— Rien, murmura-t-elle alors que sa vue se brouillait. Simplement... je me demande ce que je suis pour vous, au milieu de tout cela.

Un pli se creusa sur le front d'Ahmad.

— Evie...

— Juste une autre cliente ?

— Je vous ai dit ce que vous étiez pour moi. Vous êtes ma muse, dit-il d'une voix sourde.

— Oui. Eh bien... c'est merveilleux, répliqua-t-elle en enlevant ses lunettes. Mais je suppose que je veux être davantage que cela.

— Vous l'êtes !

— Alors, dites-le-moi, chuchota-t-elle.

Un muscle se contracta sur la joue d'Ahmad. Prenant les lunettes des doigts d'Evelyne, il sortit un mouchoir de la poche de son gilet et essuya les verres embués de larmes.

— Cela ne sert à rien.

— Mais pourquoi ?

— Parce que cela ne mène nulle part.

Evelyne refusait de l'admettre.

— Ce n'est pas parce que vous le dites que c'est vrai. Je crois...

— Ce que vous croyez n'a rien à voir.

Il replaça doucement ses lunettes sur son nez.

— Je sais ce qu'il en est parce que je l'ai vécu, ajouta-t-il.

C'était là le nœud du problème. Evelyne n'avait aucune expérience à lui opposer. Pour être en position de force, comme sa mère le lui avait enseigné, elle n'avait que son cœur et sa détermination.

Cela aurait dû être suffisant.

Mais ça ne l'était pas. L'expression d'Ahmad ne lui laissait aucun doute sur ce point. Malgré la tendresse avec laquelle il la touchait, malgré sa voix plus rauque et son grand corps qui semblait la protéger, il s'opposait fermement à ce qu'ils forment un couple.

Une émotion brutale, inattendue, lui serra la gorge.

— Je m'aperçois que je ne sais rien... Quand on vit à Combe Regis, le reste du monde paraît très loin. Là-bas, j'ai passé chacune de mes journées à m'inquiéter des problèmes de ma famille. Il n'existait que très peu d'occasions de penser à ceux des autres. Je me rends compte que je peux paraître provinciale et étroite d'esprit, mais j'essaye de m'améliorer. J'écoute et j'apprends. Si vous vouliez simplement me donner une chance...

— Vous n'avez pas l'esprit étroit : vous êtes innocente. Vous n'imaginez pas ce qu'est ma vie au jour le jour. Les regards soupçonneux, les remarques et les sous-entendus prononcés à mi-voix... Ils sont si fréquents que je n'y prête plus guère attention. Mais vous, vous n'y êtes pas accoutumée. Ils vous blesseraient.

La poitrine d'Evelyne se gonfla de frustration. Il essayait de la protéger, ce qui était à la fois attendrissant et exaspérant.

— Ahmad...

— Vous ne pouvez pas revenir ici sans chaperon. Nous ne pouvons plus rester seuls comme aujourd'hui. C'est trop dangereux.

Il pivota, avec l'intention manifeste de s'écarter.

Posant la main sur son avant-bras, Evelyne le retint. Au contact de sa peau nue, chaude sous ses doigts, elle frémit.

Il en eut conscience et s'immobilisa. Son visage parut se fermer davantage. Un signe peu encourageant.

Laissant retomber sa main, Evelyne fit néanmoins une dernière tentative.

— Je suis plus forte que vous ne le pensez.

Il détourna brièvement le visage.

— La force n'a rien à voir.

— Si, insista-t-elle. J'endurerais n'importe quoi pour une personne qui m'est chère.

Il reporta les yeux sur elle. Le regret les faisait paraître encore plus sombres.

— Je le sais. Mais je ne vous le demanderai jamais.

27

Pour l'achat de fleurs, de feuillages et de fruits artificiels, rien ne valait le commerce de MM. Valmar et Richardson, dans Cripplegate. Un établissement de petite taille mais plein à craquer de marchandises magnifiquement présentées.

Les mains dans les poches de son pantalon, Ahmad suivait Mira d'une vitrine à l'autre. À l'intérieur de celles-ci se trouvaient des fleurs de toutes les teintes et de toutes les tailles imaginables. Les roses sous toutes leurs formes – depuis l'humble églantine jusqu'aux hybrides français les plus exquis – voisinaient avec les fleurs d'oranger et de jasmin, et les camélias roses et blancs.

— Puis-je voir celui-ci, s'il vous plaît ? demanda Mira. Le rose pâle ?

L'employé du magasin retira le plateau de camélias de la vitrine et le posa sur le comptoir.

— Est-ce pour un chapeau, madame ?

— Pour une robe.

Retirant son gant, Mira prit l'un des camélias entre ses doigts. Les pétales de la fleur paraissaient presque translucides.

— Il est en papier de riz, expliqua l'employé. Avec une tige flexible.

Mira jeta un coup d'œil interrogateur à Ahmad. Un élégant petit chapeau au bord relevé encadrait son visage. Les larges rubans formaient un gros nœud sous son menton.

— Qu'en penses-tu ?

Il secoua la tête.

Pinçant les lèvres, elle replaça le camélia en papier de riz sur le plateau, pendant qu'Ahmad avançait lentement vers la vitrine suivante. Il s'arrêta pour examiner une guirlande de roses. Elle était d'une facture exquise et d'une ressemblance troublante, qui allait jusqu'à la présence de légères marques brunes sur certaines feuilles.

Mira le rejoignit.

— Est-ce davantage à ton goût ? Ce serait joli sur la jupe.

— Non.

— Mais tu avais fait allusion à une guirlande !

— En vraies fleurs, pas en fleurs artificielles.

Il s'avança jusqu'à la vitrine suivante, qui présentait une profusion de fruits entourés de lierre.

— Rien de ce que nous avons vu aujourd'hui ne te plaît, conclut Mira en le suivant.

— Je te l'avais dit.

— Oui. Mais si on te laissait faire, chacun de tes modèles aurait autant d'ornements que cette robe de bal noire que tu as faite pour lady Anne. En d'autres termes, pas d'ornements du tout !

Elle soupira avec impatience avant de demander :

— Pourquoi es-tu aussi opposé aux ornements ?

Ahmad haussa les épaules.

— Je n'aime pas les fanfreluches.

— Les fanfreluches, comme tu dis, sont à la mode. Les robes de M. Worth...

— Je ne veux pas entendre parler de Worth, rétorqua Ahmad en avançant plus loin.

Mira lui emboîta le pas. Le froufrou de ses jupes laissait deviner son irritation.

— Je ne sais pas pourquoi tu as accepté de m'accompagner.

— J'avais besoin de prendre l'air. J'ai pensé que t'accompagner ne me ferait pas de mal.

— Ce dont tu as besoin, c'est d'un bon savon !

Elle le tira derrière une vitrine et, baissant la voix, ajouta dans un chuchotement excédé :

— Tu es tout le temps maussade. Et tu travailles trop. Tu ne prends même pas cinq minutes pour manger !

Ce n'était ni le lieu ni le moment pour ce genre de conversation. Ce qui n'empêcha pas Ahmad de riposter sur le même ton :

— Moi ? Et toi, alors ?

Mira se raidit.

— Quoi, moi ?

— Tu ne vaux pas mieux !

Il saisit sa main droite dans la sienne et la retourna, paume vers le haut. Le bout des doigts de Mira était décoloré.

— Des taches d'encre effacées, dit-il. Tu as écrit beaucoup de lettres.

— Et alors ? répliqua-t-elle en lui arrachant sa main. Écrire des lettres n'est pas un crime, que je sache.

En toute hâte, elle remit son gant.

— À qui écris-tu ?

— Cela ne te regarde pas.

— Qui ? insista Ahmad.

Il n'aimait pas jouer les tyrans. Mais Mira n'était pas elle-même, ces derniers temps. Finchley lui-même l'avait remarqué. Elle semblait préoccupée, en proie à une anxiété secrète.

« À la dérive », avait-elle dit d'elle-même. Incertaine de sa place dans le monde.

Ahmad avait tenté de lui donner un point d'ancrage. Il lui avait offert des livres pour occuper ses heures de loisir. Il lui avait aussi procuré du travail. Un travail qu'elle adorait. Coudre des robes, concevoir et réaliser des broderies semblaient donner une direction à son existence.

Mais rien, pour le moment, n'avait réussi à chasser le nuage d'inquiétude qui assombrissait son front.

Elle le foudroya du regard.

— Dois-tu tout savoir de mon existence ?

Ahmad n'hésita pas.

— Si c'est quelque chose qui te ronge, oui.

— Tout va bien, assura-t-elle. Ce n'est pas moi qui me languis, ni qui maigris faute de manger.

— Ne change pas de sujet.

— Tu commences à ressembler à un loup dangereux. Cela effraie les clientes.

Ahmad réprima une grimace.

— Elles ne doivent pas être si effrayées que cela. Elles viennent toujours, non ?

Rien que la semaine précédente, quatre nouvelles clientes s'étaient présentées chez Doyle & Heppenstall.

— Oh, certes, les dames continuent de venir à toi. Cela doit leur procurer un frisson d'excitation, exactement comme les filles de Mme Pritchard.

— Tu mets nos clientes au même niveau ?

— Pourquoi pas ? C'est ce que tu fais. Tu n'as jamais vu aucune différence entre ces femmes et toutes les autres. Elles sont toutes pareilles pour toi. Juste une silhouette à habiller.

Mira croisa les bras.

— Jusqu'à ce que tu *la* rencontres...

Ahmad jeta à sa cousine un regard accablé.

— Pourquoi ne vas-tu pas la retrouver ? ajouta-t-elle.

Son moral descendit encore d'un cran. Il n'aurait pas cru cela possible, car il pensait avoir déjà atteint le fond.

Quinze jours s'étaient écoulés depuis la dernière fois qu'Evelyne était venue chez Doyle & Heppenstall. Deux semaines entières depuis qu'elle s'était tenue devant lui sur l'estrade et qu'il avait rectifié sur elle la robe de jour en barège vert tilleul. Un passepoil de soie d'un vert plus soutenu soulignait le bas des manches et de la jupe, et un ruban du même vert était noué autour de sa taille fine. La robe lui allait à ravir. Elle lui donnait l'éclat et la vivacité du printemps.

Comme il l'avait désirée alors !

Hélas, il la désirait toujours...

— Je n'ai rien à lui offrir, répondit-il.

Rien d'autre que la soustraire à la société dans laquelle elle était née pour faire d'elle une paria. Comme le serait toute Anglaise qui lierait sa vie à un homme d'une origine différente.

Et ce n'était que le premier obstacle qui se dressait devant eux.

Même s'ils parvenaient à l'écarter d'une manière ou d'une autre, il resterait le problème de l'absence de fortune d'Ahmad.

— Rien à lui offrir ? rétorqua Mira, railleuse. Dans un an, tu seras le couturier le plus célèbre de Londres !

— Tu as grandement confiance en moi, *bahan*.

— Ne me dis pas que j'ai tort !

— Sur ce point, non, répondit Ahmad car, en dépit de tout, sa foi dans son travail n'avait jamais été ébranlée. Mais dans un an ? C'est vraiment ce que tu estimes ?

— Si les affaires continuent à ce rythme, oui. Pourquoi ? Ce n'est pas assez tôt pour toi ?

Non. Evelyne avait besoin d'un mari fortuné maintenant, pas dans douze mois. Un gentleman respectable, doté de moyens financiers suffisants pour prendre soin de sa famille et pourvoir à l'entretien de son cheval. Un homme avec une fortune solide, pas un couturier nouvellement enrichi, dont les revenus dépendaient des caprices de la haute société londonienne.

— Un an, c'est dans longtemps, murmura-t-il.

Où serait alors Evelyne ? Probablement mariée à un autre. À l'un de ces innombrables prétendants qui l'invitaient à danser, qui flirtaient avec elle lors des soirées ou prenaient place à côté d'elle au théâtre. Le carnet mondain spéculait sur celui qui finirait par remporter sa main.

Cette simple pensée fut comme un nouveau coup de couteau dans le cœur d'Ahmad.

— Sortons d'ici, dit Mira en passant la main sous son bras.

— Tu ne veux pas jeter un coup d'œil en haut ?

Le premier étage de Valmar & Richardson était entièrement consacré aux plumes. Autruche, paon, marabout... il y en avait de toutes les couleurs et de tous les genres, pour le plus grand bonheur des couturiers et des modistes.

Ahmad n'était pas d'humeur à s'y intéresser, mais il ne voulait pas priver Mira de ce plaisir.

— Pas aujourd'hui, répondit-elle. Une autre fois, lorsque tu seras moins grincheux. Viens, dit-elle en l'entraînant vers la porte, tu te sentiras mieux après avoir mangé quelque chose.

Evelyne entra dans la librairie Hatchards, chargée de deux volumes reliés de toile. Elle les laissa tomber sans ménagement sur le comptoir.

L'employé leva les yeux en sursautant. C'était ce même vieux monsieur qui l'avait renseignée lors de ses deux précédentes visites.

— Puis-je vous aider, mademoiselle ?

— Oui. Je voudrais un livre sur l'Inde.

Il leva les sourcils.

— Un autre ?

— Un meilleur. Ceux-là ne sont pas du tout ce que je cherche.

Elle poussa les volumes vers lui. Elle avait acheté le premier deux semaines plus tôt, le second la semaine suivante. Les deux l'avaient déçue.

— J'aimerais vous les rendre.

— Pour quel motif ?

L'employé tendit la main vers l'un des volumes. Après l'avoir ouvert, il jeta un coup d'œil au frontispice très ornementé.

— Vous avez demandé une histoire de l'Inde, continua-t-il. Il n'en existe pas de supérieure à l'ouvrage de Fletcher, *L'Angleterre et ses colonies*. Et pour la couleur locale, vous ne trouverez pas mieux que les Mémoires du capitaine Atkinson.

— C'est ce que vous m'aviez dit. Mais ces livres ne sont pas écrits par les gens qui vivent réellement en Inde.

— Le capitaine Atkinson a vécu en Inde, mademoiselle, répliqua l'employé. Comme il l'évoque avec beaucoup de détails.

— Oui, ses descriptions sont affreusement détaillées. Mais, en fait, le capitaine Atkinson n'était pas indien.

— Je comprends. Vous voudriez une histoire écrite par un indigène.

— Oui, répondit Evelyne d'un ton ferme. Avez-vous quelque chose de ce genre ?

De l'autre côté de la vitrine, des hommes et des femmes déambulaient sous le beau soleil de la mi-journée. Il était midi et demi. Evelyne n'avait guère le temps de s'attarder. Il lui fallait être de retour à Russell Square à 13 heures pour être prête à recevoir les éventuels visiteurs qui se présenteraient.

C'était la demi-journée de repos d'Agnès. Ravie d'être seule, Evelyne avait pris l'omnibus pour se rendre à Piccadilly Street. Quel plaisir d'être débarrassée des contraintes de la bienséance, ne serait-ce qu'un court moment ! Durant l'heure précédente, circulant en ville en tout anonymat, elle avait été aussi libre qu'une femme de commerçant.

Enfin, peut-être pas en tout anonymat.

Elle était connue de trop de personnes, à présent. Des dames et des gentlemen qui l'avaient rencontrée lors de soirées, de dîners et de bals, ou qui l'avaient vue à cheval sur Rotten Row. Tout en parlant à l'employé, Evelyne avait conscience de quelques regards obliques lancés dans sa direction. Peut-être n'aurait-elle pas dû s'aventurer seule à l'extérieur ? Mais il était trop tard pour se raviser.

— Nous avons peut-être quelque chose de ce genre, dit le libraire. Mais ce n'est pas ce que j'appellerais un récit fiable. Pour cela, mieux vaudrait vous en remettre à une chronique militaire. Le journal du colonel Brough-Cholmondeley, par exemple.

— Non, merci. J'en ai plus qu'assez des fastidieuses ruminations d'anciens soldats.

Derrière elle, un homme s'éclaircit la gorge.

Evelyne jeta un coup d'œil par-dessus son épaule. Et se figea sur place.

C'était le capitaine Blunt, le héros de la guerre de Crimée à la sulfureuse réputation.

Elle ne l'avait vu qu'une fois, et ils n'avaient pas été présentés officiellement, mais son visage balafré était reconnaissable. Une hideuse cicatrice courait de son œil droit jusqu'à sa bouche. Elle donnait à ses lèvres l'apparence d'un rictus permanent.

Le reste de sa personne n'était pas plus avenant. Il était grand, austère et ténébreux, avec un maintien qui évoquait un soldat sur le champ de bataille.

Rien d'étonnant à ce que Julia se soit trouvée au bord de l'évanouissement lorsqu'il avait demandé à lui être présenté.

— Si vous voulez bien me pardonner cette intrusion, madame, dit-il. Vous cherchez un ouvrage sur l'Inde écrit par un Indien ?

— Oui, c'est cela.

— Vous pourriez essayer *Les deux sœurs*, de Shahid Khan.

— C'est un livre historique ? demanda-t-elle.

— Un roman. Sur l'importance de l'éducation féminine, récemment traduit de l'urdu.

Evelyne faillit rester bouche bée. Elle ignorait ce qui la surprenait le plus : que le capitaine connaisse quelque chose aux romans, aux écrivains indiens, ou à l'éducation des femmes.

— Nous n'avons pas ce livre, indiqua l'employé.

— Vous pouvez certainement le commander si mademoiselle le souhaite, répliqua le capitaine Blunt.

— Je le souhaite, se hâta de dire Evelyne. Je vous remercie, monsieur.

Le capitaine salua d'une inclination de tête. Il tenait à la main un livre couvert de toile marron, attendant qu'Evelyne ait fini avec l'employé pour régler son achat. Elle jeta un coup d'œil discret au titre gravé en lettres dorées sur la couverture. L'étonnement lui fit ouvrir de grands yeux. *La dame en blanc,* de Wilkie Collins !

Elle ne put s'empêcher de regarder furtivement le visage du capitaine Blunt. Jamais elle n'avait vu un homme d'apparence moins sentimentale. Et pourtant… il lisait des romans.

— Je vais me renseigner pour le livre de M. Khan, déclara l'employé, avant de repousser les deux volumes sur le comptoir. Mais je ne peux reprendre ceux-là. Vous les avez déjà lus.

— C'est vrai, mais…

— Nous ne sommes pas une bibliothèque de prêt, mademoiselle.

Evelyne aurait aimé protester, mais une queue s'était formée derrière elle. Après avoir donné son adresse à l'employé, elle récupéra ses livres à contrecœur, prit congé du capitaine Blunt d'un signe de tête et sortit de la boutique.

Dans la rue défilaient des fiacres, des cabriolets et des voitures couvertes. Evelyne marchait d'un pas vif vers l'arrêt de l'omnibus lorsque l'une d'elles s'arrêta le long du trottoir.

C'était la voiture des Arundell. Anne baissa la fenêtre.

— Où courez-vous donc, Evie ?

— Je retourne à Russell Square, répondit Evelyne.

— Montez. Je vous emmène.

Un valet de pied en livrée sauta de son perchoir pour ouvrir la portière. Evelyne murmura un remerciement lorsqu'il l'aida à monter à l'intérieur. Elle se laissa tomber sur la banquette face à Anne tandis qu'il refermait la portière derrière elle.

— C'est très gentil de votre part.

— Pas du tout. Je suis heureuse d'avoir votre compagnie.

— Vous êtes seule, ce matin ?

— Pour le moment. Maman assiste à une réunion avec le représentant du garçon médium de Birmingham. L'excitation est à son comble ! Une séance sera bientôt organisée.

— Le garçon sera présent ?

— Très certainement. Maman est folle d'impatience, et bien trop distraite pour s'occuper de moi. Elle m'a dit que je pouvais disposer de la voiture pour faire quelques courses. J'ai eu une heure entière à moi…

Anne lissa du plat de la main ses jupes de soie noire alors que le véhicule reprenait sa course.

— Vous venez de chez Hatchards ? s'enquit-elle.

— Oui. Vous ne devinerez jamais sur qui je suis tombée.

Evelyne décrivit à son amie sa rencontre avec le capitaine Blunt. Ce récit terminé, elle demanda :

— Pensez-vous que cet homme possède une profondeur cachée ?

— C'est possible, répondit Anne. Mais la lecture de romans ne peut pas oblitérer le fait qu'il a un tas d'enfants illégitimes avec lui. Un enfant, je pourrais l'accepter. Même deux, peut-être. Mais une maison entière ?

— Une maison entière, et hantée, si l'on en croit la description de Stella.

— Pas seulement la sienne. J'ai entendu parler de son domaine hanté par d'autres personnes, répliqua Anne, qui fronça les sourcils. Non, le capitaine Blunt ne peut pas être considéré comme un prétendant enviable pour aucune de nous. Surtout pas pour Julia. Elle a besoin d'un homme doux et gentil.

— Avez-vous quelqu'un à l'esprit ?

— Pas encore. Mais je garde ouverts mes yeux et mes oreilles.

Anne s'inclina vers l'avant pour examiner les livres d'Evelyne.

— Qu'avez-vous acheté ?

— Ce ne sont pas de nouveaux achats. J'ai essayé de les rendre.

— Ils ne vous ont pas plu ?

— Des concentrés de sottise et d'intolérance, répondit Evelyne avec feu.

Anne prit le livre du dessus et lut le titre.

— *L'Angleterre et ses colonies*.

— Il a été écrit par un colonisateur zélé, en fait.

— Ah ? Et celui-ci ? dit Anne, qui saisit le second volume. *Curry et riz en quarante planches, ou les ingrédients de la vie sociale dans « notre village » en Inde*.

— Encore pire !

Evelyne avait trouvé le récit de l'auteur plus que choquant. Il évoquait avec mépris et condescendance les Indiens, ainsi que ceux ayant à la fois du sang indien et anglais. Quelques passages lui avaient véritablement donné la nausée.

— Je pressens un certain intérêt pour l'Inde, commenta Anne en lui jetant un regard sarcastique. Si vous voulez en apprendre davantage, pourquoi ne pas le lui demander tout simplement ?

Evelyne n'eut pas besoin de s'interroger sur l'identité de ce « lui ».

— Ce n'est pas à lui de m'éduquer. L'ignorance, c'est la mienne, et y remédier m'appartient.

— Ce serait pourtant plus facile que de vous acharner sur cette littérature.

Anne feuilleta le premier livre.

— « L'hindou et le mahométan reconnaissent rapidement la supériorité de l'Européen chrétien, lut-elle à voix haute, et sont enclins à se tourner vers lui pour obtenir instruction et protection. » Sapristi, ça a l'air affreux !

Elle referma le livre d'un coup sec, puis le laissa tomber sur la banquette.

— Aussi affreux imprimé qu'en réalité, certainement.

— Vous désapprouvez la présence britannique en Inde ? questionna Evelyne.

— Je suis contre toute forme d'entreprise de soumission. Cela a souvent des conséquences désastreuses.

— Tout le monde n'est pas aussi éclairé, fit remarquer Evelyne.

Anne haussa légèrement les épaules.

— Si je m'inquiétais de l'opinion des autres, je ne quitterais jamais ma chambre. Que ferez-vous lorsque vous aurez terminé votre étude sur l'Inde ? Vous irez le voir ?

Le cœur d'Evelyne se serra.

— Non. Je ne l'embêterai plus dans son atelier.

Ahmad lui avait dit de ne pas venir sans chaperon. Et qu'ils ne pouvaient rester seuls ensemble. Elle refusait de s'imposer davantage à lui. Bonté divine, elle s'était déjà montrée bien assez imprudente !

— Alors quoi ? insista Anne.

— J'attendrai. Si M. Malik veut me revoir, il lui faudra venir me chercher.

28

Le jour suivant, dans l'attente d'éventuelles visites, Evelyne buvait une tasse de thé tout en lisant le journal de l'après-midi, lorsque Mme Quick parut sur le seuil du salon.

— M. Connaught, mademoiselle, annonça-t-elle.

Stephen pénétra dans la pièce, portant encore son manteau et ses gants. Il tenait son chapeau à la main.

— Bonjour, mademoiselle Malravers, dit-il en s'inclinant.

Evelyne ne put réprimer une légère inquiétude.

Entre 13 et 15 heures, elle recevait souvent des visiteurs. Elle s'était accoutumée à les accueillir sans réserve, y compris lord Grisham et M. Fillgrave. Mais Stephen ne s'était jamais présenté. En fait, depuis sa dernière visite, très désagréable, ils n'avaient fait qu'échanger quelques mots lorsqu'ils se croisaient sur Rotten Row.

— Bonjour, monsieur Connaught, dit-elle en reposant sa tasse.

D'un geste machinal, elle lissa un pli sur sa jupe de taffetas de soie topaze. Portée avec une blouse Garibaldi de mousseline crème, elle formait un ensemble qui – Ahmad soit loué – était aussi beau que confortable.

Evelyne ne pouvait pas porter un seul de ses vêtements sans penser à lui. Il n'avait pas menti en affirmant qu'ils lui donneraient de l'assurance.

Même si elle ne l'avait pas vu depuis plusieurs semaines, Ahmad était toujours avec elle. Grâce à lui, elle se sentait forte et belle.

Le regard dont Stephen l'enveloppa trahit son admiration.

— J'ai acheté un nouveau cabriolet, dit-il. Je suis venu vous demander si vous vouliez m'accompagner en promenade.

Evelyne resta un instant coite, prise au dépourvu par cette invitation.

— Je ne suis pas certaine que ce soit une bonne idée...

— C'est une voiture découverte. Il n'y aura rien de répréhensible à ce que vous soyez vue avec moi.

— Il ne s'agit pas de bienséance. Je me demande simplement s'il est sage...

Il s'avança, l'air suppliant.

— Je vous serais reconnaissant de bien vouloir m'accorder une occasion de m'entretenir avec vous en privé.

Evelyne eut un brusque tressaillement.

— Est-ce au sujet de Fenny et de votre frère ?

— Oui. Et... d'autre chose.

Evelyne posa la main sur son cœur. Pour ce qu'elle en savait, sa sœur était en sécurité en France. Ce qui ne signifiait pas que Fenny ne courait plus aucun danger. Une grossesse présentait toujours des risques.

— Très bien, dit-elle. Donnez-moi simplement le temps d'aller chercher ma jaquette et mon chapeau.

— Je vous attends sur la place.

Peu après, Stephen l'aidait à monter dans son nouveau cabriolet. Un véhicule élégant, à la caisse laquée de noir juchée sur de hautes roues d'un jaune éclatant. Il était attelé de deux fringants chevaux noirs.

— Ils ont très belle allure, fit remarquer Evelyne, tout en glissant ses lunettes dans la poche de sa jupe.

— Et leur prix était en conséquence.

Après avoir sauté sur son siège, Stephen prit les rênes et fit partir les chevaux.

— J'aurais eu l'équipage au complet pour moins cher si je l'avais acheté dans le Sussex, précisa-t-il.

— Pourquoi ne pas l'avoir fait ? demanda-t-elle. Je pensais que vous retourneriez rapidement là-bas.

Stephen guida les chevaux hors de la place. Leurs sabots ferrés claquèrent sur les pavés.

— Moi aussi.

Evelyne assura plus fermement son chapeau à large bord sur sa tête.

— Vous avez eu des nouvelles d'eux ?

— De mon frère ? Oui. Figurez-vous qu'il est retourné en France. Et votre sœur avec lui.

— Ah bon ? dit Evelyne en affectant d'apprendre la nouvelle. J'espère que c'est pour le mieux.

— Pour votre sœur, peut-être. Mais pour Anthony, ce n'est pas si sûr. Parfois, je pense qu'il doit être fou.

D'un claquement de langue, il mit les chevaux au trot.

— Quoi qu'il en soit, ajouta-t-il, vous devez être contente. Vous vous inquiétiez du tort que votre sœur pouvait causer à vos perspectives…

Evelyne lui jeta un coup d'œil oblique. Il y avait dans son ton une inflexion presque moqueuse.

— À ce moment-là, je n'ai pas saisi toute la portée de ce que cela signifiait, enchaîna-t-il. Mais j'ai fini par comprendre.

— Vraiment ? Vous avez souvent eu du mal à me comprendre. Vous ne m'avez jamais considérée autrement que comme une camarade.

— Des camarades… C'est ce que nous étions, non ?

— Je croyais que nous étions amis. Jusqu'à ce que nous ne le soyons plus.

— Vous ne pouvez pas m'en vouloir pour cela. Vous savez comment est mon père.

Certes, mais cela n'excusait pas le comportement de Stephen.

— Votre père n'était pas dans le village, il y a trois ans, lorsque vous m'avez délibérément tourné le dos dans la rue.

— Il y a trois ans, j'étais un enfant.

— Vous aviez vingt et un ans. Presque le même âge que moi.

Refermant la main sur le bord du cabriolet, Evelyne s'accrocha pour éviter d'être projetée contre Stephen par les cahots.

— Nous ne prenons pas la bonne direction ! s'exclama-t-elle. Hyde Park est par là.

— Nous n'allons pas à Hyde Park. Je veux vous montrer quelque chose de l'autre côté de la ville. Ce n'est qu'à quinze minutes d'ici. Le trajet nous donnera le temps de parler.

— Que voulez-vous me montrer ? demanda-t-elle.

Stephen garda les yeux fixés devant lui. Il ne répondit pas. Pas directement.

— Je ne me doutais pas du tout que vous étiez à Londres. Le jour où je vous ai vue sur Rotten Row, j'ai failli ne pas vous reconnaître. Vous avez changé.

Evelyne regardait défiler les maisons avec une appréhension grandissante.

— Stephen…

— Ce n'est pas une critique de ma part. Vous devez avoir compris que je trouve ces changements plaisants. C'est en partie la raison pour laquelle je suis resté en ville. Et nous avons toujours été des camarades, comme vous dites. Nos intérêts et nos tempéraments s'accordent bien.

Le sang d'Evelyne se figea dans ses veines. Juste ciel, il allait la demander en mariage !

Toutes ces années d'attente et d'espérance, à rêver qu'un jour il lui demanderait de l'épouser… Et voilà que le moment était arrivé et qu'elle n'avait qu'une envie : sauter hors de la voiture et fuir à toutes jambes.

— S'il vous plaît, n'en dites pas plus, implora-t-elle. Sincèrement. Il vaut mieux que vous…

— Je sais que vous êtes fâchée de notre éloignement durant ces dernières années. Mais les choses ne tarderont pas à rentrer dans l'ordre. Vous devez penser à votre situation dans le monde. Vous voudrez vivre confortablement, bien sûr, et vous voudrez qu'Hephaestus soit bien traité. Cela, je peux vous l'offrir.

— C'est très généreux de votre part, mais je ne…

— J'ai effectivement l'intention d'être généreux, dit Stephen. Attendez simplement de voir la maison que j'ai trouvée.

Evelyne le dévisagea, incrédule.

— Vous avez trouvé une maison ?

Il hocha la tête.

— J'ai parcouru la ville de long en large quand j'étais à la recherche de mon frère. J'ai d'abord passé Mayfair au peigne fin, puis Bloomsbury. De là, j'ai continué vers l'est, en direction de St. Paul.

Evelyne l'écouta décrire ses pérégrinations dans les moindres détails. L'alarme qu'elle avait conçue à la perspective d'une demande en mariage céda peu à peu la place à une vive stupéfaction. Il était d'une stupidité abyssale !

— Ne vous est-il jamais venu à l'esprit d'aller voir près des quais ?

— Pour consulter les registres des vapeurs entre l'Angleterre et la France ? Je l'ai fait. Je n'ai pas trouvé trace de mon frère et de votre sœur.

— Pas seulement les listes de passagers. Dans les auberges et les hôtels proches.

Il émit un grognement moqueur.

— Anthony mourrait plutôt que de mettre les pieds dans des endroits pareils. Quant à votre sœur, vous l'imaginez consentir à descendre dans une vulgaire auberge ?

— Oui, répondit Evelyne, ironique. Je ne l'imagine que trop bien.

— Eh bien, pas moi. J'ai jugé préférable de cantonner mes recherches aux endroits que tous les deux pourraient accepter. Je suis allé aussi loin que Gracechurch Street. C'est là que j'ai trouvé la maison que je vous emmène voir.

— Gracechurch Street ?

— C'est à l'écart des quartiers huppés, expliqua-t-il. Vous ne voudriez pas risquer de rencontrer sans cesse des gens que vous connaissiez auparavant.

Un soupçon commença à naître dans l'esprit d'Evelyne.

— Que proposez-vous, exactement ?

— Un arrangement.

— Un arrangement, répéta-t-elle. Pas un mariage ?

Les mains gantées de Stephen se crispèrent sur les rênes, et les chevaux partirent au petit galop. Il concentra ostensiblement son attention à les ramener au trot.

— Pas le mariage, donc, à en juger par votre réaction, reprit Evelyne.

Durant quelques interminables secondes, elle n'entendit plus que le fracas des roues et des sabots sur les pavés. Ses pires craintes se trouvaient confirmées.

— Je vous serais reconnaissante de bien vouloir me ramener chez mon oncle.

— Mais, et la... ?

— Je ne veux pas voir Gracechurch Street. Je veux retourner à Russell Square. Immédiatement, s'il vous plaît.

Stephen tourna un instant la tête vers elle. Son visage était rouge.

— Honnêtement, vous ne pouviez pas vous attendre à ce que je vous demande en mariage ?

Fut un temps, Evelyne aurait été profondément blessée par ces mots. Mais elle ne ressentait que de l'indignation. Et même si elle ne voulait plus de lui, elle n'accepterait pas de se laisser insulter.

— Pourquoi pas, si vous tenez à moi ? répliqua-t-elle.

— Parce que mon père désapprouverait une telle union. Et aussi, parce que vous n'êtes pas le genre de femme qu'un gentleman voudrait épouser.

Comme elle le dévisageait, interdite, il poursuivit :

— Vous devez bien en avoir conscience. Sinon, pourquoi seriez-vous ici, à parader sur Rotten Row tous les après-midi dans vos belles toilettes ? C'est tout juste si vous n'avez pas apposé votre plaque.

— Vous pensez donc que je cherche à m'installer comme courtisane ?

Evelyne se rejeta sur le dossier de la banquette. Elle ne savait pas pourquoi cette supposition la scandalisait. Ahmad avait pensé la même chose lorsqu'elle l'avait rencontré la première fois pour qu'il réalise ses tenues d'équitation. Mais c'était différent. Ahmad respectait les femmes – toutes les femmes. Alors que l'intention de Stephen était de la rabaisser.

— Et vous pensiez que… quoi donc ? Que vous achèteriez ma marchandise, tout simplement ?

— Ne soyez pas vulgaire.

— La vulgarité est de votre côté, pas du mien, riposta Evelyne. Quel genre d'homme faut-il être pour proposer ce genre d'arrangement à une femme respectable ? C'est une insulte !

— Respectable ? s'esclaffa Stephen. Le nom de votre famille ne sera jamais respectable. Votre sœur a vécu et vit toujours avec mon frère hors mariage. Vous êtes déshonorées, vous et vos sœurs. Plus tôt vous l'admettrez…

— Arrêtez la voiture !

— Je n'en ferai rien. Il faut que vous vous calmiez et que vous considériez votre situation de manière rationnelle. Le seul chemin qui s'ouvre devant vous est de me…

— Je vous ai dit d'arrêter la voiture. Immédiatement !

Comme Stephen persistait à ignorer sa demande, Evelyne fit mine de se lever.

— Pour l'amour du ciel ! s'écria-t-il en lui saisissant le bras. Vous voulez donc vous tuer ?

— Vous arrêtez cette voiture et vous me laissez descendre, ordonna-t-elle d'une voix aussi dure que l'acier trempé.

Enfin, Stephen obtempéra. Il dirigea le cabriolet vers le trottoir.

— Qu'avez-vous l'intention de faire, Evelyne ? Vous ne savez même pas où nous sommes.

— Je sais pertinemment où je suis, mentit-elle. Et permettez-moi de vous dire, monsieur, avant que je prenne congé, que je ne vous épouserais pas même si vous étiez le dernier homme de l'univers. Vous avez raison. Vous étiez un enfant il y a trois ans, et vous êtes encore un enfant aujourd'hui. Je suggère qu'avant de penser à acquérir une maîtresse, vous vous appliquiez à grandir !

Evelyne n'attendit pas qu'il l'aide à descendre. Rassemblant ses jupes dans une main, elle sauta à bas du cabriolet et atterrit durement sur les pavés sales.

Stephen jura entre ses dents.

Sans lui prêter attention, elle regarda à droite et à gauche, essayant de s'orienter. Elle ne reconnaissait pas cette partie de la ville. La rue, bordée d'échoppes et d'entrepôts, était de nature plus commerciale qu'aristocratique. Des charrettes passaient, attelées de lourds chevaux de trait, et un marchand des quatre-saisons vantait sa marchandise de toute la force de ses poumons.

— Vous avez dit ce que vous aviez à dire, tenta encore Stephen. Ne soyez pas stupide ! Revenez.

— Au revoir, Stephen.

Et elle s'éloigna d'un pas résolu.

— Attendez, bon sang ! Je ne peux pas vous courir après. Je n'ai personne pour tenir mes chevaux. Evelyne... Evelyne !

Elle continua d'avancer, de plus en plus vite, mue davantage par la colère que par le bon sens. Derrière elle, la voix de Stephen s'évanouit, couverte par les cris des vendeurs des rues et des cochers. Il allait essayer de la suivre dans son cabriolet, elle n'en doutait pas.

Mais elle ne voulait pas être suivie. Au premier croisement, elle tourna à droite. Elle se retrouva alors dans une rue encore plus animée que celle qu'elle venait de quitter, et qui s'allongeait à perte de vue. Des tonneaux étaient empilés sur le trottoir. Elle dut les contourner en s'engageant sous l'auvent de toile d'une échoppe. Un homme musculeux, qui déchargeait une charrette, siffla à son passage.

— Un petit sourire, ma jolie ?

Saisie de peur, elle accéléra le pas. Elle gardait les yeux fixés sur le haut de la rue, espérant apercevoir un fiacre ou, à défaut, un omnibus.

Plus loin devant elle, deux femmes modestement vêtues, le panier au bras, examinaient un étal de fruits. L'une d'elles la regarda avec curiosité.

Evelyne s'obligea à sourire.

— Je vous demande pardon, madame. Y a-t-il un arrêt d'omnibus non loin ?

— Vous êtes perdue, c'est ça ? lança la femme.

— Oui, avoua Evelyne. Je ne connais même pas le nom de la rue où nous sommes.

La seconde femme se mit à rire.

— Mais c'est King William Street, mademoiselle.

— King William Street ? répéta Evelyne, le souffle coupé.

Bonté divine, c'était là que vivait Ahmad ! Il lui avait dit un jour qu'il habitait un appartement dans cette rue, au-dessus d'un marchand de thé.

Elle leva les yeux, le cœur battant, et examina les enseignes peintes qui s'alignaient le long de la rue. Oui, elle la voyait, quelques boutiques plus loin… Un marchand de thé !

— Y a un omnibus qui passe assez souvent au bout de la rue, indiqua la première femme.

— Toutes les dix minutes, je dirais, précisa sa compagne.

Après les avoir remerciées toutes les deux, Evelyne repartit. La boutique du marchand de thé se rapprochait à chaque pas. Elle ne pouvait détacher les yeux de son enseigne, tout en pensant à Ahmad. Elle était si absorbée dans ses pensées qu'elle ne vit l'homme lui-même, se dirigeant vers elle, qu'à la toute dernière minute.

Mais lui l'avait vue.

Il s'arrêta, comme pétrifié.

— Mademoiselle Malravers ?

Evelyne s'arrêta également, le cœur cognant dans sa poitrine. Elle n'excluait pas que son imagination ait fait apparaître Ahmad sur le trottoir.

— Monsieur Malik... Bonjour.

Tous les bruits de la rue parurent s'évanouir, comme s'il ne restait plus au monde qu'elle et lui.

Se reprenant le premier, Ahmad s'avança. Il portait un costume trois pièces noir, et Evelyne le trouva plus beau que jamais. Il y avait néanmoins quelque chose de différent dans son apparence. Il semblait plus mince, comme s'il avait été récemment malade.

Sa physionomie avait perdu un peu de cette intensité qu'elle admirait tant. Son visage portait les marques d'une extrême lassitude. Il paraissait fatigué et abattu. Pas tout à fait lui-même.

— Que faites-vous ici ? demanda-t-il en s'arrêtant devant elle.

— J'essaye de trouver un omnibus.

— Vous n'êtes pas venue me voir ?

— Non. C'est-à-dire, pas volontairement. Il n'y a pas cinq minutes que j'ai compris où j'étais. Mais maintenant que je suis ici...

Elle s'était promis de ne pas se montrer insistante. D'attendre que ce soit lui qui vienne à elle. Mais la situation était particulière. Elle carra les épaules.

— Y a-t-il un endroit où nous pourrions parler ? Ailleurs que dans la rue ?

Elle s'attendait à ce qu'il refuse. À ce qu'il l'accompagne en hâte jusqu'à l'arrêt de l'omnibus. Pire, qu'il s'en aille en se lavant les mains de son sort.

Mais il se contentait de la regarder en silence. Puis il inclina la tête.

— Mon appartement est à l'étage.

29

L'étonnement d'Evelyne quand Ahmad lui proposa d'aller chez lui se dissipa vite, car il ajouta :

— Mira et Becky sont chez moi.

— Ah ?

Evelyne le suivit dans l'escalier aux marches grinçantes qui s'élevait à l'arrière de la boutique du marchand de thé. En son for intérieur, elle devait admettre une certaine déception.

— Elles ne travaillent pas chez Doyle & Heppenstall ?

— Pas régulièrement. Il y a eu quelques désaccords avec les autres couturières.

— Je suis navrée de l'apprendre.

L'escalier débouchait dans un couloir étroit. À son extrémité, il y avait une porte tout aussi étroite.

— Ce n'est pas exceptionnel. Diriger un atelier est un art que je n'ai pas encore eu le temps de perfectionner.

Il lui jeta un coup d'œil tout en tirant une clé de sa poche. Après avoir ouvert la porte, il la maintint tout en s'effaçant pour lui permettre d'entrer.

Elle passa sous son bras et se retrouva dans ce qui paraissait être un salon. Il était peu meublé. Juste une table ronde en bois dans un coin, ainsi qu'un canapé élimé et un fauteuil placés devant une cheminée où ne brûlait aucun feu.

Et la pièce était vide.

Ahmad la suivit et referma la porte derrière lui.

— Mira ? Becky ?

Personne ne répondit.

Evelyne attendit, les mains serrées devant elle, quand il disparut dans une pièce adjacente. Elle promena son regard autour d'elle. Les rideaux et les tapis étaient aussi défraîchis que l'ameublement. Mais elle remarqua que le salon était d'une propreté extrême. Propre, et plutôt chaleureux. Les coussins disposés sur le canapé étaient rebondis, et des livres, des magazines et des carnets à dessin étaient empilés sur chaque surface disponible.

— Elles ne sont pas ici, annonça Ahmad en revenant. Elles doivent être sorties acheter quelque chose à manger. Il y a une boulangerie dans la rue voisine.

— Je suppose qu'elles seront bientôt de retour ?

— D'un moment à l'autre, je pense. Peut-être que nous devrions...

Mais il n'alla pas plus loin. Il la regardait, les sourcils froncés, comme s'il avait perdu le fil de sa pensée.

— Les attendre ici ne pose pas de problème, n'est-ce pas ? dit Evelyne. Puisque nous y sommes déjà.

Les sourcils toujours froncés, il fit un pas vers elle, puis s'arrêta. Elle ne parvint pas à déchiffrer l'expression de ses yeux.

— Pourquoi donc êtes-vous dans ce quartier ? finit-il par demander. Vous avez dit que vous ne saviez même pas où vous vous trouviez ?

— Effectivement.

— Alors, comment... ?

— J'étais sortie en voiture. Avec, euh... Stephen Connaught.

Evelyne réfléchit à la meilleure façon de relater l'incident qui l'avait conduite à King William Street. Mais elle ne vit aucun moyen d'adoucir ou d'enjoliver ce récit. Mieux valait choisir de dire la stricte vérité.

Au fur et à mesure qu'elle parlait, le visage d'Ahmad s'assombrissait.

— Il *quoi* ? finit-il par s'exclamer.

Malgré elle, Evelyne fit un pas en arrière. Ses jupes frottèrent le mur, dans son dos.

— C'est un idiot, dit-elle.

Ahmad combla la distance entre eux.

— Pourquoi avez-vous accepté de sortir avec lui ?

— Il a prétendu vouloir me parler de son frère et de Fenny. J'ai pensé qu'il avait dû recevoir des nouvelles d'eux. Jamais je n'aurais imaginé qu'il me ferait des avances. Je n'étais pas du tout consciente qu'il pensait à moi de cette manière.

— Il ne vous a pas maltraitée ?

— Non. Ce n'était qu'une insulte. Je m'en remettrai vite. Et un jour, j'en rirai.

Ahmad pencha sa haute taille vers elle.

— Vous tremblez...

C'était la vérité, et la sensation était déconcertante. Evelyne plaqua son dos contre le mur, derrière elle, dans l'espoir d'y trouver un soutien.

— Je... je ne pensais pas vous rencontrer.

— Vous n'êtes pas venue à la boutique depuis quinze jours, fit-il d'un ton presque accusateur.

— Vous m'avez dit de ne pas y aller.

— Je vous ai dit de ne pas venir sans chaperon. Pas de ne pas venir du tout.

— Quel prétexte aurais-je invoqué ? Vous avez terminé toutes mes robes. Et je n'ai pas d'argent pour continuer à en commander. En outre, j'ai ma fierté.

— Quel est le rapport avec la fierté ?

— Si vous ne voulez pas de moi...

Il jura à voix basse.

— Parce que vous pensez que je ne vous veux pas ?

Avant qu'Evelyne puisse répondre, il vint à elle, écrasant ses jupes entre eux, et referma ses grandes mains autour de son visage.

Elle ne pouvait plus bouger, elle ne parvenait plus à respirer. Elle le regardait, paralysée, le cœur battant si fort qu'elle l'entendait résonner dans ses oreilles.

Ahmad inclina la tête. Sa voix était enrouée d'une émotion à peine contenue :

— Ce que je ressens pour vous est si puissant que si j'y donnais libre cours, nous serions détruits tous les deux.

Sur le moment, Evelyne pensa qu'il allait l'embrasser. Elle en rêvait ! Mais aussitôt après, elle comprit que, plus vraisemblablement, il allait relâcher son étreinte.

Non ! Pas déjà.

Elle referma les doigts sur ses poignets.

— Comment cela ?

« Comment cela ? »

Aux yeux d'Ahmad, cela semblait évident.

— Les gens pourraient parler. Il suffirait que vous soyez vue avec moi... La moindre allusion à un scandale détruirait vos chances de trouver un mari.

— Oh, ça...

— Oui, *ça* ! L'unique et entière raison de votre présence ici, à Londres.

Il caressait avec ses pouces la courbe de ses joues. Comment aurait-il pu ne pas la toucher ? Elle avait la peau si douce, elle était si jolie et délicieuse.

Et elle était à lui. Tous les nerfs de son corps le proclamaient.

Evelyne Malravers était à lui !

Il le savait depuis des semaines, et il avait combattu cette certitude de toutes ses forces. Mais il échouait, à cet instant. Elle était là, dans son antre, et il n'avait plus la force de nier l'évidence.

— Je ne m'en préoccupe plus, dit-elle.

— Vos prétendants...

— Je n'ai aucun prétendant. Je n'aurais pas dû affirmer le contraire.

Le cœur d'Ahmad manqua un battement. Pas de prétendant ? Cela paraissait impossible, à lui qui avait passé ces deux dernières semaines à les imaginer, nombreux, se disputant ses faveurs.

— Il y a des hommes assez âgés qui flirtent avec moi lors des dîners et des bals, admit-elle. Certains m'ont rendu visite dans la maison de mon oncle. Mais rien de sérieux. Rien qu'on puisse appeler une cour. Le fait est qu'il y a peu de jeunes gens mariables en ville. Et que, parmi ceux qui le sont, il n'y en a aucun de très intéressant.

— Ce n'est pas parce que vous n'avez pas encore rencontré quelqu'un que…

— Mais j'ai rencontré quelqu'un, coupa-t-elle. Vous.

Ce fut pour Ahmad comme une caresse. Aussi apaisante pour son âme que le contact des doigts d'Evelyne sur ses poignets, à l'endroit où battait son pouls.

Il déglutit avec force.

— J'ai continué à sortir en société pour que les gens me voient avec vos robes, reprit-elle, avant d'esquisser un léger sourire. Et parce que mon oncle le voulait. Cette semaine, il m'a obligée à assister à une partie de cartes spirite et à un thé spirite. Qui n'ont, maintenant que j'y pense, rien de très différent des parties de cartes ou des thés habituels. Si ce n'est que tout le monde ne parlait que de ce garçon médium de Birmingham.

— Evie…

— Il y aura une séance avec lui au cours des semaines qui viennent. Lady Arundell n'a pas encore confirmé l'endroit où elle se tiendra, mais j'y assisterai. Anne m'a dit que j'aurai besoin d'une robe d'après-midi noire. Alors, vous voyez, il me faudra revenir vers vous, ne serait-ce que pour cela.

— Evie, je ne peux pas…

Les lèvres d'Evelyne se mirent à trembler.

— S'il vous plaît, ne me rejetez pas de nouveau, murmura-t-elle.

Ahmad l'enlaça plus étroitement, attiré presque contre son gré. À cet instant, elle ressemblait beaucoup à une sirène, et lui ne valait guère mieux qu'un pauvre marin éperdu se précipitant contre les rochers.

— Vous rejeter ? Bonté divine, tout ce que je veux…

— C'est ce que je veux, moi aussi.

Le parfum qui émanait d'elle annihilait sa volonté – un mélange de fleur d'oranger, de linge amidonné, et d'une fragrance qui n'appartenait qu'à elle. Un aphrodisiaque n'aurait pas été plus entêtant. Il mourait d'envie d'enfouir le visage dans son cou, de l'embrasser, de la posséder.

— Vous ne savez pas ce que vous demandez, dit-il d'une voix rauque. Vous êtes trop innocente.

Elle lâcha ses poignets.

— Je suis une femme, répliqua-t-elle, le menton levé. Et je tiens toujours à vous. Si vos sentiments ont changé…

— Mes sentiments sont les mêmes. Mais si nous commençons quelque chose… je ne sais pas si je serai capable d'arrêter.

— Alors, n'arrêtez pas, chuchota-t-elle.

Une flamme ardente courait dans les veines d'Evelyne rien qu'à le regarder, rien qu'à sentir ses mains refermées sur son visage avec une douceur infinie. Il était désarmant de voir un homme de sa taille se montrer aussi délicat. Mais Ahmad n'était pas un gentleman ordinaire, maladroit avec les femmes. Il était accoutumé à manier de belles choses. Et, entre ses mains, elle se sentait la plus belle.

Laissant retomber l'une de ses mains, il s'inclina davantage et déposa un baiser sur ses lèvres, aussi léger que le dernier baiser qu'ils avaient échangé.

— Je vous ai dit que vous n'aviez pas besoin de prendre de précautions avec moi, chuchota-t-elle contre sa bouche.

— Impatiente ! accusa-t-il dans un murmure. Je ne fais que commencer.

— Pardonnez-moi. Continuez.

Elle le sentit sourire. Se moquait-il d'elle ? Mais il l'embrassait de nouveau, et elle soupira de plaisir sous l'effet de cette caresse plus appuyée.

À présent, il n'était plus question de se contenir. Passant un bras autour de sa taille, Ahmad s'empara de sa bouche en un baiser si profond, si passionné, que la chaleur dans ses veines se mua en incendie dévastateur.

Fermant les yeux, Evelyne s'abandonna. Ce fut une sensation étrange, à la fois victoire et capitulation, à laquelle elle se soumit pendant un instant.

Puis elle lui rendit son baiser.

Elle n'avait d'autre expérience que les baisers qu'ils avaient échangés dans le salon d'essayage et dans le coupé. Mais elle s'enorgueillissait de sa capacité à percevoir les subtilités physiques. Elle sentit que la pression de son baiser changeait, que sa bouche cherchait... quelque chose. En conséquence, elle entrouvrit les lèvres. Leurs souffles se mêlèrent, et...

— Oh..., murmura-t-elle. Comme ça ?

— Exactement comme ça, chuchota-t-il en resserrant son étreinte.

— Je ne savais pas.

Personne ne lui avait jamais dit qu'un baiser pouvait être aussi intime et brûlant ; qu'il pouvait transformer vos membres en gelée alors même qu'il éveillait une douleur inconnue, exigeante, au plus profond de votre corps. C'était un état étrange, et qui le devint davantage quand Ahmad fit remonter ses lèvres le long de sa joue, avant d'embrasser l'endroit sensible, secret, derrière son oreille.

Lorsque sa bouche suivit la ligne de sa gorge, les genoux d'Evelyne cédèrent et elle s'accrocha à ses épaules. Il enfonça les doigts dans sa chevelure, dérangeant les épingles qu'Agnès y avait si soigneusement placées ce matin. Quelques-unes tombèrent sur le sol. À demi étourdie, Evelyne baissa les yeux. Elles étaient tombées dans le coin que formait l'angle de la cheminée. À côté, il y avait un morceau de papier blanc, plié. Le nom d'Ahmad était écrit dessus à l'encre noire.

— Qu'est-ce que c'est ? demanda-t-elle.

Comme il continuait de l'embrasser, elle tira sur sa cravate.

— On dirait un billet, ajouta-t-elle.

Enfin, il s'immobilisa. Puis, relevant la tête, il suivit le regard d'Evelyne.

Un long moment s'écoula avant qu'il s'écarte d'elle.

Evelyne resta appuyée contre le mur, effrayée à l'idée de bouger. Elle sentait qu'ils avaient été au bord d'un précipice. Elle n'était pas entièrement ignorante de l'intimité que pouvaient connaître un homme et une femme. Mais elle n'avait pas prévu, bien sûr, d'y succomber avant le mariage.

Elle comprit alors combien il était illusoire de prétendre s'y préparer.

Quand on était dans les bras d'un homme, tremblante, brûlante, pleine de désir pour lui, on n'avait d'autre envie que d'aller plus loin, toujours plus loin.

Elle, en tout cas, ne désirait rien d'autre.

Qu'Ahmad se soit légèrement éloigné l'aida à calmer son ardeur. Mais à peine.

Il s'accroupit pour ramasser le billet.

— Il a dû tomber de la cheminée lorsque j'ai ouvert la porte.

Evelyne mit ses lunettes.

— Il est de Mira ?

— Oui.

À mesure qu'il parcourait le message, son visage se durcit, jusqu'à n'être plus qu'un masque implacable. Jamais Evelyne ne lui avait vu une expression aussi sévère.

— Que dit-elle ? Il est arrivé quelque chose ?

— Becky et elle sont parties.

— Où ?

— Là où nous vivions avant, dans l'East End. « Pour voir une vieille connaissance », écrit Mira. Elles sont parties à 9 heures ce matin.

Il leva les yeux vers Evelyne. Toute trace de passion avait disparu de son visage.

— Elles devraient être de retour, maintenant.

Evelyne se redressa, jugeant qu'elle pouvait se passer de l'appui du mur.

— Que comptez-vous faire ? demanda-t-elle en se rapprochant de lui.

— Aller les chercher.

— Je viens avec vous.

— Non. Cet endroit… Je ne veux pas que vous vous en approchiez. Je vous mets dans un fiacre et vous renvoie chez vous.

Il paraissait si terriblement fermé, si résolu à tout affronter seul ! Le cœur d'Evelyne se gonfla de compassion.

— Certainement pas, répliqua-t-elle.

Elle leva la main pour la poser sur la joue d'Ahmad, tout en le regardant droit dans les yeux. Par ce geste, elle voulait le réconforter, mais pas seulement. Elle lui signifiait qu'il y avait autre chose entre eux, quelque chose qui n'avait pas encore été exprimé.

— Je vous accompagne.

Il ne réagit pas. Il ne parla pas, ne bougea pas. Depuis combien de temps était-il seul au monde ? Avec ce sentiment qu'il devait tracer son chemin lui-même, sans un allié à son côté ?

Evelyne voulait tenir ce rôle. Elle voulait qu'ils affrontent ensemble l'avenir. Et si, pour cela, il leur fallait d'abord affronter le passé d'Ahmad, elle était prête.

Il finit par baisser son regard sur elle. Il sembla alors prendre la mesure de ce qu'elle ressentait pour lui. Il comprit que ce n'était pas un engouement futile, passager, mais un sentiment fort. Tout comme elle-même était forte, sincère, et résolue à prendre tous les risques.

Lorsqu'il parla enfin, il dit simplement :

— Très bien.

30

Lancée à vive allure, la voiture louée par Ahmad cahotait dans les rues de Londres. C'était un coupé reconverti, et on distinguait encore vaguement, sous les couches de peinture délavées, les armoiries de l'ancien propriétaire. Ahmad avait promis au cocher une demi-couronne supplémentaire s'il les conduisait au plus vite à Commercial Road. Il n'avait pas pris en compte le fait que la vitesse rendrait la course très inconfortable. Evelyne était pressée contre son flanc, depuis l'épaule jusqu'au genou, et elle se cognait à lui chaque fois que le véhicule rebondissait sur une ornière ou dans un nid-de-poule.

Elle lui rendit le billet après l'avoir lu.

— Mira ne fait pas allusion à Mme Pritchard…

— C'était inutile.

Il fourra le billet plié dans une poche de son gilet. Il ne connaissait que deux endroits où Mira avait pu se rendre : chez Becky ou dans l'établissement de Mme Pritchard. L'hypothèse la plus plausible était la seconde.

— Je n'ignorais pas qu'elle écrivait à des amies là-bas, expliqua-t-il. Mais elle savait que je n'aimais pas qu'elle leur rende visite. Lorsque nous sommes partis, il y a deux ans…

— Becky m'a dit qu'il y avait eu un genre de prise de bec.

— C'est une manière de voir les choses.

Ahmad s'adossa à la banquette et se passa la main dans les cheveux.

— Elle m'a dit que vous aviez cassé l'épaule d'un homme, reprit Evelyne. Un baronnet qui se montrait violent avec elle.

Ahmad fit la grimace.

— Elle vous a dit ça ?

— C'est vrai ?

— Malheureusement, oui.

C'était l'une des rares fois où Ahmad s'était mis en colère. Avec des conséquences désastreuses.

— Cet homme l'avait frappée. Elle avait un œil au beurre noir et la bouche en sang, avec une dent en moins. Elle était toute jeune, et lui était ivre. Agressif et insistant. Je l'ai tiré dans la ruelle et je l'ai envoyé contre un mur.

— Oh, mon Dieu !

— Il a eu l'épaule cassée, effectivement. Il n'en méritait pas moins.

— Becky soutient que vous lui avez sauvé la vie.

— Je ne sais pas. Probablement. Mais, ajouta-t-il avec un soupir, je n'étais pas obligé de blesser cet homme au passage.

— J'ai cru comprendre qu'il n'avait pas bien pris la chose.

— Non. Et Mme Pritchard non plus.

Il revint à la mémoire d'Ahmad les semaines qui avaient suivi. Plusieurs semaines durant lesquelles il avait couru le risque d'être pendu ou envoyé au bagne, laissant Mira se débrouiller seule.

— Le baronnet voulait que je sois poursuivi en justice, et il a eu gain de cause. Heureusement, M. Finchley avait l'habitude des cas comme le mien. Il appelait ça des « cas de conscience ».

— C'est ainsi que vous avez été amené à travailler pour lui ?

Il hocha la tête.

— Après que Mme Pritchard m'a renvoyé, Finchley nous a proposé, à Mira et à moi, d'entrer au service de

Mlle Holloway, sa future femme. Elle partait en Inde pour plusieurs mois, et avait besoin d'un domestique et d'une femme de chambre.

— Le ciel soit loué, murmura Evelyne.

Ahmad en était infiniment reconnaissant à l'avocat.

— Avez-vous été heureux de revoir l'Inde ? demanda Evelyne.

— Disons que ce fut une expérience. Je n'y étais pas retourné depuis mes quinze ans. Longtemps avant le soulèvement.

— J'ai lu des articles sur le soulèvement.

Ahmad fronça les sourcils.

— Pourquoi ?

— J'ai lu beaucoup de choses sur l'Inde. Enfin, j'ai essayé.

— Oui, mais... pourquoi ? demanda-t-il de nouveau.

Evelyne rougit légèrement.

— Parce que je voulais tout savoir sur vous.

Quelque chose se fissura en lui. Il sentit une partie de son moi le plus secret, durcie par le temps et les épreuves, céder à l'intérieur de sa poitrine.

— Evie...

Elle pivota vers lui. Son regard était sérieux derrière ses lunettes.

— Il n'existe pas beaucoup de livres qui mettent les choses en perspective. Tous ceux que j'ai trouvés chez Hatchards semblent avoir été écrits du point de vue britannique.

Ainsi assise tout près de lui, elle paraissait si fervente ! Et elle était d'une beauté à se damner, dans la toilette qu'il avait confectionnée pour elle. Une jupe en taffetas de soie topaze et la jaquette coordonnée, soutachée de tresse noire. Les larges manches pagode de celle-ci révélaient la fine mousseline blanche de la chemise Garibaldi qu'elle portait dessous.

Tout cela, il l'avait créé. Il avait dessiné ces vêtements pour elle, il les avait cousus de ses propres mains, prenant en compte chacune des courbes de son corps.

La voir vêtue de ses créations lui donnait un sentiment de possession. La sensation qu'elle était à lui, et pour lui.

Comme s'il avait besoin de preuves supplémentaires !

Moins d'une demi-heure plus tôt, il embrassait ses lèvres, son visage, sa gorge. En plongeant les doigts dans ses cheveux, il avait délogé les épingles de ses tresses épaisses. Elle s'était accrochée à lui et lui avait rendu ses baisers avec passion.

Seul le ciel savait ce qui aurait pu se passer s'il n'y avait pas eu cette interruption.

— Vous n'apprendrez rien de moi en lisant des livres, dit-il. L'Inde que je connais n'est pas celle sur laquelle les gens écrivent. Quoi qu'il en soit... cela fait partie de mon passé. Quand je suis retourné là-bas, j'étais un étranger. Je n'avais ma place nulle part, pas plus que je ne l'ai ici.

— Je commence à croire qu'avoir sa place n'est pas uniquement ce qu'on peut imaginer. Toutes les personnes que j'ai rencontrées depuis mon arrivée à Londres sont bizarres d'une façon ou d'une autre. Presque aussi bizarres que moi.

— Parce que vous êtes bizarre, n'est-ce pas ? murmura-t-il. Vous êtes la fille la plus délicieusement bizarre que j'aie jamais connue.

Elle glissa sa main gantée dans la sienne.

— Je prendrai cela comme un compliment.

— Je l'espère. C'est ainsi que je l'entends.

Ils avaient d'autres choses à se dire, mais n'en eurent pas le temps. La voiture s'arrêta dans une secousse au coin de Commercial Road.

Ahmad se raidit de tout son corps en percevant les odeurs familières. C'était la seconde fois en deux mois qu'il se retrouvait dans ce quartier. Mais cette visite était différente.

Cette fois, il n'était pas seul.

L'établissement de Mme Pritchard se situait à l'extrémité d'une rue étroite. C'était un bâtiment sale, de guingois, que seules maintenaient debout les couches de crasse, de suie et de peinture blanche écaillée. Le vif soleil de l'après-midi illuminait impitoyablement chaque fissure.

Cela faisait deux ans qu'Ahmad n'avait pas vu cet endroit, où il avait passé près de la moitié de son existence. Ce fut avec les épaules raides et la mâchoire serrée qu'il s'en approcha. Même s'il regardait droit devant lui, il avait conscience de tout ce qui se passait autour d'eux, depuis le frémissement d'un rideau jusqu'à l'ombre d'une silhouette tapie sous un porche.

Une troupe d'enfants en haillons les suivit quelques instants, avant d'être dispersée par un homme qui vidait un seau d'ordures dans la rue. L'odeur ne fit qu'ajouter à la puanteur déjà présente d'urine, de pourriture et de boue fétide.

Evelyne se couvrit brièvement le nez.

— C'est pire lorsqu'il y a du soleil, dit Ahmad. On s'y habitue.

Elle lui jeta un regard dubitatif.

— Vous êtes sûr que Mira est ici ?

— Non. Mais elle a dit qu'elle rendait visite à une vieille connaissance. Et les seules amies qu'elle a sont ici.

Les marches du perron étaient cassées au milieu. Il guida Evelyne sur le bord de l'escalier jusqu'à la porte de bois. Un heurtoir rouillé était accroché à un clou. Dédaignant cet instrument inutile, Ahmad martela le panneau de son poing.

Une espèce de géant d'un certain âge, portant une veste trop courte et un pantalon élimé, ouvrit la porte. Un sourire fendit son épais visage.

— Malik !

Ahmad le reconnut sans peine. Joe Tweed travaillait auparavant dans la taverne du coin de la rue. Costaud comme un bœuf, il était chargé de débarrasser les lieux des ivrognes querelleurs.

— Bonjour, Tweed, dit Ahmad. Tu travailles ici maintenant ?

— Ouais. Depuis que t'es parti. Et qui c'est donc avec toi ? ajouta-t-il en tournant son sourire aux dents ébréchées vers Evelyne. Une nouvelle fille pour la patronne ?

Ahmad se plaça devant Evelyne. Un muscle tressaillit sur sa joue.

— Elle est à moi. Je te serais reconnaissant de bien vouloir garder tes yeux dans ta tête.

Tweed leva la main en riant.

— Du calme, mon gars. Je pensais pas à mal. Je me demande simplement pourquoi t'es revenu, c'est tout.

— Je cherche ma cousine. Elle est à l'intérieur ?

— La petite Mira ? dit Tweed, l'air sincèrement surpris.

— Tu ne l'as pas vue ?

— Pas depuis que vous êtes partis tous les deux.

L'estomac d'Ahmad se tordit d'appréhension. Les pires hypothèses se présentèrent aussitôt à son esprit. Mira seule quelque part, vulnérable, proie facile pour n'importe quel voyou qui croiserait son chemin.

Evelyne lui pressa le bras.

— Becky est avec elle.

Il hocha la tête sans conviction. Mira et Becky ensemble, cela valait mieux que chacune d'elles errant de son côté. Mais elles n'étaient guère de taille à se défendre contre la faune locale. Si un gredin décidait de les importuner, les deux jeunes femmes ne pouvaient pas espérer se défendre.

— Tu veux que j'aille chercher la patronne ? proposa Tweed.

— Je suis là, fit derrière lui une voix féminine familière.

Lily Pritchard portait une robe d'intérieur flottante, et ses cheveux striés de gris étaient relevés en un chignon hâtif.

À sa vue, Ahmad éprouva un frisson de dégoût.

Il avait travaillé pour elle pendant treize ans. Elle ne lui avait jamais fait du mal, pas plus qu'elle ne l'avait forcé à entrer dans son lit. Mais son intérêt pour lui avait été évident. Elle le touchait sous n'importe quel prétexte, sachant pertinemment qu'il devait le supporter pour ne pas se retrouver de nouveau à la rue, sa cousine avec lui.

— Malik…, dit-elle avec le même genre de regard que lady Heatherton. Qu'est-ce que ça veut dire de venir tambouriner à la porte en plein jour, comme la police ? Tu sais bien que nous ne recevons pas de visiteurs avant la tombée de la nuit.

— Il cherche Mira, expliqua Tweed.

Les yeux injectés de sang de Mme Pritchard étincelèrent. Elle s'appuya au chambranle.

— Tiens, tiens… Tu l'as enfin perdue, ta petite protégée ? Et qui avons-nous là ? demanda-t-elle ensuite en examinant Evelyne.

— Une amie, répondit celle-ci en remontant ses lunettes sur son nez. Vous n'avez pas à vous occuper de moi.

— Oh, oh ! s'esclaffa la maquerelle. Quelle morgue ! Notre Malik s'est trouvé un petit bas-bleu.

Ahmad pivota pour partir. Il n'y avait rien à gagner à s'entretenir avec « la patronne ».

— Si Mira vient ici, elle sera la bienvenue, lança-t-elle alors qu'ils redescendaient l'escalier. Il y a toujours une place pour une jolie fille chez moi – à condition qu'elle mette du cœur à l'ouvrage. C'est valable pour vous aussi, ma mignonne.

Evelyne tressaillit.

Ahmad l'entraîna dans la rue, désireux de mettre le plus de distance possible entre eux et le bordel.

— Ne faites pas attention à elle, dit-il à Evelyne.

— Quelle femme horrible !

— Vous êtes loin d'avoir tout vu.

— Je n'en demande pas plus. Vous la détestez, cela me suffit.

Ahmad sentit ses muscles commencer à se détendre.

— Est-ce si évident ? demanda-t-il.

— À mes yeux, oui. Elle ne vous a pas bien traité ? Je sais qu'elle vous a renvoyé, mais…

— Il n'y a pas que cela. C'est une femme d'un genre particulier. J'en ai rencontré un certain nombre comme elle depuis mon arrivée en Angleterre. Au mieux, elles sont déplaisantes ; au pire, elles sont dangereuses.

— Dangereuses ? De quelle manière ?

— Si vous les contrariez, elles usent de tous leurs pouvoirs pour vous punir. Et elles en possèdent beaucoup.

— Cette femme ne paraît pourtant pas très puissante…

— À cause de sa classe sociale ? Elle reste une Anglaise.

Tout en parlant, il porta son regard vers un carrefour, un peu plus haut dans la rue.

— Puisque Mira n'est pas allée chez elle, reprit-il, je ne vois qu'un autre endroit où elle aurait pu se rendre…

— Où ça ?

— Lost Hope Yard. C'est là que vit Becky, au-dessus de la boutique d'une chiffonnière.

Il serra davantage la main d'Evelyne sous son bras, et tous deux avancèrent jusqu'au carrefour, puis tournèrent à droite.

— Je croyais que Becky vivait désormais au-dessus de chez Doyle & Heppenstall ?

— Pas en permanence. Sa chambre chez Mme McCordle est payée jusqu'à la fin de ce mois. Elle continue d'y aller à l'occasion, lorsqu'elle en a assez des autres couturières.

Ils s'engagèrent dans une rue, puis dans une autre, marchant d'un pas vif pour éviter d'être importunés par des mendiants ou des individus qui traînaient entre les maisons.

Enfin, ils arrivèrent au coin de Lost Hope Yard. Les bras croisés autour de la taille, Becky faisait les cent pas devant la baraque qui abritait l'échoppe de la chiffonnière.

Le soulagement d'Ahmad fut indescriptible.

— Becky !

Elle tourna la tête en sursautant. Son visage se décomposa.

— Bon sang de bonsoir ! Qu'est-ce qui vous a pris de venir ici ? Et pourquoi diable vous l'avez amenée ? ajouta-t-elle en désignant Evelyne du regard.

Comme Ahmad avançait à grands pas vers elle, Evelyne lâcha son bras.

— Où est Mira ? demanda-t-il.

— Elle est là-haut... Attendez !

Becky tenta de le retenir, mais il la contourna.

— Elle a la visite d'un ami, expliqua-t-elle.

— D'un ami ?

— Son vieil amoureux.

— Quoi ? s'écria Ahmad.

Pendant un instant, il dévisagea Becky, interdit. Mira n'avait jamais eu d'amoureux. Elle n'avait même jamais eu de relations avec un homme. Elle était bien trop timide.

— Elle savait que vous le prendriez mal, expliqua Becky. Vu que vous la traitez toujours comme une gamine.

Ahmad ignora délibérément sa remarque.

— Qui est-ce ?

— Un marin. Il n'est revenu qu'hier. Elle croyait qu'il était peut-être mort en mer. Soit ça, soit il l'avait oubliée. Elle était dans tous ses états.

— Et alors, vous... vous les laissez tout simplement utiliser votre chambre ? dit-il en poussant Becky sur le côté.

Elle courut après lui.

— C'est pas ce que vous croyez !

Evelyne entra à leur suite dans la boutique. La clochette de cuivre sonna fort et longtemps, annonçant leur entrée l'un après l'autre.

Mme McCordle, assise comme à son habitude en bas de l'escalier, leva les yeux.

— Ah non ! Y a déjà un homme là-haut. C'est pas une maison de passe !

— Attendez ici, ordonna Ahmad à Evelyne et à Becky, d'un ton qui ne souffrait aucune réplique.

Il se précipita dans l'escalier, dont les marches de bois gémirent en signe de protestation. Il lui suffit de quelques enjambées pour traverser le court palier. Il arrivait pratiquement devant la chambre de Becky lorsque la porte s'ouvrit et qu'un homme sortit.

C'était un marin au visage foncé, vêtu d'un pantalon et d'une vareuse de lainage.

Un homme d'origine indienne.

Juste derrière lui venait Mira, qui disait :

— Je vais vous raccompagner.

C'est alors qu'elle vit Ahmad. Elle se figea sur place, les yeux écarquillés.

— Je t'avais bien dit de pas laisser ce fichu billet ! cria Becky depuis le bas de l'escalier.

— Vous devez être le cousin de Mira, commença l'homme.

Il s'exprimait en anglais avec une légère intonation bengali.

— Et vous êtes… ? demanda Ahmad avec un calme forcé.

Mira se précipita entre eux, comme si elle anticipait une bagarre.

— Ahmad, voici mon ami Tariq Jones. Tariq, mon cousin Ahmad.

Ahmad plissa les yeux. Apparemment, M. Jones était en partie anglais, comme eux.

— Ton *ami* ?

— Parfaitement.

Mira leva le menton d'un air de défi, d'une manière qui n'était pas sans évoquer Evelyne.

Ahmad était trop en colère pour être désarmé. Mais cela le coupa dans son élan.

— Il faut que nous parlions.

— Si vous voulez me dire quelque chose, déclara M. Jones, je suis prêt à vous écouter.

— Pas avec vous, fit Ahmad.

— Il veut dire avec moi, précisa Mira, qui poussa doucement M. Jones par l'épaule. Tout va bien. Vous pouvez partir. S'il vous plaît. Je vous écrirai ce soir.

La répugnance manifeste de M. Jones à laisser Mira le fit monter de quelques degrés dans l'estime d'Ahmad.

— Partez, lui dit-il. Elle ne craint rien avec moi.

Jones inclina la tête. Après un dernier regard à Mira, il disparut dans l'escalier.

Ahmad désigna la chambre de Becky.

— Entre !

Mira se raidit, mais elle obtempéra.

— Becky ? cria Ahmad dans l'escalier. Veillez sur Mlle Malravers.

— Mlle Malravers ? répéta Mira, atterrée. Tu l'as amenée ici ?

Ahmad tressaillit. Il commençait tout juste à se débattre avec le fait qu'il avait exposé Evelyne à cette médiocrité sordide. Mais il refusa de se laisser distraire.

— Ne t'occupe pas de Mlle Malravers.

Il suivit sa cousine dans la petite chambre et referma la porte derrière lui. En jetant un coup d'œil vers le lit, il constata qu'il était soigneusement fait, et que la mince courtepointe était bien tirée.

— Il ne s'est rien passé d'inconvenant, affirma Mira.

— Tu étais seule ici avec lui, la porte fermée.

— Nous avions besoin de nous entretenir en privé.

Elle passa une main nerveuse sur sa jupe. La mousseline brodée était aussi nette et lisse que la courtepointe.

— Pourquoi étais-tu chez toi à cette heure de la journée ? demanda-t-elle. Normalement, tu ne reviens pas à King William Street avant 18 heures.

C'était la vérité. Sauf qu'aujourd'hui, Ahmad s'était senti trop agité pour rester dans l'atelier de Doyle & Heppenstall. Il avait eu besoin de s'aérer, de prendre un moment pour s'éclaircir les idées. Il s'était dit qu'il pourrait en profiter pour s'enquérir des progrès de Becky et de Mira sur les robes auxquelles elles travaillaient.

— Bien m'en a pris, rétorqua-t-il. Sinon, je n'aurais pas vu ton billet.

— Tu n'étais pas censé le voir. Je ne l'avais laissé que par précaution, au cas où quelque chose serait arrivé et que je ne serais pas rentrée le soir venu.

Prenant aussitôt conscience que ce n'était pas la chose à dire, Mira se hâta d'ajouter :

— Rien ne serait arrivé, évidemment. Je ne courais pas de danger.

— Pas de danger ? Tu trouves que l'endroit est sûr, peut-être ?

— Relativement sûr. Après tout, tu as amené Mlle Malravers ici, non ?

— Tu es priée de la laisser en dehors de ça, répliqua Ahmad, menaçant.

Mira lui jeta un regard provocateur.

— C'est à cause d'elle que tu étais chez toi au milieu de la journée ? Peut-être que tu voulais un moment en privé avec elle, comme moi avec M. Jones ?

— La différence, c'est que je pensais que Becky et toi seriez dans l'appartement. Mon intention n'était pas d'être seul avec elle ! riposta Ahmad d'une voix de plus en plus forte. Et je n'avais pas une amie montant la garde dans la rue pour éviter tout dérangement !

— Becky ne montait pas la garde. Elle attendait que j'aie fini de m'entretenir avec Tariq.

Mira éleva la voix à son tour.

— Et je *devais* lui parler ! Figure-toi que jusqu'à ce matin, je pensais qu'il avait disparu en mer !

En silence, Ahmad compta jusqu'à dix. Il n'avait rien à gagner à se disputer avec elle.

— Finissons-en avec ces chamailleries, soupira-t-il. Mieux vaudrait que tu me racontes tout.

Mira pinça les lèvres. Puis, croisant les bras, elle alla se planter devant la fenêtre aux vitres sales, à l'opposé du lit.

— J'ai fait sa connaissance il y a deux ans. Pas longtemps avant que Mme Pritchard nous mette dehors.

— Où l'as-tu rencontré ?

— Un jour que je rentrais du marché. Il m'a aidée à porter mon panier.

— Très obligeant de sa part, marmonna Ahmad, sarcastique.

Mira lui jeta un regard noir.

— Tu comprends pourquoi je ne t'en ai pas parlé ?

— Pardonne-moi. Continue.

Elle prit une profonde inspiration.

— Il était gentil et respectueux. Et il me faisait rire. Ça ne le dérangeait pas que je vive chez Mme Pritchard ou que…

— De quel droit cela l'aurait-il dérangé ?

— Tu dois vraiment me couper à chaque instant ? J'essaye d'expliquer que nous nous aimons bien. Il me comprend. Il est patient, gentil…

— Tu l'as déjà dit.

— Eh bien, il l'est vraiment ! Et il écrit des lettres magnifiques. Mais un jour, il y a six mois, elles ont cessé d'arriver. J'ai pensé qu'il m'avait abandonnée.

Ahmad commençait à comprendre.

— C'est la raison pour laquelle tu étais si malheureuse ?

— Oui. Ce soir-là, quand nous avons parlé chez les Finchley, j'avais renoncé à tout espoir de le revoir un jour. Ce n'est que lorsque tu as engagé Becky que j'ai appris que son bateau n'était pas revenu au port, après son dernier voyage. On le supposait disparu en mer. J'ai écrit des lettres à toutes les personnes auxquelles je pouvais penser, mais aucune ne savait quoi que ce soit. J'ai pensé que le pire était arrivé.

— Tu le croyais mort ?

— Oui. Jusqu'à aujourd'hui. Quand Becky est arrivée à King William Street ce matin, elle m'a dit que son bateau était rentré dans la nuit. Ils avaient dû débarquer dans un port pour des réparations, après avoir essuyé une grosse tempête. Tariq a bien failli ne pas rentrer du tout. Mais il est ici maintenant, et il va chercher du travail sur les docks. S'il...

— Tu l'aimes ? demanda abruptement Ahmad.

— Oui, répondit Mira sans hésitation.

— Pourquoi ne m'en as-tu pas parlé ? Si tu avais dit quelque chose à son sujet, j'aurais pu...

— Parce qu'il n'est pas assez bien pour toi. Et parce que je savais que tu dirais qu'il n'est pas assez bien pour moi.

Il secoua la tête.

— Mira...

— J'ai bien conscience qu'un marin, ce n'est pas aussi riche qu'un tailleur.

Ahmad ne put s'empêcher de lui jeter un regard ironique. Un marin ne pouvait même pas compter sur un emploi permanent. Et lorsqu'il obtenait un engagement, son travail le conduisait loin de chez lui, souvent pour plusieurs mois. Sa famille restée à terre devait subsister sur sa maigre paye.

— Peu m'importe d'être pauvre, continua Mira d'un ton résolu. Je suis capable de me passer de choses superflues s'il le faut, à partir du moment où j'ai quelqu'un à moi. Je n'aimerais pas rester hors de la vie, à me contenter de l'observer, comme toi.

— Qu'est-ce que c'est censé signifier ?

— C'est ce que tu es : un observateur. Voilà pourquoi rien ne t'affecte. Tu regardes de l'extérieur, non parce que tu y es obligé, mais par choix. Comme ça, tu ne risques rien. Mais moi, je n'ai jamais voulu cela. Je n'ai plus besoin d'être protégée. Je veux être partie prenante de cette vie, même si tout n'est pas parfait.

— Je comprends...

Ahmad la regarda un long moment en silence. Comment, pourquoi ne s'était-il aperçu de rien ? Il avait été si absorbé par son ambition, par ses créations et par Evelyne qu'il ne s'était pas donné la peine de s'interroger plus profondément sur Mira. Les choses se seraient peut-être passées différemment s'il l'avait fait.

Ou peut-être pas.

Mira n'était plus cette petite fille de huit ans qui s'accrochait à sa veste en cachant son visage contre sa manche. C'était une femme faite. Une femme dotée de talent, d'intelligence et d'opinions arrêtées.

— Je veux faire la connaissance de M. Jones en bonne et due forme, dit-il.

— Bien sûr, acquiesça Mira avec un soulagement manifeste.

Il éprouva une légère pointe de remords. S'était-il montré un tuteur exagérément sévère ? Avait-il trop insisté pour qu'elle se tienne à l'écart des gens ?

Elle prétendait qu'il s'appliquait cette règle à lui-même. Qu'il se tenait à l'écart de la vie... de l'amour.

Un « observateur », avait-elle dit.

Sans doute était-ce vrai.

Le temps que la voiture de louage rejoigne la maison de Russell Square, il n'était pas loin de 18 heures.

Ahmad avait renvoyé Becky et Mira ensemble dans un fiacre. Bien qu'Evelyne lui ait assuré qu'elle pouvait retourner seule chez son oncle, il avait insisté pour l'accompagner. Mais pas pour discuter avec elle, apparemment. Il n'avait pas prononcé plus de trois mots d'affilée depuis qu'ils avaient quitté la maison de Mme McCordle. Immobile et silencieux, il gardait le regard fixé sur la fenêtre, derrière laquelle les bâtiments délabrés des quais de l'East End cédaient peu à peu la place aux demeures du West End.

Sans doute regrettait-il de l'avoir emmenée. Pas à cause du danger éventuel, mais parce qu'elle avait vu des pans de sa vie qu'il préférait garder cachés. Des témoignages pas si lointains de son passé, comme le bordel décati, avec sa peinture écaillée et ses marches cassées, et l'échoppe tout aussi miséreuse de la chiffonnière.

Des gens vivaient dans des endroits pareils. Et pas seulement les prostituées qui travaillaient dans l'établissement de Mme Pritchard. Des familles et des enfants, des couples comme Mira et Tariq, qui s'étaient rencontrés là, étaient tombés amoureux et désiraient vivre ensemble.

Les obstacles à son propre bonheur lui semblaient presque dérisoires, en comparaison.

— Quand vous reverrai-je ? demanda-t-elle à Ahmad avant de descendre de la voiture.

— Bientôt. J'aurai besoin que vous essayiez votre robe d'après-midi noire.

— Je ne parlais pas de chez Doyle & Heppenstall.

— Non…

Il fronça les sourcils.

— … je m'en rends compte.

Evelyne rassembla ses jupes. Lors de leurs dernières rencontres, elle avait été incertaine des sentiments d'Ahmad. Mais plus maintenant. Plus après leur étreinte passionnée dans son appartement. Et plus après les mots qu'il avait prononcés alors qu'ils se tenaient devant la porte de Mme Pritchard.

« Elle est à moi ! » avait-il pratiquement rugi.

Evelyne avait senti résonner cette déclaration jusqu'au plus profond d'elle-même. Elle était à lui, et il était à elle. Ils ne pouvaient plus prétendre l'ignorer.

— Si vous voulez me revoir, reprit-elle, vous devez venir à moi d'une autre manière.

La moitié du visage d'Ahmad disparaissait dans la pénombre de la voiture.

— Vous voulez que je vous rende visite ici ? Chez votre oncle ?

Evelyne l'imagina se présentant à la porte d'entrée, et non à celle de service... prenant le thé avec elle dans le salon... effectuant la visite de bon ton d'un prétendant.

— Oui. Ou alors, vous pouvez me retrouver à l'une des soirées où je me rends.

Il lui jeta un regard sombre.

— Il est peu probable que je sois invité à un bal spirite, Evie.

Elle eut un sourire en coin.

— Qui parle d'une invitation ?

31

Evelyne avait souvent lu des articles sur les jardins de Cremorne dans les journaux ou les magazines féminins. La description des divertissements qu'on y trouvait, depuis les funambules jusqu'aux envols de montgolfières en passant par les parades militaires, donnait de Cremorne une image très excitante. Celle de véritables jardins de plaisirs, où l'on pouvait jouir sous les étoiles de la musique, de la danse et des nombreux spectacles.

La réalité ne se révéla pas moins magique. Lorsqu'elle pénétra dans les jardins avec ses amies, Evelyne fut éblouie par la beauté de ce vaste paysage illuminé – six magnifiques hectares s'étendant sur la rive nord de la Tamise. Ils étaient ponctués de fontaines, de statues, et de tables disposées dans le moindre recoin pour la satisfaction de la foule élégante qui s'y pressait.

Des jardins, Cremorne conservait les arbres vénérables et touffus, les allées plus ou moins sombres, et les bosquets qui offraient leur pénombre aux rendez-vous secrets.

— Prenez garde, l'endroit peut devenir un peu risqué une fois la nuit tombée, la prévint Anne.

À la lueur de la lune, la gorge de la jeune femme paraissait d'albâtre. Elle portait la robe de bal noire qu'Ahmad avait faite pour elle. Coupée dans une somptueuse soie moirée, elle s'ornait d'un profond décolleté qui dégageait jusqu'aux épaules, et une jupe évasée dont l'ampleur était rassemblée à l'arrière dans une luxueuse chute d'étoffe.

Julia marchait à son côté, relevant légèrement les volants de sa robe en soie et dentelle.

— Seulement si l'on s'éloigne de l'orchestre et de la piste de danse, précisa-t-elle.

Le pavillon abritant l'orchestre était une majestueuse pagode chinoise, éclairée par des centaines de lampions colorés, qui se dressait un peu plus loin. Il était entouré d'un immense plancher légèrement surélevé qui constituait la piste de danse.

— J'ai lu que quatre mille danseurs pouvaient évoluer dessus, dit Stella.

— Oh..., gémit Julia. Je me sens mal rien qu'à penser à tous ces gens.

Evelyne contempla avec émerveillement la pagode brillamment illuminée. L'air frais de la nuit caressait sa gorge et ses épaules nues, tandis que la musique s'infiltrait dans ses veines.

Sa propre robe de bal était de soie couleur d'ambre, recouverte d'un crêpe d'une teinte si délicate qu'il paraissait être un simple reflet de la lumière. Becky s'était rendue à Russell Square avant le départ d'Evelyne pour y fixer les roses fraîches, ainsi que des feuilles dorées. Quelques roses et feuilles identiques étaient piquées dans ses cheveux, coiffés en une élégante cascade de boucles.

— Lady Blackstone a réservé la moitié de la piste pour nous, expliqua Anne. Mais il est toujours difficile d'empêcher les deux côtés de se mêler dans ce genre de soirée, même avec les paravents.

— Pourquoi ne reçoit-elle pas dans sa propre salle de bal ? s'enquit Evelyne.

— Elle préfère donner ses soirées à l'extérieur, répondit Anne en lui jetant un regard ironique. Un médium lui a dit un jour qu'il ne fallait rien entre elle et les étoiles. Et si la lune est pleine, c'est encore mieux.

— Je préfère être ici que dans une salle de bal, déclara Julia. C'est moins étouffant.

Evelyne hocha la tête.

— J'ai la même sensation qu'à cheval. La fraîcheur de l'air et l'excitation passent dans mon sang, et mon cœur bat plus vite.

— Je confirme, dit Stella tout en tapotant le revers de dentelle qui ornait son corsage.

Elle aussi portait une robe d'Ahmad. La mousseline bleu pâle mettait en valeur l'argent de ses cheveux et de ses yeux, et donnait à sa peau un éclat éthéré. Personne ne pouvait deviner que sa robe avait été confectionnée à l'origine pour une autre femme.

— À condition que nous trouvions toutes des cavaliers, ajouta-t-elle.

— Nous en trouverons, assura Anne.

Stella sourit.

— Vous êtes très confiante !

— Pourquoi ne le serais-je pas ? Pratiquement toutes les personnes invitées par lady Blackstone sont des spirites. Et sur ce point, nous ne manquons pas d'atouts, toutes les quatre. Moi à cause de ma mère, vous à cause de vos cheveux gris, Evie à cause de sa prétendue énergie psychique, et Julia…

— Moi, je n'ai pas d'atout, dit cette dernière d'un ton morose. Pas même ma robe de bal.

— Pourquoi n'êtes-vous pas allée voir M. Malik pour lui commander une robe neuve ? lui demanda Evelyne.

— Parce que ses robes embellissent celles qui les portent, répliqua Julia. Et je ne souhaite surtout pas attirer l'attention sur moi. Trop d'attention, et je m'effondre.

— Franchement, Julia…, soupira Anne. Vous n'avez pas envie de porter quelque chose de joli, pour une fois ?

— Le seul vêtement dont j'ai envie, c'est une cape d'invisibilité !

Julia reporta les yeux vers la piste de danse. Les couples ralentissaient leurs évolutions tandis que résonnaient les dernières notes d'une polka endiablée.

— Ce qui ne veut pas dire que je n'aimerais pas danser à l'occasion, ajouta-t-elle.

— Je danserai avec vous, déclara Stella.

Le visage de Julia s'éclaira.

— C'est vrai, vous feriez ça ?

— Bien sûr. À condition que vous me laissiez mener.

L'orchestre joua les premières mesures d'une danse traditionnelle.

Stella et Julia éclatèrent de rire puis, bras dessus bras dessous, elles s'élancèrent vers la piste de danse. Elles ne tardèrent pas à se fondre dans la foule.

— Seigneur, murmura Anne. Faut-il s'étonner qu'elles ne trouvent pas de mari ?

— Elles s'amusent, dit Evelyne en souriant.

— La saison n'est pas faite pour s'amuser.

— Vous n'y prenez pas plaisir ?

— Cela m'arrive, je suppose. J'aime monter à cheval, bien sûr. Et j'adore ma nouvelle robe ! J'ignorais que le noir pouvait être aussi séduisant.

— Je parie que vous danserez toutes les danses !

Evelyne ne se trompait pas. Leur carnet de bal ne tarda pas à se remplir, et lorsque l'orchestre entama le morceau suivant, toutes les quatre étaient sur la piste avec un cavalier.

Certes, pas le cavalier dont chacune d'elles aurait rêvé.

Mais Evelyne ne laisserait pas ce détail lui gâcher la soirée. C'était le fait de danser qu'elle appréciait, indépendamment de son partenaire. Un étourdissement délicieux lui venait d'être en plein air, baignée par la musique et entourée d'une multitude de lumières colorées. Et les polkas, les quadrilles et les danses traditionnelles étaient exubérants.

Vers 23 heures, alors qu'approchait le grand feu d'artifice, elle fit une pause en compagnie d'Anne. Toutes deux burent du champagne en reprenant leur souffle.

— J'ai tellement sauté pendant ce quadrille écossais que j'ai failli déborder de mon corsage, expliqua Anne.

Evelyne s'étrangla de rire.

— Non !

Anne effleura son décolleté du bout des doigts.

— Je vous assure ! Je n'ai jamais exposé autant de peau de toute ma vie. Voyez donc ! dit-elle en gloussant. Pas étonnant que j'aie eu autant de cavaliers !

Derrière elles, un homme toussota de manière assez peu discrète.

En se retournant, elles se trouvèrent face à M. Hartford, accompagné du capitaine Blunt. M. Hartford paraissait contenir avec difficulté une envie de rire.

— Bonsoir, mesdemoiselles, dit-il en s'inclinant. Permettez-moi de vous présenter le capitaine Blunt, un cavalier hors pair.

À la différence de son compagnon, le capitaine Blunt ne paraissait pas trouver la situation amusante. En vérité, il semblait bien trop sévère pour fréquenter un endroit aussi joyeux que Cremorne. Le salut qu'il leur adressa fut d'une raideur toute militaire.

Si la gorge et la poitrine d'Anne rosirent, ses yeux lancèrent des flammes.

— Ma parole, monsieur Hartford ! Êtes-vous obligé d'arriver à pas de loup derrière les gens ?

— Je vous demande pardon. À pas de loup, dites-vous ? Mon intention était simplement de vous inviter à danser.

Pendant cet échange, Evelyne observa le capitaine Blunt. Elle l'avait tout d'abord cru assez âgé. Mais, en vérité, s'il n'avait pas eu ce visage balafré, on ne lui aurait pas donné plus de trente-cinq ans. Et sa balafre n'était pas seule à le vieillir. Il y avait aussi l'expression de ses yeux, qui trahissaient un certain dégoût du monde. Leur froideur disait assez qu'il aurait préféré être n'importe où plutôt qu'ici.

Il devait avoir un besoin désespéré d'une épouse pour supporter les obligations de la saison.

— Mademoiselle Malravers, dit-il, voulez-vous me faire l'honneur... ?

Evelyne posa la main sur le bras qu'il lui présentait.

— Avec plaisir.

Tout en se dirigeant avec lui vers la piste de danse, Evelyne jeta un coup d'œil par-dessus son épaule.

Anne paraissait dire ses quatre vérités à M. Hartford. Lequel n'avait plus l'air d'être sur le point d'éclater de rire. Il se tenait immobile, attentif aux paroles d'Anne, et aussi solennel qu'un pasteur célébrant l'office dominical.

Evelyne ne vit aucun signe de Stella ou de Julia, pas plus que de lady Arundell ou d'oncle Harris. Peu après leur arrivée, ces deux derniers s'étaient mêlés à un groupe de spirites. La dernière fois qu'elle les avait vus, ils étaient toujours avec eux, à discuter et à boire du champagne. Leur sérieux en tant que chaperons laissait beaucoup à désirer !

Ce dont Evelyne ne se plaignait pas.

Quand le capitaine Blunt posa la main sur sa taille pour l'entraîner dans les premiers pas d'une polka, Evelyne sourit. Non parce qu'il lui plaisait, ni parce qu'il dansait particulièrement bien, mais parce que la musique enflait et que la nuit était vivante autour d'elle. Elle en éprouvait une curieuse sensation d'euphorie.

Ils dansaient depuis un moment déjà lorsque le capitaine Blunt daigna enfin parler.

— Votre amie n'est pas là ce soir, apparemment.

— Quelle amie ?

— Mlle Wychwood.

Evelyne lui jeta un regard circonspect. Devait-elle lui dire que Julia était ici ? Mais il était probable que celle-ci s'évanouirait à la simple vue de cet homme.

— Portez-vous un intérêt particulier à Mlle Wychwood ?

Il ne répondit pas. Pas directement, en tout cas.

— Dites-moi… lui arrive-t-il de parler ?

— Avec beaucoup d'animation, assura Evelyne. Mais pas, je le crains, dans un bal.

Le regard du capitaine se fit aussi perçant que celui d'un oiseau de proie.

— Où, alors ?

— Pourquoi voulez-vous le savoir ?

Ses lèvres esquissèrent un sourire froid. Leur mouvement, en tirant sur sa cicatrice, donna à son visage une expression presque menaçante.

— Mettez cela sur le compte de ma détestable curiosité.

Evelyne l'observa le plus discrètement possible. Était-il aussi dangereux qu'il le paraissait ? On le considérait quand même comme un héros de guerre, non ? Et puis, il lisait des romans, ce qui était à porter à son crédit.

— Mlle Wychwood est plus à l'aise à cheval.

— Ah…

— Montez-vous à cheval, monsieur ?

Le sourire du capitaine s'évanouit.

— J'étais officier de cavalerie, mademoiselle.

— En Crimée, d'après ce qu'on m'a dit.

Il se contenta d'incliner la tête.

Ils finirent leur danse en silence. Lorsque la musique s'arrêta, il raccompagna Evelyne au bord de la piste. Ce fut au moment où elle s'apprêtait à descendre de l'estrade qu'elle aperçut quelqu'un, à l'extérieur de l'arche en fer conduisant à la pagode. Un « quelqu'un » familier, auréolé de l'éclat d'une lampe colorée.

Son cœur s'emballa. Elle lâcha le bras du capitaine Blunt.

— Vous connaissez cette personne ? s'enquit-il.

— Oui. Je la connais très bien.

Ahmad.

Il portait un élégant habit de soirée noir et blanc qui accentuait encore sa beauté ténébreuse. Plus que jamais, il incarnait l'ange déchu venu sur terre. Mais pas à contrecœur, cette fois. De son plein gré.

Il était venu pour elle.

Ahmad n'avait pas pris à la légère la décision de se rendre dans les jardins de Cremorne. Certes, il s'agissait d'un lieu public. Il existait néanmoins de nombreux obstacles à sa présence. Même si n'importe quel étranger était susceptible de s'égarer parmi les invités de lady Blackstone, cette soirée restait privée. On ne manquerait pas de le remarquer.

Il aurait beau approcher Evelyne avec le plus de discrétion possible, les gens parleraient. À la lueur de la lune et des lampions, ils constateraient qu'il n'était pas entièrement anglais. Certaines personnes reconnaîtraient même en lui un commerçant – leur tailleur ou leur couturier. Son apparition serait vue comme l'affirmation sans équivoque de ses intentions envers Evelyne.

Ce n'était pas pour lui-même qu'il s'inquiétait, mais pour elle. Il n'admettrait pas qu'elle soit embarrassée ou humiliée à cause de lui.

Mais quand Evelyne l'aperçut, son visage n'exprima rien d'autre que du plaisir. Elle sourit, et ses yeux brillèrent d'une joie sans mélange.

Elle sembla à peine prêter attention à l'homme sévère avec lequel elle venait de danser la polka. Dans un envol de jupes couleur d'ambre, elle descendit vivement de l'estrade pour venir à lui.

— Vous êtes ici ! dit-elle, un peu haletante.

— Comme vous le voyez. Qui est votre cavalier ?

— Le capitaine Blunt. Voulez-vous faire sa connaissance ?

— Non.

Le sourire d'Evelyne s'élargit.

— Il y a longtemps que vous êtes ici ?

— Pas très longtemps. Je suis venu directement au pavillon.

— Vraiment ?

— J'ai pensé que vous y seriez peut-être. Et… eh bien, vous y êtes.

Ils se regardèrent intensément pendant un instant. Puis Evelyne reprit :

— J'en ai rêvé… Que vous me retrouviez dans un bal et que vous me voyiez dans l'une de vos robes. Qu'en pensez-vous ?

Tout en parlant, elle avait reculé de deux pas. Ahmad la dévora du regard. Elle était resplendissante à la lumière des lanternes multicolores du pavillon. Les roses poudrées d'or chatoyaient dans son épaisse chevelure auburn, et la bordure de tulle et de dentelle couleur ambre de son décolleté rehaussait la blancheur crémeuse de sa gorge et de ses épaules.

Une ceinture de satin, ornée d'une petite boucle dorée, soulignait sa taille. En dessous s'épanouissait le volume gracieux de son ample jupe recouverte d'un crêpe arachnéen. Le tout accentuait chacune de ses courbes, depuis la ligne gracieuse de son cou jusqu'à la finesse de sa taille et la plénitude de ses hanches. N'importe quel homme aurait rêvé de la prendre dans ses bras.

— Vous froncez les sourcils, fit-elle remarquer. Je n'ai pas placé les roses au bon endroit ?

— Il ne s'agit pas des roses.

L'orchestre joua alors les premières mesures d'une valse.

Evelyne parut l'interroger du regard.

Ahmad lui présenta sa main. L'instant était solennel. Quand elle la prit, il eut une conscience aiguë de la présence des hommes et des femmes autour d'eux dont certains, déjà, leur jetaient des regards curieux. L'une des femmes chuchota quelque chose derrière son éventail.

Il constata alors… qu'il s'en moquait.

Il était venu ici pour se déclarer, et c'était exactement ce qu'il allait faire.

Tous deux gagnèrent la piste de danse. Les couples s'y pressaient et tournoyaient déjà au rythme de la valse. Passant son bras autour de la taille d'Evelyne, Ahmad raffermit la pression sur sa main et l'entraîna dans un premier tour.

Elle eut un sourire approbateur.

— Où avez-vous appris... ?

— Chez Mme Pritchard, figurez-vous.

Toutes les pensionnaires lui avaient demandé un jour ou l'autre d'être leur cavalier. Il ne prenait pas alors de plaisir particulier à l'exercice. Danser, surtout avec une fille qui n'était rien pour lui, n'amusait guère un garçon de quinze ans plutôt maussade.

Mais ce soir, c'était différent. Evelyne était son amie, sa muse, et plus que cela. Beaucoup, beaucoup plus que cela.

Il était fou d'elle.

— Les gens nous regardent, dit-il.

— Laissez-les regarder, répliqua-t-elle. Ils n'ont pas d'importance.

Alors qu'il valsait avec elle autour de la pagode, Ahmad commençait à le croire. Les violons chantaient, accompagnés des flûtes, des hautbois et des vibrations profondément émouvantes du violoncelle.

Les yeux dans les yeux d'Evelyne, il perdit conscience du monde qui les entourait. Il n'y avait plus qu'eux deux sous les lanternes colorées et les étoiles, dansant au rythme de la musique.

Durant cet instant suspendu, il reconnut qu'Evelyne avait raison. Peu importait ce que pensait la société. Seul comptait le fait qu'elle était là, entre ses bras.

Et il n'avait pas l'intention de la laisser partir.

Quand la musique cessa, ils quittèrent la piste de danse, mais Ahmad laissa sa main posée sur la taille d'Evelyne. Derrière eux, l'orchestre attaqua le morceau suivant avec énergie, et des centaines de pieds frappèrent lourdement l'estrade en bois.

— Pourrions-nous aller dans un endroit plus calme ? proposa-t-il.

— Je ne demande pas mieux, répondit-elle en lui prenant le bras.

Ils s'éloignèrent de l'estrade, des danseurs, et des personnes assises autour des tables proches. Ahmad se demanda si l'une d'elles allait intervenir – un chaperon quelconque, peut-être l'oncle d'Evelyne ou lady Arundell.

Mais personne ne s'interposa.

Ils traversèrent une pelouse en direction de l'une de ces larges allées bordées d'arbres qui faisaient la renommée de Cremorne. Des lampes accrochées aux branches éclairaient le chemin de leurs flammes vacillantes. Il était déjà près de 23 heures. La pleine lune brillait dans le ciel constellé d'étoiles.

— Êtes-vous déjà venu ici ? questionna-t-elle.

— De nombreuses fois, lorsque j'étais plus jeune. Chaque fois que le temps était agréable et que j'avais quelques shillings dans ma poche, j'emmenais Mira voir les attractions.

Il lui jeta un coup d'œil oblique.

— Pourquoi ? J'ai l'air d'être hors de mon élément ?

— Vous avez l'air parfait, assura-t-elle en lui pressant le bras. Je ne vous avais jamais vu en habit de soirée.

— Je n'ai guère d'occasions de le porter.

Il remarqua qu'elle rougissait légèrement. Son pouls s'accéléra quand il demanda :

— Approuvez-vous ma venue ?

— Je pourrais difficilement prétendre le contraire, répondit-elle. Quand je vous ai vu, j'ai eu l'impression que toutes les autres personnes disparaissaient. Qu'il n'y avait plus que nous deux.

— Une pensée romantique.

Comme elle gardait le silence, il craignit de l'avoir embarrassée.

— Evie...

— Pourquoi êtes-vous venu ici ce soir ?

Devant eux, un chemin bordé d'une végétation touffue s'éloignait de l'allée principale. Il y faisait sombre. Ces chemins contribuaient également à la réputation des jardins, en offrant aux couples une relative intimité. Ahmad invita Evelyne à emprunter ce chemin, puis un autre, encore plus sombre, et un dernier qu'éclairait une lanterne unique, suspendue à la branche d'un orme.

Il s'arrêta sous son halo et fit face à la jeune femme.

— Pourquoi je suis venu ? répéta-t-il. Je croyais que c'était évident.

— Vous êtes venu parce que je vous l'ai demandé.

— Vous n'avez jamais évoqué les jardins de Cremorne...

— Pas directement. Mais je vous ai dit de me retrouver à l'une des soirées où je devais me rendre. Et c'est le seul endroit qui n'exige pas d'invitation.

Elle fronça les sourcils.

— J'espère que vous n'avez pas considéré cela comme un ultimatum ?

— Non. Et je ne suis pas venu parce que vous me l'avez demandé. Je suis venu parce que...

Ahmad secoua la tête. Concevoir des vêtements pour Evelyne était une chose. Il pouvait mettre son cœur et son âme dans chacun des points. Exprimer ses sentiments avec des mots était tout à fait différent.

L'expression d'Evelyne se fit incertaine.

— À cause de ma robe ?

— Pardon ?

La lueur de la lune se refléta sur les branches argentées de ses lunettes.

— Parce que vous vouliez me voir dedans ? Me voir danser avec ?

— Peu m'importe votre robe de bal !

Elle eut un geste de recul.

— Alors pourquoi...

Elle s'interrompit quand Ahmad referma les mains sur ses bras.

— C'est vous seule qui m'importez, Evie. Je suis ici parce que vous comptez pour moi.

Elle gardait les yeux rivés aux siens, et ses lèvres entrouvertes frémirent d'espoir.

— Ces dernières semaines, continua-t-il, je n'ai cessé de penser à la difficulté de notre situation. J'ai évalué le poids du jugement de la société, et celui de mon peu de fortune. J'ai pris en compte vos sœurs et ma cousine. Et même l'entretien de votre cheval. Et je suis arrivé à une seule et unique conclusion.

— Quelle conclusion ? chuchota-t-elle.

— Que je ne peux pas vivre sans vous.

Il s'inclina vers elle et sa voix prit une intonation rauque.

— Vous aviez raison, Evie. Vous êtes plus que ma muse. Vous êtes mon amour.

— Ahmad..., murmura-t-elle.

— Je suis tombé amoureux de vous. Mais ce n'est pas...

— Je pense que rien n'est impossible, le coupa-t-elle aussitôt. Pas si deux personnes tiennent vraiment l'une à l'autre, et si elles sont déterminées à faire tout ce qui est en leur pouvoir pour être ensemble.

Il posa son front contre le sien.

Et il mesura, d'un seul coup, l'ampleur de la responsabilité qu'il prenait en l'aimant. Cela allait au-delà de la simple affection, au-delà de la passion et du désir. Il s'agissait de prendre soin d'elle.

Une obligation solennelle, la plus sérieuse qu'il eût jamais connue.

— Ce n'est pas « impossible » que je m'apprêtais à dire. Mais que la chose n'allait pas être facile.

Ahmad ne pourrait lui offrir la vie d'une épouse de la haute société, avec une vaste demeure, pléthore de domestiques et un assortiment de voitures dans les écuries. Il ne pouvait lui offrir que lui-même. Une vie modeste pour commencer, avec l'espoir d'un essor brillant. Cet avenir, ils pourraient y travailler ensemble.

Evelyne posa ses mains gantées de soie sur son torse, puis les fit glisser sur son gilet avec une tendresse infinie. Elle avait des mains petites, mais fortes. Assez fortes pour tenir bon une vie entière.

— Je ne voudrais pas que vous vous fassiez des illusions, reprit-il. Mon travail commence à porter ses fruits, mais il n'y a aucune garantie. Cela prendra du temps. Et la chance pourrait tourner en un clin d'œil. Si j'échoue...

— Vous n'échouerez pas.

Il fallait qu'elle ait vraiment conscience des risques. Aussi insista-t-il :

— Si j'échouais, dire que notre vie serait humble est un euphémisme. Vous pourriez très vite regretter d'avoir lié votre sort au mien.

— Jamais, assura-t-elle en passant une main autour de son cou. J'ai foi en vous.

Elle l'attira à elle, et il sentit son souffle sur ses lèvres lorsqu'elle chuchota :

— Et je vous aime. Infiniment.

Ahmad ferma les yeux. Il n'était pas vraiment surpris car elle avait fait allusion à ses sentiments de nombreuses fois. Ces mots lui firent néanmoins l'effet d'un raz-de-marée.

— Evie...

L'intimité que leur procurait cet endroit était une illusion. Ils n'étaient pas dans un coupé ou dans son appartement au-dessus de la boutique du marchand de thé. Mais dans les jardins de Cremorne. Ce n'était pas le lieu le plus judicieux pour une rencontre discrète entre une jeune femme respectable et son prétendant.

À cet instant, Ahmad ne s'en souciait plus. Ses lèvres s'emparèrent de celles d'Evelyne et il l'embrassa au clair de lune, doucement, profondément.

Elle se pressa contre son buste, ce qui eut pour effet de repousser ses grandes jupes derrière elle. Il referma les bras autour de sa taille pour l'attirer plus étroitement à lui, sans pour autant cesser de l'embrasser. Elle était chaude, souple, voluptueuse sous ses mains.

— Je voulais vous le dire depuis si longtemps, murmura-t-elle.

Il l'embrassa de nouveau, follement et ridiculement épris, avec l'impression d'être un tout jeune homme face à son premier amour.

— Depuis combien de temps ? demanda-t-il.

— Depuis que nous sommes allés à l'auberge du Jolly Tar.

— Vous m'aimiez déjà, mon cœur ?

— Oui, bien que n'osant pas l'admettre, même à moi-même, répondit-elle, tout en nouant les bras autour de la nuque d'Ahmad. Je me croyais trop raisonnable pour tomber amoureuse. Et je pensais n'avoir pas besoin d'amour dans ma vie.

— Et maintenant ?

— Maintenant, j'ai changé d'avis.

Elle se haussa sur la pointe des pieds pour l'embrasser. Ses lèvres s'emparèrent des siennes en une caresse douce et prolongée.

Soudain, au-dessus d'eux, le feu d'artifice commença, illuminant le ciel nocturne d'une myriade de couleurs.

Evelyne poussa un cri étouffé. Elle leva les yeux au moment où une autre salve était tirée. Puis une autre.

Les bras refermés autour d'elle, Ahmad s'émerveilla du spectacle comme s'il le voyait pour la première fois.

Lorsque les dernières étincelles se furent évanouies dans l'obscurité, elle le regarda et sourit.

— Que se passe-t-il ensuite ?

— Une excellente question, fit la voix de lady Heatherton, depuis l'extrémité du chemin. Je suis moi-même assez curieuse de le découvrir.

32

Evelyne laissa retomber ses bras. Elle se serait écartée d'Ahmad s'il le lui avait permis. Mais il la retint d'une main ferme autour de sa taille. Sa manière de l'assurer de son soutien et de sa protection.

Elle lui fut reconnaissante de son geste, mais il n'était pas vraiment utile. Elle n'avait pas peur de la vicomtesse.

— Bonsoir, lady Heatherton, dit-elle. Pouvons-nous faire quelque chose pour vous ?

Une question banale, étant donné les circonstances, énoncée avec un calme méritoire. Evelyne fut assez fière d'elle.

Mais lady Heatherton ne parut même pas l'entendre. Elle était moulée dans une robe d'un bleu céruléen, ornée d'innombrables volants passepoilés de satin. Son visage à la beauté froide n'était que partiellement visible à la lueur de la lampe suspendue à une branche. Les yeux qu'elle dardait sur Ahmad étincelaient.

— Ainsi, vous vous refusez à flirter avec vos clientes ? Je pensais bien que vous manquiez de scrupules dans votre vie personnelle, mais il semblerait que vos principes commerciaux soient également écrits sur de l'eau.

Evelyne jeta un regard incertain à Ahmad. Il avait la mâchoire crispée et ses yeux jetaient des flammes. Non des flammes de passion, mais de rage.

Il la connaissait donc ?

Soudain, la raison de la visite de lady Heatherton dans la maison de Russell Square s'éclaira. Toutes ces questions qu'elle avait posées sur Ahmad, la mise en garde faite à Evelyne...

— Vous vous êtes méprise sur la situation, rétorqua-t-il. Comme cela vous arrive souvent.

Les yeux de lady Heatherton lancèrent des éclairs.

— *Notre* situation ? Ou cette situation-là ? Vous et votre petite cavalière du Sussex ?

— Cela suffit.

— Que se passe-t-il, très cher ? Vous ne voulez pas provoquer de scandale ?

Elle s'esclaffa.

— Trop tard ! Il a éclaté à la minute même où vous avez quitté tous les deux le pavillon.

— Vous nous avez suivis ? demanda Evelyne.

— Ne soyez pas absurde !

— Alors, comment... ?

— Figurez-vous que vous n'êtes pas les seuls, parmi les invités de lady Blackstone, à vous promener sous les arbres. Il y en a beaucoup d'autres ici.

Lady Heatherton lui jeta un regard acide avant d'ajouter :

— Vous feriez bien de retourner immédiatement auprès de votre chaperon. Sinon, votre réputation sera irrémédiablement détruite.

Ahmad resserra son étreinte autour de la taille d'Evelyne.

— Mlle Malravers n'ira nulle part.

— Comme je vous l'ai déjà dit, lady Heatherton, ma réputation n'a rien à craindre, renchérit Evelyne.

— Plus pour longtemps, ma chère. Quant à la vôtre..., continua la vicomtesse en se tournant vers Ahmad. Comment avez-vous osé donner ma robe du soir à cette hideuse créature aux cheveux gris ?

— Je vous demande pardon ? s'exclama Evelyne.

— Ce n'était pas votre robe, rétorqua Ahmad en même temps. Vous l'aviez renvoyée.

L'indignation d'Evelyne en entendant qualifier son amie de « hideuse créature » se dissipa quand elle comprit.

C'est donc ce qui avait incité Ahmad à se présenter à Russell Square ce soir-là, et à lui proposer une association. Il avait perdu lady Heatherton comme cliente, et il avait besoin d'une autre femme pour porter ses créations à sa place.

Et maintenant, lady Heatherton voulait se venger.

Evelyne sentit sa gorge se serrer.

— Nous devrions retourner vers le pavillon, murmura-t-elle à voix basse.

— Oui, acquiesça Ahmad. Vous avez raison.

Lui prenant la main, il la fit passer devant lady Heatherton pour rejoindre l'allée principale. Mais à peine avaient-ils fait quelques pas que lady Arundell apparut, leur barrant le passage.

Elle n'était pas seule. Anne l'accompagnait, ainsi que Stella et Julia.

Le cœur d'Evelyne tomba comme une pierre dans sa poitrine. Seigneur... tout le monde les avait donc suivis ?

Ses trois amies s'élancèrent vers elle.

— J'ai essayé de l'arrêter, lui dit Anne à voix basse.

— Elle a insisté pour venir, chuchota Stella.

— Et votre oncle a failli l'accompagner, ajouta Julia.

Evelyne tressaillit. Oncle Harris était au courant ?

— Bonsoir, mademoiselle Malravers..., commença lady Arundell.

Son ton était si glacial et autoritaire que le pouls d'Evelyne s'accéléra brusquement.

— Bonsoir, lady Heatherton, continua-t-elle. Et vous, monsieur... ?

— Je vous présente M. Malik, madame, dit Evelyne.

Mais lady Arundell ne parut pas intéressée par son nom.

— Vous regardiez le feu d'artifice, n'est-ce pas ? Il est vrai que plus on s'éloigne de la pagode, mieux on le voit. À cause de l'obscurité, je suppose.

Lady Heatherton jeta un regard furieux à la robe bleu pâle de Stella. Puis elle reporta son attention sur lady Arundell :

— Ils ne regardaient pas le feu d'artifice ! Si je n'étais pas arrivée à ce moment-là…

— Balivernes ! coupa lady Arundell en marchant sur la vicomtesse. Mlle Malravers est une fille raisonnable. Je m'inquiète davantage pour vous, Mildred. Votre mari n'aimerait pas entendre que vous vous promenez seule dans les chemins sombres. Priez pour qu'il ne l'apprenne pas.

— Vous me menacez ? rétorqua lady Heatherton, les yeux étrécis.

— Un simple rappel, précisa lady Arundell. Les ragots marchent dans les deux sens. Je ne permettrai pas qu'une fille sous ma responsabilité soit déshonorée parce que vous avez échoué à garder votre langue.

Toutes les deux s'affrontèrent du regard pendant un moment qui parut interminable. Si lady Heatherton était un élégant cobra, alors lady Arundell était une mangouste vêtue de soie noire. Non seulement elle était d'un rang plus élevé que son adversaire, mais elle la dominait aussi en termes de stature et d'aplomb. À cet instant, elle semblait véritablement féroce.

Anne esquissa un sourire de fierté.

— Votre protégée n'a rien à craindre de moi, finit par dire lady Heatherton. Je n'ai rien à lui reprocher.

— Je suis ravie de l'entendre, déclara lady Arundell, qui fit un geste vers l'extrémité du chemin. Je vous souhaite une bonne soirée, lady Heatherton.

Le visage de la vicomtesse se crispa. Après un dernier regard froid en direction d'Ahmad, elle s'éloigna, le dos raide.

Ce ne fut que lorsqu'elle eut disparu qu'Evelyne s'autorisa à respirer de nouveau. Mais le répit fut bref, car lady Arundell se tourna vers elle.

— Vous me décevez, mademoiselle Malravers. N'avez-vous donc pas conscience de ce que les gens vont penser ? Vous qui êtes prête à devenir quelqu'un dans la société !

— C'est ma faute, intervint Ahmad.

— Ce n'est que trop vrai, monsieur, rétorqua lady Arundell. Mais vous ne relevez pas de ma responsabilité. Cet honneur revient à mademoiselle, continua-t-elle en toisant Evelyne. Je ne vous autoriserai pas à risquer votre réputation en vagabondant avec un étranger.

— M. Malik n'est pas un étranger, objecta Evelyne.

— Oui, je sais ! dit lady Arundell avec impatience. M. Malik est votre couturier. Vous avez fait assez souvent allusion à lui. Mais nous ne sommes pas dans Bond Street ou je ne sais quelle rue où il exerce son activité ! Vous ne pouvez pas rester seule avec un homme en aucune circonstance. Sauf s'il est votre mari ou votre fiancé.

Evelyne chercha le regard d'Ahmad.

Il n'y avait plus aucune colère dans ses yeux. Seulement une tendresse inquiète, de l'affection.

— Je rendrai visite à votre oncle demain, si cela vous convient.

— Oui, acquiesça-t-elle, le cœur battant la chamade.

Il lui pressa la main une dernière fois, avant de la relâcher et de prendre congé.

Lady Arundell le suivit des yeux, visiblement exaspérée.

— Votre couturier indien !

— Je l'aime, avoua Evelyne.

Et il l'aimait en retour. Il l'avait dit lui-même. À présent, il voulait aller voir son oncle. Il ne pouvait y avoir qu'un seul motif pour une telle visite, et elle éprouvait une vive excitation à cette idée.

— Vous l'aimez ! s'exclama lady Arundell avec mépris. Comment cela peut-il être possible ?

— Il a cousu des poches dans toutes ses jupes, expliqua Anne.

— Des poches, répéta Julia en soupirant. Imaginez cela.

— Et sans même qu'elle ait besoin de le lui demander ! renchérit Stella.

— Des poches ?

Lady Arundell fronça les sourcils, tout en chassant les jeunes femmes devant elle en direction du pavillon.

— Tout cela est très contrariant. Oui, fâcheux et contrariant... Je vais devoir demander à Dmitri ce qu'il en pense.

— Il a l'intention de venir me voir, *moi* ? s'exclama oncle Harris, assis en face d'Evelyne dans la voiture.

Son habit de soirée était froissé, et il avait les joues colorées par l'abus de champagne.

Ils étaient partis de Cremorne dès que lady Arundell avait ramené Evelyne au pavillon. Il était presque minuit, et donc encore tôt suivant les critères de la saison. Oncle Harris paraissait quelque peu irrité d'avoir vu sa soirée écourtée.

— Qu'ai-je à voir là-dedans ? poursuivit-il. C'est Nora qui doit donner son approbation, pas moi.

— Vous voulez qu'il aille voir tante Nora ? s'étonna Evelyne.

— C'est elle, votre tutrice.

— Pas officiellement. Mais si vous préférez que M. Malik se rende dans le Sussex...

— Malik..., répéta son oncle avec un grognement. Je ne sais pas ce qui est pire : qu'il soit indien ou qu'il soit commerçant.

Evelyne se raidit.

— M. Malik est un brillant couturier. Et il est anglais autant qu'indien.

— Parce que vous croyez que cela atténue la chose ? Une seule goutte de sang indien serait déjà condamnable. « Du café dans le lait », c'est ainsi que disent les gens.

Son oncle l'observa, les yeux plissés.

— Je suppose qu'il ne peut pas passer pour un Anglais ?

Evelyne pinça les lèvres, prête à se mettre en colère.

— Franchement, mon oncle !

— C'est une question normale.

— Non, c'est une question injurieuse. M. Malik n'a pas honte de ce qu'il est. Si le fait qu'il soit en partie indien gêne les gens, c'est leur problème, pas le sien.

— Ce sera votre problème bien assez tôt, si vous l'épousez.

Evelyne n'avait pas besoin de ce rappel. Elle était lucide sur l'avenir qui l'attendait. Il y aurait beaucoup d'obstacles à surmonter, mais Ahmad et elle les affronteraient ensemble.

— Les gens peuvent dire ce qu'ils veulent. L'opinion des étrangers ne me fait pas peur.

— Pas seulement des étrangers, ma fille. Vous allez perdre des amis.

— Pas les amis véritables. Pas les gens qui comptent.

— Cela, vous ne le saurez pas avant d'y être. Il se pourrait fort bien que vous perdiez tout. Est-ce que cet homme en vaut vraiment la peine ?

Evelyne se rappela la valse avec Ahmad autour du pavillon, leur étreinte, et leurs baisers alors que le feu d'artifice illuminait le ciel nocturne au-dessus d'eux. Une onde de chaleur se répandit dans sa poitrine.

— Il en vaut la peine, assura-t-elle. Et même plus que ça.

La voiture roulait à une allure régulière dans le brouillard qui se levait. La lumière des becs de gaz, en s'infiltrant par les espaces entre les rideaux de velours des fenêtres, éclairait le visage d'oncle Harris par intermittence.

Il secoua la tête, désappointé.

— Nora disait que vous étiez la plus raisonnable de toutes. Et voilà que vous prenez le même chemin que votre sœur.

— Ce n'est pas du tout la même chose, rétorqua Evelyne.

Fenny avait balayé toutes ses responsabilités pour s'enfuir avec Anthony. Elle avait choisi l'amour plutôt que le devoir. Evelyne se refusait à faire le même choix radical. Il lui fallait penser à Hephaestus. Et à ses jeunes sœurs, bien sûr. Il ne s'agissait pas simplement d'obligation. Elles étaient aussi essentielles à son bonheur qu'Ahmad lui-même. Elle ne renoncerait pas aux unes pour avoir l'autre.

Ce dont elle avait besoin, c'était d'un nouveau plan.

D'ailleurs, il commençait déjà à prendre forme dans son esprit. Pour le moment, il ne s'agissait que d'une ébauche, et le succès n'était pas garanti. C'était néanmoins un plan.

— Je serais assez tenté de vous renvoyer chez vous, reprit oncle Harris.

Evelyne resserra son châle autour de ses épaules nues.

— De toute manière, il se peut que j'aille là-bas.

— Quoi ? s'exclama-t-il.

— Si M. Malik est obligé de se rendre dans le Sussex pour demander la bénédiction de tante Nora, j'aimerais être présente. Je pourrais partir dès la semaine prochaine.

Son oncle fronça les sourcils par-dessus ses verres en demi-lune.

— Vous ne ferez rien de tel !

— Mais vous venez juste de dire…

— Je sais ce que j'ai dit ! coupa-t-il. La séance avec le médium de Birmingham a lieu la semaine prochaine. J'ai promis à lady Arundell et aux autres que vous y assisteriez.

— Ma présence n'est pas indispensable. Nous savons tous les deux que je n'ai aucun talent pour ce genre de choses.

— Et ce message que vous avez reçu ? Qui disait qu'il était grand temps que je m'intéresse aux vivants plutôt qu'aux morts ?

Evelyne rougit.

— C'était seulement mon opinion.

— Balivernes ! C'était de la sagesse venue du fond des âges.

— Du simple bon sens.

— Un conseil de l'au-delà ! De la prescience, de surcroît. Si je ne m'étais pas inquiété de vos déplacements dans ce monde-ci, lady Arundell ne serait jamais partie à votre recherche.

Evelyne ouvrit de grands yeux.

— Vous avez envoyé lady Arundell à ma recherche ?

— Assurément, dit oncle Harris en se rencognant sur la banquette. Il n'est jamais bon d'ignorer les conseils reçus du royaume des esprits.

33

Comme d'habitude, Ahmad s'éveilla avant l'aube. Il resta allongé un moment dans son lit, les yeux fixés sur les ombres qui jouaient au plafond. Les événements de la soirée précédente lui paraissaient appartenir au domaine du rêve.

S'était-il vraiment rendu aux jardins de Cremorne, et avait-il vraiment valsé avec Evelyne Malravers sous les yeux de toute la bonne société ? Lui avait-il vraiment dit qu'il l'aimait ?

Oui, il l'aimait. Glissant un de ses bras sous sa tête, il sourit.

C'est alors que lui revint le souvenir de ce qu'il avait fait d'autre à Cremorne. Il ne s'était pas contenté de danser avec Evelyne et de lui déclarer son amour.

En songeant qu'il l'avait aussi compromise, son sourire s'évanouit.

Bon sang, à quoi avait-il pensé ? L'entraîner ainsi dans une allée sombre, où ils pouvaient être découverts par n'importe qui ?

Et ils avaient bel et bien été découverts. D'abord par lady Heatherton, ensuite par lady Arundell.

Le bruit allait s'en répandre. C'était inévitable.

Aujourd'hui, il se rendrait à Russell Square pour demander officiellement la main d'Evelyne à son oncle. Avec un peu de chance, cette démarche atténuerait les dommages causés à sa réputation.

Encore que cela allât créer un autre scandale, il en avait parfaitement conscience.

Evelyne et lui s'attendaient aux conséquences de leur union. Tous deux les acceptaient. Ahmad ne pouvait que prier pour qu'elle n'en vienne pas à le regretter un jour.

Après s'être levé, il fit sa toilette, s'habilla, et descendit l'escalier. Il acheta le journal au crieur du coin de la rue, avant de héler un fiacre pour être conduit chez Doyle & Heppenstall.

Ahmad passait toujours quelques heures seul dans l'atelier avant d'aller chercher Mira chez les Finchley. Comme les couturières vivaient désormais sur place, c'était le seul moment de la journée où il pouvait être un peu tranquille.

Tandis que le fiacre roulait vers sa destination, il ouvrit le journal. Il chercha directement le carnet mondain, l'estomac serré à la perspective de trouver quelque chose sur la conduite d'Evelyne à Cremorne.

Lady Heatherton n'avait pas caché qu'Ahmad était devenu son ennemi. Elle régnait sur la société élégante, et il lui suffirait de glisser un mot à l'oreille d'un journaliste pour qu'Evelyne soit déshonorée. Certes, elle avait promis de tenir sa langue, mais Ahmad se méfiait.

Parcourant la chronique mondaine, il s'aperçut que lady Heatherton avait, de fait, tenu parole. L'article ne faisait pas la moindre allusion à Evelyne.

C'était lui qu'il concernait.

Couturier pour dames pauvres...

L'œil averti de notre correspondant a remarqué dernièrement une tendance chez les belles dames de Londres : l'absence notoire de tout embellissement sur leurs toilettes. Malgré un examen attentif, nous ne trouvons aucune de ces riches décorations qui parent les robes parisiennes. Au contraire, les robes de l'exotique M... se caractérisent par un rare néant. Travaille-t-il pour des dames tombées dans la gêne ? Ou est-il lui-même appauvri ? Nous vous laissons en juger.

Au fur et à mesure qu'il lisait, son sang se glaçait dans ses veines.

Il comprit immédiatement ce que ces mots signifiaient pour sa carrière de couturier. Ils équivalaient à un coup mortel. Mais à cet instant, il ne pensait pas à son travail. Il ne pouvait penser à rien d'autre qu'à la perte d'Evelyne.

Ahmad arriva à Russell Square à 10 h 30. Après avoir gravi en hâte les marches du perron, il se présenta à la porte d'entrée, comme un prétendant convenable. L'intendante le fit entrer, puis, le visage impassible, le conduisit dans le salon. Evelyne l'y rejoignit. À peine s'étaient-ils salués qu'il lui mit le journal entre les mains.

Elle s'assit sur le canapé pour le lire. Les larges jupes de batiste de sa robe du matin s'épanouirent gracieusement autour d'elle.

— Qu'est-ce que cela sous-entend ? murmura-t-elle.

Ahmad se passa la main dans les cheveux.

— Que les femmes qui portent mes modèles sont trop pauvres pour s'offrir le moindre article de passementerie.

Elle releva la tête. Le soleil matinal, filtrant à travers les rideaux, alluma un reflet sur ses lunettes.

— Personne ne pourra jamais croire ça. Il suffit d'avoir des yeux et de s'en servir. N'importe quel idiot peut voir à quel point vos robes sont belles.

— La beauté ne suffit pas. Il s'agit de faire étalage de sa richesse et de son rang dans la société, répliqua Ahmad, qui se laissa tomber à côté d'elle sur le canapé. Une jupe alourdie de volants et de franges n'est peut-être pas flatteuse pour certaines silhouettes, mais elle montre que celle qui la porte a les moyens de se les offrir.

Evelyne replia le journal et le posa à côté d'elle.
— Je suis désolée.
— Moi aussi, dit-il. Navré de venir ici si tôt et pour une raison semblable. Je ne devrais pas vous imposer ce fardeau.
— Vous n'avez aucune raison de vous excuser. J'aurais vu l'article moi-même bien assez tôt.
Evelyne se tourna sur le canapé de manière à lui faire face.
— D'habitude, je lis le journal en prenant mon petit déjeuner. Mais après la soirée d'hier, j'ai eu peur que le carnet mondain ne parle de moi de manière horrible.
— Nous pouvons remercier lady Heatherton au moins pour cela.
— Cet article, c'est elle ?
— Je le soupçonne. Encore que... il pourrait être le fait de Mme Élise. Je lui ai pris quelques clientes.
— Et deux de ses couturières, lui rappela Evelyne.
— Oui, ça aussi, acquiesça-t-il avec un sourire ironique.
Evelyne plongea son regard dans le sien.
— Que s'est-il passé entre lady Heatherton et vous ?
Ahmad n'aurait pas dû être surpris par cette question. Ce fut pourtant le cas. Il hésita, avant de répondre :
— Il ne s'est rien passé.
— Pourtant, elle semble furieuse contre vous.
— Elle est effectivement furieuse, admit-il. Parce qu'il ne s'est rien passé !
Il répugnait à expliquer cette histoire sordide en détail. Mais il ne pouvait l'éviter.
— C'est la raison pour laquelle elle a renvoyé sa robe, ajouta-t-il. Parce que j'ai rejeté ses avances.
Il vit l'expression d'Evelyne se modifier au fur et à mesure qu'elle comprenait. Puis elle rougit.
— Je vois...
Lui-même se sentait sur le point de rougir. Ce n'était pas la conversation qu'il avait prévu d'avoir avec elle ce matin. Ni même jamais.

— Ce genre de chose arrive souvent ? demanda-t-elle.
Ahmad se frotta la nuque.

— Parfois. Avec certaines femmes.

— Lesquelles ?

— Vous voulez la liste ?

Elle eut l'air à la fois fascinée et consternée.

— Il y en a tant que cela ?

— Quelques-unes.

— Et… vous les rejetez toujours ?

— Toujours. Je ne mélange pas le travail et le plaisir.

Il se figura aussitôt les rouages qui tournaient dans la tête d'Evelyne. Sa conclusion ne se fit pas attendre.

— Et moi ? Comment expliquez-vous…

— Vous étiez différente. Inattendue. La manière dont vous êtes entrée dans la boutique ce soir-là… dont vous m'avez parlé, puis serré la main… Vous m'avez pris par surprise.

— Sans aucun doute. Vous avez dû être horrifié lorsque je vous ai embrassé dans le salon d'essayage.

Ahmad fut si déconcerté qu'il laissa échapper un rire bref.

— Pas vraiment ! Ne vous ai-je pas rendu votre baiser ?

— En fait, je n'en ai jamais été certaine.

— Pourtant, c'est le cas, assura-t-il. J'ai même été tout près de dire quelque chose de stupide.

— Quoi donc ? demanda-t-elle avec un demi-sourire.

— Sans doute quelque chose sur votre beauté…

Il lui prit la main et la retint dans la sienne, peau contre peau. L'entente fulgurante qu'il avait ressentie lors de leur première rencontre jaillit de nouveau entre eux, échauffant son sang et accélérant les battements de son pouls.

— … ou sur l'admiration que j'éprouve pour vous. Quelque chose qui nous aurait fait rougir tous les deux.

— Choquant, murmura-t-elle.

— Terriblement choquant, acquiesça-t-il.

Evelyne entrelaça ses doigts aux siens.

— Cet article va-t-il vous faire du tort ?

— Oui, répondit Ahmad sans détour.

— Vous en êtes certain ?

— Si les femmes de la bonne société commencent à associer l'absence d'ornements à un manque de moyens, elles se détourneront de mes modèles.

— Vos modèles sont admirés par toutes celles qui les voient, répliqua Evelyne. Les gens ne tarderont pas à oublier les bêtises imprimées dans les journaux.

— C'est possible...

Mais Ahmad n'y croyait pas. Il avait le sentiment angoissant d'être au début de la fin de sa brève popularité en tant que couturier. Et si son affaire sombrait, toute chance d'un avenir avec Evelyne sombrait également.

— Evie... Il y a une autre raison à ma venue aujourd'hui.

Elle rougit.

— Vous désirez parler à mon oncle.

— J'en avais l'intention, mais...

— Je crains que ce ne soit impossible. D'abord, parce qu'il est parti à son club. Et ensuite, parce qu'il considère que ce n'est pas à lui que vous devez vous adresser, mais à ma tante Nora. Ce qui signifie que... que vous devez aller dans le Sussex.

— Ah. Cela risque d'être un peu compliqué.

Evelyne soupira.

— Oui, je sais. Vous êtes très occupé. Vous n'avez pas besoin d'y aller immédiatement.

Ahmad éprouva un amer pincement de regret. Il ne pouvait pas davantage se rendre dans le Sussex pour demander la main d'Evelyne que rencontrer son oncle. Il devait attendre, et voir dans quelle mesure son travail serait affecté par cet article. Si ses commandes périclitaient au fil des semaines, il ne serait plus en situation de prendre une épouse.

Mais il refusait d'accabler Evelyne de ses craintes. Pas aujourd'hui. Il ne supporterait pas de voir la déception dans ses yeux.

— Non, bien sûr, dit-il.

Il porta la main de la jeune femme à ses lèvres et déposa un baiser sur le bout de ses doigts.

— J'ai encore votre robe noire d'après-midi à terminer.

En compagnie de ses trois amies, Evelyne parcourait Rotten Row au petit galop. L'étalon d'Anne, Saffron, plus âgé qu'Hephaestus, avançait d'un pas plus paresseux et se laissait régulièrement distancer. Montée sur Locket, Stella prenait parfois la tête de leur petit groupe. Quant au grand hongre noir de Julia, Cossack, il galopait sans jamais changer d'allure.

Il était 17 h 30, et toute la bonne société semblait de sortie : ladies montées sur des chevaux de prix, gentlemen conduisant d'élégants et rapides cabriolets, dignes douairières trônant dans de luxueuses voitures découvertes…

Evelyne et ses trois amies restèrent au petit galop tant qu'elles ne se furent pas éloignées du plus gros de la foule. Elles passèrent ensuite au trot, puis au pas, suivies à une certaine distance par leurs palefreniers.

— Ça m'a fait du bien, dit Anne. J'ai été cloîtrée à l'intérieur toute la matinée avec maman et ses amis spirites.

— Encore des préparatifs pour la rencontre avec ce garçon médium ? demanda Stella.

— Oui, ça n'en finit pas, soupira Anne.

— Je ne suis jamais allée dans cette région, dit Evelyne. Ce sera une aventure.

— Où logerez-vous ? s'enquit Stella. Dans la famille du garçon ?

— Non. Nous avons réservé deux nuits dans un hôtel, répondit Anne. En revanche, la séance aura lieu chez lui. Selon maman, c'est là qu'il aura le plus de facilité pour communiquer avec l'esprit qui le guide.

— Lui aussi, il a un esprit familier ?

Evelyne avait cru que seule lady Arundell possédait cet avantage.

— Oh oui, dit Anne. La plupart des médiums en ont un. C'est tout à fait bien vu.

— Pas selon mon frère, déclara Stella. Pour lui, le spiritisme est l'œuvre du diable, et les esprits rien d'autre que des démons qui entraînent les hommes et les femmes dans le péché.

— Si seulement c'était aussi excitant ! se moqua Anne. La vérité, c'est que Dmitri est pire que n'importe quelle vieille tante célibataire. Il ne cesse de donner des ordres à maman concernant ma conduite. En tout cas... elle prétend qu'ils viennent de lui.

Julia pouffa de rire, aussitôt imitée par les trois autres.

Deux dames opulentes, assises dans une calèche, les réprimandèrent du regard. Manifester une émotion excessive en public était considéré comme mal élevé.

Le rire d'Evelyne mourut sur ses lèvres.

— J'aime mieux venir ici le matin. On peut monter à cheval sans être critiquée.

— Il y aura toujours des gens pour vous regarder et vous juger, répliqua Anne. Le secret, c'est de ne pas y faire attention.

Stella se pencha en avant pour flatter l'encolure argentée de Locket.

— Nous n'avons pas toutes le privilège de pouvoir ignorer l'opinion de la société.

— Pourquoi ne pourrions-nous pas l'ignorer ? répliqua Evelyne. Si cette opinion est erronée...

Ses trois amies échangèrent des regards entendus.

— Je suis d'accord, dit Anne. On doit se référer à sa propre conscience.

— Et à son propre cœur, ajouta Julia.

— À propos du cœur, reprit Stella en se tournant vers Evelyne, M. Malik est-il allé voir votre oncle ?

Evelyne garda le silence. Deux jours s'étaient écoulés depuis la visite d'Ahmad à Russell Square. Ce n'était pas son oncle alors qu'il était venu voir, mais elle. Elle avait décelé en lui une certaine réticence. Pas vraiment un revirement, mais autre chose.

La cause en était ce maudit article, évidemment. Ahmad pensait, sans aucun doute, que ce serait la fin de tout. Pas seulement de son affaire, mais aussi de leur avenir commun.

— C'est compliqué, finit-elle par dire.

Un pli se creusa sur le front de Julia.

— Mais… vous l'aimez, n'est-ce pas ?

— Oui. Malheureusement, il y a d'autres obstacles.

— Des obstacles insurmontables ? demanda Anne.

— Non, bien sûr, répondit Evelyne.

— Vous avez un plan, je suppose, dit Stella. Un plan sensationnel.

— Sensationnel, je ne sais pas. Mais, oui, admit Evelyne, j'ai déjà les grandes lignes en tête…

D'une courbe de la piste déboucha alors M. Fillgrave, monté sur son magnifique hongre bai.

— Oh non ! marmonna Julia.

— Que personne ne le regarde ! souffla Anne. Il ne nous parlera pas si nous ne croisons pas son regard.

En n'importe quelle autre occasion, Evelyne aurait été la première à suivre le conseil de son amie. Mais pas aujourd'hui. Alors que M. Fillgrave s'approchait, elle le regarda droit dans les yeux.

— Oh, Evie, non, protesta Stella à voix basse. Qu'avez-vous fait ?

— Continuez, lança Evelyne à ses amies. Je dois lui dire un mot en privé.

— Une des lignes de votre plan ? s'enquit Anne.

— Exactement.

Elle dirigea Hephaestus vers M. Fillgrave tandis que, derrière elle, ses trois amies s'éloignaient en hâte.

— Bonjour, mademoiselle Malravers, commença-t-il. J'espère que vous passez un bon après-midi.

Ses yeux pâles s'attardèrent sur Hephaestus, et il ajouta :

— Quel animal impressionnant ! Chaque fois que je le vois, je suis frappé. Peut-être vous ai-je parlé, la dernière fois, de cet étalon espagnol que j'ai rencontré sur le continent pendant mon grand tour...

Evelyne l'écouta en silence pendant plusieurs minutes. M. Fillgrave ne s'arrêtait que rarement pour reprendre sa respiration. Il avait pour habitude de submerger ses interlocuteurs de paroles jusqu'à construire un mur de mots impénétrable.

Selon l'expérience de la jeune femme, la seule manière de combattre une technique aussi autoritaire était d'ériger un mur rival. L'un des deux protagonistes finissait forcément par déclarer forfait.

— Quant à cela, lança-t-elle d'une voix forte, je m'interroge sur la qualité de ces chevaux espagnols que vous décrivez. Et sur leur diversité, également. Ils sont en majorité gris, non ? Et beaucoup de ces étalons ne font pas seize mains de hauteur, avec une encolure courte et une foulée également courte. Certes, certains considèrent ce style comme baroque, mais, je vous le demande, comment ce genre de qualités peut-il bénéficier à nos chevaux anglais ? Un croisement ne servirait qu'à donner des jambes plus courtes et une masse plus lourde à nos pur-sang. Et nous ne gagnerions rien du côté des qualités les plus précieuses des andalous. Leur allure régulière, leur élégance, cette beauté altière qui leur est si particulière. D'un autre côté, si vous aviez un étalon comme Hephaestus...

— Oui, oui, dit M. Fillgrave, ébranlé par la tirade. C'est exact. Dès que je l'ai vu, c'est ce que j'ai pensé. Un bai de sa taille, avec sa foulée et sa détente...

— Il n'existe pas de plus bel étalon andalou en dehors de l'Espagne, assura Evelyne. Et aucun d'un tempérament aussi doux.

M. Fillgrave se rapprocha d'elle. Ses épais favoris frémissaient d'excitation.

— Vous envisageriez de le vendre ?

À cette simple pensée, Evelyne eut un geste de recul. Ses doigts se crispèrent sur les rênes, ce qui amena Hephaestus à piétiner avec nervosité.

— Non, dit-elle d'un ton ferme. Il n'est pas à vendre. Mais j'ai l'intention de le proposer pour la saillie à la fin de l'été.

M. Fillgrave rougit.

— Mademoiselle Malravers… je vous demande pardon, mais…

— C'est ce que mon père souhaitait pour lui.

— Votre père était un gentleman. C'est-à-dire… un homme. Une femme ne devrait pas parler…

— De mettre un étalon à la monte ? Pourquoi pas ? La reine possède son propre haras. Je suis certaine qu'elle a conscience de ce qui s'y passe. Et ce n'est pas comme si j'avais l'intention de me charger moi-même de la procédure.

M. Fillgrave émit un son étranglé.

— C'est mon palefrenier qui s'en occupera, bien sûr, continua Evelyne. Toutefois, les arrangements financiers seront entièrement entre mes mains.

— Si je puis me permettre, mademoiselle, il revient à des hommes de s'en occuper. Vous êtes une jeune femme. Une femme célibataire.

— Mais pas une femme ignorante, rétorqua-t-elle.

Si seulement elle avait pu se sentir aussi sûre d'elle qu'elle le laissait entendre ! Car, en réalité, M. Fillgrave avait plus ou moins raison. La situation sociale de la famille Malravers était déjà très précaire. En se lançant dans une opération aussi excentrique, Evelyne n'allait pas améliorer les choses. Elle n'aurait même pas osé l'envisager… auparavant.

Mais les choses étaient désormais différentes.

Elle ne cherchait plus à être admise au sein du grand monde. Elle se battait pour l'amour. Et pour son avenir.

— J'ai cru comprendre que vous seriez intéressé ? reprit-elle. Vous avez fait allusion à vos juments espagnoles en de nombreuses occasions.

— Certes. Certes... je ne peux le nier, balbutia M. Fillgrave, dont le visage avait à présent la couleur d'une tomate du Sussex. Avez-vous... Auriez-vous une somme à l'esprit ?

Les paumes d'Evelyne, dans ses gants, devinrent encore plus moites.

— Il se trouve que oui.

34

La semaine suivante, Ahmad termina la robe qu'Evelyne devait porter lors de la séance de spiritisme. Une fois qu'il eut exécuté les derniers points de l'ourlet et fixé le dernier bouton, recouvert de soie, dans le dos du corsage, il la livra lui-même à Russell Square.

En vérité, il n'avait pas grand-chose d'autre à faire. Depuis la publication de l'article, les commandes de robes avaient diminué de près de la moitié. En outre, plusieurs femmes qui avaient déjà passé commande de toilettes de bal les avaient annulées.

Il ne fallait pas être membre de l'association spirite pour deviner le cours que prenaient les choses.

Ahmad suivit Mme Quick jusqu'au salon du matin. Evelyne était déjà là. Assise devant un secrétaire en chêne disposé dans l'angle, elle écrivait une lettre. La longue plume d'oie oscillait au rythme des caractères qu'elle traçait rapidement sur la feuille.

— M. Malik, mademoiselle, annonça l'intendante.

Evelyne redressa la tête avec un léger sursaut. Puis elle se leva.

— Je vous remercie, madame Quick. Ce sera tout.

L'intendante se retira, les laissant seuls.

Evelyne traversa alors la pièce pour l'accueillir, la main tendue. Ahmad la saisit et la serra avec force.

— À qui écrivez-vous ? demanda-t-il.

— À ma tante Nora. Après tant de jours de silence, je lui dois une longue lettre.

— Vous lui écrivez tous les jours ?

— J'essaye. À mes petites sœurs aussi. C'est toujours une fête pour elles de recevoir quelque chose par la poste.

Elle lui retira sa main pour pouvoir le débarrasser du carton contenant la robe.

— Vous n'étiez pas obligé de l'apporter vous-même.

— J'avais le temps...

Mais ce n'était pas le travail qui l'avait éloigné d'Evelyne ces derniers jours. C'était le pressentiment d'un désastre imminent. Il savait que lorsqu'il la reverrait, il leur faudrait discuter de leur avenir.

S'il leur restait un avenir, toutefois.

— Et maintenant que vous avez terminé ma robe, vous allez en avoir encore davantage.

Un espoir timide éclaira le visage de la jeune femme.

— Irez-vous dans le Sussex cette semaine ?

Ahmad la regarda quelques instants, le cœur déchiré. Que pouvait-il dire ? Toutes les paroles qui lui venaient à l'esprit mettraient fin à leur relation. Or il n'était pas prêt.

— Vous n'aurez pas à affronter ma tante seul, ajouta-t-elle. J'ai l'intention d'y aller, moi aussi.

— Quand ? demanda Ahmad, surpris.

— Le lendemain de la séance à Birmingham, répondit Evelyne en déposant le carton de la robe sur un fauteuil. J'aurais dû vous le dire. Lewis ramène Hephaestus à Combe Regis cette semaine. Je veux être présente pour vérifier que tout se passe bien.

— Il est arrivé quelque chose ? questionna Ahmad en se rapprochant d'elle. Il n'est pas malade ou...

— Non, non, dit-elle en hâte. Rien de ce genre. Il s'agit de tout autre chose. Une décision que j'ai prise récemment...

Ahmad l'écouta avec un étonnement grandissant tandis qu'elle lui faisait part de son projet d'utiliser Hephaestus à des fins de reproduction.

— Mais... comment pouvez-vous envisager une chose pareille ? dit-il lorsqu'elle eut fini.

— Je pense à l'avenir. J'essaye d'être pragmatique.

Ahmad ne dissimula pas son incrédulité.

— Vous m'avez dit un jour que vous adonner à ce genre d'activité nuirait à la respectabilité de votre famille.

— Oui, admit Evelyne, non sans réticence. Mais seulement selon les critères de la haute société.

— Ce sont ces critères-là qui comptent.

— Vraiment ? Toutes ces règles qui disent aux femmes quoi penser et comment se conduire, et qui restreignent nos existences à un certain cercle et à l'approbation d'un certain genre de personnes ? Nous sommes censées faire semblant que le monde extérieur n'existe pas. Qu'il n'y a pas de problèmes plus graves que de prendre l'omnibus sans chaperon ou d'oublier de porter des gants lors d'une visite d'après-midi !

Ahmad comprenait son irritation. Mais cela n'enlevait rien à la précarité de sa situation et de celle de sa famille.

— Je ne peux pas vous donner tort, assura-t-il. Cependant votre réputation n'est pas seulement un argument philosophique. Les règles de bienséance sont certes pénibles, mais...

— Elles sont injustes, voilà ce qu'elles sont ! Et hypocrites, quand vous voyez ce que la plupart des hommes se permettent de faire régulièrement. Vous ne pouvez pas le nier.

Ahmad soupira. Ce qu'Evelyn décrivait n'était pas nouveau pour lui, qui se heurtait quotidiennement à des manifestations d'injustice et d'inégalité.

— Je le reconnais, bien sûr. Mais cela ne résume pas toute la vie. Les règles continuent d'être observées, et la réputation continue d'être primordiale, surtout pour une jeune femme comme vous.

Derrière les verres de ses lunettes, une flamme guerrière brilla dans les yeux noisette d'Evelyne.

— Ces derniers temps, j'ai eu l'impression que nous, les femmes, étions jetées dans une mer démontée avec interdiction de révéler que nous savons nager. Il se trouve que je sais nager, et que je n'ai pas de scrupules à le faire. Plus maintenant, en tout cas. Je refuse de croire qu'il est plus respectable de me noyer que de sauver ma vie.

— Evelyne...

— En outre, je n'ai rien fait pour entacher ma réputation, du moins selon des critères rationnels. Utiliser les qualités d'étalon d'Hephaestus semble tout à fait raisonnable. En vérité, on pourrait même arguer que le plus grand péché serait de ne pas tirer parti de sa brillante lignée. Et je ne parle pas de l'aspect financier. Correctement négociée, la rétribution non seulement paierait son entretien, mais rapporterait en sus une somme non négligeable.

Ahmad avait grandi en ville. Les chevaux de selle étaient un luxe, et il ne connaissait à peu près rien du coût de leur entretien, et encore moins de la rémunération attachée à leur reproduction.

— Quel que soit le montant, il ne peut pas être suffisant pour justifier de risquer votre réputation.

— Quinze livres.

— Quinze livres ? s'exclama Ahmad.

C'était presque ce qu'il demandait pour un costume. À la différence que l'argent ne lui revenait pas en totalité, puisqu'il devait déduire le prix non négligeable du tissu et des fournitures.

— Vous trouvez cela excessif ? demanda Evelyne. Je vous assure que ça ne l'est pas. En fait, j'ai baissé à dix livres pour la première année, à titre d'encouragement. J'ai pensé que cela constituerait une bonne affaire.

— Une bonne affaire pour qui ?

— Pour tout le monde. Il suffit de regarder les pages sportives des journaux. Des saillies de champions sont proposées pour des montants similaires. Et si l'on considère que je possède le meilleur cheval du monde...

— Evie… À moins d'être fou, qui serait prêt à payer une somme pareille ?

— De nombreux gentlemen, répondit-elle. Lewis a déjà reçu cinq réservations, dont deux de la part de M. Fillgrave pour ses juments espagnoles.

Ahmad la dévisagea, frappé de stupeur. Cinq réservations ? C'est-à-dire… cinquante livres ?

Il fut saisi d'une brusque envie de rire.

Qui reflua aussitôt. Il savait pourquoi Evelyne agissait ainsi. Parce que lui-même risquait d'être acculé à la ruine, et qu'elle essayait de se charger d'une partie du fardeau.

Son admiration pour elle s'en trouva accrue. En même temps, il haïssait le fait qu'elle soit obligée ne serait-ce que d'envisager d'en venir à de telles extrémités. Un homme veillait sur la femme qu'il aimait. Et il ne permettait pas qu'elle engage sa réputation pour lui.

— C'est la raison pour laquelle je dois retourner à Combe Regis, reprit-elle. Je veux m'assurer qu'Hephaestus est bien installé, et voir mes sœurs pendant que je suis là-bas. Ce serait l'opportunité parfaite pour que vous rendiez visite à ma tante.

— Combien de temps pensez-vous rester ?

— Quelques jours.

— Seulement ?

Evelyne fronça les sourcils, l'air incertain.

— Vous suggérez que je reste plus longtemps ?

La semaine précédente, lorsqu'ils s'étaient séparés dans les jardins de Cremorne, jamais Ahmad n'aurait imaginé qu'il suggérerait une chose pareille. Mais les perspectives qui s'offraient à lui avaient changé de manière radicale. Il n'était plus sûr de rien.

— Oui, répondit-il.

Evelyne resta coite un instant. Ces paroles d'Ahmad, toujours si attentionné d'ordinaire, lui ressemblaient si peu qu'elle ne savait que penser.

— Qu'y a-t-il ? s'enquit-elle à voix basse. Qu'essayez-vous de me dire ?

— Simplement que je me demande si, étant donné les circonstances, il ne serait pas préférable que nous restions séparés quelque temps.

Elle cessa de respirer.

— Quelles circonstances ?

Soudain, une pensée terrible lui vint à l'esprit.

— Je ne vous ai pas scandalisé avec mes projets pour Hephaestus, n'est-ce pas ?

— Non. Ce n'est pas ça. C'est en rapport avec ma propre situation.

— Est-ce à cause de ces lignes ridicules dans le journal ? questionna-t-elle, les yeux plongés dans les siens.

— En partie.

Il alla jusqu'à la fenêtre et se planta devant celle-ci, tournant le dos à Evelyne. Ses épaules étaient raides sous sa redingote.

— J'ai été obligé ces derniers temps de faire face à la réalité..., commença-t-il.

Evelyne resta sur place, incapable de bouger. Parfaitement immobile, elle attendit qu'il s'explique.

Lorsqu'il reprit la parole, elle eut l'impression qu'il parlait pour lui-même autant que pour elle.

— Un couturier n'a pas besoin d'être célèbre pour se marier. Même un tailleur au succès relatif peut s'offrir une épouse. Mais si son affaire échoue complètement...

— Ce ne sera pas le cas de la vôtre.

— Si elle échoue...

Il se retourna, regarda Evelyne, et son expression se fit presque douloureuse.

— Je ne lierai pas votre sort au mien au moment précis où la ruine me menace.

Une vague de compassion la submergea. Bonté divine, c'était cela qu'il craignait ?

— Je comprends, dit-elle.

Evelyne était sincère. Ce qui n'impliquait pas, toutefois, qu'elle devait abonder dans son sens.

Le bruit de ses pas fut étouffé par le tapis lorsqu'elle traversa le salon pour le rejoindre.

— Qu'y a-t-il à gagner en restant séparés ? demanda-t-elle.

— Cela vous permettra de mettre les choses au clair dans votre esprit.

— Quand vous dites « les choses », c'est à nous que vous faites allusion, je suppose ?

— À nous. À notre avenir. Peu importe comment vous l'appelez.

— Ne puis-je pas réfléchir à notre avenir en étant ici, à Londres ?

— Pas correctement, répliqua-t-il. Dans le Sussex, vous serez loin de mon influence et de cette maudite attirance que nous avons l'un pour l'autre. Vous pourrez alors interroger vos sentiments. Si jamais ils devaient changer...

— Ils ne changeront pas.

— Mais au cas où...

— Qu'en est-il de vos sentiments à vous ? coupa-t-elle.

La mâchoire d'Ahmad se durcit.

— Les sentiments que j'éprouve pour vous ne changeront pas. Je suis lié à vous. Mais vous, vous serez libre. Si, après un mois, vous êtes toujours...

— Un mois ! s'exclama Evelyne. Je peux consentir à rester éloignée une quinzaine de jours. Mais je ne passerai pas un mois là-bas pour la raison improbable que je pourrais cesser de vous aimer. Je ne suis pas une oie blanche, insipide et inconstante.

— Et moi, je ne suis pas un gredin prêt à contraindre une jeune fille de l'épouser contre son propre intérêt.

— Vous supposez donc que j'ignore où se trouve mon propre intérêt ?

— Vous êtes jeune.

Evelyne releva le menton.

— J'ai vingt-trois ans !

— Oui. Vous êtes jeune. Tout cela est nouveau pour vous. Et rien ne correspond à ce que vous vouliez lorsque vous êtes venue à Londres. Est-il si déraisonnable que je vous demande de prendre un peu de temps pour réfléchir ?

Il passa sa grande main autour de la taille d'Evelyne. La tendresse de son geste atténua la portée de ses mots. Il l'attira à lui jusqu'à ce que ses larges jupes s'écrasent contre ses jambes.

— Evie, j'essaye de me conduire honorablement…

Evelyne le comprenait.

Ahmad n'était pas simplement inquiet au sujet de son avenir de couturier. Il redoutait de profiter d'elle.

Elle avait commencé à l'aimer à cause de la proximité induite par les nombreux essayages chez Doyle & Heppenstall ; à cause de la familiarité sensuelle avec laquelle il avait ajusté sur son corps ses tenues d'équitation, ses robes de jour et ses toilettes de bal.

Beaucoup de jeunes femmes auraient eu la tête tournée par une telle intimité.

Evelyne n'y avait pas échappé. Mais il y avait toujours eu autre chose : du respect, de l'admiration, de l'amitié et un soutien réciproque. Il avait cru en elle presque dès le début. Et Evelyne croyait en lui.

— Je le sais, finit-elle par murmurer. C'est pourquoi je ferai ce que vous me demandez.

Elle lut le soulagement dans ses yeux.

— Vraiment ?

— Oui, dit-elle avant de poser ses mains sur son torse. Mais au bout de quinze jours… je vous attendrai dans le Sussex.

35

La petite maison en brique de Birmingham n'avait rien de remarquable. Elle faisait partie d'un pâté de maisons toutes identiques, disposées dos à dos autour d'un pré communal. Evelyne se tenait à côté d'Anne dans la modeste salle à manger. Les lourds rideaux avaient été tirés, empêchant les derniers rayons du soleil couchant de pénétrer dans la pièce. Les murs, recouverts d'un papier bleu décoloré, paraissaient presque noirs à la faible lueur diffusée par une suspension au gaz, au-dessus de la grande table ronde.

De l'autre côté de la pièce, oncle Harris, lady Arundell et six autres personnes vêtues de noir s'entretenaient à voix basse. Parmi elles se trouvait Robert James Lees, le jeune garçon qui provoquait, depuis quelque temps, une telle excitation dans le monde du spiritisme.

Evelyne ne lui trouvait rien d'extraordinaire. En vérité, il ressemblait à n'importe quel garçon de douze ou treize ans, à la différence près qu'il était endimanché. Il portait un costume noir, et ses cheveux sombres étaient peignés avec le plus grand soin, grâce à une généreuse application d'huile de macassar.

Il se tenait devant un lourd buffet d'acajou, en compagnie d'un homme. Pas son père, selon Evelyne, mais son « représentant spirite ».

Anne observait elle aussi le jeune garçon, l'air vaguement désappointé.

Evelyne pouvait la comprendre. Après des heures de voyage en chemin de fer jusqu'aux West Midlands, suivies d'une nuit dans un hôtel de Birmingham bruyant et franchement inconfortable, leur première vision de ce garçon médium était quelque peu décevante.

— Il est boutonneux, lui souffla Anne à voix basse.

— C'est encore un enfant, murmura Evelyne. Je me demande s'il sait ce qu'il fait.

— Je pense qu'il le sait, d'une manière ou d'une autre, rétorqua Anne d'un ton cynique.

— Anne ? Mademoiselle Malravers ? dit lady Arundell en leur faisant signe d'approcher. Venez faire la connaissance de M. Lees.

Les deux jeunes femmes rejoignirent le groupe des spirites. Lady Arundell les présenta tout d'abord à M. Lees, puis aux autres personnes. Il y avait là Mme Inkpen, une femme d'un certain âge dont la gorge s'ornait de plusieurs rangs de perles de jais, et M. Vance, un petit homme doté d'une moustache diabolique. À côté d'eux se tenaient une élégante femme blonde, Mme Brown, ainsi que deux messieurs à favoris d'âge moyen, M. Popplewell et M. Burns.

Ce dernier était l'éditeur d'un hebdomadaire spirite.

— Je prendrai des notes sur le déroulement de la séance pour mon prochain numéro, expliqua-t-il. Mes lecteurs sont fascinés par vos dons, monsieur Lees.

M. Lees ne prononça pas un mot. Il semblait plutôt stoïque, pour un garçon de cet âge.

— Vous allez vous apercevoir que la présence de Mlle Malravers sera profitable à votre travail, lui dit lady Arundell. Zadkiel en personne l'a désignée comme une personne douée d'une énergie significative.

Le reste du petit groupe échangea des murmures où se mêlaient respect, stupeur et approbation.

— Êtes-vous médium, mademoiselle ? demanda M. Popplewell à Evelyne.

— Je n'ai aucun talent dans ce domaine.

Il se tourna alors vers Anne :

— Et vous ?

— Je suis là simplement en tant qu'observatrice intéressée, répondit-elle.

Mme Brown sourit. Son expression n'était pas entièrement dépourvue d'ironie.

— Comme nous le sommes tous devant un tel talent, dit-elle.

M. Popplewell les invita à se rapprocher de la table recouverte d'un tapis.

— Pouvons-nous commencer ?

Evelyne et ses compagnons prirent place. Pendant qu'ils enlevaient leurs gants, Popplewell alluma les bougies disposées sur la table, puis il éteignit la suspension. Cela fait, il s'assit à côté de M. Lees.

Il n'y avait pas de boule de cristal devant eux. Ni de cartes, ni aucun autre accessoire de diseur de bonne aventure. Seulement les bougies, quelques feuilles de papier et un crayon.

— Tenez-vous par la main, dit M. Popplewell.

À la droite d'Evelyne se tenait Anne ; à sa gauche, Mme Brown. Toutes les trois se prirent par la main. Evelyne ne quittait pas M. Lees des yeux, guettant des signes de tromperie. Son jeune âge ne le rendait pas moins suspect à ses yeux. Tous les enfants n'étaient pas candides, elle le savait par expérience, et nombreux étaient ceux aussi enclins à la malhonnêteté que les adultes.

M. Lees appartenait-il à ce genre-là ?

Il était assis tout droit sur sa chaise, les yeux fermés, la bouche close. Elle ne décelait rien en lui indiquant qu'il pourrait s'agir d'un imposteur. Mme Brown observait le jeune homme aussi intensément qu'elle.

— M. Lees doit se préparer, déclara Popplewell.

Le silence dans la pièce devint bientôt pesant. Les flammes des bougies vacillaient et crépitaient. Soudain, un coup fort retentit.

Evelyne fit un bond sur sa chaise. Elle chercha le regard d'Anne, les sourcils levés en signe d'interrogation.

Son amie lui adressa un sourire rassurant.

— Cela arrive souvent lors des séances, chuchota-t-elle.

— Chuuut ! souffla Mme Inkpen.

— Silence, mesdames, murmura M. Popplewell. Nous devons tous nous concentrer.

De nouveau, le silence régna dans la pièce.

— Le voile est mince, ce soir, dit enfin M. Lees, les yeux toujours fermés. Je vais tenter de pénétrer dans l'éther pour trouver mon guide.

Anna pressa la main d'Evelyne. Celle-ci se mordit la langue. Elle refusait de se mettre à rire. Il s'agissait d'une affaire sérieuse, sinon pour Anne et elle, du moins pour lady Arundell et oncle Harris. Tous les deux s'inclinaient en avant sur leur chaise, fascinés par la prestation du médium.

La respiration du jeune garçon s'amplifia tandis que ses lèvres bougeaient en silence. Puis son corps oscilla, d'abord vers la gauche, puis vers la droite. Et brusquement il se redressa, aussi raide qu'un tisonnier, et par sa bouche ouverte sortit une espèce de râle.

— Qui cherchez-vous ? demanda-t-il.

Mais la voix n'était pas la sienne. C'était celle de quelqu'un plus âgé, avec un fort accent écossais.

— Un Highlander, murmura M. Vance. C'est stupéfiant.

— Nous aimerions parler à feu le prince consort, dit M. Popplewell. Est-il avec vous, monsieur ?

— Le prince Albert est ici, déclara M. Lees avec le même accent écossais. Il attend vos questions.

Popplewell s'adressa à l'assistance.

— Une question à la fois, s'il vous plaît. Je ne peux pas m'engager sur le temps que durera sa transe.

Evelyne n'avait pas réfléchi à ce qu'elle pourrait demander. Ce qui se révéla heureux, car elle n'aurait pas eu l'opportunité de le faire. Durant les cinq minutes suivantes, les autres assistants assaillirent M. Lees de questions, depuis l'opinion du prince Albert sur l'au-delà jusqu'à son jugement sur la conduite des affaires de l'État.

Seule Mme Brown s'abstint. Elle continuait d'observer Lees. Ce ne fut qu'au bout d'un moment que sa voix distinguée se fit entendre dans le brouhaha.

— J'ai une question...

— Qui est-ce ? lança M. Lees. Est-ce vous, lady Seymour ?

Lady Arundell et oncle Harris tournèrent vivement la tête pour regarder Mme Brown.

Sans que son visage change d'expression, celle-ci répondit :

— C'est moi.

Lady Arundell poussa une exclamation.

— Ma parole ! L'une des dames d'honneur de la reine !

Le pouls d'Evelyne s'accéléra. Anne et elle se regardèrent, les yeux écarquillés. La reine avait envoyé une représentante secrète à cette séance ! Et M. Lees l'avait identifiée !

Oncle Harris ne put dissimuler son excitation.

— Cela signifie-t-il que Sa Majesté croit...

— Silence, s'il vous plaît, gronda Popplewell. M. Lees ne peut pas maintenir le contact s'il est distrait par le monde mortel.

— Quelle est votre question, lady Seymour ? demanda Lees.

Mme Brown – ou, plutôt, lady Seymour – s'éclaircit la gorge.

— Sa Majesté veut un nom.

— Quel nom ? demanda Lees.

— Le nom secret utilisé par le prince consort pour s'adresser à elle dans leur correspondance privée. Vous devez l'écrire sur un morceau de papier, afin que Sa Majesté le vérifie en personne.

M. Lees se figea. Après avoir laissé échapper un souffle tremblant, il s'effondra sur sa chaise.

— Nous devons rompre le cercle, déclara Popplewell. L'esprit est parti.

Lâchant la main de Lees, il posa devant lui un crayon et un papier. Le garçon se redressa et écrivit quelque chose. Lorsqu'il eut terminé, il plia le morceau de papier en deux et le tendit à M. Popplewell.

Celui-ci l'apporta à lady Seymour.

Elle le prit et, sans le regarder, l'enfonça dans son réticule noir frangé de soie. D'un geste sec, elle en tira les cordons pour le refermer.

— Je vous remercie de votre obligeance.

Evelyne remarqua que tous les assistants gardaient les yeux fixés sur elle. Qu'attendaient-ils ? Une proclamation royale, peut-être ?

Mais quand lady Seymour reprit la parole, le sujet n'avait rien à voir avec la royauté.

— Y a-t-il un endroit où je pourrais me laver les mains ?

— Oui, madame, répondit Popplewell. À l'arrière de la maison. Je me ferai un plaisir de vous...

— Mlle Malravers peut m'accompagner, coupa-t-elle en se levant. Si vous le voulez bien ?

— Oui, bien sûr...

Evelyne se leva pour la suivre, consciente que le reste de la compagnie les suivait des yeux.

— On ne doit jamais s'aventurer seule dans des endroits étrangers, expliqua lady Seymour. Et jamais en compagnie d'un gentleman inconnu.

— Non, effectivement, acquiesça Evelyne.

Lady Seymour traversa un salon sombre, encombré de gros meubles. Lorsqu'elles arrivèrent dans le vestibule, une jeune servante, vêtue d'une robe de lainage mal taillée, parut. Elle exécuta une révérence maladroite.

— Les toilettes ? s'enquit lady Seymour.

— Par ici, madame.

La servante les conduisit jusqu'à un petit cabinet à côté de la cuisine. À l'intérieur se trouvait un lavabo, une bassine, et pas grand-chose d'autre.

— Pour le reste, c'est dehors, précisa la domestique.
— Cela suffira.

Après avoir renvoyé la servante, lady Seymour s'approcha du lavabo et tourna le robinet. Un filet d'eau en sortit en crachotant.

— C'est votre première séance, mademoiselle Malravers ?

— Comment l'avez-vous deviné ? demanda Evelyne.

Lady Seymour lui jeta un coup d'œil.

— Vous serriez ma main avec beaucoup de force.

Evelyne eut un sourire un peu contrit. Une fois la séance commencée, elle avait trouvé difficile de ne pas succomber à l'atmosphère particulière.

— J'ai été surprise par les mouvements de M. Lees, dit-elle.

— Pensez-vous que son don soit réel ? questionna lady Seymour tout en se lavant les mains.

— J'aurais tendance à ne pas y croire, répondit Evelyne. Mais en même temps, il vous a identifiée.

— N'importe qui aurait pu le faire. Je suis descendue dans une auberge proche. On ne peut jamais se déplacer vraiment incognito lorsqu'on voyage avec des domestiques.

— Et votre question ? Il y a répondu, apparemment.

— Oui, n'est-ce pas ? Et pourtant… le prince consort n'avait pas de nom secret pour la reine.

Le sourire d'Evelyne se fit plus franc.

— Vous lui avez tendu un piège ?

Lady Seymour sourit à son tour.

— Disons que je l'ai mis à l'épreuve.

— Et maintenant, vous pensez que c'est un imposteur ?

— Il ne me revient pas d'en décider. La chose sera laissée à l'appréciation de Sa Majesté.

— Vous n'êtes pas curieuse de savoir ce qu'il a écrit ?

— Pas le moins du monde.

Evelyne lissa ses jupes du plat de la main pendant que lady Seymour finissait de se rafraîchir. Ce geste attira son attention. Après s'être séché les mains, elle s'approcha pour examiner sa robe.

— J'ai remarqué votre toilette à l'instant même où vous êtes arrivée avec lady Arundell, expliqua-t-elle. C'est une création magnifique.

Evelyne ne pouvait qu'acquiescer.

Sa robe d'après-midi en faille de soie noire, recouverte d'une fine grenadine française, noire également, était coupée et cousue à la perfection. La jupe ample se gonflait sous le corsage très ajusté, donnant l'illusion d'une taille de guêpe. Une rangée de petits boutons, recouverts de soie, dessinait toute la longueur de sa colonne vertébrale.

Elle n'avait d'autres ornements qu'un peu de dentelle noire, ainsi qu'un feston à peine marqué au niveau de l'ourlet. Mais elle n'était en aucune manière simple. Au contraire. C'était un chef-d'œuvre de découpes, de pinces et de coutures artistement placées.

— Vous vous êtes sans doute rendue en France récemment, fit remarquer lady Seymour.

— Non. Je n'ai jamais quitté l'Angleterre de toute ma vie.

— Elle a été faite ici ? s'exclama lady Seymour en haussant les sourcils. Vous m'étonnez.

— Oui, à Londres, par un brillant couturier.

— Il doit l'être, effectivement. Je n'ai jamais vu une robe si avantageuse pour la silhouette, tout en préservant la dignité du deuil. Vous permettez ?

— Si vous voulez...

Lady Seymour tendit la main pour toucher les jupes d'Evelyne.

— Nous sommes toutes en deuil, en ce moment. La cour tout entière. Cela peut être assez sinistre. On ne voit rien d'autre que du crêpe, et encore du crêpe...

Après avoir examiné les manches et le corsage cintré, elle ajouta :

— Il faut que vous me donniez le nom de votre couturier.

— Bien sûr, dit Evelyne qui, réprimant un sourire, fouilla dans son réticule. Il se trouve justement que j'ai sa carte.

Ils quittèrent Birmingham le matin suivant. En arrivant à Londres, Evelyne était obligée de changer de train pour continuer son voyage vers le Sussex. Son oncle attendit pendant qu'elle disait au revoir à Anne.

— Ce n'est que pour quinze jours, dit Evelyne à son amie.

Le bruit d'un sifflet couvrit presque sa voix. Il fut suivi par un strident jet de vapeur et le grincement métallique des roues d'un train qui entrait en gare.

— Oui, je sais, répliqua Anne en forçant la voix. Vous serez vite de retour. Entre-temps, vous devez m'écrire.

— Promis !

Le train à peine arrêté, les passagers se déversèrent des compartiments et passèrent en hâte devant leur petit groupe, certains hélant des porteurs, d'autres interpellant des amis qui les attendaient sur le quai. Tous semblaient pressés.

— Franchement, Fielding, lança lady Arundell, vous n'avez pas de servante à envoyer avec la jeune fille ?

— Je vous remercie, madame, dit Evelyne, mais je n'ai pas besoin de servante. Je suis désormais une vieille habituée des voyages en chemin de fer.

Elle avait fait seule le voyage depuis le Sussex jusqu'à Londres. Il ne lui serait pas plus difficile de l'effectuer dans l'autre sens.

Oncle Harris appela un porteur pour qu'il transporte les bagages d'Evelyne dans le compartiment adéquat.

— Quel remue-ménage, grommela-t-il. Tout ça pour que vous reveniez dans deux semaines.

Elle prit son bras et marcha avec lui vers son compartiment à travers les nuages de fumée et de vapeur.

— Je suis désolée de tous ces dérangements.

Son oncle lui tapota distraitement la main.

— Je ne dirais pas qu'il n'y a pas eu de compensations. L'énergie supplémentaire apportée aux médiums, entre autres. Mais un homme de mon âge s'accoutume au silence et à la tranquillité.

— Oui, je le sais. Je crains que ma présence dans votre maison n'ait été plutôt perturbante.

— Effectivement. Cette histoire à Cremorne… Mais c'est ma faute. Quand les autres filles viendront, j'insisterai pour que Nora les accompagne.

Déconcertée, Evelyne lui jeta un regard oblique. Elle n'avait pas vraiment écouté ce qu'il disait. Peut-être avait-elle mal entendu ?

— Quelles autres filles ?

— Eh bien, celle qui vient après vous. Comment l'appelez-vous, déjà ? Augusta ? Et ensuite, il y en a encore trois. Impossible de me souvenir des prénoms.

— Caroline, Elizabeth et Isobel, lui rappela Evelyne, qui le dévisagea, les yeux écarquillés. Pardonnez-moi, mon oncle… Êtes-vous en train de dire que… que vous offrirez une saison à chacune de mes sœurs ?

Oncle Harris n'avait jamais rien fait de tel. Il était trop excentrique, il tenait trop à sa tranquillité. S'il avait toléré la présence d'Evelyne, personne ne se serait avisé d'en attendre davantage de sa part.

— Cela n'entraîne pas de frais excessifs, finalement, marmonna-t-il. Tout ce que je demande, c'est que Nora les surveille.

Puis il regarda Evelyne d'un air presque courroucé.

— Dommage qu'elle ne vous ait pas accompagnée.

Evelyne ne put s'empêcher de sourire. D'un geste impulsif, elle s'inclina vers lui pour l'embrasser sur la joue.

— En ce qui concerne le soin que vous prenez des vivants, je vous approuve de tout mon cœur.

36

Quand Evelyne était plus jeune, les étés à Combe Regis s'étiraient indéfiniment sous un ciel sans nuages, tandis qu'elle parcourait les allées ombragées à cheval ou qu'elle se promenait avec ses sœurs. À présent qu'elle était adulte, le temps passait à une vitesse très différente.

La première semaine, par exemple, s'écoula avec une rapidité déconcertante. Et la suivante fut bouclée en un clin d'œil.

Evelyne n'eut pas le temps de se retourner que, déjà, la quinzaine de jours se terminait… sans aucune nouvelle d'Ahmad. Pas de lettre, pas de télégramme, pas de visite surprise pour lui demander sa main.

Resserrant ses doigts sur les rênes tout en modifiant son assiette, elle fit s'arrêter Hephaestus en haut de la colline.

Le village de Combe Regis s'étendait à ses pieds avec ses toits de chaume, ses cheminées en pierre et ses humbles paysans qui vaquaient à leurs travaux.

Les yeux plissés sous la luminosité du soleil, elle contempla le paysage.

Ahmad n'avait pas promis de lui écrire. D'autant que son intention était de lui offrir un peu de temps loin de son influence. Evelyne avait néanmoins attendu… elle ignorait quoi.

Dans ses pires moments de doute, elle commençait à envisager que la robe noire d'après-midi qu'il avait confectionnée pour elle avait été son cadeau d'adieu. Une robe de deuil, pour marquer la fin de leur histoire.

Ahmad était un homme honorable. Elle n'ignorait pas qu'il éprouvait de profonds scrupules à la soustraire à la société qu'elle connaissait. Si, en outre, son activité était menacée…

Evelyne savait ce qu'il pensait, et le parti qu'il était susceptible de prendre.

Elle fit tourner bride à Hephaestus et, d'une pression de la jambe, elle le mit au trot, puis au galop pour remonter l'allée qui les ramenait vers la maison. La longue jupe de son amazone verte flottait derrière elle.

Quand elle arriva devant l'écurie, des boucles échappées de sa résille retombaient sur son visage moite de transpiration.

Lewis émergea de la vieille grange en bois.

— Je vous laisse vous occuper de lui ? lança-t-elle tout en s'apprêtant à passer sa jambe par-dessus les fourches de sa selle.

Elle resta alors figée sur place.

Derrière Lewis venait Ahmad. Il était en manches de chemise, la redingote posée sur ses épaules en raison de la chaleur.

Evelyne eut un coup au cœur.

Deux semaines seulement s'étaient écoulées. Elle n'avait pas oublié à quel point il était beau, ni qu'à sa simple vue son corps entier frémissait. Mais ce souvenir ne rendait pas justice à la réalité. Quand cette sensation s'empara d'elle, elle se demanda si elle serait capable de descendre de cheval sans se rendre complètement ridicule.

Elle n'eut guère le temps de s'en inquiéter.

Après s'être débarrassé de sa redingote, Ahmad vint à son aide.

— Permettez-moi, dit-il en tendant les bras.

Evelyne eut l'impression que la terre tremblait sous elle. Elle prit conscience, au moment où il la soulevait de selle pour la déposer sur le sol, de son apparence échevelée.

Si Ahmad s'en aperçut, il ne sembla pas s'en offusquer. Il scruta son visage, le dévora du regard, exprimant ainsi combien elle lui avait manqué.

— Vous êtes venu..., chuchota-t-elle.

— Comme promis.

Il laissa retomber ses mains de sa taille, sans toutefois s'écarter. Il resta là, assez près pour la toucher, pendant que Lewis conduisait Hephaestus dans l'écurie.

— Vous venez d'arriver de la gare ? s'enquit Evelyne. Vous devez avoir envie de vous rafraîchir. Je vous emmène à la maison.

Au moment où elle se détournait, il la retint en saisissant doucement son poignet.

— Je suis déjà allé dans la maison.

Evelyne sentit le souffle lui manquer.

— Vous avez vu ma tante ?

— Et aussi vos jeunes sœurs. Elles m'ont donné du thé et des gâteaux aux graines de carvi... Elles semblent tout connaître de moi, ajouta-t-il avec une ombre de sourire.

— Il se peut que j'aie fait allusion à vous, murmura Evelyne en luttant pour ne pas rougir.

Il l'observa un instant, les yeux emplis d'une émotion difficile à déchiffrer.

— Votre tante m'a dit qu'il y avait un bosquet à l'autre bout du jardin. Un endroit où nous pourrions être seuls. Voulez-vous y aller ?

Evelyne acquiesça d'un signe de tête. Elle était comme engourdie.

Bonté divine ! Par tous les anges du paradis ! Le moment était venu. Elle ne rêvait pas.

D'une main tremblante, elle repoussa ses mèches indisciplinées. Si seulement elle avait eu quelques minutes pour se rafraîchir, enfiler une jolie robe d'été, et appliquer un peu d'eau de fleur d'oranger derrière ses oreilles !

Au lieu de cela, elle portait sa tenue d'équitation froissée par la course, et sentait probablement le cheval.

Il est vrai qu'Ahmad avait confectionné cette tenue – la première qu'il avait faite pour elle. D'une certaine façon, il semblait pertinent qu'elle la porte à cet instant.

Marchant côte à côte, ils s'éloignèrent de l'écurie. Un chemin envahi d'herbes conduisait vers la barrière qui fermait la propriété.

— J'ai cru comprendre que vous avez été bien occupée avec la concrétisation de votre projet ?

Evelyne drapa la longue jupe de son amazone sur son bras.

— Ma tante vous a-t-elle raconté les derniers développements ?

— Elle n'en a pas soufflé un mot, répondit-il. Une simple allusion au sujet a suffi à la faire rougir.

Pauvre tante Nora ! Elle n'était pas du tout à l'aise avec les détails des futures saillies d'Hephaestus. Evelyne reconnaissait que l'affaire était un tantinet choquante, dans une maisonnée de jeunes femmes célibataires. N'empêche qu'elle était fière de l'avoir menée à bien.

— Nous avons reçu cinq autres réservations pour Hephaestus. Ce qui fait dix au total.

— Impressionnant !

— C'est bien ce que je pense.

Cela signifiait qu'Hephaestus pourrait assurer lui-même son entretien. Qu'il ne serait pas un fardeau financier pour tante Nora, ni pour le futur mari d'Evelyne.

Après avoir ouvert le vieux portail de bois, Ahmad attendit qu'elle le franchisse avant de la suivre.

— Moi aussi, j'ai des nouvelles, annonça-t-il alors.

— De bonnes nouvelles ?

— Assez bonnes, répondit-il tout en refermant le portail. Et c'est vous que je dois remercier.

— Moi ? Pourquoi ?

— Il y a dix jours, une femme s'est présentée chez Doyle & Heppenstall. Une dame très élégante, qui était intéressée par une robe de deuil.

— Lady Seymour ? demanda vivement Evelyne. Lui avez-vous confectionné une robe ?

— Deux ! répondit-il avant de lui adresser un coup d'œil ironique. Mais ce n'est pas ça, la bonne nouvelle.

— Il y a eu autre chose ?

Ils approchaient du bosquet constitué de vieux chênes, dont les branches entrelacées formaient un abri contre le soleil.

— Oui, dit-il. Peu de jours après la livraison de la commande de lady Seymour, un valet de pied portant la livrée royale est entré dans le magasin. Il apportait une convocation au palais.

Comprenant la signification de ces derniers mots, Evelyne s'arrêta net. Elle contempla Ahmad avec stupéfaction.

— Vous allez faire des toilettes de deuil pour la reine ?

— Peut-être un jour, répondit-il. Pour le moment, il s'agit seulement de quelques personnes de sa cour.

— « Seulement » ? s'exclama Evelyne.

Puis elle sourit, immensément fière de lui.

— Oh, Ahmad !

— Il semblerait que j'aie un certain talent pour les vêtements de deuil. Il y aurait quelque chose dans mes créations qui serait beau et élégant sans être ostentatoire…

— Comme dans vos tenues d'équitation.

— Certes. Savez-vous ce que cela signifie ?

Evelyne sourit jusqu'aux oreilles.

— Qu'un jour vous aurez un *Royal Warrant* affiché sur la porte de votre maison de couture ?

Le *Royal Warrant of Appointment* était un mandat très convoité, attribué à un commerçant ayant l'honneur de fournir la maison royale. Ceux qui le recevaient ne manquaient pas de l'exposer avec fierté.

— Peut-être...

Cependant Ahmad ne paraissait pas intéressé outre mesure par cette éventualité. Toute son attention restait fixée sur Evelyne.

— Savez-vous ce que cela signifie d'autre ?

Le sourire de la jeune femme se fissura. Elle se sentait très peu sûre d'elle. Non parce qu'elle ne voulait pas d'Ahmad. Au contraire : parce qu'elle le voulait trop. N'était-il pas dangereux de désirer une chose aussi intensément ? Le ciel n'y verrait-il pas une provocation digne d'être punie ? Elle avait déjà connu beaucoup de pertes dans sa vie.

Mais les choses magnifiques n'arrivaient pas parce que l'on se montrait prudent. Elles arrivaient parce que l'on osait les saisir.

— Cela signifie que vos perspectives d'avenir se sont améliorées, dit-elle, et que vous êtes venu me demander si mes sentiments avaient changé. Ils n'ont pas changé.

Elle s'interrompit un instant, car son courage fléchissait.

— Mais si les vôtres ont changé... vous avez intérêt à l'annoncer rapidement, avant que je dise quelque chose de stupide.

Ahmad fut submergé par une vague de tendresse. Si brave et audacieuse que fût Evelyne, il s'agissait d'un saut dans l'inconnu. Pas seulement pour elle, mais aussi pour lui.

Durant tout le trajet de Londres à Combe Regis, il avait été à la fois impatient et anxieux.

Sa nervosité n'avait pas cédé quand il avait rencontré la tante et les sœurs d'Evelyne. Elles étaient toutes délicieuses, mais il s'était senti très grand, très masculin, assis dans leur salon raffiné, à boire du thé dans une délicate tasse de porcelaine.

Il n'avait pas exclu de recevoir de leur part un accueil glacial, un mélange de dédain pour son état de commerçant et de mépris voilé dû à son ascendance mélangée. Il s'était préparé à ne pas y prêter attention, selon son habitude, tout en le redoutant à cause d'Evelyne.

Mais sa famille n'avait rien montré d'autre qu'une vive curiosité, celle qu'on pouvait attendre de la part de personnes du sexe féminin envers un homme venu courtiser l'une des leurs.

Après avoir reçu la bénédiction de la tante d'Evelyne, accompagnée des encouragements de ses jeunes sœurs, il lui avait fallu simplement attendre qu'elle revienne de sa promenade.

Quand il l'avait vue entrer dans la cour de l'écurie, une profonde certitude s'était emparée de lui.

C'est ainsi que les choses devaient être.

— Mes sentiments n'ont pas changé, déclara-t-il. Comme je vous l'avais dit.

Les yeux d'Evelyne étincelèrent de soulagement. Mais pas seulement. Ce qu'il y lut procura à Ahmad un bref vertige.

Un sourire aux lèvres, elle continua d'avancer sur le chemin, l'entraînant plus loin entre les arbres.

Une sirène… Sa sirène, qu'il ne pouvait que suivre, envoûté.

— Il y a des choses dont nous devons discuter, parvint-il à articuler.

— N'en avons-nous pas déjà parlé ?

— Vous ne savez pas ce que je m'apprête à dire.

Evelyne s'arrêta sous les branches, à l'ombre des feuillages.

— Si. Vous allez me dire les mêmes choses que dans les jardins de Cremorne. Que ce ne sera pas facile.

— Ce qui reste vrai. Il sera impossible d'éviter les commentaires. Je ne parviendrai peut-être pas à vous protéger des pires d'entre eux.

Comme Ahmad s'approchait d'elle, Evelyne s'adossa au tronc d'un chêne. Les joues rouges, elle releva un menton volontaire.

— Je n'ai pas besoin d'être protégée, répliqua-t-elle. Ce que je veux... ce que j'ai toujours voulu... c'est ce que vous avez proposé le soir où vous êtes venu à Russell Square. Une association.

— Ah. Mais c'était une association pour affaires...

Il posa une main sur le tronc à côté d'elle, l'emprisonnant de son bras.

— Ce que je vous propose maintenant est différent, ajouta-t-il.

Elle le regarda avec intensité.

— Je serai votre partenaire, Evie. Votre bouclier, votre soutien, votre chevalier. Je ne demande qu'une chose en échange... Je vous demande d'être ma femme, dit-il d'une voix plus grave.

Evelyne se mordit la lèvre. Des larmes lui montèrent aux yeux.

— Je vous aime, continua Ahmad, le cœur étreint par l'émotion. Je vous aime. Et vous n'avez pas besoin de m'épouser pour m'avoir comme partenaire, ou comme ami. Ce n'est pas une condition pour que je vous estime. Mais je serais honoré si...

— Oui, dit-elle. Oui !

Elle se jeta alors dans ses bras.

Une vague de félicité le submergea. Il enlaça Evelyne avec force, au point de la soulever de terre. Elle s'accrocha à lui, et il se gorgea de la sensation de ses bras étroitement noués à son cou. Elle était forte, sa sirène... Forte, belle et singulière.

Il enfouit le visage au creux de sa gorge.

— J'ai imaginé cet instant un millier de fois depuis notre séparation, murmura-t-elle, les doigts enfoncés dans ses cheveux. Chaque jour, jusqu'au moindre détail. Mais la vie se révèle rarement ce qu'on a prévu...

Ses lèvres effleurèrent l'oreille d'Ahmad, et elle chuchota :

— Elle est mieux. Tellement mieux !

— Evie...

— Je vous aime, Ahmad.

Il ferma les yeux avec force, et il éprouva dans sa chair, autant qu'il l'entendit, cette déclaration délicieuse. C'étaient ces mêmes mots précieux qu'elle avait prononcés dans les jardins de Cremorne. Ils résonnèrent en lui de la même manière, et agirent comme un baume sur son âme écorchée.

— Dites-le encore, mon cœur.

— Je vous aime. Et je serai votre bouclier et votre soutien, moi aussi. Votre amie, votre associée, et davantage encore.

— Davantage ? répéta-t-il en rejetant la tête en arrière pour la regarder.

Les joues humides d'Evelyne se teintèrent de rose.

Sans desserrer son étreinte, il la reposa doucement sur le sol.

— Il y aura davantage, promit-il.

Et, inclinant la tête, il s'empara de sa bouche pour un baiser qui en disait plus long que tous les mots qu'il aurait pu prononcer.

Elle avait raison. La vie suivait rarement le chemin que l'on avait prévu. Elle s'écartait des plans tracés de manière inattendue. La vie d'Ahmad n'y avait pas manqué, le conduisant de l'Inde en Angleterre, de l'East End à Mayfair et, finalement, aussi loin que le Sussex – ici, dans les bras de la femme qu'il aimait.

Sa muse. Son écuyère aux cheveux auburn.

Evelyne referma les doigts sur les plis de sa cravate.

— Je ne connais pas les détails de ce côté des choses, avoua-t-elle.

Ahmad sourit contre sa bouche.

— Mon amour, vous devez me faire entièrement confiance.

Ce tendre rappel la fit sourire à son tour.

— C'est assurément ce que je vais faire.

Épilogue

Londres, Angleterre, septembre 1863

Evelyne recula pour juger de l'effet du *Royal Warrant of Appointment* accroché sur le mur du magasin de son mari. Délivré par les services du grand chambellan, le document n'était arrivé qu'aujourd'hui. Elle l'avait suspendu elle-même juste au-dessus du comptoir d'acajou, et sous une applique au gaz. L'éclairage illuminait les armoiries royales et l'inscription en lettres contournées :

Ceci pour certifier que sur ordre de la Reine,
J'ai attribué à M. Ahmad Malik
la situation et la qualité de
Couturier de Sa Majesté, la Reine.

Ahmad passa un bras autour de sa taille. Il était en manches de chemise, son mètre de couturier encore pendu autour du cou après le dernier essayage de la journée.

— Est-ce que tu aurais imaginé ça ? demanda-t-il.

Evelyne s'appuya contre lui. Elle savait qu'il n'avait jamais aspiré à devenir couturier de la Couronne. Lorsqu'ils s'étaient rencontrés, tout ce qu'il désirait était d'être reconnu par la haute société.

Les choses avaient toutefois changé depuis lors.

Ses élégantes robes de deuil étaient à présent aussi admirées que ses tenues d'équitation. Non seulement ses créations étaient portées par plusieurs dames de la cour, mais, l'été dernier, il avait été convoqué au palais pour confectionner une robe de deuil pour la reine elle-même.

— Oui, répondit Evelyne avec un immense sourire. Je suis tellement fière de toi !

Il appuya ses lèvres sur le sommet de sa tête. À 19 heures passées, ils étaient seuls dans le magasin.

— Tout le mérite est pour toi, mon cœur. Si tu ne t'étais pas rendue à cette séance…

— Quelles bêtises ! répliqua-t-elle. Ce sont tes modèles qui ont fait la différence. Le hasard s'est chargé du reste.

— Tu ne peux pas nier que tu m'as apporté beaucoup de chance.

— C'est moi qui ai de la chance, dit-elle à voix basse.

Avec leur mariage, l'année précédente, elle s'était embarquée avec lui pour un grand voyage dans l'inconnu. S'ils étaient certains de leurs sentiments, ils ne l'étaient pas de grand-chose d'autre. Seraient-ils rejetés par la société ? Obligés de vivre en marge de celle-ci ? De compter le moindre shilling ?

Mais tout s'était déroulé à merveille dès leur mariage, à commencer par une nuit de noces d'un romantisme échevelé au Claridge. Il lui suffisait d'y repenser pour qu'une bouffée de chaleur lui monte aux joues.

Il y aurait beaucoup à dire d'un homme pour lequel la topographie d'un corps féminin n'avait pas de secret. Un homme capable d'honorer chaque creux et chaque courbe, et d'être à la fois patient et passionné.

Si Ahmad lui avait appris beaucoup sur cet aspect du mariage, elle se flattait de lui en avoir appris également. À défaut d'être familiarisée avec le corps masculin, comme lui l'était avec le corps féminin, elle était curieuse, audacieuse et, une fois encouragée, très entreprenante.

En vérité, elle ne connaissait rien de plus satisfaisant que de rendre fou de volupté son « jeune » mari. Elle aimait tout de la vie conjugale, depuis les baisers et les étreintes les plus intimes jusqu'à ces moments de semi-conscience où elle s'éveillait, chaude et alanguie, entre ses bras, et se rappelait que c'était sa vie, désormais. Une vie où elle était protégée, soutenue, adorée corps et âme.

Comme prévu, certains réprouvaient leur union, mais le monde ne se limitait pas à Mayfair.

Ahmad avait trouvé pour eux une ancienne ferme près de Hampstead. Ce n'était pas Upper Belgrave Street ou Grosvenor Square, mais, à leurs yeux, c'était encore mieux. L'endroit était suffisamment proche de la maison de couture d'Ahmad, tout en donnant l'impression d'une vaste propriété à la campagne, avec de nombreux espaces ouverts pour les chevauchées matinales d'Evelyne.

Quand Anne, Julia et Stella étaient en ville, elles se joignaient souvent à Evelyne pour galoper sur la lande. Puis elles savouraient ensemble le thé et les gâteaux au citron servis dans le salon au charme désuet.

D'autres personnes leur rendaient visite. Mira et Tariq, oncle Harris et lady Arundell, et même les Finchley. Evelyne et Ahmad avaient la chance d'être entourés de famille et d'amis, et leur maison était ouverte à tous. C'était un lieu chaleureux, accueillant, sans aucune prétention.

Evelyne y était heureuse.

Installé dans sa petite écurie personnelle à l'arrière, pourvoyant lui-même à ses dépenses grâce à une belle carrière d'étalon, Hephaestus était heureux, lui aussi.

Et chaque jour leur apportait davantage de bonheur.

Il y eut la nouvelle que Fenny avait mis au monde un garçon en bonne santé, l'annonce que Mira et Tariq avaient fixé une date pour leur mariage, une lettre enthousiaste de tante Nora confirmant qu'oncle Harris financerait la saison londonienne de Gussie.

Il y eut le jour où l'enseigne, à l'extérieur de la boutique, fut changée. Où les mots « MM. Doyle & Heppenstall, tailleurs » furent remplacés par « M. Ahmad Malik, couturier ».

Et enfin, cet honneur : être adoubé fournisseur officiel de la reine.

Pivotant entre les bras d'Ahmad, Evelyne accrocha ses bras à son cou.

— Nous devons faire quelque chose pour fêter ça.

Une flamme s'alluma dans le regard de son mari.

— Je sais ce que j'aimerais faire…

— Il te suffit de le dire.

Il inclina la tête en souriant. D'une voix profonde, un peu rauque, il chuchota :

— Rentrons à la maison, Evie.

— À la maison…, murmura-t-elle. Voilà qui me plaît.

Note de l'auteure

L'amazone du Sussex est inspiré par des personnages ayant réellement existé, ainsi que par des événements survenus durant le règne de la reine Victoria – les Belles Écuyères, la célèbre courtisane Catherine Walters, le couturier Charles Frederick Worth, la couturière de la cour Mme Élise, l'astrologue Zadkiel et le jeune médium Robert James Lees. Après le décès du prince Albert, en décembre 1861, plusieurs de ces éléments ont convergé. J'ai situé l'histoire d'amour d'Ahmad et d'Evelyne durant cette période, en essayant de respecter autant que possible la chronologie historique véritable.

Ce ne fut pas toujours possible. En quelques occurrences (comme le mois précis où Catherine Walters quitta l'Angleterre, ou la date exacte où Robert James Lees prétendit avoir été en contact avec le prince Albert), j'ai dû modifier un peu les dates afin qu'elles concordent avec le déroulement de mon histoire. Pour plus de renseignements sur ces personnages historiques, reportez-vous à mes notes ci-dessous.

Les Belles Écuyères (Pretty Horsebreakers)

Les Belles Écuyères étaient des courtisanes des années 1860, célèbres autant pour leurs tenues d'équitation moulantes que pour leur dextérité à cheval, dont elles faisaient étalage sur Rotten Row à Hyde Park. La plus célèbre d'entre elles fut Catherine Walters. Les journaux de l'époque la surnommaient « Anonyma » ou « Incognita », mais pour de nombreuses personnes de la bonne société, elle était connue simplement comme « Skittles » (quilles) – une allusion au terrain de jeu de boules où elle travaillait dans sa jeunesse. Durant sa fructueuse carrière, elle bénéficia, selon les périodes, de la protection de ducs, de marquis et même (selon la rumeur) de membres de la famille royale.

En 1862, Catherine Walters quitta brièvement Londres pour l'Amérique. Les journaux rapportèrent qu'elle avait laissé « de nombreux créanciers pleurer son départ ». Sa réputation de mauvaise payeuse la suivit au fil des années. En 1872, MM. Creed et Evans, tailleurs dans Conduit Street, la poursuivirent en justice pour obtenir le paiement d'une facture de tenues d'équitation s'élevant à trois cent trente-quatre livres et trois shillings. Ce cas m'a fourni l'inspiration à la fois pour l'emplacement de la boutique d'Ahmad Malik et pour la facture de cent livres non réglée par Mlle Walters.

Spiritisme victorien

Richard James Morrison, connu sous le nom de Zadkiel, était astrologue et liseur de boule de cristal durant l'époque victorienne. Pendant un moment, il fut en possession d'un petit globe de cristal qu'on disait avoir appartenu à un magicien égyptien. Zadkiel exhiba ce globe dans la bonne société, et de nombreux aristocrates prétendirent que des visions leur apparaissaient sur sa surface inégale.

Après avoir pris sa retraite de la Royal Navy, Zadkiel se fit connaître en rédigeant des almanachs astrologiques. C'est dans son almanach de 1861 qu'il prédit la mort du prince Albert. Les Victoriens portaient déjà un intérêt morbide aux séances de spiritisme, aux diseurs de bonne aventure et à la lecture des boules de cristal. Après le décès du prince, le spiritisme devint encore plus populaire. On prétend que la reine Victoria en personne tenta d'entrer en contact avec feu son mari. L'une des rumeurs les plus persistantes implique le garçon médium Robert James Lees.

Dans les années ayant suivi le décès du prince Albert (en 1862 ou 1863, selon les rapports), l'adolescent Lees prétendit être entré en contact avec lui. On dit qu'en apprenant cela, la reine avait envoyé deux personnes de la cour assister incognito à la séance suivante de Lees. Avec l'aide de son esprit familier, Lees identifia ces deux personnes avec succès. Comme preuve supplémentaire de son authenticité, les officiels de la cour lui demandèrent le nom secret que le prince Albert utilisait dans sa correspondance avec sa femme. Lees le leur donna.

Selon certaines sources, Lees correspondit ensuite avec la reine Victoria et se produisit même dans des séances particulières à la cour.

Ces histoires au sujet de Lees sont-elles vraies ? La réponse est oui, jusqu'à un certain point. Robert James Lees était un spirite et un médium connu ; mais s'il prétendit effectivement avoir contacté le prince Albert, il n'existe pas de preuves attestant que des rencontres avec la reine en aient résulté.

La mode victorienne

Durant les années 1850 et 1860, le style le plus en vogue pour les toilettes féminines devait beaucoup à l'influence de l'impératrice Eugénie, femme de Napoléon III. Elle était l'arbitre indiscutable de la mode au milieu du XIXe siècle en France. Ce fut son penchant pour les jupes très volumineuses qui lança la folie des crinolines, et son patronage du couturier parisien Charles Frederick Worth qui contribua à rendre les robes de celui-ci aussi convoitées qu'elles étaient coûteuses.

En 1860, les jupes des femmes connurent leur plus grande envergure, avec des ourlets atteignant parfois quinze pieds de circonférence. Leurs ornements n'étaient pas moins imposants. À la suite de Worth, les robes les plus à la mode, confectionnées dans des étoffes luxueuses, furent couvertes d'une débauche de dentelles, de volants, de ruchés, de bouillonnés, de franges et de nœuds de ruban.

Les couturières londoniennes, comme Mme Élise sur Regent Street, employaient une armée de petites mains pour coudre des robes de cette ampleur et de ce style. Elle était connue pour tuer littéralement ses employées à la tâche, les obligeant à travailler pendant d'innombrables heures d'affilée et les logeant dans des réduits sans aération. En 1863, l'une des couturières de Mme Élise, Mary Walkley, fut retrouvée morte dans son lit. Le scandale qui en résulta entraîna une forte indignation publique.

Heureusement pour certaines, la silhouette des robes féminines commença peu à peu à changer.

Des panneaux triangulaires insérés sur le côté des jupes eurent pour effet d'aplatir le devant et de repousser une grande partie de l'amplitude à l'arrière. Au fil des années, tandis que les femmes devenaient plus actives, des panneaux supplémentaires furent ajoutés, accentuant encore le volume à l'arrière. Ce qui conduisit finalement à la tournure dans les années 1870 et 1880.

J'ai imaginé qu'Ahmad était un précurseur de cette évolution. Les robes qu'il dessine ont des jupes plus étoffées à l'arrière, formant comme une courte traîne. Cela crée une différence subtile avec la silhouette en vogue à cette époque. Subtile et néanmoins significative, car elle annonce les plus grands changements à venir, à la fois en termes de tournure et d'indépendance grandissante des femmes.

Les robes d'Ahmad sont remarquables également par l'absence d'ornementation excessive. Il apporte à ses créations l'esthétique d'un tailleur. Une vision qu'il aura acquise durant ces années où il confectionnait des costumes pour hommes et des tenues d'équitation pour femmes. À l'époque, les meilleures amazones étaient fabriquées par les tailleurs. Ces tenues ne comportaient ni volants ni ruchés. Elles se distinguaient surtout par la qualité des étoffes employées et l'élégance de leur coupe. Cette tendance vers plus de simplicité bénéficie à Ahmad lorsqu'il commence à concevoir des robes de deuil.

Les Indiens dans l'Angleterre victorienne

L'Inde durant la période victorienne apparaît souvent dans mes romans, mais l'héritage du colonialisme britannique n'a rien de romantique. C'est particulièrement évident dans les livres anglais du XIXe siècle, comme ceux qu'Evelyne achète chez Hatchards. Les auteurs de ces livres historiques avaient tendance à déshumaniser, à infantiliser, à rendre exotiques ou démoniaques les Indiens. Les descriptions des métis étaient parfois pires.

Dans mon roman, j'ai mélangé les références à des ouvrages historiques réels et à des œuvres de fiction. Par exemple, la citation que lady Anne lit à voix haute dans le chapitre 27 – soi-disant tirée de *L'Angleterre et ses colonies* – est la paraphrase d'un passage d'*Essais sur la rébellion indienne* (1865) de John Holloway. De même, le roman urdu que le capitaine Blunt recommande à Evelyne chez Hatchards – *Les deux sœurs* de Shahid Khan – est inspiré par le roman de Nazir Ahmad Dehlvi, *Mirat-ul-Uroos* (1869).

À lire certains textes coloniaux, on pourrait croire qu'il n'existait aucune chance de bonheur possible pour des personnes dans la situation d'Ahmad et de Mira. Or, personne n'a une histoire entièrement vouée au malheur. Du moins, ce n'était pas le cas pour les Indiens dans le Londres du XIXe siècle. Dans toute la ville, ils travaillaient, ils vivaient, ils priaient et ils aimaient, tout en naviguant à travers les obstacles rencontrés par les personnes de couleur dans l'Angleterre victorienne.

Ahmad et Mira devaient relever des défis intérieurs aussi bien qu'extérieurs. Durant la longue période de domination en Inde, de nombreux Anglais eurent des enfants avec des Indiennes. Ces enfants furent laissés dans une situation difficile – ni vraiment indiens ni vraiment anglais. En écrivant *L'amazone du Sussex,* j'ai choisi d'insister davantage sur le combat intérieur de la quête d'identité et de conscience de soi. C'est un combat qui m'est personnellement familier.

Remerciements

Écrire un livre est une activité solitaire en soi. Et doublement solitaire lors d'une pandémie planétaire. L'isolement m'a rendue encore plus reconnaissante envers tous ceux qui m'ont aidée durant cette période. Voici la liste non exhaustive de quelques-unes des personnes que je remercie de tout mon cœur :

Deb, pour son avis sur le premier chapitre.

Rachel, qui m'a encouragée à continuer.

Flora, Dana et Alissa, pour leur lecture du premier jet.

Jackie et Sandy, pour l'aide apportée aux traductions.

David et Christiane, qui m'ont tant appris (ainsi qu'à mes chevaux) sur le dressage.

Ma mère, qui m'avait demandé : « Comment se fait-il que les seules personnes qui te ressemblent dans tes histoires sont des personnages secondaires ? » Ce qui m'a incitée à écrire un récit où Ahmad et Mira sont au premier plan.

Mon père, qui m'encourage à écrire, bien qu'il n'ait jamais lu aucun de mes romans.

Et aussi, des remerciements particuliers à mon agent littéraire, Sarah Hershman ; à ma stupéfiante éditrice chez Berkley, Sarah Blumenstock ; et à Farjana Yasmin pour la belle couverture.

Et enfin, j'aimerais remercier ma famille animale, qui m'apporte tant de soutien émotionnel pendant que j'effectue des recherches et que j'écris. Stella, Tavi et Bijou.

Et Centelleo, mon cheval de dressage andalou, qui est mort de coliques deux semaines après la remise de mon manuscrit. Il fut mon ami et mon compagnon pendant près de vingt ans. Je voudrais que cette histoire commémore la force de notre complicité et l'amour que je lui portais, et lui porterai toujours.

Guide de lecture

Quelques questions pour aller plus loin...

1 – Evelyne et Ahmad forment un couple qui cumule origines et classes sociales différentes. Une fois mariés, quels défis pensez-vous qu'ils auront à relever à cause de ces différences ? À votre avis, lequel sera pour eux le plus difficile à surmonter ?

2 – Evelyne utilise ses talents de cavalière pour s'imposer dans la bonne société. De quelle autre manière une femme victorienne pourrait-elle se distinguer ? Jusqu'où peut-elle aller sans sacrifier sa respectabilité ?

3 – Evelyne prend ombrage lorsqu'on la traite de bas-bleu, malgré le fait qu'elle présente de nombreux traits caractéristiques des bas-bleus. Est-ce que des étiquettes comme « bas-bleu » aident ou entravent les femmes victoriennes dans leur quête d'individualité et d'indépendance ? Les rendent-elles plus ou moins aptes à se battre pour ce qu'elles veulent réellement ?

4 – Ahmad a commencé sa carrière de couturier en faisant des robes pour les prostituées de l'établissement de Mme Pritchard. Pensez-vous que cela l'a aidé à devenir un meilleur couturier ?

5 – Evelyne et Ahmad utilisent tous les deux la mode comme moyen d'expression de soi. Comment la mode aidait-elle les femmes de la période victorienne à exprimer leur personnalité ? Pensez-vous que cette forme d'expression était réservée aux riches ?

6 – Tout au long de l'histoire, Ahmad est montré comme ayant un grand respect pour les femmes. Dans quelle mesure, à votre avis, le fait d'avoir été élevé par sa tante célibataire a pesé sur sa manière de voir ? Comment la tragédie de la mort de sa mère influence-t-elle sa conduite avec Evelyne ?

7 – Ahmad confie qu'il a dû négocier une paix difficile avec lui-même pour pouvoir vivre et travailler parmi les Anglais. Comment utilise-t-il son métier de couturier pour s'approprier symboliquement les effets du colonialisme ? Pensez-vous qu'il s'agit d'une stratégie efficace ?

8 – Afin d'assurer l'avenir de ses sœurs cadettes, Evelyne se lance dans une saison londonienne. Sa quête pour trouver un mari fortuné est-elle judicieuse ? Aurait-il mieux valu qu'elle laisse ses sœurs se débrouiller seules ?

9 – Le spiritisme faisait fureur durant la période victorienne. À votre avis, qu'est-ce qui a nourri la passion de la société pour les faits occultes ? Comment les gens de la bonne société utilisaient-ils les séances de spiritisme et de cristallomancie pour favoriser leurs propres desseins ?

10 – Ahmad prend la décision de ne pas poursuivre en justice lady Heatherton, qui refuse de payer ce qu'elle lui doit. Cette décision était-elle vraiment la bonne pour son commerce ? Ou pensez-vous qu'il aurait dû intenter un procès ?